HEYNE BÜCHER

SCIENCE FICTION

Herausgegeben
von Wolfgang Jeschke

HANS DOMINIK
JUBILÄUMS-EDITION

Nach den Originaltexten herausgegeben
von Holger Miehlke

BAND 2

ATLANTIS

Roman

WILHELM HEYNE VERLAG
MÜNCHEN

HEYNE SCIENCE FICTION & FANTASY
Band 06/8112

Umwelthinweis:
Dieses Buch wurde auf
chlor- und säurefreiem Papier gedruckt.

2. Auflage

Redaktion: Wolfgang Jeschke

Printed in Germany 1998
Umschlagbild: Dieter Rottermund
Umschlaggestaltung: Atelier Ingrid Schütz, München
Technische Betreuung: M. Spinola
Satz: Schaber Satz- und Datentechnik, Wels
Druck und Bindung: Ebner Ulm

ISBN 3-453-13375-7

Inhalt

Ohne die Mitarbeit und Hilfe einiger Personen wäre diese Ausgabe nie zustande gekommen. Mein Dank gilt allen voran meiner Frau Mechthild Berief, die nicht nur die schriftliche Erstellung meiner eigenen Ausarbeitungen übernahm, sondern auch bei der Revision des Romantextes wertvolle Anregungen und Entscheidungshilfen einbrachte; sodann Studiendirektor Bernd Arlinghaus, Dortmund, für das Gegenlesen sämtlicher Texte und manchen wichtigen Hinweis; Wolfgang Jeschke, München, dem Spiritus rector dieser Dominik-Edition; Dr. Ernst Rätz, Köln, für die Beantwortung vieler technischer Fragen; Thorsten Schmidt vom Institut für Publizistik und Kommunikationswissenschaften der Westfälischen Wilhelms-Universität, Münster, für das Zur-Verfügung-Stellen der Originalzeitschriften; Christoph und Irmgard Willsch, Dortmund, für die Hilfe am PC. Ferner: Dr. Friedhelm Munzel, Dortmund; Studiendirektor Dieter Burkert, Dortmund; Gregor Sommer, Bonn; Mirjam Miehlke, Dortmund; und last not least Peter H. Jansen, Berlin, dem Enkel Hans Dominiks, und seiner Frau Jutta, die mir in großzügigster Weise den Zugang zum gesamten erhaltenen Nachlaß des Autors ermöglicht haben.

Holger Miehlke, Herausgeber

Oft wurde er ›der deutsche Jules Verne‹ genannt; sein literarisches Vorbild war der Romancier Alexandre Dumas d. Ä. (›Der Graf von Monte Christo‹, ›Die drei Musketiere‹); sich selbst bezeichnete er als den ›Chef der I-am-I-Company‹: Hans Joachim Dominik, geboren am 15. November 1872 in Zwickau, Ingenieur und Schriftsteller; Bestsellerautor der zwanziger bis vierziger Jahre mit einer Gesamtauflage von über 2,3 Millionen Büchern zu Lebzeiten.

Obwohl *zwischen Manuskripten und bedrucktem Papier aufgewachsen* - sein Vater Emil Dominik (1844-96) hatte auf vielerlei Weise mit Büchern und Zeitschriften zu tun (u. a. war er der Verleger Theodor Fontanes); sein Großvater Theodor Mügge (1802-61) war seinerzeit ein bekannter Schriftsteller -, regen sich bei Hans Dominik *sehr zeitig ... Sinn und Liebe für alles Technische.* Die Lieblingsbeschäftigungen des Sechsjährigen sind *modellieren, bauen und den Maurern stundenlang bei der Arbeit zuschauen.* Als Jugendlicher lernt er neben dem Besuch des altsprachlichen Gymnasiums in seiner Freizeit Bienenzucht, Tischlerhandwerk und - Englisch, *das ich für den künftigen Ingenieursberuf unter allen Umständen brauchte.*

Nach dem 1893 bestandenen Abitur studiert er an der Technischen Hochschule zu Berlin-Charlottenburg Maschinenbau mit Schwerpunkt Eisenbahntechnik, später auch Elektrotechnik, bekommt Einblicke in Modelltischlerei, Werkzeugmacherei, Schmiede, Dreherei, Wagenbau, Gießerei, Lokomotivreparaturen; führt bei Kontrollfahrten 1500-PS-Schnelloks; schiebt 1894 in die Ausbildung eine Schiffsfahrt als Maschinist auf dem 10 000-Tonner ›Prussia‹ ein (Hamburg-New York-Hamburg).

Schon während der letzten Schuljahre schreibt er *populär-technische Aufsätze* für die Zeitschriften seines Vaters, und im folgenden entwickelt sich in singulärer Weise ein Leben als Ingenieur und Schriftsteller.

In eine Zeit hineingeboren, in der sich die Selbstverständlichkeiten unserer heutigen Alltagswelt entwickeln, ist Dominik mehr als einmal mit Pionierleistungen a k t i v daran beteiligt (innovative Kugellagerpatente, 1904; Mitentwicklung der Einschienenbahn, 1909; ferngesteuerte, kabellose Morseschreiber, 1917; Mitentwicklung von Radioempfangsgeräten und der Vox-Diktiermaschine, beides 1923) - wird andererseits zu d e m Sprachrohr der neuen Zeit: ab 1895 beginnt er neben seinen Industrieanstellungen mit dem Publizieren Aberhunderter, wahrscheinlich mehrerer Tausend Essays, in denen er in allgemeinverständlicher Weise den Lesern von Zeitschriften und Zeitungen die Neuerungen der Technik nahebringt.

Auch seinen Arbeitgebern bleibt das außergewöhnliche Schreibtalent nicht verborgen: sie versetzen ihn ins *literarische Büro*, um ihn *Erläuterungsberichte*, die *die besonderen Vorzüge der angebotenen* Produkte *ins rechte Licht* setzen sollen, erstellen zu lassen.

Jedesmal verläßt er dieses - was Aufstiegsmöglichkeiten anbelangt - *tote Gleis*, um bei einer anderen Firma wieder Ingenieursarbeit zu leisten, doch dort ergeht es ihm nicht anders. *Wie ein Fluch verfolgte mich der Umstand, daß ich ein klares und flüssiges Deutsch schrieb. Ingenieure, die das konnten, müssen damals doch wohl selten gewesen sein,* heißt es in der von den Nationalsozialisten zur Veröffentlichung nicht freigegebenen 1. Fassung seiner Lebenserinnerungen, aus der auch die anderen (kursiv gesetzten) Zitate dieses Geleitwortes stammen. Und etwas später: *Wenn ich doch nicht projektieren und bauen darf, wenn ich mein Leben lang nur dichten und singen soll, will ich es wenigstens nicht anonym tun, sondern für mich selber unter meinem eigenen Namen.*

So macht er sich 1901 als freier Schriftsteller selbständig (*Um den Stoff für meine Aufsätze brauchte ich mich nicht zu sorgen. Nicht umsonst hatte ich ja Jahre hindurch mitten in der Technik gestanden, kannte das Neueste und wußte um Dinge, von denen man sich in den Zeitungsredaktionen in jenen Jahren noch nichts träumen ließ.*), hält engsten Kontakt zu den großen Firmen seiner Zeit (Siemens, AEG, Daimler, Benz, Krupp, Singer, Körting usw.) und hat bald einen solchen Ruf, daß er zur Erstellung von Industriebroschüren und Werkbeschreibungen herangezogen wird, was ihm auch außergewöhnliche Einblicke in zukünftige Projekte gewährt.

Er gründet eigene Zeitschriften; übernimmt diverse Schriftleitungen; ist als Berichterstatter beim ersten Überseefunkkontakt mit Sayville bei New York (1914) und bei der Elektrifizierung Irlands durch die Siemens-Schuckert-Werke (1928) dabei; wird von bekannten Persönlichkeiten bei der Abfassung ihrer Lebenserinnerungen hinzugezogen.

Aber auch der Ingenieur Dominik ist in all diesen Jahren nicht untätig. Er erlebt in seiner ersten Industrieanstellung bei der AEG die Umstellung von Gleichstrom auf Drehstrom (1895); ist als Monteur bei der Elektrifizierung von Bergbauschachtanlagen (1895) und als Ingenieur beim Bau von Elektrizitätswerken tätig (1898); macht 1897 eine einjährige Amerikareise, wo er in Saginaw Gleichstrommotoren konstruiert und den amerikanischen way of life and work kennenlernt; arbeitet an Neukonstruktionen von Lampen für Leuchtfontänen und Lichttherapie (1899); ist 1903 Dozent an der Berliner Lessing-Hochschule; ist 1907 ein Hauptorganisator der Berliner Erfinderausstellung und besorgt *die ›Clous‹* (farbige Photographie, Fernphotographie, elektrische Fernschreiber, Versuche mit flüssiger Luft); entwirft im 1. Weltkrieg einen *Strahlenzieler*, der auch während der Dunkelheit einen sicheren Torpedoschuß auf feindliche

Ziele gewährleisten soll, aber nicht zum Einsatz kommt; ist 1919/20 technischer Dramaturg in der Filmindustrie; entwirft 1923 Maschinen zur synthetischen Herstellung von Diamanten.

Durch diese Zweigleisigkeit ist der rastlos Schaffende, der ab 1900 vierundzwanzig Jahre lang keinen Urlaub macht und nicht selten sechzehn Stunden am Tag tätig ist, stets umfassend mit nahezu allen technischen Neuheiten und Projekten vertraut.

Quasi nur nebenher entstehen einige belletristische Werke: ›Technische Märchen‹ (1902), vereinzelte Zukunftserzählungen für den Union-Verlag, Stuttgart (1907–34), zwölf Romane über technische Gegenwartsthemen für den Carl-Duncker-Verlag (1910–16), darunter drei heute nicht uninteressante Romane über Geschehnisse im 1. Weltkrieg und sein autobiographischer Schlüsselroman ›Hochströme‹ über die Arbeit bei Siemens & Halske in den Jahren 1900/01.

1921 bringt das bisherige ›Nebenher‹ eine Wende in sein Leben: der Durchbruch als Romanautor gelingt. *Seit dem Kriegsende wälzte ich die Idee, die ungeheuren Zukunftsmöglichkeiten, welche die neuen naturwissenschaftlichen Erkenntnisse in geradezu phantastischem Ausmaß eröffneten, in Form eines Romans zu verarbeiten ... Die Erzählung, die dabei zustande kommen würde, mußte ... grundverschieden von allem sonst in Romanen Üblichen werden.* Genau das reizt den Generaldirektor des Scherl-Verlags, Ludwig Klitzsch, der dem veränderten Lesebedürfnis nach dem Weltkrieg Rechnung tragen möchte.

So konzipiert Dominik in knapp sechs Monaten ›Die Macht der Drei‹ als Fortsetzungsroman für die Zeitschrift ›Die Woche‹ und hat damit so beachtlichen Erfolg, daß er in den nächsten 19 Jahren 15 weitere ›technische Zukunftsromane‹ schreibt, die ihn bis heute zum **nach wie vor meistgelesenen Science Fiction-Autor deutscher Sprache** machen.

Stets in Zeitschriften bzw. Zeitungen vorausgewertet, erscheinen 13 von ihnen als grüne Leinenbände mit Goldprägung im Scherl-Verlag, die anderen drei im Verlag Koehler & Amelang (später: v. Hase & Koehler). [Sie bilden eine Trilogie um Professor Eggerth, mit der Dominik dem Dessauer Flugzeugkonstrukteur Hugo Junkers ein literarisches Denkmal setzte.]

Auf der Basis seines Wissensstandes als Ingenieur und Schriftsteller der Industrie entwirft Dominik Zukunftsvisionen von solcher Wahrscheinlichkeit, daß er bald das Attribut ›Prophet der Technik‹ erhält, denn vieles Vorhergesagte trifft noch zu seinen Lebzeiten ein.

Doch nicht nur in die nahe Zukunft ist sein Blick gerichtet. Viele Visionen sind heute - unter dem Gesichtspunkt der Wahrscheinlichkeit ihrer Verwirklichung betrachtet - kaum weniger kühn als in ihrer Entstehungszeit: Sowohl die telenergetische Konzentration zur Auslösung der Raumenergie wie auch das Dynotherm zur Beherrschung des Wetters, sowohl unsichtbar machende Strahlen wie auch das elektrische Senden und Empfangen von Gedanken, sowohl die Urzeugung wie auch die Fähigkeit, versunkene Erdteile aus den Tiefen des Ozeans zu heben, sowohl die Bildung von ›Land aus Feuer und Wasser‹ wie auch das Errichten eines 15 km tiefen Schachtes in den Untiefen des Weltmeeres sind bis heute Utopie geblieben. Und selbst jene Werke, deren damalige Fiktionen (künstlicher Kautschuk, wirtschaftliche Nutzung der Atomenergie, Flug zum Mond) längst Wirklichkeit wurden, sind spannende Romane mit vielen überraschenden Wendungen geblieben, denen das Flair des ›historischen Science Fiction-Romans‹ keinen Abbruch zu tun vermag.

Zwei Schaffensphasen lassen sich erkennen. In der ersten Periode (1921-32) entstehen die komplexeren, ambitionierteren und aus heutiger Sicht wohl bedeutenderen Romane. Hier entwirft Dominik im allgemeinen monumentale Zukunftsgemälde, in denen mit schon vorhandenen Erfindungen Weltkrisen gemeistert werden müssen. In der zweiten Periode (1933–40) schreibt er einfachere, geradlinigere und zu seinen Lebzeiten erfolgreichere Romane, in denen wir quasi den forschenden Ingenieuren über die Schulter schauen können und die Entstehung neuer Technologien erleben.

Bei seiner Erschaffung möglicher zukünftiger Realitäten hat der Autor auch manche der damaligen politischen Spannungsherde aufgegriffen und so treffsicher in Wespennester gestochen, daß er im August 1941 mit der nationalsozialistischen Zensur konfrontiert wird: sein Roman von 1934, ›Das stählerne Geheimnis‹, wird bis auf weiteres verboten.

Nach dem Tod Dominiks (am 9. Dezember 1945 in Berlin) werden seine politischen Visionen - im nunmehr besetzten Deutschland - erneut zum Stein des Anstoßes.

Im Osten verboten (und bis zum Ende der DDR nicht wieder aufgelegt), werden seine Werke im Westen sorgsam umgearbeitet. Politisch entschärft, in der technischen Fiktion modernisiert, stilistisch vielfach verändert und oftmals gekürzt, treten sie - überwiegend vom Gebr.-Weiß-Verlag herausgegeben - einen zweiten Siegeszug an, bis der Verkauf des Verlags die Hardcover-Ausgabe Anfang der achtziger Jahre vom Markt verschwinden läßt.

In Taschenbuchform ab 1968 in der Reihe ›Heyne Science Fiction Classics‹ herausgegeben, erleben Dominiks Romane - erneut durchgesehen und jetzt vielfach e r h e b l i c h gekürzt - mehrere Auflagen, sind jedoch heute zum Teil vergriffen.

Zum 125. Geburtstag des Autors (15. November 1997) beginnt nun derselbe Wilhelm Heyne Verlag, in dessen Fassungen die Hauptwerke Dominiks fast 20 Jahre lang davor bewahrt wurden, in Vergessenheit zu geraten, eine 20bändige Edition der **Originaltexte**.

Die Freigabe des literarischen Nachlasses durch die Erben und akribische Forschungsarbeit in Bibliotheken, Antiquariaten und Archiven machen nicht nur eine ungekürzte und unzensierte Ausgabe möglich - es wurden auch **die nur in den Zeitschriftenfassungen enthaltenen Passagen wieder eingefügt**, so daß **erstmalig** überhaupt **die integralen Romantexte** vorgelegt werden können.

Die behutsame Modernisierung veralteter Wendungen (die Originalformulierungen werden in Band 21, dem Materialienband, detailliert aufgelistet), die Hinzufügung von Fußnoten und Anmerkungen zur Erhellung mancher politischer und historischer Hintergründe machen den Originaltext auch für Jugendliche wieder attraktiv; Sammlern wird durch Ausstattung und Anhang **vieles sonst Unerreichbare** geboten.

Um Hans Dominik, der gegen Ende seines Lebens neben Karl May zu den Lieblingsschriftstellern der Jugendlichen gehörte und auch in den fünfziger bis siebziger Jahren noch einen Namen als Autor spannender Romane hatte (Verlagswerbung: »Wer einen liest - liest alle!«), ist es in letzter Zeit ziemlich ruhig geworden.

Möge die vorliegende Dominik-Edition, die nicht nur seine 16 ›Klassiker‹, sondern auch den Rauschgiftroman ›Moderne Piraten‹, den Schlüsselroman ›Hochströme‹, seinen literarischen Erstling ›Technische Märchen‹ und eine Sammlung seiner (Zukunfts-)Erzählungen bringt, mit ihren unverfälscht brisanten, integralen und zum Teil lange unauffindbar gewesenen Originaltexten den Autor Hans Dominik, einen ungewohnte Wege gehenden und in seiner Zeit einzigartig fachkompetenten Meister der Spannungsliteratur, wieder einem breiten Lesepublikum erschließen!

Holger Mehlke

Als Hans Dominik am 1. 10. 1924 mit der Ausarbeitung seines - chronologisch gesehen - dritten technischen Zukunftsromans ›Atlantis‹ begann, stand er an einer entscheidenden Wende seines Lebens.

Nachdem aufgrund der Deflation, die der Inflation von 1923 folgte, sein Arbeitsplatz beim Vox-Konzern unsicher geworden war, beschloß der 51jährige Ingenieur und Autor unzähliger technischer Essays, keine neue Industrieanstellung zu suchen, sondern den Sprung in die Selbständigkeit des freien Romanschriftstellers zu wagen.

Dabei war ihm das Schreiben von Romanen nie so von der Hand gegangen wie das Verfassen von Sachartikeln (s. ›Zeitzeugnisse‹ im Band ›Die Macht der Drei‹). Das mußte er auch jetzt wieder feststellen, und unter dem doppelten Druck - der Scherl-Verlag drängte ihn zur Eile, und um von den Tantiemen der Romane leben zu können, mußten sie erfolgreich sein - konzipierte er von morgens bis in die späte Nacht, fand oft auch nachts keinen erholsamen Schlaf. (Seine eigene Darstellung jener Zeit lese man unter ›Zeitzeugnisse‹ im vorliegenden Band nach.)

Doch dieser überaus intensiven Arbeit an ›Atlantis‹ sollte der Erfolg nicht versagt bleiben. Es gelang Dominik ein Höhepunkt in seinem Œuvre, ein Roman, der aus vielen Gründen einzigartig dasteht - mit eigenwilliger Sprache, einem ungewöhnlichen Einschlag des Mythischen und Mystischen und d e m Thema schlechthin, über das bis heute mehr als 5000 Bücher geschrieben worden sind: Atlantis, der geheimnisumrankte sechste Kontinent und seine Wiedererweckung zu neuem Leben.

An die programmatischen Schlußsätze aus ›Die Macht der Drei‹ anknüpfend (»... *Die Macht ... die unendliche Macht. Wenn ein Mensch sie zum Segen der Menschheit gebrauchte* ...«), führt uns Hans Dominik in einem Weltpanorama aus dem Jahre 2002 die Sprengung eines neuen Panamakanals, die Macht amerikanischen Großkapitals, das sterbende Europa, Völkerwanderungen nie gekannten Ausmaßes, moderne Piraten und einen Nord-Süd-Konflikt Europa-Afrika vor, dessen scheinbar zeitgenössische Behandlung des Themas ›Gleichberechtigung der Rassen‹ im Nachwort zu dem vorliegenden Roman eine das verbreitete Dominik-Bild korrigierende, verblüffende Deutung erhält.

ATLANTIS

Roman

Das Kohlenschiff *Christian Harlessen* lag fünf Kilometer südlich von Black Island vor Anker. Dreitausend Pferde Maschinenkraft, viertausend Tonnen Wasserverdrängung, Heimathafen Hamburg, Reeder Jacob Jeremias Uhlenkort & Söhne.

Fröstelnd schob sich der Wachmann, die einzige lebendige Seele auf Deck, an der Reling entlang. Mechanisch ließ er den Blick bisweilen über das eiskrieselnde Meer gleiten. Noch verwehrte ein dünner Nebelschleier die Sicht.

Ein lichter Schimmer von Osten her kündete das aufsteigende Tagesgestirn. Schärfer blickten seine Augen. Von Minute zu Minute wurde die Luft sichtiger.

Am Vordersteven machte er halt. Sein Blick war nach Norden gerichtet, wo Black Island liegen mußte.

Da ... er stand ... und starrte. Langsam löste er seine Hände aus den Taschen und fuhr sich über die Augen. Dann packten seine Fäuste die Reling, umklammerten sie, als ob sie das starke Stahlrohr zerquetschen wollten.

Black Island? ... War das die Insel Black Island?

Land ... Das war Land ... ja, das war Land ... was sich da vor ihm ausbreitete.

Seine Lippen bewegten sich, als wollten sie schreien. Die weitgeöffneten Augen stierten geradeaus.

Doch! Da war Black Island ... Da war es ja ... aber ... aber viel näher! Viel größer ... und es wurde immer größer ... immer höher.

Die zerklüfteten Felsspitzen der Insel im hellen Sonnenschein gegen die schwarzen Wolken im Hintergrund schienen taumelnd in die Höhe zu streben. Das Vorland, nach allen Seiten wuchs es mit. In immer weiteren Kreisen dehnte sich der Strand, schien auf das Schiff zuzulaufen.

Da lösten sich seine Hände ... Sie schlugen sich vor sein Gesicht, das sich wie zur Flucht abwandte. Er stürzte fort.

Ein Schrei, wie der eines Menschen aus tiefster verzweifelter Not, gellte über Deck.

»Land! ... Land! ... Land kommt! Land ahoi!«

Er riß die Luke zum Quartier auf. »Land ahoi!« brüllte er in den Raum.

Die Gestalt des Ersten Steuermanns schob sich die Treppe herauf. Bevor er die oberste Stufe erreichte, krallten sich zwei Hände in seine Schultern. Der Schrei gellte ihm in die Ohren.

»Land voraus! ... Land ahoi! ... Land kommt über uns!«

Mit einem Ruck schüttelte der Steuermann ihn von sich ab.

»Was? ... Was schreist du? ... Land? ... Land ahoi? ... Bist du ...?«

Seine Augen folgten dem ausgestreckten Arm, der nach Norden zeigte.

»Land ahoi, Steuermann!«

Der Steuermann taumelte zurück.

»Land ahoi!« schrie es nun auch von seinen Lippen. »Anker auf! ... Anker auf! ... Dampf auf!«

Die Deckleute stürzten nach oben.

»Anker auf!« brüllte der Steuermann und lief zur Brücke. Knatternd setzte sich die Motorwinde in Bewegung. Klirrend und rasselnd fuhr die Ankerkette durch die Klüse.

Der Maschinentelegraph klang schrillend. Die Schiffsmotoren sprangen an.

»He, Steuermann! Was ist? ... Was soll der Lärm?«

Der Kapitän stand auf der Brücke und riß den Steuermann am Arm. Der fuhr herum.

»Land, Captain ... Land kommt ...!«

»Land kommt?« murmelten die Lippen des Kapitäns. Sein tiefgebräuntes Gesicht war erblaßt. Mit unruhigen Händen hob er das Glas. Sah, wie das Land da vor ihm – Black Island – wuchs ... in die Höhe ... in die Breite ... sah, wie es auf sie zukam ... näher ... und immer näher.

»Ruder backbord! Hart backbord! Volldampf voraus!«

Der Steuermann schrie es.

»Volldampf voraus!« Der Kapitän rief es nach.

Der Schiffsrumpf erzitterte, das Schiff kam in Bewegung. Es gehorchte dem Steuer und floh ... floh vor dem wachsenden Land. Mit Grauen hingen die Blicke der Mannschaft an den steigenden Felsen, an dem Land, das sie zu verfolgen schien, das ihre Augen und Sinne verrückt machte.

Bis die Entfernung immer größer wurde, bis das Phantom im Nebel entschwand. Bis die Kehlen wieder frei wurden, die Lippen sich wieder zu bewegen vermochten ... zu flüstern, zu sprechen über das Niegesehene ... Nieerlebte.

»Volldampf voraus!« So fuhren sie ... und fuhren, bis sie an der Mole von Wibehafen festmachten.

Der Hafenkommandeur sah die verstörten Gesichter und nahm die Mannschaften der Reihe nach vor. Die schauten mit Augen, die in die Ewigkeit blickten. Erzählten von dem gespenstischen Land, das vor ihren Augen aus der See wuchs ... und wie sie vor ihm flohen.

Da ließ er sie. Wandte sich ab und schickte das Regierungsschiff. Das fuhr und kam nach Black Island. Und sie sahen es daliegen. Wie ein Turm über dem Kirchdach lag die alte Insel auf einer neuen, viel größeren, die hier aus den Fluten gestiegen war.

In langsamer Fahrt, immer wieder lotend, umsteuerte das Schiff das neue Land. Tausend Quadratkilometer waren, wo vordem hundert Quadratkilometer aus der

See ragten. Sie kamen nach Wibehafen zurück und berichteten, was sie gesehen.

Dann begann der Telegraph zu spielen und meldete der Welt, was geschehen.

* * *

Überraschend war das Bild, das sich den Augen Walter Uhlenkorts bot, als er in das Riesenrund des Zirkus trat. So überraschend, daß er stehenblieb, ohne den harrenden Logenschließer zu beachten.

Wohl war es in der Sache das gleiche, was er schon in so manchem anderen großen Zirkus der Welt gesehen hatte. In den Logen die beste Gesellschaft, stark durchsetzt mit Offizieren in glänzender Uniform. Im ersten Rang das bessere Bürgerpublikum, in den weiteren Reihen, nach oben hin abgestuft, Mittelstand und schließlich die Galerie, zum Brechen überladen ...

Wären nur nicht die schwarzen Gesichter des Publikums gewesen. Eine vieltausendköpfige schwarze Menge, in der die wenigen Weißen fast völlig verschwanden.

Gewiß ... er konnte hier in Timbuktu, der Hauptstadt und Residenzstadt des schwarzen Kaisers Augustus Salvator von Zentralafrika, kaum ein anderes Publikum erwarten. Immerhin blieb ein Eindruck, der für sein Europäerauge ans Groteske grenzte. Diese Hypereleganz der nach neuestem amerikanischen Schnitt gekleideten Logenbesucher ... die gold- und silberstrotzenden Uniformen der schwarzen Offiziere ... die kostbaren Abendtoiletten der ebenholzfarbenen Damen in den Logen ... und dann mit zunehmender Sitzhöhe abnehmende Bekleidung, die schließlich auf der Galerie beim Lendenschurz endete ... Das alles gab ein Bild, das gleichzeitig verblüffend und erheiternd auf ihn wirkte. Minuten verstrichen, bevor er sein Auge von dieser Szenerie lösen konnte.

Die plötzlich einsetzende Lichtflut des Pressedienstes

gab seinen Augen eine andere Richtung. Auf dem Plafond über der mächtigen Arena erschienen in feurigen Buchstaben die neuesten Nachrichten aus aller Welt. Automatisch las er die leuchtenden Texte.

Spitzbergen, den 18. März. Fünfzigjähriges Betriebsjubiläum der Vereinigten Arktischen Kohlengruben. Seit der 1952 erfolgten Eröffnung verzehnfachte Ausbeute. Förderung in der ersten Hälfte des März zum erstenmal fünfundzwanzig Millionen Tonnen.

London, den 18. März, 6 Uhr abends. Aus Anlaß der von Amerika beabsichtigten Großsprengung einer neuen Kanalroute in Panama ist es in mehreren schottischen Städten zu ernsten Demonstrationen gekommen.

Tschadsee, den 18. März, abends 6 Uhr 30. Die Arbeiten am Kaiser-Augustus-Schacht sind in den letzten Tagen so gefördert worden, daß man am 20. März die bisher nie erreichte Tiefe von 6000 Metern anfahren wird.

Nachdrängendes Publikum nötigte Walter Uhlenkort, seine Blicke wieder dem Boden zuzuwenden. Er schritt den Rundgang weiter entlang zu seiner Loge. Ein Schließer überreichte ihm Opernglas und Programm. Zwischen zwei schwarzen Gentlemen hindurch, welche die beiden hinteren Plätze der Loge einnahmen, trat er zu dem freien Platz vorn rechts, grüßte mit leichtem Kopfnicken den weißen Nachbarn zur Linken und vertiefte sich mit Interesse in das Programm.

Grand Circus Webster Brothers
Timbuktu *den 18. März 2002*
Große Gala- und Eröffnungsvorstellung
mit sämtlichen Künstlern und Spezialitäten
Die berühmtesten Artisten der Welt!
Erstklassiges Pferdematerial! Großartige Raubtierdressuren
in nie gesehener Vollendung ...

Uhlenkorts Blick zuckte über die einzelnen Nummern des Programms und blieb bei der vierten haften:

Miss Arabella Simpson, die beste Schulreiterin der Welt auf ihrem englischen Vollbluthengst Cohinor ...

Er ließ das Blatt sinken und starrte sinnend in die leere Manege. Die rauschenden Klänge der eben einsetzenden Zirkusmusik rissen ihn aus seinem Nachdenken. Noch einmal wanderten seine Augen über das exotische Publikum des Zuschauerraums. Dann betrachtete er seinen Nachbarn zur Linken.

Ein hageres, bartloses Gesicht, tief gebräunt von der afrikanischen Sonne.

Walter Uhlenkort zog seine Uhr und warf einen Blick auf die leere Hofloge.

»Pünktlichkeit ist die Höflichkeit der Könige ... aber hierzulande sind sie noch nicht soweit«, klang es leise in englischer Sprache aus dem Munde seines Nachbarn.

»Es scheint so«, gab Uhlenkort mit leisem Lächeln zurück.

»Wird aber wohl nicht mehr lange dauern, taxiere ich, die Diplomatenlogen beginnen sich zu füllen. Da drüben links ... der Botschafter des europäischen Staatenbundes ... da tritt er eben ein ... Seine Exzellenz Dührsen, wenn Sie's interessiert ... oder kämen Sie nicht aus dem alten Europa?«

»Richtig geraten ...«

Jäh brach die Musik ab, und ebenso jäh verstummte das lebhafte, schwatzende Publikum. Alle Blicke richteten sich auf die Hofloge, in die der Oberhofmarschall getreten war.

Dreimaliges Aufstoßen seines Stabes. Aufpeitschende Rhythmen der afrikanischen Nationalhymne. Mit einem Ruck erhob sich das Publikum und stimmte in die Melodie ein.

Die Türen im Hintergrund der Hofloge flogen auf. Inmitten eines glänzenden militärischen Gefolges trat der

Kaiser in die Loge. Schritt nach vorn, blieb an der Brüstung stehen und dankte mit leichtem Kopfneigen für die Ovationen des Publikums. Erst als die Nationalhymne verklungen war, ließ er sich nieder, und das Publikum folgte seinem Beispiel.

»Sankt Pauli ist gor nix dagegen«, brummelte Uhlenkorts Nachbar beim Niedersetzen vor sich hin.

Diese Worte, die in unverfälschtem Hamburger Dialekt sein Ohr trafen, ließen Uhlenkort den Kopf wenden.

»Auch von Hamburg?«

»... auch?« Sein Nachbar drehte sich voll um und sah Uhlenkort prüfend an. »... auch Hamburg ... freut mich riesig. Waterkant hatte ich ungefähr taxiert. Trifft man sich nicht am Jungfernstieg, dann sieht man sich in Timbuktu.«

Mit freudig blitzenden Augen reichte er Uhlenkort die Rechte, und vergnügt lachend schlug der ein.

»Das nenne ich Glück. Kommt Klaus Tredrup mit drei Tagen Urlaub von dem Höllenschacht am Tschadsee und trifft gleich am ersten Tage einen Landsmann.«

»Meine Freude ist nicht minder groß, einen Hamburger zu treffen, der hier Bescheid zu wissen scheint.«

»Ein wenig, Herr ... Nachbar ...«

»Uhlenkort.«

»Uhlenkort? ... Jacob Jeremias Uhlenkort & Söhne? Ah ...!«

Lebhafter Applaus unterbrach ihr Gespräch. Sie sahen noch eben eine blonde Panneaureiterin in den Sand springen und mit lächelndem Gesicht und Kußhändchen für den Beifall danken.

»Schweinerei verdammte! Man möchte am liebsten dem ganzen Dreck den Rücken kehren. Müssen die armen Luder hier ihr weißes Fleisch zur Schau stellen ... und dann noch mit Kußhändchen dafür danken, daß sie Gefallen gefunden haben in den Augen der ...«

»Pst! ... Nicht so laut, Landsmann«, unterbrach ihn Uhlenkort.

Unwillkürlich zuckte Klaus Tredrup zusammen.

»Verdammt! Sie haben recht! Die deutsche Sprache ist hier nicht so unbekannt, wie mancher denkt... und Spione gibt es mehr als genug.«

Ein paar Clowns kugelten in die Arena und entfesselten ein Freudengewieher der schwarzen Zuschauer.

»Noch ein Wort, Herr Uhlenkort. Bleiben Sie noch etwas in Timbuktu?«

Uhlenkort nickte.

»Heute abend frei?«

Abermals ein zustimmendes Nicken.

»Ausgezeichnet! Verschieben wir unser Palaver bis nach Schluß der Vorstellung.«

»Meinethalben schon nach der ersten Pause.«

»Soll mir recht sein! Ich schlage vor beim Obermoser. Da gibt's ein Pschorr, gut gekühlt und frisch vom Faß.«

Die vierte Nummer des Programms war jetzt an der Reihe. Die Schulreiterin Miss Arabella Simpson auf einem wundervollen Vollblut, das ein Stallmeister am Zügel in die Manege führte.

Klaus Tredrup schien von der Reitkunst dieser Dame nicht über die Maßen begeistert zu sein. Mit einer Bemerkung auf den Lippen wandte er sich an seinen Nachbarn und sah, daß dieser seine Brieftasche auf den Knien entfaltet hatte, daß seine Augen zwischen einer kleinen Photographie und der Schulreiterin hin- und hergingen. Er unterdrückte, was er sagen wollte, und wartete. Mit jähem Ruck schob Uhlenkort das Bild in die Brieftasche zurück.

»Wenn wir jetzt schon gehen wollen?«

»All right, mir soll es recht sein!«

* * *

Gerade als die beiden Hamburger sich von ihren Plätzen erhoben, trat ein anderes weißes Paar in eine schräg gegenüberliegende Loge ein. Ein Herr und eine Dame, beide in vollkommener Abendtoilette. Der Herr, Ende der Dreißiger, eine hochgewachsene Gestalt, groß und mager, mit einem schmalen, langen Gesicht. Die dünnen, rotgelben Augenbrauen wölbten sich über hellgrauen Augen. Ein nervöses Blinzeln ließ die Augen sich häufig schließen. Um die schmalen, dünnen Lippen lag ein leises Lächeln.

An den Börsen von New York und Chicago kannte man dieses stete Lächeln, und man fürchtete es. Auch Klaus Tredrup wäre nicht so seelenruhig, wie er es jetzt tat, aus dem Zirkus geschritten, wenn er diese Züge noch erkannt, seinen alten Widersacher und Rivalen Guy Rouse hier gesehen hätte.

Aber Guy Rouse sah den Hamburger, drehte sich blitzschnell um und flüsterte dem Logendiener ein Wort zu. Dann eilte er zu seiner Dame, die, unbeirrt von den vielen Gläsern und Blicken, die sich auf sie richteten, an der Brüstung stand, und half ihr aus dem Abendcape.

Das Aufsehen, das sie erregte, war wohlberechtigt. Juanita Alameda war in der Tat eine blendende, eine vollkommene Schönheit. Die tadellose Figur mit höchster Eleganz gekleidet.

Als Guy Rouse sich eben setzen wollte, trat ein schwarzer Gentleman in unauffälliger Kleidung an ihn heran. Ein paar geflüsterte Worte von seiten des Amerikaners, ein kurzes Nicken des Schwarzen, der sich sofort wieder entfernte.

Guy Rouse ließ sich nieder und nahm das Opernglas vor die Augen. Er richtete es auf die Vorgänge in der Manege. Aber hinter den Okularen des Glases wandten sich seine Augen scharf zur Seite zu seiner Nachbarin hin. Die schien interessiert den Jockeykünsten dort unten zu folgen.

»Findest du nicht auch, Juanita, daß der Besuch hier

außerordentlich lohnt? Man sieht doch recht Interessantes!«

»Wie meinst du das?«

»Nun! Ist denn nicht der Anblick des Zuschauerraums allein den Besuch wert? Sieh nur die Loge des Kultusministers mit Familie. Die Dame neben dem Minister ... der tiefe Rückenausschnitt der hellroten Seidenrobe kontrastiert doch recht eigenartig mit der schwarzen Haut ...

Das Girl vor ihr, ihre Tochter, hat wenigstens zwei Töpfe Pomade aufgewandt, um ihr Kraushaar zu dieser Glätte zu zwingen ... Ihr Schmuck genügt übrigens, um zehn Amerikanerinnen aus der fünften Avenue reichlich zu versorgen ...

Der junge Gent an ihrer Seite, dem der weiße Kragen die Ohrläppchen wund scheuert, ist ihr Bräutigam, wird demnächst Legationssekretär in Washington ... Du wirst Gelegenheit haben, das junge Paar wiederzusehen ... Übrigens trotz seiner Jugend ein kolossal gewandter Bursche. Er hat drüben bei uns in New Orleans seine Studien absolviert ... Beherrscht ein halbes Dutzend Sprachen ... Findest du nicht auch, daß ...«

»Wie meintest du eben? Sagtest du etwas, Guy?«

Er biß sich auf die Lippen, und ein unbestimmbarer Ausdruck trat auf seine Züge.

»Oh! ... Ich sagte dir etwas von dem Spaß, den ich hatte, als ich hier hereintrat.«

Jetzt wandte sie sich ganz zu ihm hin und sah ihn forschend an.

»Du amüsierst dich?«

Er nickte.

»Gewiß, ich habe mich gefreut!«

»... gefreut?«

»Aber ja! Es macht doch Freude, wenn man einen alten Bekannten wiedersieht.«

»... einen alten Bekannten?«

»Wozu noch die Fragen? Lassen wir das Spiel. Ich bewundere dich. Ich gratuliere dir zu deiner Selbstbeherrschung. Sie war meisterhaft! Nur wer dich so kennt wie ich - so in deinen Augen lesen kann wie ich -, konnte bemerken, daß du ihn auch gesehen hast.«

»Wen ... ihn?« kam es schwach, fast tonlos von Juanitas Lippen.

»Well! Unseren gemeinsamen Freund, deinen speziellen Jugendfreund ... Mr. Tredrup.«

Juanita zerknitterte nervös das Programm. Minutenlang starrte sie geradeaus.

»Was hast du mit ihm vor?«

»Ich? ... Mit ihm? ... Ich glaube, du überschätzt mein Interesse an Mr. Tredrup.« Er lächelte müde und grausam zugleich.

»Nein, ich schätze, daß dein Interesse an Tredrup ... du weißt ... wie du mich kennst, kenne ich dich auch ... Wer war der Mann, der hier vorhin zu dir in die Loge trat?«

»Ein Kriminalbeamter! Das letzte Zusammentreffen mit Mr. Tredrup war, wie du weißt, nicht ganz ohne Gefahr für mich. Gefahren gehe ich, wenn es sich machen läßt, aus dem Wege. Ein nochmaliges Zusammentreffen mit ihm könnte wieder gewisse Gefahren mit sich bringen. Für mich ... vielleicht auch für ihn. Wir bleiben noch einige Tage hier. Der Herr von der Polizei wird mir Nachricht geben, wie es um Mr. Tredrup hier steht.«

»Guy! ...« Fast flehend hatte es geklungen.

»Bitte, Juanita?«

»Guy! ... Ich bitte dich!«

»Du bittest, Juanita? ... Um was?«

»Schone ihn! ... Schone sein Leben!«

Er sah geradeaus an ihr vorbei. Das stete Lächeln von seinen Lippen war geschwunden.

»Guy!« kam es nochmals dringend. »Schone ihn um der Liebe willen ...«

»... die du einst für Mr. Tredrup empfandest und vielleicht heute noch ...«

»Guy!«

»Oder meinst du ... unsere Liebe ...?«

Das alte, harte und lüsterne Lächeln spielte wieder um seinen Mund.

»Guy! Ich weiß ... ich gehöre dir ... Du verfügst über mich, wie es dir gefällt ... Du weißt, wie oft ich dir nützlich war ... und noch sein werde. Du weißt auch, daß das glänzende Leben, das ich an deiner Seite führe ... daß das nicht ... aber ...«

»Aber? ... Juanita! Du beliebtest soeben ›aber‹ zu sagen?«

»Ja! ... Aber ... es gibt Grenzen! Grenzen, wo mein Herz ...«

»Dein Herz ... Gehört dein Herz nicht mir, Juanita?«

»Guy, hüte dich!«

»Du scherzest, Juanita!«

In diesem Augenblick kam der Kriminalbeamte zurück, trat zu Guy Rouse in die Loge, übergab ihm einen Zettel mit der gewünschten Adresse und flüsterte ihm einige Worte zu. Sorgfältig barg Rouse den Zettel in seinem Portefeuille.

Dann klatschte er mechanisch Beifall, denn soeben erschienen die Mitglieder der Amaconda-Tauchergruppe wieder über der Wasserfläche, nachdem sie allerlei Wasserkunststücke verübt hatten.

»Köstlich! Köstlich diese schwarzen Stielaugen, wie sie die weißen Wasserweiblein beinah verschlingen! ... Allerdings wunderbare Körper haben diese Taucherinnen! Na, sie werden hier sicherlich hoch dotiert sein.«

Die Vorführungen der Tauchergruppe waren beendet. In der nun folgenden Pause flammten neue Nachrichten des Pressedienstes am Plafond auf.

Panama, den 18. März, abends 6 Uhr 45 Ortszeit. Die Minen von Kilometer 60 bis 70 sind geladen. Die Bohrlöcher der Schlußstrecke von Kilometer 70 bis 73 sind mit

Erreichung einer Tiefe von 1,5 Kilometern vollendet. Die Ausmeißelung der Sprengkammern auf diesem letzten Teil der Strecke hat begonnen. Die Meinung in den Vereinigten Staaten ist durchaus für die gleichzeitige Sprengung sämtlicher Minen.

Oslo, den 18. März, abends 6 Uhr 30 Ortszeit. Die aus allen Teilen des Landes gesammelten Resolutionen sind soeben an die europäische Zentralregierung in Bern abgegangen. Norwegen verlangt von Bern nochmals energischen Protest gegen gleichzeitige Sprengung aller Panamaminen.

Timbuktu, den 18. März, abends 7 Uhr 30. Die Kaiserliche Regierung hat beschlossen, die Anfahrung des sechsten Kilometers im Kaiser-Augustus-Schacht durch einen feierlichen Akt zu begehen. Seine Majestät allerhöchst wird selbst geruhen, an der bedeutungsvollen Feier teilzunehmen.

Als diese letzte Nachricht erschien, durchbrauste mächtiger Applaus den ganzen großen Zirkus. Aller Blicke richteten sich auf die Hofloge. Es lebe der Kaiser!

Als die spontane Kundgebung verrauscht war, begannen die Reihen sich langsam zu leeren. Die große Pause hatte begonnen und lockte einen erheblichen Teil des Publikums in das Foyer.

Guy Rouse wandte sich an Juanita.

»Ich verlasse dich für einen Moment. Ich habe ein paar dringende Fragen an unseren Botschafter zu richten.«

Als Guy Rouse gegangen war, verließ auch Juanita die Loge und trat in den Rundgang, um sich in das Foyer zu begeben. Da erblickte sie den Kriminalbeamten, der vor kurzem die Adresse an Rouse gegeben hatte. Im Augenblick zog sie einen Crayon aus der Tasche, schrieb in aller Eile auf die Rückseite des Programms ein paar Worte und winkte dem Beamten gleichzeitig mit den Augen. Dann drehte sie sich um, zur Loge zurück, und ließ dabei wie unabsichtlich den Fächer fallen. Der Kriminalbeamte verstand im Augenblick, sprang hinzu und übergab ihr den verlorenen Fächer.

Während sie ihn entgegennahm, reichte sie dem Beamten das zusammengefaltete Programm.

»Von Mr. Rouse für Mr. Tredrup.«

Kaum hatte der Beamte sie verlassen, kam Rouse zurück.

Als er Juanita außerhalb der Loge traf, warf er einen mißtrauischen Blick um sich.

»Wo wolltest du hin, Juanita?«

»Ich wollte ins Foyer. Die Luft hier ist entsetzlich... aber das unverschämte und zudringliche Anstarren da draußen ist mir noch mehr zuwider. Ich möchte nach Hause. Mein Kopf schmerzt.«

»Ich habe soeben von unserem Botschafter erfahren, daß der Kaiser den Zirkus verläßt und mich um 9 Uhr 30 im Schloß erwartet. Wir kehren sofort ins Hotel zurück.«

* * *

Sie saßen beim Obermoser und waren nicht mehr beim ersten Glas.

»Wie ist's, Herr Uhlenkort, wollen wir die Kalabassen noch einmal vollaufen lassen?«

Klaus Tredrup, der alte Mittweidaer Studiker, schwenkte seinen leeren Krug nach dem Büfett hin.

»Meine drei Tage sind bald rum. An dem Teufelsloch am Tschadsee gibt's solchen Stoff nicht!«

Ohne die Antwort abzuwarten, hob er seinen Krug hoch.

»Noch zwei Volle, Herr Obermoser aus Minka!«

Walter Uhlenkort nickte belustigt.

»Der Stoff ist tadellos. Der könnte sich am Stachus in München sehen lassen. Die verwöhnteste Zunge kann damit zufrieden sein.«

Der dicke Obermoser kam und setzte zwei schäumende Krüge vor die beiden hin.

»Wohl bekomm's! Dös is eaner a Bier! Dös habens net glaubt, dös dos in Timbuktu finden täten, Herr Uhlenkort.«

»Na, wie mundet denn das den Schwarzen, Herr Obermoser?« fragte Uhlenkort. »Ich habe da im Vorbeigehen Ihren schwarzen Stammtisch nebenan bewundert.«

»Ja, Herr Uhlenkort«, schmunzelte der dicke Wirt, »das hätt' ich selber zu Anfang net geglaubt, daß sich die schwarzen Brüder so an den Stoff gewöhnen würden. Ich hatte nur weiße Gäste erwartet. Aber jetzt habe ich hier einen schwarzen Stamm, der ist auf den Geschmack gekommen. Es sind Leutchen dabei, die ihre zehn Maß hintereinander auslecken, und zwar Exportbier, Herr Uhlenkort... Wollen die Herren die neuesten Nachrichten lesen?... Na, das mit dem Teufelsschacht, das wissen Sie ja schon, Herr Tredrup.«

»Was denn?«

»Na, die große Einweihungsfeier.«

»Nein, davon wissen wir ja noch gar nichts!... Her mit den Nachrichten!«

Herr Obermoser lief, so schnell es seine Rundlichkeit erlaubte, in den Nebenraum. Durch die offene Tür hörte man das polternde Treiben am schwarzen Stammtisch.

Der Obermoser kam zurück und legte die letzte Abendausgabe des Zentralafrikanischen Reichs- und Staatsanzeigers auf den Tisch.

»Da unten, da können Sie's lesen«, sagte er.

Tredrup überflog das Blatt und las die Notiz, daß Seine Majestät entschlossen seien, selbst zur Einweihungsfeier des sechsten Kilometers des Tschadseeschachtes nach Mineapolis zu kommen.

»Donnerwetter noch mal! Das ist ja eine nette Überraschung. Dieser Entschluß muß sehr plötzlich gefaßt worden sein. Unser Oberbonze in Mineapolis wußte noch nichts davon, als ich abfuhr. Da mag es ja da unten munter zugehen. Alle Wetter, da werde ich wohl schon morgen telegraphisch zurückgerufen werden.«

Er setzte seinen Krug an und tat einen gewaltigen Zug.

»Dann ist das hier sicherlich nicht mein letzter Krug heute gewesen. Jetzt ist Tied, Tredrup ... Obermoser, noch einen ... Herr Obermoser!

Halt mal! Herr Uhlenkort, jetzt böte sich auch für Sie vielleicht Gelegenheit, an den Schacht zu kommen. Sicherlich werden die europäischen Diplomaten eingeladen werden. Ich sagte Ihnen vorhin, daß man kaum einen Schwarzen, geschweige denn einen Weißen, der nicht direkt mit den Bauten zu tun hat, in die Baustelle einschmuggeln kann. Es heißt hier wie im alten Europa: Das Betreten das Baustelle ist Unbefugten strengstens verboten. Aber, wenn Sie in Begleitung Ihres Botschafters hinkommen, ließe sich die Sache am Ende machen.«

»Der Gedanke ist gut, Herr Tredrup. Ich werde mich morgen früh bei unserem Botschafter melden lassen und hoffe bestimmt, auf diese Weise den Bau zu sehen. Wir sind doch in Europa recht neugierig. Sie wissen ja, daß solche Projekte auch bei uns aufgetaucht sind ... besonders, als die Kohlen knapp wurden und bevor wir darangingen, die großen Lager auf Spitzbergen auszubeuten ... Aber alle diese Projekte sind ihrer Sinnlosigkeit wegen immer wieder verworfen worden.

Das letztemal hatte der amerikanische Ingenieur Grimmaud dafür Propaganda gemacht. In Europa hat er kein Glück gehabt, aber Augustus Salvator ist seiner Beredsamkeit unterlegen - wie es scheint -, oder sollte er doch mal wieder schlauer gewesen sein als alle anderen?«

»Wie meinen Sie das, Herr Uhlenkort?«

Dabei betrachtete er Uhlenkort mit aufmerksamen Blicken. Der zuckte die Achseln.

»Nun, ich denke mir, daß der Plan, einen tausend Meter weiten Schacht so tief in die Erde einzubringen, bis man die Erdwärme technisch im größten Stile ausnutzen und viele hunderttausend Pferdestärken ... nein, Millionen von Pferdestärken damit gewinnen kann - ein Plan, der von den Fachleuten der ganzen Welt als töricht und unmöglich und nicht lohnend verlacht wird -, daß ein solcher Plan kaum geeignet ist, einen Mann wie den Kaiser Augustus - einen genialen, scharfsinnigen, überlegenen Mann - zu veranlassen, Staatsgelder im Betrage vieler Milliarden hineinzustecken ... um sich schließlich zum Gespött der Welt zu machen.«

»Halloh, Mr. Uhlenkort! Wie kommen Sie darauf? Was meinen Sie?«

Uhlenkort schaute prüfend in das Gesicht seines Gegenübers und lächelte leicht.

»Nun, mein lieber Herr Tredrup, ich denke vielleicht genau dasselbe, was Sie auch denken.«

»Deubel noch mal, können Sie Gedanken lesen? Woher wissen Sie, ob ich denke und was ich denke?«

»Herr Tredrup, zum Diplomaten sind Sie nicht geboren, die verschiedenen Krüge Pschorr nicht zu vergessen. Ihr Gesicht sagt mir, daß Sie sich was denken, und ich glaube auch zu wissen, was Sie sich denken.«

Einen Augenblick saß Tredrup stumm. Dann tat er einen tiefen Atemzug und rief:

»Prost, Herr Uhlenkort! Daß ich nicht zum Diplomaten geboren bin ... große Schmeichelei ... diese Bande ist mir alles andere als sympathisch ... Hol's der Teufel ... Aber trotz der verschiedenen Krüge halte ich Sie doch für einen der schlauesten ... Burschen, die unter Gottes Sonne herumlaufen.

Denn ... was ich vermute, will ich gar nicht sagen. Sie scheinen's ja zu wissen. Wird es aber Wahrheit, dann hat der Kaiser Augustus, dieser schwarze Augustus, einen Erfolg, der ihm eine Handvoll starker Trümpfe gibt.

Aber zur Sache! Woher haben Sie dieses Wissen? Oder vielmehr, was wissen Sie denn eigentlich? Wozu wollen wir unter uns Hamburgern noch weiter Versteck spielen?«

Statt Antwort zu geben, benetzte Uhlenkort seinen Zeigefinger in dem Untersatz seines Glases, malte auf die Eichenplatte des Tisches die chemische Formel CaC_2 und wischte sie sofort wieder weg, sobald Tredrup einen Blick darauf geworfen hatte.

»Karbid! Damn me! God bless your nose! Ihr Riecher ist nicht schlecht!«

»Ich sagte Ihnen bereits, daß Sie zum Diplomaten keine besonderen Talente haben. Wände haben Ohren! ... Überall in der Welt. Sie schreien ein Wort in die Landschaft, Herr Tredrup, das heute vielleicht noch bedeutungslos, morgen - aus Ihrem Munde gesprochen - Verletzung eines Staatsgeheimnisses ist.«

Tredrup schlug sich mit der Hand auf den Mund.

»Die vielen Biere! Sonst hält Klaus Tredrup besser dicht. Sie werden die Bedeutung vielleicht noch höher einschätzen als ich. Sie haben recht, die Sache ist nicht ganz ungefährlich. Aber heut abend wollen wir nicht mehr davon sprechen. Nein! Lieber irgendwo anders, in Gottes freier Natur, wo keine Wände und keine Ohren zu fürchten sind.

Auf alle Fälle werde ich Ihnen vor meiner Abreise noch Nachricht geben. Eine Aussprache über diese Frage ist unbedingt notwendig. Auch darüber, wie man den Schwarzen diesen Trumpf aus der Hand nehmen könnte.«

»Wie? ... Wie meinen Sie das!?« rief Uhlenkort erregt.

Tredrup warf einen Blick in die Runde und drückte den Finger auf den Mund.

»Nun, Herr Obermoser«, wandte er sich an den eintretenden Wirt, »wollen Sie frischen Anstich melden?«

»Nein, Herr Tredrup«, sagte der Wirt, »es ist jemand draußen, der Sie sprechen möchte.«

Bei diesen Worten machte er ein kaum merkliches Zeichen ... Polizei.

Tredrup stutzte einen Augenblick, dann ging er mit dem Wirt zur Tür. Durch die geöffnete Tür trat jener schwarze Gentleman, der mit Guy Rouse und dann später mit Juanita gesprochen hatte. Er murmelte ein paar undeutliche Worte und fragte dann:

»Sind Sie Herr Klaus Tredrup?«

»Klaus Tredrup! ... Sie wünschen?«

»Ich bin beauftragt, Ihnen dieses zu überreichen.«

Mit einer leichten Verneigung verließ der Beamte den Raum. Verwundert betrachtete Tredrup den zusammengefalteten Zettel. Ein Zirkusprogramm? Er trat unter die Lampe, entfaltete das Papier und begann zu lesen, was auf der Rückseite geschrieben stand.

Es war eine kurze Notiz, in spanischer Sprache geschrieben. Tredrup wendete das Blatt hin und her. Es zitterte in seiner Hand. Er besah es von allen Seiten, und seine Augen kehrten zu den wenigen Zeilen zurück. Wieder glitten seine Blicke über den Text. Dann ließ er das Blatt sinken und stand starr, wie geistesabwesend.

Bilder schienen an ihm vorüberzuziehen. Der Kanal ... Der Kanal von Panama ... Das kleine Montegna ... Juanita ... und da war Guy Rouse ... Guy Rouse ...

Seine Rechte ballte sich zur Faust. Ein tiefes Atemholen, dann gab er sich einen Ruck. Mit langsamen Schritten kehrte er zu seinem Platz zurück.

Uhlenkort hatte mit Staunen und Teilnahme die kurze Szene beobachtet.

»Bekamen Sie eine unangenehme Nachricht, Herr Tredrup?«

Tredrup schob ihm das Blatt zu.

Die wenigen auf die Rückseite des Programms gekritzelten Worte lauteten:

Hüte dich!
Denke an Montegna!
J.

Ein einfaches J war die Unterschrift.

»Ihnen droht eine Gefahr, Herr Tredrup. Kann ich Ihnen nützlich sein? Soweit es in meinen Kräften steht, stelle ich mich Ihnen zur Verfügung.«

Tredrup richtete sich auf, wie aus einem schweren Traum erwachend.

»Eine kurze Geschichte ... wie sie in der Welt tausendmal passiert. Ich war bei den Arbeiten am Panamakanal tätig. Ich war wie hier Ingenieur ... Mineningenieur bei den großen Bohrungen.«

Uhlenkort merkte auf und sah ihn mit gesteigertem Interesse an.

»Sie waren auch bei den großen Bohrungen am Panamakanal mit tätig?«

Tredrup nickte.

»Zwei Jahre war ich da unten und wäre heute noch da, wenn nicht eben diese kleine Geschichte passiert wäre.«

Er schob seinen Krug beiseite und rückte näher an den Tisch heran.

»Ja, da war ich ... und da war ein alter Mann, ein Mexikaner, ein Bohrmeister aus meiner Abteilung ... und da war dessen Tochter, Juanita. Auch außerhalb der Arbeitsstunden kam ich häufig mit dem alten Alameda zusammen. Kam auch in sein Häuschen, das ein paar Kilometer von der Kanalstrecke landeinwärts lag, das er mit seiner Tochter Juanita zusammen bewohnte.

Juanita war damals 18 Jahre ... Was soll ich Ihnen weiter sagen ... Schön und rein wie der junge Morgen. Wir liebten uns! ... Ja, wir liebten uns ...«

Ein kurzes ironisches Lachen verzerrte seinen Mund.

»Liebten uns, bis er kam ... er ... dieser Rouse. Der große Rouse ... Sie kennen ihn ...«

»Mr. Guy Rouse?« Walter Uhlenkort beugte sich weit vornüber. »Rouse, der Präsident der neuen Kanalgesellschaft?«

»Derselbe ... Seine Leidenschaft beschränkt sich nicht auf seine Milliarden allein. Sie kennen ihn ... seine faszinierende Person! Seine Gabe, sich jedes Wesen gefügig zu machen, das er irgendwie zu gebrauchen gedenkt, versagte auch hier nicht. Wie er es fertigbrachte ...?

Er brachte es fertig ... Eines Tages war Juanita verschwunden ... ohne ein Lebenszeichen zu hinterlassen. Alle, die sie kannten, waren ratlos. Ihr Vater, der alte Pedro Alameda, war verzweifelt. Man dachte an einen Unglücksfall. Es bot sich damals in den Sprengfeldern des Kanalgebietes mehr als eine Gelegenheit dazu.

Ich allein ahnte sofort, was geschehen war! Die Nachforschungen, die ich im geheimen anstellte, bestätigten es. Sie war ein Opfer von Guy Rouse geworden.

Ich versuchte zu ihm vorzudringen. Es gelang nicht. Ich stellte ihn auf offener Straße, als er in seinen Kraftwagen steigen wollte. Ich sagte ihm die Wahrheit ins Gesicht. Er leugnete ... lächelnd.

Dies Lächeln brachte mich zur Raserei. Ich schlug zu ... mitten in das Lächeln hinein. Er taumelte.

Ich floh! ... Nicht aus Furcht ... Juanita wollte ich suchen ... Ich fand sie bald ... Er hatte sie nicht versteckt, wie ich glaubte ... nein! Ich fand sie an seiner Seite als große Weltdame. Seine Geldmacht genügte auch hier, um alle Mäuler verstummen zu lassen. Ich sah sie als seine Begleiterin bei Festen, umschwärmt von einer Schar von Verehrern aus den besten Kreisen ... lachend und froh ...

Ich gab sie auf ... Weg von allem, was an Juanita erinnern konnte! ... Am Tschadsee konnte man Leute wie mich brauchen ... und mir kam es gelegen. Ich war der Welt reichlich müde. Die Enttäuschung war zu niederschmetternd.

Seit drei Jahren sitze ich nun an dem verteufelten Schacht, komme selten mal weg von da, nach Timbuktu meistenteils ... glaubte, vergessen zu haben ... glaubte auch mich vergessen ... und jetzt: da!«

Er schlug auf das Blatt.

Uhlenkort antwortete:

»Wenn ich richtig kombiniere, sind Juanita und Guy Rouse hier in Timbuktu. Sie haben Sie gesehen. Die Warnung kommt von Juanita. Was werden Sie tun?«

»Ich werde ... Ich weiß noch nicht! ... Erst klaren Kopf ... Den werde ich morgen früh haben ... Gehen wir jetzt?«

»Ich bin bereit! Ich wohne im Hotel Astoria. Und Sie?«

»Nicht weit davon ... In dem Millerschen Boardinghouse. Wir haben denselben Weg.«

Draußen empfing sie die Kühle der Nacht. Tredrup zog seinen Hut und strich sich durch das volle Blondhaar.

Ihr Weg führte über die breite Esplanade, die sich vom kaiserlichen Schloß zum Augustus-Park hinzieht.

Neue Nachrichten des Pressedienstes. Die Riesenfront des Astoriahotels schien in Flammen zu stehen. In allen wichtigen Weltsprachen flackerten die Nachrichten über die Fassade.

Paris, den 18. März, 8 Uhr abends. Krawalle vor der amerikanischen Botschaft. Polizei vermochte nur mit Mühe, die erregte Menge am Eindringen zu hindern. Deputierte aus Normandie und Bretagne halten aufreizende Reden an die Massen. Verlangen Abbruch der Beziehungen zu Amerika und Übersendung eines Ultimatums.

Bern, den 18. März, 8 Uhr 25 abends. Die Sitzung des europäischen Parlaments beginnt morgen vormittag um 11 Uhr.

New York, 2 Uhr 30 Ortszeit. Die Aktien der New Canal Company fielen an der Nachbörse um zehn Punkte.

Das Licht erlosch.

»Na, allerhand Neues.«

»Aber wenig Schönes.«

»Jedenfalls nichts vom Augustusschacht. Vielleicht war es eine Ente mit der Feier des sechsten Kilometers. Gute Nacht, Herr Uhlenkort. Es bleibt bei unserer Verabredung?«

»Jawohl, hier oder in Mineapolis!«

* * *

Im Arbeitskabinett des Kaisers saßen der amerikanische Botschafter Mr. Bowden und Guy Rouse am Teetisch. Augustus Salvator stand am Schreibtisch, über eine Karte gebeugt, einen kleinen Zirkel in der Hand.

»Der Plan Ihrer Admiralität wäre nicht übel, wenn nicht...« - bei diesen Worten richtete er sich auf und ging auf die beiden Amerikaner zu - »... wenn nicht ein Faktor außer acht gelassen wäre, den ich allein und der Chef meines Stabes kennen ... Immerhin ist der Plan der Beachtung wert. Auch liegt mir an dem guten Willen, den Ihre Regierung meinen Absichten entgegenbringt. Der Krieg mit Südafrika ist unvermeidlich ... wird unvermeidlich, meine Herren, wenn - beachten Sie, ich sage ›wenn‹, denn ich werde ihn zu vermeiden suchen -, wenn die Südafrikanische Union mir in der Eingeborenenfrage nicht nachgibt ... ich will sagen, entgegenkommt ...

Die Unterstützung Ihrerseits durch U-Kaperboote ist zweifellos nicht bedeutungslos ... Die wenigen und leider noch wenig bewehrten Seehäfen meines Landes werden durch ... euro ... feindliche ...« - mit leichtem Hüsteln unterbrach er die Rede - »... Blockade lahmgelegt.«

Sein Blick flog über den Botschafter hinweg und blieb auf Guy Rouse ruhen.

Der Amerikaner lag halb zurückgelehnt im Sessel. Jetzt richtete er sich aus seiner nachlässigen Stellung auf.

»Europäische Blockade, Sire? ... Sollte Europa sich offen an die Seite Südafrikas stellen?«

Der Kaiser nickte mit einer energischen Kopfbewegung.

»Der Frieden von Bern war kein Frieden ... Er beendete nur die offenen Feindseligkeiten. Durch den engen Anschluß Südafrikas an Europa ist der Kriegszustand latent geworden.

Die Unterstützung seitens Amerikas allein durch U-Kaperboote genügt mir nicht. Die von mir bei amerikanischen Werften bestellten U-Kreuzer kommen viel zu langsam zur Auslieferung ...

Auch die Personalfrage ist nicht einfach. Ich habe in meinem Lande nicht genügend technisch ausgebildete Leute. Von meiner Admiralität laufen fortwährend Beschwerden ein, daß unter den angeworbenen Amerikanern viel schlechtes Material ist. Besonders heikel ist die Kommandantenfrage. Bei dem Überfluß, den Sie drüben an solchen Männern haben, müßte eine energische Einwirkung Ihrerseits besseren Erfolg zeigen.«

Mr. Rouse zog es vor, nicht zu sagen, was er dachte. Der Kaiser fuhr fort:

»Können Sie mir da nicht zweckmäßige Vorschläge machen?«

Sein Blick ruhte auf Mr. Bowden. Der richtete sich mit verlegenem Räuspern auf.

»Hm! ... Bei der allgemeinen Volksstimmung, Majestät ...«

»Volksstimmung! ... Was heißt Volksstimmung? Ist Ihre Regierung abhängig von der Volksstimmung?«

Der Botschafter wiegte verlegen den Kopf.

»Was sagen Sie, Mr. Rouse?«

»Sire! Die Regierung trifft ihre Maßnahmen völlig unabhängig von der Volksstimmung. Aber wir haben keinen Einfluß auf die Gesinnung unseres Seeoffizierkorps.

Gestatten Eure Majestät, daß ich mich ganz offen ausspreche. Das Offizierskorps im ganzen steht einer Unterstützung des schwarzen Afrika gegen das weiße Europa nicht sympathisch gegenüber ...«

Augustus Salvator zog die Brauen zusammen.

»Hm! So, so! Was ist da zu tun?«

Guy Rouse lächelte.

»Nur ein Mittel gibt's! Das Allheilmittel Geld! Sire, verdoppeln ... verdreifachen Sie die Gage, und Sie werden haben, was Sie brauchen.«

»Glauben Sie?« Der Kaiser schaute den Amerikaner prüfend an. Guy Rouse machte eine wegwerfende Handbewegung.

»Irgendwer prägte mal im Altertum die Sentenz, daß ein goldbeladener Esel über die höchsten Mauern kommt. Ich persönlich habe bis jetzt jedes Vorurteil ... auch das der Ehrlichkeit – die doch schließlich auch nur ein Vorurteil ist – durch Gold überwunden.«

Der Kaiser lachte.

»Gut, Mr. Rouse! ... Die nötigen Offiziere und Mannschaften hätte ich somit. Fehlen jetzt nur noch die Boote! Hilft uns Ihr Mittel auch da?«

»Auch da, Majestät!« erwiderte Guy Rouse mit kalter Miene. »Es bedarf nur der gehörigen Dosis.«

»Daran soll es nicht fehlen! Wem ist das Mittel zu applizieren? ... Welche Wirkung wird es haben?«

Mr. Rouse überlegte mehrere Sekunden. Dann sprach er langsam, sorgfältig jedes Wort abwägend:

»Bei den täglichen großen Fortschritten im U-Boot-Bau dürfte ein großer Teil unserer Staatsflotte veraltet sein. Es liegt im Interesse der Nation ...«, hier warf er einen kurzen Blick zu dem Botschafter hin, »... das veraltete Material durch neues zu ersetzen. Im Interesse der Staatsfinanzen liegt es, das auszurangierende Material nicht einfach abzuwracken, sondern vorteilhaft zu verwerten. Interessenten, die diese Boote für Handelszwecke umbauen, werden sich wohl finden ... aber nicht viel bieten. Eure Majestät würden als Interessent voraussichtlich das Höchstgebot abgeben.«

»Wahrscheinlich!« Der Kaiser nickte. »Was sagen Sie zu dem Vorschlag, Herr Botschafter?«

Mr. Bowden wand sich hin und her.

»Ich kann nicht unterlassen, Eure Majestät nochmals auf die allgemeine Volksstimmung bei uns aufmerksam zu machen ... auch auf die voraussichtlich unvermeidbaren außenpolitischen Schwierigkeiten ...«

Guy Rouse und Augustus Salvator wechselten einen Blick. Der Amerikaner drehte spielerisch einen kleinen goldenen Crayon in den Fingern.

»Die Bedenken Mr. Bowdens sind leicht zu zerstreuen. Die New Canal Company wird zweifellos in Zukunft auch das Reedereigeschäft betreiben ... und würde versuchsweise große U-Kreuzer kaufen ... Sollte sich das Geschäft nicht als nutzbringend erweisen ... würde die Company die Hände wieder herausziehen.«

Die Blicke des Kaisers hafteten an den lächelnden Mienen des Amerikaners.

»Sie würden die Boote dann vielleicht sogar mit Aufschlag verkaufen?«

»Majestät! Ich habe die Interessen meiner Gesellschaft zu wahren ... Ich bin sicher, daß sich sehr kapitalkräftige Interessenten finden werden, die einen Aufschlag von hundert Prozent nicht scheuen werden!«

»Gut, Mr. Rouse! Sie sind ein kluger Geschäftsmann. Die Stellung als Finanzminister bei mir bleibt Ihnen jederzeit reserviert.«

»Ich danke Euer Majestät für diese Anerkennung. Ließen mich meine Interessen in den Staaten frei, würde es mir eine Ehre sein ...

Als vorsichtiger Geschäftsmann möchte ich nicht unterlassen auf den anderen Weg hinzuweisen, auf dem unsere gegenseitigen Handelsbeziehungen sich zeitweise abspielen. Ich meine die Bahnlinien durch die arabischen Nordstaaten.«

»Vorläufig, Mr. Rouse, geht das. Im Kriegsfalle würde das Loch bei Gibraltar ... sehr eng werden. Die Verbindungen über den Atlas sind zu spärlich.

Die Verhandlungen mit Südafrika über die vollständige Gleichberechtigung der schwarzen und weißen Rasse schleppen sich ungebührlich lange hin. Sie würden schneller gehen und zu einem guten Abschluß kommen, wenn ... Ihre Vorschläge, Mr. Rouse, realisiert sein werden. Könnte die Angelegenheit nicht noch beschleunigt werden?«

Mr. Rouse schien zu kalkulieren, an den Fingern zu rechnen, zu überschlagen.

»Ich denke, Majestät, in vier Monaten bei hundert Prozent, in drei Monaten bei zweihundert Prozent.«

»Sagen wir lieber in zwei Monaten bei zweihundert Prozent!«

Mr. Rouse schien in Gedanken eine neue Kalkulation aufzumachen.

»Well! Das Geschäft ist gemacht ...«

»Well!« sagte auch der Kaiser. »Sie sind ein guter ... ein außerordentlich guter Geschäftsmann. Die Zeche wird für meine Gegner immer höher.«

Mr. Rouse zuckte die Achseln.

»Business is business, Majestät!«

Augustus Salvator erhob sich - ein Zeichen, daß die Unterredung beendet sei. Er ging auf den Botschafter zu und drückte ihm die Hand. Während dieser der Tür zuschritt, verabschiedete sich der Kaiser von Guy Rouse und fügte mit erhobener Stimme hinzu:

»Ich will hoffen, Mr. Rouse, daß Sie mit der Sprengung am Kanal guten Erfolg haben werden ...«

Der Amerikaner beugte sich tief über die dargebotene Hand.

»Mr. Bowden ist das Klima hier wohl nicht sehr zuträglich«, flüsterte der Kaiser.

»Den Eindruck gewann ich schon zu Beginn der Audienz, Majestät! Ein Wechsel des Klimas würde unbedingt gut für ihn sein ...«

* * *

Der Kaiser war allein. Langsam ließ er sich an seinem Schreibtisch nieder. Seine Lippen bewegten sich im Selbstgespräch.

»Ein Schuft! Schuft erster Klasse ... doch nein ... Schuft? Das Wort in der gewöhnlichen Bedeutung paßt nicht auf ihn ...

Er ist der Vertreter des Kapitalismus in Reinkultur. Er ist da angekommen, wo sich die Welle überschlägt ... Er beherrscht die Nation und ihre Seele ... Volk und Regierung sind seine Werkzeuge ... Unsichtbar für die Massen, unbeeinflußt durch höhere sittliche Gesichtspunkte, lenkt er die Geschicke des eigenen Staates, ja anderer Völker rücksichtslos ... mitleidlos ... nur im eigenen egoistischen Interesse.

Seine Kontore sind Generalstabszimmer geworden. Seine Wirtschaftsschlachten sind opferreicher als die blutigsten Kämpfe vergangener Zeiten, wenn auch keine amtliche Verlustliste die Zahl der Opfer meldet.

Aber er ist blind! Er sieht nicht die Grenzen, die jeder Macht gezogen sind. Die Reaktion muß kommen ... Der Zeitpunkt ist nicht mehr fern.

Neues Geld durch Macht! Größere Macht durch Geld! Das ist seine Devise ... Ebenso falsch und schädlich wie jene andere: Krieg durch Macht! Neue Macht durch Krieg ...

Meine Feinde nennen mich den schwarzen Napoleon ... den gefürchteten und gehaßten. Wie wenige sind es, die mir gerecht werden!

Was war sein Ziel? ... Was ist meins?

In unersättlicher Machtgier verschlang er ein Land

nach dem anderen, bis er an Rußland erstickte. Was tat ich? Ich kämpfte den Kampf meines Volkes gegen die weißen Unterdrücker. Den Kampf um die Freiheit nach jahrhundertelanger Knechtschaft. Das war die erste Tat!

Die befreiten Länder habe ich zu einem Reich zusammengefaßt, denn nur ein geeintes Volk kann sich behaupten. Das war die zweite Tat!

Die dritte: Gleichberechtigt in der ganzen Welt sollen die Schwarzen mit den Weißen sein! Das ... das allein veranlaßt den Konflikt mit Südafrika. Die Weißen aus Südafrika vertreiben? ... Es meinem Reich angliedern? ... Ich denke nicht daran.

Aber die Gleichberechtigung will ich ... gutwillig ... oder mit Gewalt.

Das ist mein letztes Ziel. Mit ihm stehe oder falle ich ... Meine Feinde mögen mich verleumden ... wenn nur die Geschichte mir eines Tages gerecht wird.«

Er drückte auf einen Knopf. Ein Adjutant erschien.

»Den Kriegsminister!«

* * *

Am Morgen des folgenden Tages saß Uhlenkort in seinem Hotelzimmer beim Frühstück und überflog die ersten Ausgaben der Lokalblätter. Den weitaus größten Teil der Spalten beanspruchten die Nachrichten über die bevorstehende Feier am Tschadsee. Jetzt blieb sein Auge auf einer kurzen, gesperrt gedruckten Notiz am Schluß des Blattes hängen.

Spitzbergen, den 18. März. Amtlich wird bekanntgegeben: Die Insel Black Island auf 77° 14' nördl. Breite, 12° 23' östl. Länge, ist am 17. März, morgens gegen fünf Uhr, in aufsteigende Bewegung geraten. In der folgenden Stunde ist das Eiland um zirka hundert Meter gestiegen. Die Fläche der Insel hat sich dabei um das Zehnfache vergrößert. Ein in geringer Entfernung vorüberfahrendes Schiff hat den Vorgang zum größten Teil beobachten können. Vulkanausbrüche und Seebeben wurden nicht bemerkt. Die Regierung beabsichtigt, eine Gelehrtenkommission zur Ergründung der rätselhaften Vorgänge dort hinzusenden.

Uhlenkort ließ die Zeitung sinken. Seine Gedanken wanderten. Er wußte wohl, daß Black Island nur fünfzig Kilometer westlich von Spitzbergen lag. Er sah das kleine, unbedeutende Eiland. Er sah ein neues, viel größeres aus den Eingeweiden der Erde nach oben getrieben werden ...

Seine Gedanken liefen weiter. Er sah Spitzbergen. Er sah die großen Kohlengruben. Er sah die Schächte wie Nadelstiche ... wie Kapillarröhren in den Leib der Erde eindringen ... Sah sie zerdrückt zusammenbrechen. Alles verschüttend, was Menschenhand in Jahrzehnten dort geschaffen hatte.

Er sprang auf und durchmaß mit großen Schritten das Zimmer.

Seine Gedanken hetzten sich. Bald glaubte er sich durch die Worte »ohne vulkanische Ausbrüche und Seebeben« über die Sorgen hinwegtäuschen zu können. Bald wieder sah er im Geiste die schlimmsten Dinge. Konnte sich nicht, was bei Black Island geschehen, in jeder Stunde mit Spitzbergen wiederholen? Katastrophen von kaum auszudenkender, unbeschreiblicher Größe malten sich vor seinen Augen. Das Gefühl, den kommenden Dingen ohnmächtig gegenüberstehen zu müssen, bedrückte ihn.

Wie hatte die Nachricht in Spitzbergen gewirkt? ... Wie sah es dort aus? ... War der Betrieb der Minen eingestellt?

Er nahm die Zeitung wieder auf und las noch einmal die Zeitangabe dieser Nachricht. ›Also vor über fünfzig Stunden war das ... Noch keine direkte persönliche

Nachricht von der Grubenleitung... keine Nachricht von ihm?... Ich verstehe das nicht. Bleibt nur die Erklärung, daß es gut steht.‹

Er trat zum Tisch und ergriff das Telephon.

»Keine Post für mich?«

»Soeben, Herr Uhlenkort, zwei Telegramme.«

Noch bevor er den Hörer ablegte, warf das pneumatische Rohr zwei Telegramme auf den Schreibtisch.

Er riß das erste auf... und warf es zur Seite.

»Nichts!«

Er öffnete das zweite:

Spitzbergen, den 18. 3. Uhlenkort, Timbuktu. Keine Gefahr. 89.

Mit einem Seufzer der Erleichterung ließ er sich in den Schreibtischsessel fallen.

Von ihm selbst!... Von J. H.... Ah, Gott sei Dank.

Er ließ das Telegramm fallen und griff nach dem anderen.

New York, den 17. 3. Zentralbüro Pinkerton. Erste Auskunft überholt. Angefragte nicht Timbuktu, sondern Kapstadt, Zirkus Briggs.

Er faltete das Telegramm zusammen und zog seine Brieftasche. Dabei fiel sein Auge auf zwei Schriftstücke, die ebenfalls den Kopf ›Pinkerton‹ trugen.

Ein Telegramm: *Angefragte mit Zirkus Webster, Timbuktu.*

Er ließ es fallen. Das zweite Schreiben in engster Typenschrift:

Angefragte Miss Christie Harlessen kam von Colon am Kanal mittellos nach Milwaukee. Verwandte mütterlicherseits, die sie dort aufsuchen wollte, waren gestorben. Traf dort einen Reiter des Zirkus Webster, der früher auf der Hacienda ihres Vaters am Kanal Cowboy war. Rat- und mittellos nahm sie dessen Vorschlag an und trat in das Ensemble von Zirkus Webster ein. Ihre außerordentliche Reitkunst, auf der Hacienda des Vaters von Jugend auf erworben, bot die geeignete Grundlage für ihren neuen Beruf. Ihre großartigen Leistungen machten sie in kurzer Zeit zu einer ersten Attraktion des Zirkus.

Zirkus Webster ging von Milwaukee nach Philadelphia. Weiter nach Boston. Hat die Absicht, nach Afrika überzusetzen.

Walter Uhlenkort öffnete ein anderes Fach seiner Brieftasche und entnahm ihm eine kleine Photographie. Mit einer Miene des Bedauerns und der Teilnahme betrachtete er das Bild.

Ein junges und doch ausdrucksvolles Gesicht. Echter Harlessentyp. Dem Bild der Urahne Harlessen, der schönen Christiane, wie aus dem Gesicht geschnitten.

Armes Mädel! ... Schlimmes Schicksal für eine Harlessen ... Zirkusreiterin! ... Eine Tochter des Hauses Harlessen, dessen Oberhaupt zur Zeit europäischer Staatspräsident ist.

Wie konnte das geschehen? ... Alte Erinnerungen, alte Familiengeschichten gingen Walter Uhlenkort durch den Kopf.

Mit einer Handbewegung verjagte er die Gedanken.

Wir werden sehen. Sie ist in Kapstadt. Dort werde ich sie sehen und sprechen ... Aber erst - er warf einen Blick auf die Wanduhr - erst die Feier in Mineapolis. Es ist Zeit, zu unserem Gesandten zu gehen.

* * *

Bern hatte einen großen Tag. Außer den Mitgliedern des europäischen Parlaments und einer Unzahl von Journalisten waren zahlreiche Deputationen aus den nordischen Ländern Europas eingetroffen und überfüllten die Stadt. Seit gestern nachmittag war das amerikanische

Botschaftsgebäude von einem starken Polizeikordon umgeben.

Seit elf Uhr vormittags drängte sich eine immer noch wachsende Menge um den Parlamentspalast. Der große Sitzungssaal war vollzählig besetzt, die Tribünen überfüllt. Unter allgemeiner Unaufmerksamkeit der Deputierten und wachsender Ungeduld auf den Tribünen waren die reichlich gleichgültigen ersten drei Punkte der Tagesordnung erledigt worden.

Die Pause war vorüber, und die Deputierten strömten wieder in den Saal.

Unter vollkommener Stille und gewaltiger Spannung aller Besucher verkündete der Präsident des Parlaments die Beratung des vierten Punktes der Tagesordnung. Der Sprecher des Parlaments erhielt danach das Wort.

»Meine Herren! Es liegt folgender Antrag der skandinavischen Staaten und der großbritannischen Inseln vor. Der Antrag wird von allen europäischen Staaten unterstützt.

Die unterzeichneten Staaten erheben einmütigen Protest gegen die Art und Weise, in der die New Canal Company die Landenge von Panama zu sprengen beabsichtigt. Die Unterzeichneten verlangen, daß die europäische Zentralregierung bei der Regierung der Vereinigten Staaten von Nordamerika unter Hinweis auf die durch eine gleichzeitige Sprengung aller Minen drohenden Gefahren energisch vorstellig werde. Die europäische Zentralregierung möge dafür Sorge tragen, daß die Sprengung etappenweise erfolgt, wobei die Länge einer Etappe sieben Kilometer nicht überschreiten darf.«

Minutenlang mußte der Sprecher warten, bis der lärmende Beifall abgeebbt war. Dann sprach der Parlamentspräsident.

»Meine Herren, ich erteile dem großbritannischen Deputierten Mr. Bertie das Wort zur Begründung des Antrags.«

Mr. Bertie, ein Schotte aus der Gegend des Clyde,

schon ergraut in Haar und Bart, bestieg die Rednertribüne.

»Meine Herren! Ich bin genötigt, Ihnen eine kurze Vorgeschichte der Ereignisse zu geben, die zu der heutigen Sitzung geführt haben. Der Panamakanal in seiner jetzigen Form als Schleusenkanal wurde im Jahre 1914 vollendet. Schon während des Baues verriet sich die unruhige Natur des Bodens durch zahlreiche Bergrutsche. In manchen Abschnitten - ich denke besonders an den Culebra-Abschnitt - zwangen immer wiederkehrende Felsstürze von wahrhaft gigantischen Ausmaßen zu immer größeren Arbeiten. Von Jahrzehnt zu Jahrzehnt wurden die Verhältnisse schlimmer, und in letzter Zeit mußte der Kanal monatelang außer Betrieb gesetzt werden. Die Gründe für diese unerfreulichen Zustände suchte man zunächst in der vulkanischen Beschaffenheit des ganzen Isthmus.*

Heute wissen wir, daß diese Gründe viel ernsterer Natur sind. Der lange, dünne Streifen des Isthmus, der beiden mächtigen, auf einer zähen Unterlage schwimmenden Kontinentalschollen von Nord- und Südamerika verbindet, gleicht einem schwachen Stab, an dessen beiden Enden zwei schwere Lasten wirken. Von einer Isostasie, das heißt von einem Ausgleich der Massen in senkrechter Richtung, kann auf dem Isthmus überhaupt nicht mehr die Rede sein. Dazu kommen die über alle Vorstellungen gewaltigen waagerechten Kräfte, mit denen die beiden Hälften Amerikas und die tägliche Flutwelle am Isthmus zerren. Die heutige Gestalt der Landenge gibt Ihnen eine schwache Vorstellung dieser enormen Beanspruchung.

---

* Der Begriff Isthmus (›Landenge‹) wird im Romantext auf zweierlei Weise verwendet. Im engeren Sinn bezeichnet er die Kanalzone zwischen Colon und Panama. Im weiteren Sinn wurde er zur Zeit der Romanentstehung auch für das ca. 300 km lange und rund 50-100 km breite Gebiet westlich und östlich der Kanalzone verwendet.

Ich möchte bildhaft sagen: Der Isthmus gleicht heute schon einem zum Zerspringen gebogenen Stab. Schneidet man einen solchen Stab an, dann bricht er.

Die Amerikaner glauben aller Belästigungen ledig zu werden, wenn sie mit modernsten Sprengmitteln eine drei Kilometer breite und wenigstens fünfhundert Meter tiefe Rinne durch den Isthmus sprengen.

Meine Herren, das scheint zunächst nicht mehr als eins der beliebten hemdsärmeligen amerikanischen Radikalmittel zu sein. Aber es ist viel mehr! ... Es ist der Schnitt, der den Stab zum Zerspringen bringt ... bringen muß, wenn die Sprengung über die ganze Isthmusbreite auf einmal erfolgt.

Die meisten von Ihnen, meine Herren, kennen wohl die Einzelheiten des amerikanischen Projektes. Die Amerikaner oder genauer die New Canal Company hat die Mittellinie der neuen Kanalroute mit Schächten von 1,5 Kilometer Tiefe gespickt. Am unteren Ende eines jeden Schachtes befindet sich eine Sprengkammer, die mit hunderttausend Tonnen Neobrisit geladen ist. Hundertfünfzig solcher Minen sind niedergebracht. Neben jeder dieser Hauptminen befinden sich tausend Meter höher zwei Nebenminen, die die Aufgabe haben, die aus der Tiefe emporgeschleuderten Felsmassen im Moment des Auffliegens seitwärts zu zerstreuen.

Eine gleichzeitige Explosion dieser vierhundertfünfzig Minen, das gleichzeitige Detonieren von über zwanzig Millionen Tonnen Neobrisit muß nach der Meinung aller ernsthaften Fachleute den Isthmus in seinen Grundfesten erschüttern ... Der Stab wird zerreißen ... zersplittern ... seine Enden werden auseinanderschnellen ... weiter ... weiter ... werden klaffen, immer weiter klaffen ... bis Atlantik und Pazifik verschmelzen ... und der Golfstrom ungehindert seinen Gang nach Westen nimmt.

Tritt das ein – und alle Wahrscheinlichkeit spricht dafür –, dann stirbt Nordeuropa!«

Der Redner machte eine Pause. Totenstille herrschte im Saal. Der schottische Deputierte fuhr fort:

»Ich will Ihnen nicht die Schreckensbilder an die Wand malen, die Sie alle aus den Tageszeitungen kennen. Ich will nur sagen, die Nullisotherme, die Linie der mittleren Jahrestemperatur von 0 Grad wird danach durch London und Berlin gehen. Das heißt, diese Orte würden in Zukunft das Klima haben, was jetzt in Nordisland und Archangelsk herrscht. Alles Land nördlich von London und Berlin würde unrettbar der Vereisung anheimfallen. Die wirtschaftlichen Folgen für Europa würden katastrophal sein.

Das alles läßt sich vermeiden, wenn die Amerikaner etappenweise sprengen, wie es in der verlesenen Resolution verlangt wird. Die etappenweise Sprengung bedeutet zwar einmalige erhöhte Kosten für die New Canal Company, das heißt für die amerikanische Wirtschaft. Aber sie verringert die Gefahr für Europa auf ein Minimum. Bei dieser Sachlage müssen wir - wir, das heißt Europa - auf der Forderung etappenweiser Sprengung mit allem Nachdruck bestehen.«

Unter brausendem Beifall des Hauses verließ Mr. Bertie die Tribüne. Der Parlamentspräsident sprach.

»Auf der Rednerliste folgt Herr Olaf Larsen, Deputierter aus Norwegen.«

Als die lange, hagere Gestalt des Norwegers sich auf die Rednertribüne schob, ging Bewegung durch das Haus. Man kannte seine impulsive Art. Er pflegte kein Blatt vor den Mund zu nehmen.

»Meine Herren, ich kann mich durchaus nicht darauf beschränken, mich den Worten des verehrten Herrn Vorredners voll und ganz anzuschließen. Reden solcher Art sind in diesem Saal schon öfter gehört worden. Ich will Ihnen die ungeschminkte Wahrheit sagen.

Es ist nichts weiter als Spiegelfechterei, wenn sich die New Canal Company hinter ein paar wenigen von der allgemeinen Meinung abweichenden Gutachten verschanzt. Gutachten zugestutzter Art, bei denen der Dollar wahrscheinlich Pate gestanden hat.

Die kapitalistischen Mächte, die hinter der New Canal Company stehen, wissen - ich scheue mich nicht, das offen auszusprechen - wissen sehr genau, was sie wollen. Und sie wollen«, seine Faust krachte auf das Rednerpult nieder, »sie wollen und wünschen nichts sehnlicher, als daß das eintritt, was - wie der Vorredner ausführte - zu befürchten steht: die Vereisung und die Verelendung großer Teile Europas. Gibt es doch keinen besseren Weg, die europäischen Konkurrenten auf dem Weltmarkt definitiv zu vernichten.

Mit anderen Worten gesagt: dort die kapitalistischen Interessen einiger amerikanischer Großmilliardäre, hier Leben und Sterben von Millionen von Europäern.

Gewiß mag eine etappenweise Sprengung des neuen Kanals die Baukosten für die Company um ein paar Prozent steigern. Aber was hat das zu bedeuten gegenüber dem Untergang ganzer europäischer Nationen!

Ich appelliere nicht an das sogenannte Weltgewissen«, er machte eine wegwerfende Bewegung, »dies Requisit, das stets versagte, wenn es galt, besonders große Gemeinheiten zu verhindern. Ich appelliere an den Menschlichkeitssinn und das Freiheitsbewußtsein des amerikanischen Volkes, das sich nicht von einer verbrecherischen Clique machtgieriger Kapitalisten terrorisieren lassen wird.

In zehn Tagen tritt das amerikanische Parlament zusammen. Wie es sich entscheiden wird, das weiß ich nicht. Versagt aber bei ihm unser Appell, dann fordere ich jetzt schon den bewaffneten Arm Europas. Können wir das Unheil nicht verhindern, wollen wir's rächen, solange uns der Atem bleibt. Können wir's nicht verhindern, sollen sie dessen gedenken! Das ist meine Meinung. Ein Hund, der anders denkt!«

Ohne der Beifallsstürme zu achten, die ihm von allen Seiten entgegenklangen, ging er auf seinen Platz zurück.

Der Präsident sprach. »Meine Herren! Der Sprecher des Hauses hat das Wort.«

Der Sprecher trat ans Pult.

»Meine Herren, weitere Anträge sind nicht gestellt, weitere Redner stehen nicht mehr auf der Liste. Ich habe die Ehre, Ihnen, bevor zur Abstimmung über die Resolution geschritten wird, ein kurzes Resümee der wissenschaftlichen Gutachten in der Frage zu geben.

Vor ungefähr fünf Jahren ... sobald der genaue Arbeitsplan der New Canal Company bekannt geworden war, lief bei dem europäischen Parlament ein Schriftstück ein, das in ausführlicher wissenschaftlicher Weise die Pläne der Company und ihre eventuellen Folgen begutachtete. Diese Arbeit stützte sich in der Hauptsache auf die Theorie der Kontinentalverschiebungen. Sie wissen aus den Tageszeitungen, daß diese Theorie, die am Anfang des zwanzigsten Jahrhunderts von dem deutschen Gelehrten Wegener* aufgestellt wurde, im Lauf der Jahrzehnte durch immer neue Beobachtungen gestützt wurde und heute die Grundlage der Geologie bildet.

Mit mathematischen Deduktionen von zwingender Kraft und genialer Auswertung aller geologischen Erkenntnisse wurde in diesem Gutachten der Beweis erbracht, daß die Pläne der Canal Company zur Katastrophe führen müssen. Leider wurde jenem Schriftstück nicht sofort die ihm gebührende Bedeutung beigelegt. Das wird von der Regierung offen zugegeben. Jedoch möchte ich zur Entschuldigung sagen, daß das Schriftstück anonym - nur J. H. unterzeichnet - bei uns einlief.

---

* Alfred Wegener (1880-1930), Geophysiker und Meteorologe. Die im Romantext angesprochene Theorie der Kontinentalverschiebungen veröffentlichte er 1912.

Ich möchte hinzufügen, daß der Autor dieser Arbeit auch heute noch völlig unbekannt geblieben ist.

Wir waren darauf angewiesen, die Arbeit durch unsere besten Autoritäten auf diesem Gebiet nachprüfen zu lassen. Begreiflicherweise nahm das geraume Zeit in Anspruch. Das Ergebnis - ein seltener Fall bei so vielen gelehrten Köpfen - bestand darin, daß die Richtigkeit jener anonymen Arbeit einmütig bestätigt worden ist.

Den Dank, der von europäischer Seite ... von seiten der Menschheit dem unbekannten Autor J. H. gebührt, den können wir ihm nicht von Angesicht zu Angesicht abstatten. Doch sei er an dieser Stelle, aus dem Herzen von Millionen von Europäern kommend, ausgesprochen. Das Geheimnis, mit dem er sich umgeben zu müssen glaubt, wird von uns in vollem Maße respektiert.

Die Schlußsätze seiner Arbeit sind von der überwiegenden Zahl aller Geologen akzeptiert worden. Sie lauten wie folgt:

1. *Bei einer gleichzeitigen Explosion von zwanzig Millionen Tonnen Neobrisit an der engsten Stelle des Panama-Isthmus wird der Explosionsdruck zusammen mit dem bereits vorhandenen natürlichen Zerreißungsdruck die Festigkeit der Landenge um 50 Prozent überschreiten. Der Isthmus wird auseinanderreißen, der Golfstrom nach Westen gehen.*
2. *Bei etappenweiser Sprengung von weniger als fünfzehn Minen gleichzeitig wird der Landstreifen nicht über die Bruchgrenze beansprucht. Ein Zerreißen ist nicht mehr wahrscheinlich.*

Meine Herren, Sie sehen aus diesen Schlußfolgerungen, daß jede Sprengung ein gewisses Risiko für Europa bedeutet. Unsere heutige Resolution fordert nur das Minimum dessen, was wir zu unserer Sicherheit unbedingt benötigen. Ich möchte dem hohen Hause noch sagen, daß die Volksstimmung in den Vereinigten Staaten durchaus für uns ist. Ich glaube und hoffe, daß die uns seit langem so befreundete amerikanische Regierung dem Rechnung tragen wird ... unbeirrt durch irgendwelche Einflüsse dunkler Art.«

Eine Stunde später konnte der Sprecher verkünden:

»Der Antrag Skandinavien-England ist einstimmig angenommen worden. Unsere Botschaft wird die Entschließungen unserer Regierung morgen früh in Washington überreichen.«

* * *

Mineapolis am Tschadsee prangte in reichem Festschmuck. Seit vierundzwanzig Stunden arbeitete der Sonderdienst des afrikanischen Luftverkehrs. Seit den frühen Morgenstunden landeten die Flugschiffe in immer dichterer Folge. Von allen Seiten der Windrose her kamen sie an und wetteiferten mit den Bahnlinien, Tausende und Abertausende von Gästen heranzubringen. Von Timbuktu her rollten die Züge in Abständen von fünf Minuten in den großen Zentralbahnhof ein.

Die neue gewaltige Minenstadt, die hier an Stelle des alten Kuka* in wenigen Jahren aus dem Boden gewachsen war und nach der amerikanischen Geburtsstadt des Kaisers, Minneapolis, den Namen Mineapolis (Minenstadt) erhalten hatte, war trotz aller Anstrengungen diesem Massenandrang nicht gewachsen.

Die große Anzahl der von der Kaiserlichen Regierung Geladenen nahm die wenigen Hotels und Unterkunftsstätten im voraus in Anspruch. Die meisten mußten im Freien bleiben, wo freilich eine gut arbeitende Organisation der Regierung für Erfrischungen aller Art sorgte.

Von 10 Uhr vormittags an begann sich der Riesenkreis um den Schacht mit Zuschauern zu säumen. Eine von Minute zu Minute wachsende Menge drängte gegen die

---

* heute: Kukawa

hölzerne Barriere, innerhalb der zum weiteren Schutz des Schachtes ein starker Truppenkordon aufgezogen war. Kurz vor 11 Uhr verkündete ein brausendes Rufen die Ankunft des kaiserlichen Hofzuges. Die reservierten Tribünen füllten sich mit dem glänzenden Gefolge des Kaisers.

Punkt 11 Uhr betrat Augustus Salvator die Kaiserloge. Mit kurzem militärischem Gruß wandte er sich zu den Diplomatenlogen. Dann wechselte er ein paar Worte mit dem Chefingenieur des Schachtes, Mr. Grimmaud.

Ein Flugschiff, das bisher den Schacht in großen Kreisen umflogen hatte, fuhr jetzt mit einer scharfen Wendung darauf zu und überquerte ihn. Eben noch hatte die afrikanische Sonne mitleidlos auf die Köpfe der vielen Tausenden niedergebrannt. Jetzt plötzlich bezog sich der Himmel um das Flugschiff herum. Dicker grauer Nebel lag über dem Schacht und verhüllte die Sonne. Der Kaiser trat an den vorderen Rand der Loge und drückte auf einen Knopf. Das schwache Echo eines Schusses erklang. Im gleichen Moment schossen die Strahlen eines Scheinwerfers aus dem Schachtdunkel herauf und malten in leuchtenden Buchstaben die Zahl 5000 Meter auf die Nebelwand über dem Schachtmund.

Tobend und beifallschreiend brandeten die Massen gegen die Barriere. Die Tiefenmessung durch das Echolot, jene Erfindung des alten deutschen Ingenieurs Behm,* hatte in Bruchteilen einer Sekunde mit unanfechtbarer Sicherheit erwiesen, daß die Schachttiefe 5000 Meter erreicht hatte.

Augustus Salvator trat auf den Chefingenieur zu und drückte ihm die Rechte. Dann hielt der Arbeitsminister, an den Kaiser gerichtet, eine kurze Rede, die, von einem Mikrophon aufgefangen, die Riesenmembrane eines akustischen Apparates in der Schachttiefe erregte und

---

* Alexander Behm (1880-1952) erhielt seine Echolot-Patente 1912/13.

wie aus einem gigantischen Schalltrichter aus dem Schacht millionenfach verstärkt in die Höhe drang.

»... Und so wollen Eure Majestät die Gnade haben, den ersten Sprengschuß auf das nächste Tausend zu lösen ...«

Tiefe Stille in der Menge. Wieder berührte die Hand des Kaisers einen Hebel. Walter Uhlenkort, der hinter dem europäischen Botschafter stand, hatte das Chronometer gezogen und zählte die Sekunden.

Bei einer Schachttiefe von 5000 Metern mußte der Schall der Explosion vom Grunde des Schachtes bis zur Mündung ja 16 Sekunden brauchen.

»... 13 ... 14 ... 15 ...«, murmelten seine Lippen, »... 16.«

Im gleichen Moment drang ein Schall aus dem Schachtmund, ein Schall, der viele im Rund erbleichen und erzittern ließ. Die ungeheure Röhre des Schachtes ließ die Schallwellen der Explosion ungeschwächt ... verstärkt durch den Widerhall nach oben kommen. Minutenlang schien ständiger Donner der Schachtmündung zu entquellen.

Es dauerte geraume Zeit, bis die Atmosphäre so weit zur Ruhe kam, daß menschliche Stimmen sich wieder vernehmbar machen konnten.

Der Kaiser sprach mit dem Chefingenieur. Man konnte aus den Nachbarlogen bemerken, daß sein Gesicht Züge einer ungewohnten Spannung trug. Man sah ihn die Uhr ziehen und erregten Schrittes an der Brüstung der Loge hin- und hergehen. Der europäische Botschafter wandte sich zu Uhlenkort um.

»Noch etwas? Das Benehmen des Kaisers zeigt an, daß noch etwas Wichtiges zu erwarten steht. Haben Sie eine Vermutung?«

Uhlenkort zuckte die Achseln. Seine Augen waren starr auf den Kaiser und den Chefingenieur gerichtet, die offensichtlich in gespannter Erwartung mit der Uhr in der Hand dastanden.

Da, ein neuer Klang aus der Tiefe! Ein schwaches Rollen gegenüber dem Getöse der letzten Sprengung. Uhlenkort sah, wie der Kaiser und der Chefingenieur zusammenzuckend aufhorchten ... sah, wie der Chefingenieur forteilte.

Allmählich merkte auch das übrige Publikum, daß hier etwas Neues, Unerwartetes ... Großes im Gange war. In diesem Augenblick fuhr eine Förderschale von Sohle I dicht neben der Kaiserloge zutage, über und über mit Palmwedeln geschmückt.

Uhlenkort sah, wie der Chefingenieur an die Förderschale lief, dort einer Person irgend etwas aus den Händen riß. Tausende von Augen suchten zu erforschen, was wohl unter jenem weißseidenen Tuche verdeckt sein mochte.

Exzellenz Dührsen wandte sich wieder zu Uhlenkort.

»Majestät lassen sich, scheint's, die Trophäen des letzten Schusses - einige Gesteinsbrocken der sechsten Sohle - präsentieren ... Uhlenkort! ... Sie machen ja ein Gesicht, als ob Sie glaubten, Majestät hätten da unten das klare Gold geschossen ...«

»So ungefähr, Herr Botschafter! ... Ich glaube ... fürchte, daß ...«

»Was? Sie meinen wirklich ...?«

»Sie werden sehr bald sehen ... vielleicht auch riechen ...«, erwiderte Uhlenkort mit einem nicht ganz freien Lächeln.

»Sie sprechen in Rätseln, Herr Uhlenkort.«

»Sehen Sie zur Kaiserloge! Das Rätsel beginnt sich zu lösen.«

Der Chefingenieur war in die kaiserliche Loge getreten, hatte seine Last auf ein Tischchen gestellt. Jetzt zog er die weiße Hülle zur Seite. Auf einer silbernen Schüssel lag ein kleiner Berg dunkelgrauer Gesteinsbrocken.

»Ah! Das *curée!* Die tiefsten, unbekanntesten Eingeweide der Erde ... Was soll das werden?«

Der Chefingenieur beugte sich tief über die Schüssel, als ob er den Geruch jenes wunderlichen Gesteines einsaugen wolle. Augustus Salvator griff hinter sich, faßte einen gefüllten Weinkelch und goß ihn mit kurzem Ruck auf das Gestein.

Uhlenkort sah, wie es weiß aufbrodelte, wie das Gestein schäumte und aufbrauste.

»Was ist das?« flüsterte der Botschafter ihm zu.

»Ca C_2, Herr Botschafter!«

Einen Moment suchte der Botschafter nach Worten.

»Jawohl, Exzellenz, der Kaiser Augustus hat soeben ein natürliches Karbidlager von unbekannten Abmessungen erbohrt. Die Bedeutung dieses Fundes dürfte ungeheuer sein ... Für Europa ein Schlag, dem es wehrlos gegenübersteht - augenblicklich wenigstens ... Sie werden das bald an der Haltung des Kaisers in außenpolitischen Fragen verspüren.«

Ein Adjutant erschien und bat die Insassen der Loge zum Kaiser. Die diplomatische Vertretung der Welt versammelte sich um Augustus Salvator. Man sah, wie der Kaiser mühsam eine große innere Freude zu verbergen suchte. Dann gewann er die Fassung und sprach mit einem verhaltenen Lächeln, das von einer gewissen Ironie nicht frei war:

»Meine Herren, als ich den ersten Spatenstich zu diesem Schacht tat, in der Absicht, eine neue Energiequelle zu erbohren, erregte das in der Welt weniger Bewunderung ... als Verwunderung. Bis heute sind die Meinungen nicht verstummt, die dies Unternehmen als - gelinde gesagt - utopisch hinstellen. Das Grab ungezählter Milliarden, wie man den Schacht zu nennen pflegte.

Hier der Erfolg!« Er nahm einige Gesteinsbrocken und reichte sie den Umstehenden.

»Karbid! Meine Herren ... reines Karbid, wie Sie sehen. Es war ein Dozent meiner Universität Timbuktu, dem die Ehre gebührt, die günstige bergmännisch zu erbohrende Lage des natürlichen Karbids an dieser Stelle vorausgesagt zu haben. Ich gedenke heute, an diesem Tage, an erster Stelle dieses Mannes, den ein zu früher Tod von meiner Seite gerissen hat.

Wenn das Geheimnis bis heute gewahrt wurde, so waren dafür Gründe maßgebend ... mannigfacher Art ...

Meine Herren, von heute ab steht die Energiewirtschaft Afrikas auf eigenen Füßen.«

Mit einem leichten Nicken verabschiedete sich der Kaiser. Tiefes Schweigen unter den zurückgebliebenen Diplomaten. Zu unerwartet waren diese Geschehnisse gekommen. Die Gesichter wurden lang und immer länger. Hier und dort begann ein leises Flüstern ... dann ein Summen, Raunen ... Rauschen. Uhlenkort wandte sich an den Botschafter.

»Gehen wir, Exzellenz! Es war eine wohlgelungene Vorstellung. Ein überraschtes Publikum wird vorläufig nichts anderes tun können, als den Akteuren zu applaudieren.«

* * *

Uhlenkort trat in das dritte Wellblechhaus der fünften Querstraße, zu dessen Entdeckung er bereits eine halbe Stunde in der weit ausgedehnten Barackenstadt umhergeirrt war.

»Mr. Tredrup? ...«

Ein kleiner schwarzer Diener öffnete die Tür zu einem halbverdunkelten Raum. Noch bevor Uhlenkorts Augen sich an das Halblicht gewöhnt hatten, erklang eine Stimme hinter einem Bettschirm.

»Scher di rut, du swatten Satan, hebb ich di nich seggt, dat ich slopen will?«

»Na Gott sei Dank, Meister Tredrup. De Snut geit noch. Wenn alles andere so klar ist, dann soll's gut sein.«

»Halloh, Mr. Uhlenkort! Sie sind's?«

»Jawohl, mein lieber Herr Tredrup! Was machen Sie

für Sachen? Komme ich da von der Feier und muß hören, daß Sie Ihren Kopf hingehalten haben, wo Steine fallen ...«

Eine elektrische Birne flammte auf. Klaus Tredrup hatte den Schalter erwischt und richtete sich halb auf. Sein Schädel, von einem mächtigen Eisbeutel gekrönt, bot einen Anblick, der Uhlenkort unwillkürlich zum Lachen reizte. Tredrup stimmte ein.

»Feiner Turban! ... Komme mir wie ein doppelter Hadschi vor. Freue mich riesig, daß Sie mich besuchen.«

Mit kräftiger Geste fegte er ein paar Kleidungsstücke vom nächsten Schemel und machte eine einladende Handbewegung.

»Wo kommen Sie her? Waren Sie dabei, bei dem großen Theater?«

»Jawohl, ich befolgte Ihren Rat. Der Botschafter besorgte mir eine Karte. In seiner Begleitung kam ich hierher und sah diese ganz außergewöhnlich wirkungsvoll in Szene gesetzte Vorstellung.«

»Zweifellos, Herr Uhlenkort. Die Sache war gut inszeniert. Aber jetzt eine Frage, über die ich mir schon verschiedentlich seit unserem letzten Zusammensein den Kopf zerbrochen habe. Wie haben Sie, Herr Uhlenkort, wittern können, daß wir hier auf Karbid fündig werden würden? Das ist mir rätselhaft.«

»Herr Tredrup, dieses Wissen stammt nicht von mir. Ich bin in erster Linie Kaufmann, kein Geologe. Aber ein Freund ... ein Gelehrter hat mich schon vor langen Monaten darauf aufmerksam gemacht, daß etwas Derartiges zu erwarten sei, sicher kommen müsse, und ... Herr Tredrup, die Sache hat mir keine Ruhe mehr gelassen. Ich mußte selbst her, mußte sehen, was hier passiert.«

»So, so. Und ich glaubte schon, Sie seien hauptsächlich einer Zirkusreiterin wegen nach Timbuktu gekommen.«

Uhlenkort machte eine abweisende Bewegung.

»Sie irren. Aber wie sind Sie denn so zeitig hinter das Geheimnis gekommen? Als Sie in Timbuktu davon sprachen, war der Schachtgrund doch noch wenigstens hundert Meter von der Fundstelle entfernt.«

»Allerlei kleine Zeichen, Herr Uhlenkort, aus denen man seine Schlüsse zieht. Eines Tages, schon vor Monaten, brauchten wir ein Maschinenteil. Der Chef, Mr. Grimmaud, sagte: ›In Schuppen 35 werdet ihr das Passende finden.‹ Aber dann ging er selbst zu dem Schuppen mit. Nur er hatte den Schlüssel, schloß selber auf und auch wieder ab.

Und da sah ich - wissen Sie, Herr Uhlenkort, ich habe mal vor zehn Jahren in einem großen Karbidkraftwerk in Turkestan gearbeitet - da sah ich Karbidkessel in diesem Schuppen ... ich kenne die Form der Dinger recht genau ... Hunderte von Karbidkesseln ... und da suchte ich mir einen Vers drauf zu machen. Fing an, im Schacht das geschossene Gestein zu prüfen, goß Wasser auf verdächtige Stellen. Sie wissen ja, wie Azetylen riecht. Kurz und gut, seit Wochen war ich mir sicher, daß Seine schwarze Majestät auf Karbid bohrten. Da gingen mir die Augen auf. Jetzt begriff ich auf einmal, was diese schleierhaften Röhrenanlagen, diese mächtigen Betonbauten in der Nähe des Schachtes zu bedeuten hatten. Ich sage Ihnen, Herr Uhlenkort, es ist bereits alles Weitere bis in die letzten Einzelheiten vorbereitet. Der Kaiser wird mit überraschender Schnelligkeit riesenhafte Kraftwerke um den Schacht herum entstehen lassen.«

»Ich befürchtete es, Herr Tredrup. Und ich fürchte nach diesem Funde doppelt für das weiße Südafrika ... und für Europa. Unsere Diplomaten werden die Wirkungen dieses Fundes sehr bald an der veränderten Sprache und Haltung des Kaisers spüren.«

Tredrup zuckte die Achseln.

»Es wird wohl so werden, Herr Uhlenkort. Jeder hat sein Päckchen zu schleppen. Südafrika diesen Kaiser ...

und ich ...« Er griff nach dem turbanartigen Gebilde auf seinem Haupt.

»Ich suchte Sie vergeblich bei der Feier. Erfuhr von Ihrem Unfall, dachte mir einiges und kam hierher.«

»So, so! Sie dachten sich einiges ...«

»Das war Tells Geschoß, möchte ich ebenso falsch wie treffend zitieren ... wenn man Tell mit Rouse übersetzen darf.«

Jetzt war es Tredrup, der bedeutsam den Finger an den Mund legte.

»Rücken Sie etwas näher, Landsmann. Die Wände sind hier nur zwei Millimeter dick. Sie haben richtig geraten. Ich fuhr gestern früh in den Schacht ein. Sie wissen, daß der Schacht abgestuft gebaut ist. Erst tausend Meter tief und tausend Meter weit. Dann kommt das nächste Stück, wieder tausend Meter tief und neunhundert Meter weit. So geht es in Abschnitten immer je tausend Meter tiefer, wobei der folgende Abschnitt immer hundert Meter enger wird.

Die Förderanlagen reichen immer von einer Etappe, das heißt einer Sohle, bis zur anderen. Ich war soeben aus der ersten Förderschale getreten und wartete auf das Heraufkommen der nächsten.

Ich stand da so neben einem mit Grubenholz beladenen Wagen. Da war es plötzlich, als ob der Blitz in den Wagen geschlagen wäre. Es war, als wenn was Dunkles, Graues an mir vorbeisauste ... und dann flogen die Hölzer von dem Wagen splitternd und krachend nach allen Seiten ... und dann war ich weg ... und wurde erst hier wieder munter.

Es hatte eine Kollision zwischen einem Stück Grubenholz und meinem Schädel gegeben. Gott sei Dank ist der heil geblieben. Eine tüchtige Brausche ... das ist alles ... Zur Enttäuschung derjenigen, welche ...«

»Sie haben Glück gehabt, mein lieber Tredrup. Diesmal ...«

»Diesmal? ... Ja, ja, es wird bei dem einen Versuch nicht bleiben, wie ich ihn kenne. Was tun? ... Darüber zerbreche ich mir den sonst noch gut konservierten Schädel, seitdem ich wieder klar denken kann ...«

»Darauf gibt es nur eine Antwort. Das Klima von Mineapolis wird auf die Dauer Ihrer Gesundheit sehr unzuträglich. Schütteln Sie den Staub dieses ungastlichen Ortes von den Füßen!«

»Ausrücken meinen Sie also!?? ... Nee, das ist es ja eben, was Klaus Tredrup nicht in den Kopf will ...«

»Aber hinein muß, mein lieber Tredrup. Sie würden Ihren Feinden den größten Gefallen tun, wenn Sie sich hier weiteren Attentaten aussetzen wollten. Die Bohrerei ist hier jetzt nach dem Auffinden des Karbidlagers zum größten Teil erledigt. Sie sind also abkömmlich. Mit Grimmaud stehen Sie, wie Sie mir sagten, ganz gut. Gehen Sie zu ihm, nehmen Sie Ihre Entlassung und beeilen Sie sich, damit Sie mit mir um ein Uhr wegfliegen können.«

»Gut gesagt, Herr Uhlenkort. Wegfliegen. Aber wohin?«

»Wohin? Erst einmal mit mir nach Kapstadt, wohin mich dringende Angelegenheiten rufen, und dann nach Hamburg.«

»Hm, so, so. Nach Hamburg. Das läßt sich hören. Ich stecke jetzt seit ... ja zum Donnerwetter, ich stecke ja seit fünf Jahren ununterbrochen im Betrieb ... Höchste Zeit, daß ich mal wieder nach Hamburg komme und mir ein Lüftchen von Sankt Pauli um die Nase wehen lasse. Gemacht, Herr Uhlenkort! Ich komme via Kapstadt mit nach Hamburg.«

»Und später, Meister Tredrup, findet sich für einen Mann von Ihren Qualitäten hinreichende Beschäftigung in unseren Spitzbergen-Minen. Sie wissen vielleicht, daß unser Haus in größerem Maßstab an den Kohlenminen von Spitzbergen beteiligt ist. Wir wollen die Fördertiefe bis auf dreitausend Meter vergrößern. Da wird uns ein Ingenieur, der hier bis zum sechsten Kilometer gebohrt und gesprengt hat, sehr willkommen sein.«

»Well, Herr Uhlenkort. Darüber ließe sich reden. Freilich, ein bißchen weit der Sprung vom Äquator bis zum Nordpol. Ich werde erst einmal in Hamburg gründlich Station machen ... dann meinetwegen.«

* * *

Klaus Tredrup hatte seinen Besucher zu spät darauf aufmerksam gemacht, daß die Wände jener Wellblechbaracke kaum zwei Millimeter stark waren. Die Agenten und Spione des Kaisers arbeiteten schnell und sicher ...

Ein Adjutant rief Guy Rouse zu einer sofortigen Audienz ins Schloß.

Ohne alle Umschweife ging Augustus Salvator auf sein Ziel los.

»Mr. Rouse, ich weiß, daß Herr Uhlenkort, der hamburgische Großkaufmann, im Begriff steht, von hier nach Kapstadt zu fliegen, um sich höchstwahrscheinlich mit dem Präsidenten der Südafrikanischen Union zu besprechen. Er hat sich hier dreimal vierundzwanzig Stunden aufgehalten. Der Zweck seines Aufenthalts ist wohl ziemlich durchsichtig.«

»Ich glaube zu verstehen. Eure Majestät wünschen diese Reise nicht. Wünschen, daß Herr Uhlenkort ...«

»Nein, Mr. Rouse. Sie mißverstehen mich. Das nicht! Aber es interessiert mich außerordentlich, was Herr Uhlenkort mit dem Präsidenten zu besprechen hat. Bisher ist es meinen Agenten ... leider ... noch nicht gelungen, in das Vorzimmer des Präsidenten zu kommen.«

»Euer Majestät, ich erlaube mir zu sagen, daß ich in dieser Beziehung glücklicher war. Meine Agenten sind drin.«

»Ich bewundere Sie, Mr. Rouse. Sie sind ... es ist außerordentlich ... ich würde Sie ...«

»Aber selbstverständlich, Euer Majestät. Es wäre unter allen Umständen meine Pflicht gewesen bei den Interessen, die Afrika und Amerika verbinden. Ich garantiere Euer Majestät genauen Bericht, sofort nachdem die Unterredung stattgefunden hat.«

»Ich danke Ihnen, Mr. Rouse.«

* * *

Kurz vor ein Uhr mittags betrat Walter Uhlenkort in Begleitung Tredrups den großen Flughafen von Mineapolis. Der Verkehr war hier infolge der Festtage in fieberhaftem Gange. In schneller Folge verließen die großen Flugschiffe auf die Minute fahrplanmäßig den Platz nach allen Richtungen der Windrose.

Uhlenkort spürte, wie Klaus Tredrup ihn hinter die Deckung einer großen Fahrplantafel zog und gleichzeitig auf einen soeben angekommenen Kraftwagen deutete.

Guy Rouse entstieg diesem Wagen. Uhlenkort sah, wie er zu einer Person im Innern des Wagens sprach – lange und eindringlich sprach –, sich dann verabschiedete und das große Amerikaschiff bestieg.

Mit geballten Fäusten, verzerrtem Gesicht starrte Tredrup Rouse nach. Nur bruchstückweise klangen die Worte, die sich durch die zusammengepreßten Zähne ins Freie rangen, an Uhlenkorts Ohr.

Das Amerikaschiff startete.

»Unsere Rechnung ist noch nicht beglichen, Mr. Rouse! Eines Tages wird sie ins reine gebracht werden ... so wahr ich Klaus Tredrup heiße. Nur den einen Wunsch hätte ich, dabei zu sein, wenn das Schicksal über dich kommt ... Aber gehen wir jetzt, Herr Uhlenkort, dort drüben legt unser Schiff an, gehen wir an Bord.«

Nach einer knappen Viertelstunde befanden sich die beiden Hamburger bereits in voller Südfahrt. Das Flugschiff schoß in bedeutender Höhe über die endlosen Baumwollfelder dahin, welche die Bewässerungstechniker des Kaisers Augustus Salvator hier vor zehn Jahren entstehen ließen. Hervorzauberten aus einer Steppe, die bis dahin nicht einmal eine notdürftige Weide bot.

Uhlenkort und Tredrup betrachteten eine geraume Weile von ihren Sesseln aus das Baumwollfeld tief unter sich.

Uhlenkort brach das Schweigen.

»Augustus Salvator ist ein Herrscher mit großen Zielen. Diese Fruchtbarmachung hier ... das Karbidlager heute früh ... es ist erstaunlich ...«

»Er denkt und plant auf Jahrzehnte voraus, Herr Uhlenkort. Sahen Sie - Sie haben es wahrscheinlich nicht gesehen - diese immensen Rohranlagen vom Tschadsee nach allen Richtungen hin? Er hat schon genau disponiert, wie er die riesigen Energiemengen nutzen wird, die er hier aus dem Karbid gewinnen kann. Bewässerungsanlagen, die den letzten Flecken der Sahara, soweit sie innerhalb der Grenzen seines Reiches liegt, in blühendes Gefilde verwandeln sollen.«

»Und dann, sobald das geschehen ist, wird er die Grenzen dieses Riesenreiches wieder um ein Stück vorschieben.«

»Vielleicht, Herr Uhlenkort. Augustus Salvator ist jedenfalls ein Mann, dem man - mag man sonst zu ihm stehen, wie man will - die Bewunderung nicht versagen kann. Ein genialer Kopf! Ich sage nicht zuviel. In den Jahren, die ich hier weilte, hatte ich Gelegenheit genug, ihn und sein Werk kennenzulernen ... zu verstehen. Das Schlagwort vom schwarzen Napoleon stimmt nicht, nicht ganz. Die Schattenseiten des Korsen fehlen. Mag auch sein, daß er aus der Geschichte jenes Kaisers gelernt hat. Ein Waterloo wird ihm nicht erblühen. Während der Bauarbeiten war es mir mehrfach vergönnt, mit ihm zu sprechen. Mit jeder Unterredung stieg meine Achtung vor seiner Persönlichkeit. Ein seltener Mensch, ein Mann, wie ihn die Weltgeschichte nicht häufig hervorbringt.

Dagegen dieser Rouse! Das Gegenteil in allem!... wenn auch seine Macht heute vielleicht ebenso groß ist... Ein Pirat... ein Freibeuter, der über Leichen geht... Leichen an seinem Wege hinter sich läßt.«

»Sie sind nicht gut auf Rouse zu sprechen, Herr Tredrup... begreiflicherweise... Immerhin, auch er bleibt ein Mann von übernormalen Ausmaßen.«

»Mag sein, Herr Uhlenkort. Es gibt auch überlebensgroße Schufte. Wie hat der Mensch es fertiggebracht, sich in wenigen Jahren vom einfachen Angestellten zum Präsidenten der New Canal Company zu entwickeln...?«

»Durch seine Tüchtigkeit, Herr Tredrup.«

»Tüchtigkeit... Tüchtigkeit?... Na ja, was man in Wallstreet Tüchtigkeit nennt. In dem Sinne war er allerdings riesig tüchtig. Was hat der Mensch nicht alles mit den Aktien der Canal Company und mit denjenigen der mysteriösen Copper-Company getrieben! Bald hoch und bald tief. Wie verstand er es, die wichtigsten und gefährlichsten Geheimnisse der Gesellschaft, deren Angestellter er war, zu ergründen und in seiner Gerüchtefabrik auszunutzen! Er lenkte den Aktienkurs, wie ein guter Kutscher die Pferde. Mit mathematischer Genauigkeit kaufte er, wenn sie am tiefsten - verkaufte er, wenn sie am höchsten standen... In der Tat, Herr Uhlenkort, verflucht tüchtig ist der Mann... Und später die Geschichte mit seinen Territorien am Kanal, wo er die Canal Company gegen die Copper Company und die Copper Company gegen die Canal Company ausspielte...«

Uhlenkort lächelte.

»Ich hörte davon, Herr Tredrup. Es scheint allerdings

ein echt amerikanischer... nach unseren Begriffen ein starker Streich gewesen zu sein.«

»Ein starker Streich?... Sagen Sie lieber ein Piratenstück erster Güte. Er hetzte die beiden Gesellschaften aufeinander... verwirrte... schwächte sie. Hatte durch dunkle Machenschaften plötzlich ein wichtiges Gelände von 5000 Quadratkilometern in eigenem Besitz, wurde von heute auf morgen Präsident der Kanalgesellschaft, bezahlte das Gelände mit Kanalaktien, die er für ein Butterbrot, noch dazu auf Kredit gekauft hatte... ließ sich das Gelände in guten Staatspapieren bezahlen... häufte eine Million auf die andere und wurde, was er heute ist.«

»Und was meinen Sie, Herr Tredrup, was er heute ist?«

»Er ist der Kolossus von Wallstreet. Er beherrscht die amerikanische Wirtschaft... die halbe Weltwirtschaft... noch mehr. Kongreß und Senat hat er in raffinierter Weise an seinen tausendfachen Unternehmungen beteiligt. Die Politiker der Vereinigten Staaten müssen ihm in ihrem eigenen Interesse zu Willen sein. Vor hundert Jahren sprach man von einer Korruption in den Staaten. Es war schneeweiße Unschuld gegen das, was Rouse jetzt inszeniert hat. Ich sage Ihnen, Herr Uhlenkort, daß der gewählte Präsident des amerikanischen Volkes, Austin Parker, beinahe nichts anderes ist als ein Prokurist von Guy Rouse.«

Klaus Tredrup war in wütenden Eifer geraten. Wieder glitt ein leichtes, überlegenes Lächeln über Uhlenkorts Züge.

»Bis zu einem gewissen Grade mögen Sie recht haben. Es ist uns in Europa nicht unbekannt, daß die Rouse-Gruppe erheblichen Einfluß auf die amerikanische Politik ausübt. Immerhin... der Mann hat den Erfolg für sich, den doch schließlich nur der Tüchtige hat.«

»Tüchtig!... Tüchtig?... Ich wiederhole Ihnen, Herr Uhlenkort, er ist der größte und ausgesiebteste Schuft auf beiden Halbkugeln. Wenn mich etwas freut, so ist es die eine Erinnerung, daß ihm Klaus Tredrup doch mal einen Kinnhaken gelangt hat, an den er heute noch denkt.«

»... den er auch niemals vergessen wird, merken Sie wohl, Herr Tredrup.«

Die Unterhaltung der beiden Reisenden fand ihr Ende, da das Flugschiff sich anschickte, auf den Hafen von Kapstadt hinunterzugehen. Die Passagiere mußten sich für die Zollformalitäten bereit machen.

* * *

In den Wandelgängen des Kongreßgebäudes zu Washington herrschte jenes rege Leben, das wichtigen Sitzungen vorauszugehen pflegt. In größeren und kleineren Gruppen standen die Abgeordneten debattierend zusammen. Immer wieder lösten sich hier und dort einzelne los, um zu einer anderen Gruppe zu treten. Immer wieder schwirrten die Punkte der Tagesordnung durch den Raum. Besonders aber der erste Punkt, der die New Canal Company anging, und in Verbindung damit der Name Guy Rouse.

Wie sollte man heute stimmen? In einer Viertelstunde mußte man sich entscheiden. Die Gruppen in den Wandelgängen begannen sich zu lockern. Die Tische im Lunching room fanden Gäste.

»Hallo, Miller! Hierher! Illinois zu Ohio!«

Eine unendlich lange Gestalt erhob sich hinter dem Bartisch. Zwei Arme wie Windmühlenflügel winkten einem Neuankömmling zu, einer kleinen, gebückten Gestalt mit dem gelblichen, grämlichen Gesicht eines gallsüchtigen Hypochonders. Langsam drehte er sich nach dem Rufer um. Die kleinen blinzelnden Augen kniffen sich zusammen. Dann schlurfte er langsam zu dem Tisch hin.

»Auch hier, Teddington?«

Er wollte noch weitersprechen, als die knochige Riesenfaust Teddingtons seine Rechte packte und wie einen Brunnenschwengel auf und nieder pumpte und ihn auf einen Stuhl drückte.

»Auch hier, Mr. Miller? frage ich zurück. Wie war es doch gleich mit Ihrer Europareise?«

»Europareise?« knurrte der Grämliche und warf einen schiefen Blick auf den Frager. »Wer will nach Europa?«

»Sie! ... Sie, mein lieber Miller!«

»Ich? ... Ich ... Wollen Sie mir die fünftausend Dollar geben, die ich für diese Reise brauchte?«

»Nee, lieber Miller. Selbst wenn ich sie hätte ...«

Miller wandte dem Sprecher sein Gesicht zu. Eine Art Lächeln verzerrte es zu einer Grimasse.

»Wenn Sie sie hätten, Teddington, dann würden Sie sich wahrscheinlich die schöne Villa am Ohio River kaufen, auf die Sie schon ...«

Die Windmühlenflügel schlugen klatschend auf die langen Schenkel.

»Knock out, Miller! Gut gegeben! ... Haha ...« Er lachte aus vollem Halse, wobei seine lange Gestalt sich in grotesken Windungen krümmte.

»Villa und Europareise ... all gone away ... in die Ewigkeit!«

»Sie lachen, Teddington. Ich weiß nicht, was da zu lachen ist. Und dieser Affront ... anders kann ich's nicht bezeichnen ...«

»Affront ... Gut gesagt, Miller!«

Von neuem lachte Teddington auf.

»Sie scheinen heute Ihren heiteren Tag zu haben, Teddington.« Miller nahm ein Glas Wasser und nippte daran.

»Gewiß ist es ein Affront, wenn ...«

Er machte eine Pause, als suche er nach Worten, um den Satz zu vollenden.

»Sagen Sie nur, Mr. Miller«, Teddingtons Stimme dämpfte sich etwas, »es ist ein Affront, wenn man tagelang von morgens bis abends den Geldbriefträger Guy Rouse erwartet ... und er kommt nicht.«

»Er kommt nicht«, wiederholte Miller. »Er glaubt, uns nicht mehr nötig zu haben.«

»Glaubt er das? ... Und ich glaubte niemals fester auf den Geldbriefträger Rouse rechnen zu können als vor dieser Abstimmung über seine Kanalpläne. Weiß der Teufel ...!«

Eine untersetzte, massige Gestalt stand plötzlich neben ihnen. Überrascht sahen sie auf. Dann freudiges Erkennen. Zwei Hände streckten sich dem Neuen entgegen.

»Ah! In unsere Mitte, Mr. Struck!« kommandierte Teddington. »Texas mitten unter uns! Trotz der schlechten Zeiten noch dicker geworden?«

»Und Sie noch länger!« erwiderte der Dicke und ließ sich grinsend auf einen Stuhl nieder.

Der eigene Witz schien ihm großes Vergnügen zu machen. Sein stiermäßiges Lachen erschütterte den Raum. Er hielt inne, als er den ostentativ musternden Blick Teddingtons fühlte.

»Was haben Sie denn? ... Was bemerken Sie an mir?«

»Ich bemerke, daß Ihnen zu fehlen scheint, was ich eben suchte.«

»Was?« Der Texasmann starrte ihn mit verständnislosen Blicken an. »Was?«

»Was? ... Nun, mehreres! Zum ersten die silbernen Pfundsporen ... zum zweiten das herrliche Mexikanerkostüm einschließlich echtem Sombrero ... alles in allem, ich vermisse den Don José Struckio de la grande Hacienda!«

Die Faust des Dicken fuhr auf den Tisch, daß die Gläser wackelten.

»Verdammt! Der Schuft! ... Der Betrüger!«

»Betrüger! ... Affront!« lachte Teddington. »Eins schöner als das andere. Ein frecher Betrüger, Gentlemen, nicht wahr?« Wie ein Wiehern klang sein Lachen.

»Wer zuletzt lacht, lacht am besten«, stieß der gallsüchtige Mann aus Illinois hervor: »Wir werden ihm heute die Quittung geben. Er soll's bereuen!«

»Das soll er! Nieder mit Rouse, dem ausgebliebenen Geldbriefträger!« Teddington ergriff sein Glas und goß es in einem Zug hinunter. Die Glocke unterbrach ihr Gespräch. Sie rief die Kongreßmitglieder in den Saal.

* * *

»Meine Herren!« Die Stimme des Sprechers schallte durch den Raum. »Die Tagesordnung unserer heutigen Sitzung umfaßt die folgenden drei Punkte:

Erstens einen Antrag Australiens auf gemeinsam zu treffende Maßnahmen gegen das überhandnehmende Seeräuberunwesen. Zweitens einen Antrag Europas auf etappenweise Sprengung des neuen Panamakanals und drittens einen Antrag Südafrikas betreffend amerikanische Kriegslieferungen an den Kaiser Augustus.

Wir schreiten zur Behandlung des ersten Punktes. Ich bitte den Herrn Marine-Minister, seine Ausführungen zu dem Antrag der australischen Union zu machen.«

Der Minister erhob sich und sprach:

»Meine Herren! Der Antrag Australiens verdient die größte Aufmerksamkeit von unserer Seite. Im Verlaufe der letzten Seekriege wurden von verschiedenen der beteiligten Mächte in höchster Not Kaperbriefe ausgestellt. Es wurden also Privatpersonen, die im Besitz von U-Booten waren, durch einen solchen Brief zu Teilen der legitimen bewaffneten Macht zur See gestempelt. Die Erfolge dieser Maßnahmen waren teilweise sehr groß. Einige Welthandelsflotten wurden stark dezimiert.

Verhältnisse ganz ähnlicher Art zeigten übrigens schon die Kriege am Ausgang des achtzehnten Jahrhunderts. Und wiederum entwickelte sich ebenso wie damals aus dem gesetzlichen Kapertum ein ungesetzliches Seeräubertum. Nur mit dem kleinen Unterschied gegenüber damals, daß die modernen Piraten sich ausschließlich der U-Boote bedienen. Das Unwesen hat leider mit der Zeit immer mehr überhandgenommen. Auch Bürger der Vereinigten Staaten sind oft genug in beklagenswerter Weise in Mitleidenschaft gezogen worden.

Die einzelnen Staaten haben schon seit langem versucht, dem Unwesen entgegenzuwirken. Aber ein durchschlagender Erfolg war den bisherigen Bemühungen versagt. Der Antrag Australiens zielt dahin, eine große gemeinsame Aktion aller Beteiligten zu veranlassen. Man denkt, durch ein kombiniertes Vorgehen von Luft- und Seestreitkräften die Piraten bis in ihre letzten Schlupfwinkel zu verfolgen, aufzureiben und dem ganzen Unwesen ein Ende zu bereiten. Die Erledigung der Vorfragen dürfte jedoch nicht ganz einfach sein. Denken Sie nur an die prozentuale Beteiligung der einzelnen Staaten ... die Kommandantenfrage ... die Finanzierung, und Sie werden die Schwierigkeiten erkennen. Diese Präliminarien dürften am besten in einem Parlamentsausschuß erledigt werden, dessen Bildung ich anrege.«

Der Vorschlag des Ministers fand allgemeine Billigung. Der Sprecher hatte das Wort.

»Meine Herren! Den zweiten Punkt unserer Tagesordnung bildet der bekannte Beschluß des Berner Parlaments. Die Gründe, die Europa zu diesem Schritt bewogen haben, dürften Ihnen allen durch die Presse genügend bekannt sein. Ich eröffne die Diskussion über diese Frage.«

Zwei Stunden lang wechselten sich die Redner auf der Tribüne ab, die für und wider den europäischen Antrag sprachen. Der laute Beifall, der den Reden »Dafür« folgte, sie bei jedem Schlagwort von Humanität, christlicher Nächstenliebe und Mitmenschlichkeit unterbrach, verriet die Stimmung des Hauses schon jetzt zur Genüge.

Als letzter sprach der Abgeordnete Wilkinson, Florida. Seine Rede gipfelte in einem überaus scharfen Angriff auf die Canal Company und ihren Leiter. Aufmerksam folgten die Kongreßmitglieder seinen Ausführungen. Als er die eventuellen Folgen einer Ablenkung des Golfstroms für Florida ausmalte, stieg das Interesse noch höher.

»... Kann das amerikanische Volk die Verantwortung tragen, daß blühende, dichtbevölkerte Teile Europas in Eiswüsten verwandelt werden? Daß Armut, Not und Elend Millionen an den Bettelstab bringen ... in den Tod jagen ... und alles, damit diese Kanalgesellschaft ein paar Milliarden spart ... diese Gesellschaft, deren Geschäftspraktiken sowieso schon genügend anrüchig sind?

Mögen auch die Befürchtungen übertrieben sein. Schon die Möglichkeit muß genügen, um unseren Beschlüssen die Richtung zu geben. Entschlössen wir uns anders, träte das Gefürchtete ein, so wäre das ein schwarzes Blatt in der glorreichen Geschichte Amerikas. Auf Generationen hinaus wäre jede Regierung unseres Landes in den Augen der Welt verächtlich gemacht.

Bedenken Sie, meine Herren, wie unsere Väter stets für die Ideale der Menschheit gekämpft haben. Wollen wir diesen Prinzipien untreu werden?«

Mit stark erhobener Stimme hatte er die letzten Worte gesprochen. Lautes Händeklatschen, vermischt mit kräftigem »Nein! Nein«-Rufen, gab die Antwort. Die Abstimmung brachte eine überwältigende Majorität für den europäischen Antrag. Endloser Beifall folgte, als das Resultat verkündet wurde.

»Wir haben's ihm gut gegeben!« flüsterte Struck seinem Nachbarn Teddington zu. »Das nächste Mal wird er besser an uns denken.«

Teddington zupfte ostentativ an seiner langen Nase.

Miller und Struck sahen ihn fragend an.

»Ich glaube, Gentlemen, wir haben eine pyramidale Dummheit gemacht.« Er lachte, während zwei Gesichter neben ihm lang und länger wurden.

»Trösten wir uns! Wir sind nicht die einzigen. Fünfundsiebzig Prozent von unseren ehrenwerten Kollegen waren ebenso dumm.«

* * *

Fast gleichzeitig flammte in der siebenten Abendstunde über allen größeren Städten Europas der Lichtpressedienst auf.

New York, 1 Uhr nordamerikanischer Zeit: Der Kongreß hat die etappenweise Sprengung des neuen Panamakanals mit großer Mehrheit beschlossen.

Da waren Millionen von Seelen, denen diese am Himmel leuchtende Botschaft wirklich vom Himmel zu kommen schien. Der schwere Alpdruck, der ihre Sinne und Herzen seit so langen Monaten gefangenhielt, wich einem befreiten Aufatmen.

Alles das, was die Zeitungen – die Presse in jeder Form – über die wahrscheinlichen, für Nordeuropa fürchterlichen Folgen einer Gesamtsprengung und ihrer Auswirkungen verbreitet hatten ... alles das war schwach gegenüber dem, was als Gerücht in tausendfacher Form von Mund zu Mund lief. Sparten die Zeitungen schon nicht mit stärksten Farben bei der Ausmalung der Zukunftsbilder, so hatte hier die Phantasie ganz ungehemmtes Spiel.

Da lagen Schottland und Irland unter ewigem Eis. Skandinavien ein neues Sibirien. Die Häfen von Nordeuropa nur noch wenige Monate im Jahr eisfrei. Verminderte Erwerbsmöglichkeiten überall. Die landwirtschaftlichen Betriebe zum Tode verurteilt. Menschenüberfluß ... Hunger ... Armut ... Not und die Folgen ... Auswanderung von Millionen und Abermillionen.

Wie viele hatten schon jetzt die alte Heimat verlassen! In Schottland und an den Fjorden Skandinaviens waren die Landgüter spottfeil ... so gut wie unverkäuflich geworden. Die industriellen Unternehmungen in jenen Ländern begannen bereits einen Mangel an Arbeitskräften zu spüren. Das Auswanderungsgeschäft der Schifffahrtsgesellschaften blühte wie nie zuvor.

Wer in den in erster Linie bedrohten Gegenden zurückblieb, war seines Lebens schon seit langem nicht mehr froh. Die Kunde aus Washington nahm den Druck von den Herzen. Die Straßen und Plätze wogten von dichten Menschenmassen. Die Nachrichten des Lichtpressedienstes, welche die einzelnen Phasen der Sitzung in Washington, Bruchstücke der Reden an den Abendhimmel warfen, erweckten immer neue Begeisterung. Europa atmete auf. Das seit Tagen in Bern versammelte Parlament schloß seine Sitzung mit einer glänzenden Rede des Präsidenten. Ein Glückwunschtelegramm flog über den Ozean.

* * *

Walter Uhlenkort hatte Audienz bei Mynheer van Teeren, dem Präsidenten der Südafrikanischen Union. Er überbrachte ihm persönliche Empfehlungen seines Oheims Christian Harlessen, des Präsidenten der Vereinigten Europäischen Staaten. Nach kurzem Abschweifen wandte das Gespräch sich den letzten Ereignissen zu.

»Sie kommen von Mineapolis, Herr Uhlenkort? ... Nun, was haben Sie da gesehen, und was sagen Sie dazu?«

»Ich sah, was ich leider schon vorher ahnte, vermutete.«

»Was haben Sie vermutet?«

»Ich fand bestätigt, was ich befürchtete. Dem Kaiser Augustus gibt diese Entdeckung einen Trumpf stärkster Art in die Hand. Die Erschließung dieser natürlichen

Energiequelle hat eine ungeheure wirtschaftliche und politische Bedeutung. Mit einer solchen Naturkraft von Millionen von Pferdestärken läßt sich viel anfangen.«

»So ist es, Herr Uhlenkort. Wir wissen's und fürchten's. Unser Ministerium hatte gestern abend eine Sitzung, die sich bis tief in die Nacht hineinzog. Wir haben gesessen und konferiert ... sind aber noch zu keiner Stellungnahme, zu keinem Entschluß gekommen. Eine Möglichkeit, den Schlag zu parieren, ließ sich nicht erkennen. Wir sind mehr denn je auf die Hilfe Europas angewiesen.

Es ist mir daher außerordentlich angenehm, daß ich Gelegenheit habe, jetzt mit Ihnen gewissermaßen als mit einem Vertreter Europas Rücksprache zu nehmen. Ich hatte bereits heute früh eine Besprechung mit dem europäischen Botschafter. Er machte uns Hoffnungen, versprach, daß Europa uns nicht im Stich lassen würde, uns noch tatkräftiger als bisher unterstützen wolle.

Es wurden auch Vorschläge gemacht, bei uns große Bohrungen anzulegen, um in unserem Lande vielleicht ähnliche Funde zu machen, ähnliche Energiequellen zu erschließen. Aber das kostet Zeit, sehr viel Zeit, die wir nicht mehr haben ... kostet außerdem Kapitalien, die unser Land unmöglich aufbringen kann. So sind wir leider zu der Ansicht gekommen, daß dieser Weg nicht gangbar ist, selbst wenn uns europäisches Kapital in der nötigen Höhe zur Verfügung gestellt werden könnte. Aber was ist zu tun?

Sie, Herr Uhlenkort, haben dort am Tschadsee alles mit eigenen Augen gesehen. Sie wissen die Tragweite jener Entdeckung genau einzuschätzen, und Sie haben auch Gelegenheit gehabt, sich hier über unsere Hilfsquellen zu informieren ... Wenn Sie wieder nach Europa zurückkommen, so werden Sie Ihrem Oheim, Ihrer Regierung ein genaues Bild der Lage hier geben können.

Die Verwicklungen, in die uns die ultimativ gestellten Forderungen des Kaisers Augustus betreffend die Gleichberechtigung beider Rassen gebracht haben, sind nach dieser Entdeckung am Tschadsee außergewöhnlich schwer. Es ist selbstverständlich, daß wir sie in der Form, in der sie gestellt wurden, nicht annehmen können. Aber es ist sehr schwer, ich möchte fast sagen, ausgeschlossen, sie unter diesen Umständen ganz abzulehnen ...«

Der Präsident schwieg, seine Züge sprachen deutlich von den Sorgen, die ihn drückten. Uhlenkort nahm das Wort zur Erwiderung.

»So bliebe also, Herr Präsident, wieder die alte Frage: zu Kreuze kriechen - bedingungslos zu Kreuze kriechen - oder Krieg.«

»So ist es, Herr Uhlenkort. Krieg oder Frieden. Die alte, ewige Frage, die damals auch den heute schon sehr sagenhaft gewordenen Völkerbund vom Stuhle fegte, als zwei Große sich in die Haare gerieten. Die Entscheidung liegt nicht bei uns, sondern bei Europa. Ist Europa gewillt, unseren Staat, diesen letzten Außenposten der weißen Rasse auf afrikanischem Boden, zu halten und nicht untergehen zu lassen, dann muß es uns mit allen Kräften zur Seite stehen.«

»Das wird es!« Uhlenkort sah dem Präsidenten fest in die Augen. Dann - als trübe sich sein Blick - schaute er ins Weite.

»Solange es kann.« Die Worte kamen kaum hörbar, für den Präsidenten unhörbar von seinen Lippen. Er lehnte sich in seinen Sessel zurück und legte die Hand über die Augen.

»Herr Uhlenkort!«

Uhlenkort schaute auf.

»Haben Sie Bedenken, Befürchtungen irgendwelcher Art?«

Uhlenkort ließ die Hand sinken, sah in van Teerens Blicken den Schimmer der Angst. Mit einer starken Bewegung richtete er sich auf.

»Europa wird bis zum letzten Atemzug an der Seite

Südafrikas stehen. Sobald ich zurückgekehrt bin, werde ich alles tun, daß Ihnen jede nötige Hilfe, daß Ihnen insbesondere Mannschaften ... Truppen ... das notwendige Menschenmaterial zugeht.

Es wird schwere Kämpfe darüber geben. Viele Köpfe, viele Sinne. Glücklich das Kaiserreich Afrika, wo nur einer gebietet!

Was ich will, ist nicht, die Auswanderung noch stärker zu fördern. Dies Mittel, so gut es bisher erschien, wirkt zu langsam, wo die Lage auf des Messers Schneide steht. Gewiß, wir haben von Anfang an bei dieser Auswanderung Wert darauf gelegt, insbesondere waffengeübte junge Leute herüberzuschicken, die sich hier mit Hilfe Ihrer Regierung eine Existenz suchen mußten ... und auch gefunden haben. Aber das genügt jetzt nicht mehr.«

In den Augen des Präsidenten leuchtete es auf.

»Herr Uhlenkort, glauben Sie wirklich durchsetzen zu können, daß ...?«

»Ich will es versuchen«, unterbrach ihn Uhlenkort. »Es geht ums Leben. Die Lage verlangt die Anwendung der stärksten Mittel. Wir werden Ihnen europäische Soldaten senden ... vorläufig - ich sage vorläufig - ohne Ausrüstung ... als Auswanderer!«

»Und die diplomatischen Verwicklungen, die sich daraus mit Sicherheit ergeben dürften ... schwierige diplomatische Verwicklungen ...?« Der Präsident sprach es.

Walter Uhlenkort zuckte die Achseln. »Herr Präsident, diplomatische Verwicklungen schwieriger Art entstehen immer nur dann, wenn das Schwert schon locker sitzt. Und werden meistens entschieden ... durch das Schwert.«

* * *

Juanita Alameda entstieg dem Kraftwagen und betrat die Vorhalle des Delarey-Hotels in Kapstadt. Einen Augenblick verweilte sie im Vorbeigehen bei dem Portier.

»In einer halben Stunde wird ein Angestellter der Firma Princeton & Williams kommen, um mir eine Auswahl vorzulegen. Lassen Sie ihn in mein Zimmer führen.«

»Sehr wohl, gnädige Frau!«

Eine halbe Stunde später fuhr der Liftboy einen Herrn mit diversen Kartons hinauf und geleitete ihn in Juanitas Wohnzimmer.

»Der Herr von Princeton & Williams!«

Juanita erhob sich vom Schreibtisch.

»Ganz recht. Lassen Sie sehen, was Sie gebracht haben.«

Mit einer tiefen Verbeugung trat der Ankömmling auf die Dame zu. Doch kaum hatte der Liftboy das Zimmer verlassen, als er sich aufrichtete und mit gedämpfter Stimme sagte:

»Bitte, meine Gnädigste!«

Juanita trat dicht an ihn heran und flüsterte ihm kaum hörbar das Schlüsselwort zu. Dann trat sie zurück und sprach wieder mit lauter Stimme.

»Bitte, wollen Sie die Stoffe hier auf diesem Tisch ausbreiten ... Hier, ja! ... Die Frage ist doch ... ob es mich kleiden wird?«

»Wir können einen kleinen Versuch machen. Vielleicht darf ich Ihnen den Stoff über die Schulter hängen?«

Etwas umständlich bemühte er sich, die Stoffe über der Figur Juanitas zu drapieren. Bald trat er ein paar Schritte zurück, als wolle er die Wirkung besser beurteilen. Bald stand er wieder unmittelbar neben ihr, zog hier und dort eine Falte zurecht und sprach.

Sprach laut wie ein eifriger, pflichtbewußter Verkäufer von Princeton & Williams, wenn er entfernt von ihr stand, und flüsterte unhörbar, wenn er dicht bei ihr die Stoffe zurechtzog.

Juanita stand, ließ sich behängen und drapieren und

schrieb all die Dinge, die ihr zugeflüstert wurden, in ihr Gedächtnis ein wie in ein Notizbuch. Machte dazwischen laute Bemerkungen, die auf die Anprobe Bezug hatten.

Bis nach einer halben Stunde der Angestellte von Princeton & Williams die Anprobe für beendet hielt und sich anschickte, seine Kartons zusammenzupacken. Da flüsterte sie noch eine Frage. Ohne besonderen Zusammenhang mit dem Bisherigen sagte sie: »Sind sonst noch Nachrichten?«

Erhielt im gleichen Flüsterton die Antwort.

»Jawohl! Unter Chiffre Omega zusenden: Christie Harlessen zur Zeit als Schulreiterin in Kapstadt, Zirkus Briggs.«

»Senden Sie dies selbst weiter! ...«

Und dann wieder laut:

»Lassen Sie das Gewählte hier!«

Sie drückte auf einen Knopf. Der Liftboy erschien. Der Herr von Princeton & Williams empfahl sich mit seinen Kartons.

Als er gegangen war, stand Juanita wohl eine Minute regungslos wie eine Bildsäule. Ihre Fäuste ballten sich. Dann ging ein Ruck durch ihren Körper. Sie raffte sich zusammen.

Kaltes Blut, Juanita! Erst die Depesche an den Kaiser!

Sie nahm wieder am Schreibtisch Platz und begann, aus dem Gedächtnis niederzuschreiben, was sie gehört, was sie Wort für Wort eingesogen... sich eingeprägt hatte. Und dann lag es vor ihr, und sie fing an, das Geschriebene in die Chiffre zu setzen. Ein Telegramm, welches die Unterredung von Anfang bis Ende enthielt, die Uhlenkort vor einer Stunde mit dem Staatspräsidenten gehabt hatte... Maßnahmen gegen die wachsende Übermacht des schwarzen Kaiserreiches. Mitteilungen über eine bedeutend zu verstärkende europäische Einwanderung, hauptsächlich entlassene oder noch zu entlassende europäische Soldaten. Nachrichten über große Lieferungen von Kriegsmitteln.

Dann nahm sie einen Kristallflakon aus ihrem Toilettenkoffer. Goß davon in ein Glas, legte den Entwurf des Telegramms hinein und wartete, bis das Papier sich in der Flüssigkeit völlig auflöste, zu Nichts wurde. Anschließend brachte sie das Chiffretelegramm selbst zum Hotelsender.

Auf dem Rückweg rief sie dem Portier zu:

»Einen Logenplatz für die Zirkusvorstellung heute abend!«

Sie trat wieder in ihr Zimmer. Ruhelos lief sie auf und ab. Sann und dachte dabei.

Ah! ... Was kann das sein? ... Dieser Eisblock! ... Du glaubtest einmal, er hätte ein Herz ... kein Mensch ... ein Eisblock ... und jetzt ... nein, ich werde sehen! Ich werde selbst sehen ... und handeln.

* * *

Klaus Tredrup trat in Uhlenkorts Zimmer.

»Hallo, Baas*! Endlich fertig? Eben sah ich Herrn Rasmussen durch die Lobby schreiten. Die Mienen des Herrn schienen mir recht bewölkt. Er hat auch am Ende Gründe stärkster Art«, fuhr Tredrup fort, als Uhlenkort nichts erwiderte. »Sitzt da als Leiter der Uhlenkortschen Zinnminen im Aufmarschgelände, fast möchte ich sagen, auf den zukünftigen Schlachtfeldern zwischen Schwarz und Weiß mitten im Hereroland ...«

Ein Scherzwort, das auf seinen Lippen schwebte, blieb unausgesprochen, als Walter Uhlenkort sich an seinem Schreibtisch umwandte und Tredrup ein Gesicht sah, auf dem tiefe Abspannung lag.

»Genug für heute, Herr Uhlenkort! Genug! Ich bin

---

* norddeutsch für: Meister, Chef

nur ein freier Vogel, dessen ganze Habe in einem hellen Kopf und zwei gesunden Fäusten besteht. Ich kann mich vielleicht nicht so ganz in Ihre schwere Lage versetzen. Aber das glaube ich doch, glaube ich sicher, daß es für heute genug ist. Genug der Arbeit und Sorgen!

Suchen wir irgendeine Zerstreuung! ... Kapstadt ist nicht arm daran.«

»Sie haben recht, Herr Tredrup«, erwiderte Uhlenkort mit einem schwachen Lächeln. »Ich nehme an, daß Sie den Vergnügungsanzeiger eingehend studiert haben, und bitte um Ihre Vorschläge. Ich füge mich allem.«

»Lachen Sie oder lachen Sie nicht! Ich schlage vor, wir sehen uns mal wieder ein Zirkusprogramm an.«

»Zirkus? ... Schon wieder Zirkus? Sind Sie ein so großer Verehrer der Zirkuskunst, Herr Tredrup?«

»Offen gestanden, ja! Ich weiß Mut und Kraft zu schätzen, wo immer sie sich zeigen. Die letzten Jahre mußte ich mein Leben größtenteils in Weltgegenden verbringen, wo ein Zirkus nicht einmal dem Namen nach bekannt war. Daher lasse ich die Gelegenheiten, etwas Derartiges zu sehen, nur ungern vorübergehen. So las ich die Nachricht, daß der Zirkus Briggs hier gastiert, mit großem Vergnügen.«

»Zirkus Briggs?« Uhlenkort horchte auf. »Briggs? ... Briggs?«

»Jawohl, Herr Uhlenkort.«

Uhlenkort hatte seine Brieftasche gezogen und blickte auf das letzte Telegramm des Pinkerton Office.

»Gut! Sehr gut, Herr Tredrup! Gehen wir in den Zirkus. Wie spät ist es?«

»Eben acht Uhr. Wenn wir uns beeilen, werden wir zu Nummer fünf des Programms noch zurecht kommen. Vier Nummern haben wir ja in Timbuktu gesehen.«

»Richtig, Herr Tredrup.« Uhlenkort lachte. »Und dann gingen wir damals zum Obermoser.«

Ein Kraftwagen brachte sie schnell zum Zirkus.

»Sagt' ich's nicht?« rief Tredrup. »Wir treffen es genau. Die fünfte Nummer. Die fliegenden Geschwister am hohen Trapez fangen eben mit der Vorführung an.

Gott sei Dank, das Publikum ist hier doch etwas weniger gefärbt. Zwar nach der Galerie zu auch stark melange. Aber das läßt sich ertragen.«

Mit Interesse folgten beide dem tollkühnen Treiben da oben am Zirkushimmel.

»Allerdings ein glänzendes Beispiel von Mut und Kraft«, sagte Uhlenkort, indem er in den allgemeinen Applaus einstimmte.

»Eiserne Nerven gehören dazu. Eine Sekunde zu früh oder zu spät, und es kostet das Genick oder wenigstens die gesunden Glieder.«

»Was ist jetzt auf dem Programm?«

Tredrup hob den Zettel und las:

»Flores de Tejada aus New York, als Gast. Dressuren der Hohen Schule auf ihrem schottischen Hengst Pompejus. Danach als Parforcereiterin auf ihrer mexikanischen Stute Patty.«

Ein Zucken flog über Uhlenkorts Gesicht. Wenn ihm das Pinkerton Office recht berichtet hatte, mußte es Christie Harlessen sein, die sich hinter dem Künstlernamen Flores de Tejada verbarg.

Ein Schweigen der Erwartung lag über der Menge. Nur die Klänge der Musik rauschten durch den weiten Raum. Da öffnete sich der Vorhang. Von einem Stallmeister geleitet, der den Hengst am Zügel führte, ritt die Künstlerin in die Manege.

Händeklatschen begrüßte sie. In der Tat boten Pferd und Reiterin ein Bild außergewöhnlicher Schönheit. Der edle Bau des Vollbluthengstes erregte die Bewunderung aller Kenner. Die jugendlich graziöse Mädchengestalt in ihrer energischen, kraftbewußten Haltung schien wie verwachsen mit dem edlen Tier.

Uhlenkort riß das Glas an die Augen. Während die

Reiterin in der Mitte der Manege hielt und sich nach allen Seiten verneigte, hatte er Gelegenheit, ihre Züge genau zu studieren.

Sie ist's! Kein Zweifel... die blonden Haare... die blauen Augen... der schmale, rassige Kopf... echter Harlessentyp.

Die einsetzende Musik riß ihn aus seinen Gedanken. Die Reiterin trabte an, die Vorführung der Hohen Schule begann. Je weiter sie gedieh, desto mehr steigerten sich Staunen und Bewunderung. Kein Zögern! Kein Versagen! Mit unübertrefflicher Sicherheit wurden alle Figuren zu Ende geführt.

Stürmischer Beifall belohnte diese Leistung höchster Reitkunst. In der Mitte der Manege hielt die Künstlerin und dankte für den Applaus. Ihr Antlitz strahlte in sieghafter Schönheit.

Uhlenkort beobachtete durch sein Glas. Er sah den frohen Glanz auf ihren Zügen. Er folgte jeder Bewegung ihrer Mienen.

Das leicht Aufgesetzte, das er in der strahlenden Fröhlichkeit zu sehen glaubte, ließ ihn schärfer aufmerken. Diese Augen... die blauen Harlessenaugen... schienen keinen Teil daran zu haben.

Klaus Tredrup teilte seine Aufmerksamkeit verstohlen zwischen der Manege und seinem Nachbarn. Das außergewöhnliche Interesse, das Herr Uhlenkort von der Firma Jacob Jeremias Uhlenkort & Söhne der Schulreiterin da unten zuwandte, gab seiner Neugierde reichlichen Stoff.

Ein hübsches Mädel... ohne Zweifel... Sollte er sie von früher her kennen?... Ausgeschlossen!... Sonst hätte er doch nicht die Photographie zum Vergleich herangezogen.

Seine Neugierde steigerte sich, je mehr das Interesse Uhlenkorts an der Künstlerin zu wachsen schien.

Weiß der Teufel!... Was steckt dahinter? Etwas Besonderes muß es doch sein ... sonst würde er seine Teilnahme hier nicht so offenkundig zeigen.

Die Reiterin hatte die Manege verlassen. Ein paar Clowns kugelten über den Sand. Die Stalldiener bauten am Ausgang der Arena eine Hürde auf. Die Musik brach für kurze Zeit ab und ging dann in einen wilden Galopp über. Alle Augen richteten sich gespannt auf den Eingangstunnel.

Und dann ... ein buntes Etwas flitzte durch die Manege. Die Füße der Fuchsstute schienen kaum den Erdboden zu berühren.

»Eh! Eh!« Kurz wie ein Peitschenhieb klang's. Wie ein dunkler Schatten huschte es über die Hürde.

Schon sprangen die Stalldiener hinzu und legten zu höherem Sprung auf die Hürde auf.

Mit fieberhafter Erregung sah das Publikum die Jagd – immer schneller, immer wilder – vorüberbrausen. Ein Sprung immer höher als der andere ... immer höher türmte sich die Hürde.

Die Musik brach ab. Die Reiterin wendete am Ausgang und ritt in die Manege zurück. Schaum flockte vom Gebiß der schnaubenden Stute. Deren Flanken schlugen. Ein leichtes Rot auf den Wangen der Reiterin verriet die Anstrengung des Rittes. Beifall drang brausend aus dem weiten Zirkusrund. Stallmeister und Bedienstete traten zurück. Wie ein dräuender Wall stand die hochgetürmte Hürde am Manegenausgang.

Ein leichtes Schnalzen. Die Stute wendete im leichten Galopp um das Hindernis und verschwand im Tunnel. Totenstille ... mit verhaltenem Atem erwartete das Publikum den letzten, höchsten Sprung.

Da ... man hörte das Schnauben des heranstürmenden Pferdes ... man vernahm das aufreizende »Eh! Eh!«

Jetzt! Da war sie ...

Ein kleiner Rosenstrauß, von voreiliger Hand geschleudert, flog vor den Hufen des Tieres in den Sand ...

Ein kurzes, kaum merkliches Scheuen des Pferdes ... ein sausender Gertenhieb ... Das Pferd hob sich zum Sprung ... eine Zehntelsekunde zu spät.

Die Vorderhufe stießen gegen die Hürde. Krachend brach das Gerüst zusammen. Der Oberkörper der Reiterin schlug nach vorn. Sie überschlug sich ... fiel dicht neben dem Pferd zur Erde.

Ein Schrei ging durch das weite Rund ... Aufregung ... Tumult im ganzen Raum.

Walter Uhlenkort sprang auf und stürmte in die Manege. Stand am Ausgang und wurde von den Bediensteten aufgehalten. Man achtete seiner dringenden Bitten nicht.

»Gedulden Sie sich, Herr! Der Arzt ist bei der Dame. Die Direktion wird sofort Mitteilung geben.«

Kein Protest half. Es blieb ihm nichts übrig, als in der Nähe des Ausgangs zu warten.

In der Tat nur wenige Minuten. Am Arme des Direktors trat sie an den Manegenrand. Das stereotype Künstlerinnenlächeln auf dem bleichen Gesicht. Mit lauter Stimme verkündete der Direktor, daß der Unfall ohne Folgen geblieben sei. Señorita de Tejada werde am folgenden Abend wieder wie gewohnt in der Vorstellung auftreten.

Ein Orkan des Beifalls erfüllte das Haus. Ein Blumenregen fiel in die Manege. Schon sprangen wieder Clowns mit lustigen Sätzen auf den Sand. Nur ein leises Murmeln in den Rängen zeugte von der abebbenden Erregung.

Walter Uhlenkort kehrte langsam in seine Loge zurück. Noch ganz benommen von dem eben Geschehenen setzte er sich mechanisch auf seinen Platz. Erst nach Minuten bemerkte er, daß der Platz neben ihm leer war.

Wo war Tredrup geblieben?

* * *

Der sah den Rosenstrauß durch die Arena fliegen. In Bruchteilen einer Sekunde begriff er, was geschehen würde. Seine scharfen Blicke fuhren von dem niederfallenden Strauß zurück, dahin, von wo er gekommen. Schräg vor sich sah er in einer Loge eine weibliche Gestalt, deren Arm eben zurücksank. Er sah das kaum merkliche Scheuen des Pferdes ... und den Sturz.

Er sah, wie die ungeschickte Werferin von der nächsten Umgebung mit Ausdrücken des Unwillens und Tadels bedacht wurde. Sah, wie sie sich unter allen Anzeichen der Bestürzung und Verlegenheit erhob, um den Zirkus zu verlassen. Sie trat aus der Loge in den Kreisgang, wandte dabei ihr Antlitz den höheren Reihen zu.

Ein eisiger Schreck fuhr durch Tredrups Glieder.

Juanita war's ... Juanita! ...

Wie kam Juanita hierher? ... Sie war die Ungeschickte ... sie.

Tausend Gedanken stürmten auf ihn ein. Verwirrend ... betäubend. Mechanisch erhob er sich und folgte der Enteilenden. Verlor sie kurze Zeit aus den Augen. Sah sie dann über den freien Platz vor dem Zirkus auf den Nationalpark zuschreiten. Er folgte ihr. Widerstrebend und doch gezwungen. Als sie in das Dunkel eines Seitenweges einbog, beschleunigte er seine Schritte.

»Juanita!«

Die Gestalt vor ihm blieb stehen und drehte sich mit jähem Ruck um.

»Was ist? ... Was ... was wollen Sie? ... Wer sind Sie?«

Er sah ihre Hand in die Tasche gleiten. Hörte ein leichtes Knacken.

»Nicht nötig, Juanita. Gut Freund!«

»Gut Freund?« Wie ein bitteres Lachen klang das Wort. »Wer sind Sie?«

»Du erkennst meine Stimme nicht wieder? Ja, ja ... früher sprach sie in anderen Tönen zu dir.«

»Klaus ... du? Du bist es, Klaus?«

»Ich bin es.«

»Was willst du von mir? Warum verfolgst du mich?«

»Verfolgen?... Verfolge ich dich?« Tonlos kam es von seinen Lippen. »Ja! Ich verfolgte dich... ich folgte dir.« Tief atmend stand er vor ihr.

»Warum? Was willst du von mir?... Wo sahst du mich?... Sind unsere Wege nicht geschieden... auf ewig?«

»Unsere Wege sind geschieden, Juanita! Du hast recht!... Geschieden seit jenem Tage... und doch folgte ich dir jetzt, als ich sah... im Zirkus sah...«

Mit einem kurzen Schritt war Juanita auf ihn zugetreten.

»Du warst dort?... Und?«

»Ja, Juanita. Ich war dort. Ich kam erst spät. Ich sah dich nicht. Nicht eher... als bis du...«

»Was sahst du?«

»Ich sah, wie du den Rosenstrauß dem Pferde vor die Hufe schleudertest, daß es den Sprung verfehlte... und seine Reiterin unter sich begrub.«

»Das sahst du?«

»Ja, das sah ich.«

»Und was weiter?... Folgst du mir deshalb?«

»Deshalb?... Ich weiß nicht... Ich weiß nur, daß ein Schreck mich faßte, als diese Hand... die deine war.«

»Was sagst du? Was willst du damit sagen?«

Er fühlte, wie ihre Finger sich in seinen Arm gruben.

»Nichts, Juanita! Ich will nichts sagen. Als ich dich erkannte, da war es mir, als ob ich dir folgen... als ob ich dich sprechen müßte.«

»Du sprichst in Rätseln, Klaus. Was soll das alles?«

Er fühlte, wie ihr Gesicht im Dunklen sich an das seine heranschob. Er fühlte den warmen Atem ihres Mundes, der sich stoßweise aus der Brust rang.

»Was das soll?... Ich weiß es nicht, Juanita.«

Dann, mit einer brüsken Bewegung, schüttelte er ihre Hände ab.

»Juanita! War das Absicht? ... Wolltest du das?«

»Klaus!« Sie trat zurück und hob die Hände. »Klaus! Bist du wahnsinnig oder ... betrunken? Was sagst du da?«

»Antwort! ... Du! War das ...?« Die Fäuste geballt, stand er vor ihr. »Antworte!«

»Du bist wahnsinnig, Klaus! Was kümmert mich die Fremde? ... Geh weg! Laß mich! Was kümmere ich dich? Was kümmerst du mich?«

»Juanita!« Es war ein Ton aus tiefstem Herzensgrunde. »Juanita! Du! Ich bitte dich ... Ich bitte dich bei allem, was uns einst verband.«

Ihre Hand hob sich leise ... bittend ... abwehrend.

»Klaus! Was hast du? Was denkst du?«

»Ich weiß nicht, was ich denke, Juanita. Ich fürchtete ...«

»Was fürchtetest du, Klaus?«

»Für dich fürchtete ich, du ... für dich.«

»Klaus!« Es war der Ton ... jener alte vertraute Klang. Seine starke Gestalt fiel zusammen, griff, wie nach einer Stütze suchend, nach ihrem Arm.

»Juanita! Ich weiß ... du schicktest mir jene Warnung, die das verglommene Feuer wieder anschürte.«

»Klaus!« Sie legte ihre Hand auf die seine. »Klaus, du bist krank! Ich hörte von dem Unfall, der dich traf ... War froh, als ich hörte, daß du vom Schacht weggegangen. Wärst du doch meiner Warnung gleich gefolgt. Du bist krank, Klaus! Ich fühle, wie dein Arm zittert. Wir werden jetzt zurückgehen. Ich werde dich begleiten, bis ...«

»Nein, Juanita! Nein! Ich bin nicht krank. Der Unfall dort ... keine Bedeutung.

Und doch!« Er faßte sie mit beiden Händen an den Schultern. »Und doch bin ich krank ... krank um dich! ...

Du! Sag mir, was tatest du eben? ... Sag mir ... ich komme nicht los davon ... Sag mir, war das Absicht? Wolltest du das?«

Seine Finger krampften sich in das weiche Fleisch ihrer Schultern, daß sie ächzend niedersank.

»Klaus! ... Klaus! Du tust mir weh. Was tat ich, daß ...«

Sie war auf die Knie gesunken. Ein leises Wimmern kam aus ihrem Munde.

Er kämpfte gegen den Drang, sich hinunterzubeugen, sie an sich zu reißen.

»War es Absicht?« Er schrie es. »Sag es! Sag nein! Oder ich muß verzweifeln.«

Er beugte sich hinab und legte seine Hand um ihr Haupt.

»Juanita! Sag es! ... Sag es ...«

Und dann fühlte er, wie ihr Haupt sich emporhob. Wie ein Hauch klang es.

»Nein, Klaus!«

»Nein?! O Gott, ich danke dir! Juanita!«

Er riß sie in die Höhe und hielt sie in den Armen.

»Nein! Juanita! Wie danke ich dir für dies kleine Wort. Wenn du wüßtest, was es für mich bedeutet.«

Minuten verrannen. Er spürte am Beben ihrer Schultern die Bewegung, die in ihr stürmte. Er fühlte, wie die Erregung matter wurde, wie sie sich immer schwerer an seine Brust legte ... Arme seinen Nacken umschlangen. Er stand und vergaß ... vergaß alles.

Eine weiche Hand strich über sein Gesicht. Ein Kuß brannte auf seinen Lippen. Ein verzehrender Brand kam über ihn. Sein Arm preßte sie an ihn.

Und dann war sie ihm entglitten. Ein leiser Hauch: »Klaus ... Klaus, du ...« drang an sein Ohr.

Ein leichter Schritt verhallte im Dunkel des Weges ... dann war er allein.

* * *

Die Dampfsirenen heulten über der Grubenstadt Wibehafen: Zweite Schicht!

Doch was war? Die Menge, die die Schächte umlagerte, dachte nicht an Einfahren. Sie brandete hin und her. Wirre Reden ... gestikulierende Arme ... laute Drohworte.

Die Menschenmenge wuchs mit jeder Minute. Alles, was von der ersten Schicht zutage fuhr, gesellte sich dazu.

Ein Arbeiter sprang auf eine Lore. Die Massen drängten sich um ihn. Seine laute, gellende Stimme drang weit über den Zechenplatz.

»Kameraden! ... Keine Stunde länger hier! ... Lügner, die da drüben!« Er deutete mit der Faust nach dem Direktionsgebäude. »Wir wußten es besser ... von Anfang an. Der Einbruch auf Sohle IV hat bewiesen, daß wir recht hatten. Was mit Black Island geschah, wird sich hier wiederholen. Spitzbergen wird sich heben. Die Schächte werden zerquetscht werden ... die Sohlen zusammenbrechen ... ein Grab für die tausend Kameraden, die da drinstecken ... Weg von hier! Sobald sich die Gelegenheit bietet.«

Tosendes Beifallsgebrüll von allen Seiten verschlang die letzten Worte. »Zu Schiff! ... Zu Schiff! ...« schrie die Menge.

Im Verwaltungsgebäude waren die Direktoren versammelt. Blässe lag auf mehr als einem Gesicht. Das Erwartete war eingetreten.

Die Tür öffnete sich. Der Chefingenieur trat herein. Mit einem Ruck wandten sich alle Köpfe ihm entgegen. Er genoß das unbegrenzte Vertrauen der Belegschaft. Sein Eingreifen allein konnte in letzter Stunde noch eine Wendung zum Guten bringen.

Von allen Seiten flogen ihm Fragen entgegen. Ein Kopfschütteln ließ sie verstummen.

»Unmöglich, meine Herren! Keine Macht der Erde ... kein Gott bringt die Leute wieder in den Schacht. Das natürliche Einbrechen des Hangenden auf Sohle IV hat ihnen den letzten Rest Besonnenheit geraubt.«

Die Bestimmtheit, mit der diese Worte gesagt wurden, ließ jede weitere Frage verstummen. Der Chefingenieur sprach weiter.

»Es heißt, sich in das Unabänderliche fügen, meine Herren, und unsere Hoffnung auf eine ... vielleicht recht ferne Zukunft zu richten. Meine einzige Sorge ist, daß bis dahin die Notstandsarbeiten fortgeführt werden. Ich hoffe, daß es mir gelingen wird, das dazu nötige Personal halten zu können.

Das ist die Lage, soweit sie uns betrifft. Es wäre noch die Frage zu erledigen, wie dem zu erwartenden Ansturm auf die einlaufenden Schiffe am besten zu begegnen ist. Bei der Kopflosigkeit der Leute ist davon auszugehen, daß sie die ersten ankommenden Schiffe in Massen stürmen werden. Es könnten sich da Szenen abspielen, die zum Chaos führen. Es wird unsere Aufgabe sein, die Flucht zu organisieren.«

Murmeln ... Fragen ... Sprechen ... Die Abneigung war deutlich zu merken.

»Jawohl, meine Herren! Unsere Sache ist es ...« Die Worte, mit Schärfe gesprochen, ließen alle verstummen. »Ich werde die Aufgabe übernehmen und auch die Verantwortung tragen. Mit Hilfe der Besonnenen werde ich den Abtransport organisieren.

Noch einmal, meine Herren«, der Chefingenieur wandte sich zum Gehen, »fügen wir uns in das Unabänderliche! Der Sturm wird sich legen ... früher oder später ...«

Als der Chefingenieur aus dem Verwaltungsgebäude auf den Zechenplatz trat, sah er noch eben den Redner von der Lore springen. Sah die Massen in Bewegung geraten und dem Ausgang zudrängen. Sein Auge suchte nach älteren, ihm vertrauten Leuten, mit denen er dem Chaos entgegenwirken könnte.

Da! ... Was war das? Eine neue Gestalt auf jenem Wagen.

Der Chefingenieur kniff die Brauen zusammen.

Er? ... Der von da drüben? Vom alten Leuchtturm ... Was wollte der? ...

Der Chefingenieur schüttelte den Kopf.

Dafür ... oder dagegen? ... Was hat er vor?

Er sah von der erhöhten Steintreppe aus, wie die Massen in nächster Nähe des neuen Redners sich wandten ... zurückwandten ... wie die Köpfe sich zu ihm hoben.

Sah, wie der Blick des Mannes über den Zechenplatz schweifte ... strahlte. Glaubte auch selbst davon getroffen zu sein ... glaubte auch selbst eine Wirkung zu verspüren ... unerklärlich ... rätselhaft ... bannend ... zwingend.

Und dann sah er, wie die Massen sich immer dichter um die Lore zusammendrängten. Sah, wie der da oben die Lippen öffnete. Sah, wie vom Zechentor her ein Rückstrom kam, sah geballte Fäuste sich heben ... und sich senken. Sah, wie die Leute an seinem Munde hingen und seinen Worten folgten ... und Stille trat ein ... und auch er begann zu hören, und auch er stand und lauschte.

Was war das? Was geschah hier? War es wirklich jener von da drüben? Ja, er war's! Ein Mensch ... war's, ein Mensch?

Er hielt die Augen zu. Seine Gehörnerven spannten sich zum Äußersten. Und er hörte alles, was jener wundersame Mensch da oben sprach. Sein Kopf senkte sich immer tiefer. Die Töne, die von da oben kamen, drangen tief in sein Innerstes ein. Verwirrend ... betäubend ... beruhigend.

Er fühlte sich mit allen Fasern des Seins gezogen ... gepackt. Er fühlte einen Willen, stärker als er ihn je gefühlt, der ihn zwang ... fesselte ... willenlos machte.

Und er stand und lauschte ...

Der Redner schien geendet zu haben. Die Stimme da oben verstummte.

Der Chefingenieur hob den Kopf, richtete seine Augen auf die Gestalt des Redners. Sah, wie jener die Rechte ausstreckte ... zum Schachtturm wies.

»Und nun geht an eure Arbeit.«

Kein gebieterischer Ton ... kein Befehl ... einfach, ruhig ... fast gelassen klangen die Worte.

Der Chefingenieur stand einen Augenblick starr. Was ...?

Noch immer die Gestalt da oben auf dem Wagen. Die Rechte nach dem Zechenhaus deutend. Die Blicke langsam im Kreise über die Gesichter der Belegschaft gleitend.

Eine kurze Spanne tiefster Stille und Ruhe. Dann wandten sich die Köpfe. Die Massen gerieten in Bewegung.

Da ... dort ... überall lösten sich einzelne Gruppen und strebten dem Förderturm zu.

Die zweite Schicht fuhr ein.

* * *

Am nächsten Morgen. Uhlenkort saß in der Halle seines Hotels beim Frühstück. Eine kurze, fast überall gleichlautende Notiz in allen Zeitungen: Unfall im Zirkus Briggs.

Er legte die Blätter zur Seite und sah auf die Uhr. Noch immer nichts von Tredrup ... Was war da los? Er ließ den Portier holen und fragte ihn.

»Mr. Tredrup ist erst gegen Mitternacht ins Hotel gekommen ... wird vermutlich noch auf seinem Zimmer sein.«

Wieder verging eine Zeit, da sah er Tredrup die große Treppe hinabkommen. Schon von weitem fiel ihm dessen Aussehen auf. War dies verfallene, übernächtigte Gesicht mit den unruhigen, fiebrig glänzenden Augen das des stets heiteren, blühenden Klaus Tredrup ?

Mit unverhohlener Besorgnis und Unruhe reichte er ihm die Hand zum Morgengruß.

»Was ist mit Ihnen, Herr Tredrup? Sind Sie krank?«

»Ich krank? Nein, Herr Uhlenkort. Nicht im geringsten.«

Ein kurzes, stoßweises Lachen begleitete seine Worte.

»Ich bitte Sie, Herr Tredrup, verstehen Sie meine Teilnahme nicht falsch. Ihr Aussehen straft Sie Lügen. Sie sind krank. Diese Veränderung von gestern auf heute ist nicht anders zu erklären ... oder hängt das noch mit dem Unfall in Mineapolis zusammen?«

»Dieselbe Frage ...« Tredrup brach kurz ab. Er stürzte eine Tasse Tee hinunter und griff nach den Zeitungen.

»Übrigens ...« Er wandte sich Uhlenkort zu. »Wir haben mit unseren Zirkusbesuchen ausgesuchtes Pech! Meinen Sie nicht auch?«

Uhlenkort nickte. Sein Auge ruhte mit Sorge auf den so veränderten, nervösen Zügen Tredrups.

»Immerhin brachten wir es bis zur sechsten Nummer des Programms«, sagte Tredrup. »Vielleicht haben wir das nächste Mal noch mehr Glück.«

»Herr Tredrup! Ich bitte Sie. Lassen Sie die Scherze. Sie versuchen vergeblich, mich über die Sorge um Sie hinwegzutäuschen. Ich will nicht indiskret sein. Wenn Sie es für besser halten zu schweigen, so schweigen Sie.

Ich selbst möchte Ihnen kurze Mitteilungen über mein Verhalten am gestrigen Abend im Zirkus geben. Sind Sie bereit und imstande, mich anzuhören?«

»O gewiß, Herr Uhlenkort. Mein Interesse ist groß ... vielleicht größer als ...«

Er rückte seinen Sessel näher an den Uhlenkorts heran.

»So hören Sie mir zu, Herr Tredrup. Es ist eine lange

Geschichte, die ich Ihnen erzählen werde, aber ihr Ende wird schließlich in den Zirkus von Kapstadt führen.

War da vor etwa fünfzig Jahren ein Sohn aus dem Hause Harlessen - Sie kennen sicher die Hamburger Firma und vielleicht auch die Familie - nach Amerika ausgewandert. Die Familien Uhlenkort und Harlessen sind von Großvaters Seite her verschwägert. Die Ursachen, weshalb jener Harlessen nach Amerika auswanderte, lagen in pekuniären Differenzen mit seinem Vater. In Differenzen von einer Schwere immerhin, daß - um mich jener Worte zu bedienen - das Tischtuch zwischen beiden zerschnitten wurde.

Jener Harlessen kam nach mancherlei Irrfahrten nach Mittelamerika und kaufte sich in der Nähe des Kanals eine Farm. Seine Frau starb früh. Eine Tochter wuchs ihm auf. Christie Harlessen ... Es ist die Schulreiterin, die wir gestern sahen.«

Klaus Tredrup fuhr auf. »Flores de Tejada ist Christie Harlessen?«

Uhlenkort nickte.

»Ein tragisches Schicksal liegt über dem Mädchen, das ich übrigens gestern abend zum ersten Male sah. Von den Landenteignungen am Panamakanal wurde auch ihr Vater betroffen. Und nun beginnt eine Reihe von dunklen Ereignissen, deren Aufklärung mir bis jetzt noch nicht gelungen ist. Als erstes nenne ich das: Es wurde die durchaus nicht kleine Entschädigungssumme gegenüber sonstigen Gepflogenheiten in bar gezahlt.

Am Abend vor der Abreise von der Besitzung kamen Vater und Tochter von einem Abschiedsbesuch zu Pferde zurück ... Ich erzähle es Ihnen so, wie es mir von Leuten am Kanal berichtet wurde, als ich vor etwa drei Wochen da unten war.

Jetzt der andere höchst sonderbare Punkt. Der einzige Diener, der noch auf der Farm war, ist verschwunden ... Christie bringt die Pferde selbst in den Stall, während ihr Vater in das Haus tritt. Sie ist noch mit den Pferden beschäftigt, da hört sie aus dem Haus einen Schrei. Die Stimme ihres Vaters. Sie läuft in das Haus. In dem dunklen Flur – es war nach Sonnenuntergang – stürzt ein Mann an ihr vorbei. Sie eilt in das Zimmer des Vaters. Findet ihn, aus einer schweren Wunde am Hinterkopf blutend, am Boden liegen. Die gepackten Koffer im Zimmer sind erbrochen und durchwühlt, Geld und Wertsachen geraubt. Der Vater stirbt, ohne das Bewußtsein wiedererlangt zu haben. Christie verläßt die Farm.

So weit gingen die Mitteilungen, die mir da unten gemacht wurden. In den Staaten wandte ich mich an das Pinkerton Office. Die Auskunft lautete: Christie Harlessen aus Not Zirkusreiterin geworden.

Vor meiner Abreise nach Timbuktu bekam ich die weitere Nachricht, daß sie zur Zeit hier sei. Der Zufall war mir günstig. Ich hatte ja ohnehin die Absicht, hierherzufahren.«

»Sie nennen es Zufall, Herr Uhlenkort ...« Tredrup sagte es wie traumverloren.

»Gewiß, Herr Tredrup, ein Zufall wollte es so ... oder wollen Sie das für ein Geschick ... für eine höhere Fügung halten?«

Tredrup zuckte kurz mit den Achseln. Sein Blick glitt zur Seite.

»Zufall ... Fügung ... was weiß ich?«

»Aber, Herr Tredrup!« Uhlenkort sagte es lachend. »Ich erkenne Sie nicht wieder. Sie, Herr Klaus Tredrup, belieben über Schicksal und Zufall zu philosophieren? Sie, der Mann der nackten Tatsachen. Sollte Ihnen gestern abend auch so ein mystischer Zufall passiert sein? Beinah müßte ich es denken.«

»Wenn Sie das denken, Herr Uhlenkort, so denken Sie nicht falsch.«

Er stützte das abgewandte Gesicht in die Hand. Sein

Auge schweifte ruhelos durch den Raum. Uhlenkort stutzte. Dieser sonderbare Ton ...

»Verzeihung, Herr Tredrup, wenn ich etwas berührte, was ...«

»Hat nichts zu sagen, Herr Uhlenkort.« Tredrup lehnte sich in seinen Sessel zurück. »Man glaubt allen Wind der Welt um die Nase verspürt zu haben ... und dann ... Zufall oder Fügung ...« Seine Worte gingen in ein Murmeln über.

»Lassen wir das.« Mit einem kurzen Ruck richtete er sich auf, als wollte er alles abschütteln. »Der Unfall im Zirkus gestern ist ja, Gott sei Dank, glimpflich verlaufen ... Es hatte Sie anscheinend mächtig gepackt. Sie turnten da mit einer sehr beträchtlichen Fixigkeit in die Manege hinunter.«

Uhlenkort lachte. »Ich glaube gern, daß Sie sich da amüsiert haben. Aber das war doch schließlich erklärlich.«

»Ganz gewiß ... gewiß, Herr Uhlenkort. Es ist nicht zu leugnen, daß Fräulein Harlessen eines der schönsten Mädchen ist, die mir je vor Augen kamen. Ich wundere mich, daß Sie nicht längst auf dem Wege sind, sich nach ihrem Befinden zu erkundigen.«

»Ich warte nur auf die passende Zeit.« Uhlenkort zog seine Uhr. »Ich glaube, es jetzt tun zu dürfen.«

»Viel Glück, Herr Uhlenkort. Sie treffen mich hier wieder.«

* * *

»Geh, Betty. Es hat geklingelt. Es wird der Doktor sein.«

Die Dienerin kam zurück.

»Nein, Miss Harlessen. Ein fremder Herr ... Hier seine Karte.«

Christie richtete sich ein wenig von ihrem Ruhebett auf. Sie nahm die Karte und las: Walter Uhlenkort, Hamburg. Langsam ließ sie sich wieder zurückgleiten. Ihre Augen schlossen sich.

Hamburg ... Uhlenkort ... Harlessen ... Die Verbindung der drei Namen ... Was lag darin ... Sie sann und vergaß, vergaß Zeit und Raum ...

»Soll ich den Herrn abweisen, Miss Harlessen?«

Die Stimme riß sie aus dem Sinnen.

»Uhlenkort aus Hamburg? ... Nein ... laß den Herrn gehen!« Sie bedeckte die Augen mit der Hand ... »Warte, Betty ... führ den Herrn ins Nebenzimmer.«

Sie stützte den Arm auf das Ruhebett und hob langsam den Oberkörper in die Höhe. Ihre Miene verriet, daß die Bewegung ihr Schmerzen bereitete. Sie schritt dem Nebenraum zu. Im Türrahmen blieb sie stehen und schaute prüfend auf die hohe Männergestalt, die sich vor ihr verneigte.

»Herr Uhlenkort? Sie wünschen von mir?«

»Gnädiges Fräulein, Fräulein Harlessen. Ich bitte die Störung zu verzeihen. Ich nehme an, daß mein Name Ihnen nicht unbekannt ist. Harlessen und Uhlenkort stehen seit Menschenaltern in engen verwandtschaftlichen Beziehungen ... Sie wissen ...«

»Ich weiß, Herr Uhlenkort. Wollen Sie nicht Platz nehmen. Was führt Sie zu mir?«

Während sie sich ihm gegenüber niederließ, sah er, wie sie mit Mühe einen Schmerz zu verbergen suchte.

»Fräulein Harlessen, ich war gestern abend zufälligerweise Zeuge Ihres Unfalls. Ich sehe soeben ... er scheint doch nicht so glücklich verlaufen zu sein, wie man sagte. Sie fühlen sich nicht wohl? Sie haben Schmerzen? Ich bin besorgt.«

Die unverhohlene Teilnahme, die aus seinen Worten sprach, schien den abweisenden Zug auf ihren Mienen zu mildern.

»Dank für Ihre Teilnahme, Herr Uhlenkort. Doch das dürfte wohl kaum der Grund sein, weswegen Sie zu mir kommen.«

»Nein ... und doch ja, Fräulein Harlessen. Gewiß! Einer fremden ... Dame gegenüber ...«

»Oh, sagen Sie nur Zirkuskünstlerin.«

Uhlenkort richtete seinen vollen Blick auf sie. »Ich glaube nicht, Fräulein Harlessen, Ihnen den geringsten Grund gegeben zu haben ...«

»Gut, Herr Uhlenkort ... gut! Also noch einmal ... was führt Sie zu mir? Lassen wir den Sturz beiseite.«

»Ich komme zu Ihnen, Fräulein Harlessen, als Ihr Verwandter ... oder wenn Sie wollen, als Beauftragter Ihres Oheims, des europäischen Staatspräsidenten.«

»Ah! Man weiß auch in Hamburg von meiner Existenz? Interessant! Ich vermute, daß das Interesse nicht älter ist als ein halbes Jahr.«

»Ich verstehe nicht, Fräulein Harlessen.«

»Nun, ein halbes Jahr ist es her, daß ich Schulreiterin bin, Zirkuskünstlerin ...«

»... Und?«

»Und von da ab wird wohl das Interesse datieren.«

»Ich weiß nicht, ob ich Sie richtig verstehe, Fräulein Harlessen. Sie unterstellen Beweggründe ...«

»Oh, Herr Uhlenkort, glauben Sie nicht, daß ich, die Amerikanerin von da unten her, so ganz unvertraut mit den europäischen Sitten und Gewohnheiten bin. Mein Vater war ein Deutscher und blieb es bis zum letzten Augenblick. Er erzählte mir viel von Deutschland und vom alten Hamburg ...«

Sie wandte das Gesicht und brach ab. »Was wissen Sie von meinem Vater ... und ...«

»Fräulein Harlessen! Ich sehe mit Bedauern, daß die Unterredung Sie anstrengt. Der gestrige Unfall hat Ihre Nerven stark angegriffen.«

»Oh, meine Nerven sind in bestem Zustand, Herr Uhlenkort. Ein Sturz vom Gaul, es war nicht der erste ... Er wäre schon längst vergessen, wenn ...«

Sie hob leicht die Schulter, und ein weher Zug ging um ihren Mund.

»Fräulein Harlessen! Eine andere Frage. Hat der Arzt Sie bereits genauer untersucht?«

»Nein! Ich erwartete den Arzt, als ich von Ihrer Ankunft vernahm. Doch wozu immer wieder abschweifen. Sie kommen zu mir als Verwandter, wie Sie sagen, oder Bevollmächtigter des Hauses Harlessen?«

»Jawohl, Fräulein Harlessen! Ein ausdrücklicher Auftrag wurde mir zwar nicht gegeben. Aber ich handle im Sinne der Familie Harlessen ...«

»... der es wohl nicht angenehm ist - ich kenne, wie ich bereits sagte, die Ansichten der Alten Welt -, daß eine Nichte des europäischen Staatspräsidenten als Zirkusreiterin ihr Brot verdient.«

Uhlenkort wollte sie unterbrechen, doch sie fuhr fort.

»Noch eine Frage, Herr Uhlenkort. Dann mögen Sie ungestört sprechen. Kamen Sie nach Kapstadt ... meinethalben ... und woher wußten Sie, daß ich hier bin? Ich glaubte, mich unter meinem Künstlernamen - es ist der Name unserer alten Farm - vor den Augen der Welt genügend verborgen zu haben.«

Uhlenkort zögerte. »Ich kam nach Kapstadt, weil mich dringende Geschäfte hierherriefen. Aber ich war kurz vorher benachrichtigt worden, daß Sie hier im Zirkus aufträten.«

»Von wem, bitte?«

»Vom Pinkerton Office.«

Eine leichte Röte huschte über Christies Gesicht.

»Interessant! Und wie kamen Sie dazu?«

»Ich will nicht weit ausholen. Ich könnte Ihnen sonst erzählen von jenen Zeiten, wo ...«

»Gut, lassen wir das, Herr Uhlenkort«, unterbrach ihn Christie. »Ich kenne jene Zeiten zur Genüge.«

»Wenn Sie damit, Fräulein Harlessen, die Zeiten meinen, in denen sich jene unliebsamen Vorkommnisse abspielten, die zu einem Bruch Ihres Vaters mit der Familie Harlessen führten, so sind Sie auf falschem Wege. Ich meine die Jahre, die darauf folgten. Damals, als die Firma Harlessen wieder die alte war. Als man vergeben ... vergessen hatte. Als man alle Beziehungen in der Welt in Bewegung setzte, um nach dem Verbleib Ihres Vaters zu forschen.«

»Ist das wahr? Tat man das?«

»Man tat es, bis man die Aussichtslosigkeit erkannt hatte.«

Der harte Zug um Christies Lippen wurde weicher.

»Gut, ich will es glauben. Doch wie war das mit dem Pinkerton Office?«

»Ich kam vor einiger Zeit auf einer geschäftlichen Reise in die Kanalzone. Durch Zufall hörte ich dort den Namen Harlessen. Ich erfuhr von dem tragischen Tod Ihres Vaters und von Ihrer Abreise nach Milwaukee. Da mich dringende Geschäfte nach Europa zurückriefen, beauftragte ich das Pinkerton Office, weitere Nachforschungen anzustellen.«

Er richtete seinen Blick auf das junge Mädchen, das zurückgesunken in dem Fauteuil lag. Die Augen halb geschlossen, schien sie über seine Worte nachzudenken.

»Und welchen Zweck verfolgen Sie mit Ihrem Besuch ... nehmen wir an, der Sturz gestern abend wäre nicht geschehen?«

Uhlenkorts Blick glitt voll Teilnahme über die schlanke, junge Gestalt.

»Ich kam hierher, Fräulein Harlessen, um Sie zu bitten, einen Beruf, dessen Gefährlichkeit der gestrige Abend wieder bewiesen hat, aufzugeben und ... in die alte Heimat zurückzukehren.«

»Heimat ... zurückkehren ... Heimat? ... Das Wort hörte ich so oft aus dem Munde meines Vaters ... Ich verstand es nie ganz ... der Begriff war mir fremd ... Ich weiß nur, wie oft ihm die Tränen kamen, wenn das Wort fiel.

Meine Heimat ... wo ist sie? ... Wir zogen in den Staaten von Stadt zu Stadt ... bis wir am Kanal ansässig wurden. Hamburg ... ist sicher nicht meine Heimat. Wie soll ich dahin zurückkehren, wo ich doch nie gewesen bin? Meine Heimat ist der Zirkus! Die Zirkuswelt ...«

Sie machte eine abweisende Bewegung.

»Fräulein Harlessen, ich kann es nicht glauben. Sie sprechen in der Erregung des Augenblicks. Ihr Gesicht ... Ihre Augen ... alles verrät das Harlessensche Blut. Das läßt sich nicht verleugnen. Es ist unmöglich, Fräulein Harlessen, daß Sie sich auf die Dauer in diesem Milieu wohl fühlen können. Ich bin erstaunt, daß Sie diesen Beruf ergriffen haben. Wie kamen Sie zu diesem Entschluß?«

»Oh, sehr einfach. Ich kam nach Milwaukee. Fand von meinen Verwandten mütterlicherseits niemand mehr vor. Meine Mittel waren zu Ende. Ich traf einen früheren Cowboy unserer Farm, der Zirkusreiter geworden war, schilderte ihm meine Lage und folgte seinem Rat, Zirkusreiterin zu werden. Wir gingen zum Direktor. Er erlaubte, daß ich ihm vorreiten durfte. Ich gefiel ihm. Das Engagement war perfekt ... Sie sehen ...«

»Das war ein ebenso schneller wie energischer Entschluß, Fräulein Harlessen. Aber ich glaube, es hätten sich für Sie doch noch andere Möglichkeiten geboten, zum Beispiel ...«

Ein leichtes Lächeln huschte über das Gesicht von Christie Harlessen. »Glauben Sie wirklich, Herr Uhlenkort, daß ich mich etwa als Gesellschafterin in einer Milliardärsfamilie oder als Gouvernante von ungezogenen Kindern besser ausnehmen würde?«

Sie lehnte sich halb belustigt, halb indigniert zurück.

»Gut! Lassen wir das, Fräulein Harlessen, das, was geschehen. Ich wollte Sie bitten, diesen gefahrvollen Beruf aufzugeben ... mit mir nach Hamburg zurückzufahren. Die Lösung Ihres Vertrages würde ich übernehmen.«

»Und was soll ich in Hamburg?«

»In Hamburg würden Sie von Ihren Verwandten mit offenen Herzen empfangen werden.«

»Und was weiter ... was dann?«

»Sie würden als Tochter des Hauses Harlessen leben ... alle Vorzüge genießen, die damit verbunden sind.«

»Die arme Verwandte ... Das Aschenbrödel aus dem Märchen? ... Nicht mein Geschmack! Ich ziehe es vor, auf eigenen Füßen zu stehen.«

»Ah«, versetzte Uhlenkort mit einiger Schärfe, »Sie wollen lieber weiter durch die Welt ziehen?«

»Warum nicht? Nehmen Sie an, Herr Uhlenkort, Sie hätten ein American girl vom reinsten Wasser vor sich.«

Uhlenkorts Miene verdüsterte sich. »Ich dachte, ich hätte eine Tochter des Hauses Harlessen aus Hamburg vor mir. Wenn ich mich da täuschte ... ich bitte um Verzeihung ...« Er erhob sich.

»Noch etwas! ... Fräulein Harlessen, ich glaube Sie dahin verstanden zu haben, daß das Gefühl der materiellen Unabhängigkeit Ihre Entschlüsse leitet.«

Christie zuckte die Achseln.

»Bei Ihrer Weigerung sind Sie da von einer falschen Annahme ausgegangen. Sie würden keineswegs das Aschenbrödel aus dem Märchen sein.«

»Sondern?« Christie richtete sich fragend auf.

»Ihr Vater hat nie aufgehört, Angehöriger der Familie Harlessen zu sein, das heißt in diesem Falle, Teilhaber der Firma Harlessen.«

»Ah, ich verstehe, Herr Uhlenkort! Aber ...«

Uhlenkort trat näher auf sie zu.

»Allerdings, Fräulein Harlessen, es ist, wie ich Ihnen sagte. Zu einem gewissen Teil, dessen Höhe ich nicht genau angeben kann, sind Sie Erbin oder Teilhaberin der Firma Harlessen.«

Einen Augenblick schaute Christie prüfend auf die hohe, ernste Männergestalt, die da vor ihr stand, in das offene, klare Gesicht, aus dem reine Teilnahme sprach.

Sie schien unsicher zu werden. Dann mit plötzlichem Entschluß reckte sie sich auf. Ihre Hand streckte sich ihm entgegen.

»Ich danke Ihnen, Herr Uhlenkort, für Ihre Teilnahme und Ihr Interesse. Auch wenn ein derartiger Anspruch meinerseits vielleicht rechtlich begründet wäre ... Ich kenne meines Vaters Schuld ... Ich weiß, was daraus für die Firma Harlessen entstand ... und ich weiß, daß ich keinen Anspruch habe. Ich verzichte.«

»Fräulein Harlessen, wissen Sie auch, worauf Sie verzichten?«

»Wie hoch die Summe ist, ist einerlei. Mag sie hoch oder niedrig sein. Nochmals meinen Dank, Herr Uhlenkort.«

Uhlenkort ergriff die dargebotene Hand und beugte sich darüber. Seine Augen hingen an dem blassen, jungen, schönen Antlitz.

»Eine Harlessen sind Sie doch, Fräulein Christie. Ich gehe, aber ich gehe in der Hoffnung, daß Sie eines Tages anders denken werden.«

Ein weiches Lächeln glitt über ihre Züge.

»Sie hoffen, daß der Harlessensche Dickkopf - ich verstehe wohl, Ihre Gedanken zu lesen - eines Tages sich bessern könnte.«

Uhlenkort lachte.

»Meine Hoffnung wird größer, wenn ich Sie höre.«

»Oh, ich warne Sie! Hoffen Sie nicht zu viel. Es wird vielleicht noch mancher Tropfen Wasser die Elbe hinunterfließen.«

Wieder beugte sich Uhlenkort über die Hand und drückte einen langen Kuß auf die schmalen Finger.

»Wir werden uns wiedersehen!«

Uhlenkort war gegangen. Gedankenverloren schaute Christie Harlessen ins Weite. Dann stützte sie den Arm auf und wollte sich erheben. Mit einem Wehlaut sank sie zurück. Ihre Hand griff zum Herzen. Oh, was war das?

Der Arzt, den die Zofe in den Raum führte, fand sie in tiefer Ohnmacht.

* * *

Bei Montegna am Panamakanal. Eine Lichtung im tropischen Urwald. Nur mit Mühe halten Axt und Feuerbrand die gerodete Fläche von der üppigen, immer wieder anstürmenden Vegetation frei.

Hier liegt das Hauptquartier der New Canal Company. Das große Verwaltungsgebäude, in massivem Betonguß errichtet.

In diesem Haus waltet James Smith, der Chefingenieur der New Canal Company, der Herr über hunderttausend Menschen und fünf Millionen Pferdestärken. Von hier aus laufen die Befehle zu den hundertfünfzig Etappen der neuen Kanaltrasse. Von hier aus wird disponiert über Menschen ... über Maschinen ... und über Sprengstoffe, die unerhörte Kräfte bergen.

James Smith ist der Herrscher dieses industriellen Königreiches. Der absolute Herrscher.

Als einfacher Bohringenieur hatte er seine Laufbahn begonnen. Ein außergewöhnliches Organisationstalent, eine vor nichts zurückschreckende Energie, ein Kopf voll genialer technischer Ideen hatten ihn in schnellen Sprüngen zur höchsten Stellung emporsteigen lassen.

James Smith saß an seinem mit Karten und Plänen bedeckten Arbeitstisch. Neben ihm lag ein Schreiben der New Canal Company, das ihm offiziell vom Beschluß des amerikanischen Parlaments Mitteilung machte.

»Etappenweise Sprengung«, murmelten seine Lippen. »Gut, gut ... eine geheime Last fällt mir vom Herzen. Offen habe ich es nie zugegeben. Nicht zugeben dürfen, daß ich die Bedenken jener gegnerischen Gutachter teile.

Wie mag er ... diesen Beschluß aufnehmen? Sein Gesicht hätte ich sehen mögen.«

Der Chefingenieur beugte sich über einen großen Plan, der die Lage aller Minen und die Leitungsführung zu ihnen enthielt. Sein Finger folgte den roten Linien, die von jeder Mine zum Direktionsgebäude führten. Seine Augen glitten auf eine Skizze daneben.

Hier die neuen Schaltungen für Einzelsprengungen in halbstündigen Abständen.

Befriedigt lehnte er sich in seinen Sessel zurück.

Gut so! Das Schema ist in Ordnung. Kostet zwar einige Milliarden mehr ... Es wird schon wieder reinkommen.

Aber er ... er ... Das wird ein harter Schlag für ihn gewesen sein. Ich wundere mich, daß er gar nichts von sich hören läßt, daß er nicht schon längst hier ist.

Er! ... Einen Moment deckte James Smith die Augen mit der Hand ... Ein Rätsel ... ein Rätsel, und ich glaubte ihn doch zur Genüge zu kennen.

Ah! ... Seine Hand sank herunter. Seine Augen weiteten sich, als sähen sie kommende Dinge. Er sprang auf und durchmaß erregt den Raum.

Nein! Nein! Er ist nicht einer, der sich so leicht von seinen Plänen abbringen läßt. Er führt etwas im Schilde ... Nichts Gutes! Ja ... wäre es möglich?

Er ging zum Schreibtisch und ergriff das Schaltungsschema. Mit einem düsteren Ausdruck ließ er es wieder sinken.

Ja! Es wäre möglich ... Man kann Nebenschaltungen machen ... unsichtbare ... unauffindbare ... mit keinen Mitteln nachzuweisende.

Sinnend schritt er auf und ab.

Ja! ... So ginge es. Ich werde die schärfste Kontrolle anordnen. Kein Unbefugter darf sich den Leitungen nähern. Der Schaltraum muß unter ständiger Aufsicht bleiben. Die Türen werden verschlossen und plombiert, sobald die Schaltung fertig ist.

* * *

Von Norden her kam eine Jacht geflogen, eine große schnelle Privatjacht. Ein Diener trat in die Kabine.

»Land in Sicht, Mr. Rouse!« meldete er und verschwand.

»Ah, Juanita, kommst du mit zum Bug, wo wir freie Aussicht nach allen Seiten haben?«

»Danke, Guy. In den paar Wochen seit meinem letzten Hiersein wird sich nicht allzuviel verändert haben.«

Blauer Ozean unter ihnen.

»Da hinten taucht das Festland auf... nun, wie du willst. Übrigens, um zu unserem Gespräch zurückzukehren... Der Kaiser Augustus schrieb einen äußerst schmeichelhaften Brief an mich, worin er auch deiner gedenkt. Die Nachrichten, die du ihm von Kapstadt sandtest, waren für ihn natürlich sehr wertvoll. Ich sehe schon die diplomatischen Verwicklungen beginnen, bevor jene kaschierte Auswanderung in Fluß kommt.«

»Du sprichst von dem Dank des Kaisers für die Chiffre-Depesche. Den müßte ich eigentlich ablehnen. Denn das Verdienst gebührt doch deinen Agenten dort unten. Ich war, ich muß es gestehen, nicht wenig verblüfft, als der Agent mir die inhaltsschwere Unterredung Wort für Wort meldete.«

Ein kaltes Lächeln glitt über die Züge von Guy Rouse.

»Gold öffnet alle Türen! Der Satz gilt, solange es Menschen gibt. Wo ist der, der dem Glanz des Goldes nicht unterliegt?«

»Glaubst du wirklich, daß alle Menschen ...?«

»Alle? Nein, überall gibt es sogenannte Idealisten, Menschen, die nach meiner Auffassung nicht normal sind, die dem Zauber des blinkenden Goldes nicht unterliegen.

Aber diese Leute haben nichts zu bedeuten. Stimmen des Predigers in der Wüste. Sie rennen sich den Kopf an den Mauern der Wirklichkeit ein. Und doch ...«, sein Mund verzog sich zu einem Grinsen, »... sollte es mir einen ungeheuren Spaß machen, derartige Typen mal zu versuchen. Weißt du, Juanita, wie in der biblischen Sage Freund Satanas Ihn mal versuchte?«

»Guy!« Juanita fuhr zurück. »Du gehst zu weit ... du lästerst.«

Guy Rouse machte ein markiert erstauntes Gesicht.

»Sind doch noch einige Reste uralten Kinderglaubens in dir, Juanita? Ich dachte ...«

»Guy! Laß das!« Eine tiefe Falte schob sich zwischen ihre Brauen. »Jeder Mensch hat eine Seele, die ...«

Sie erhob sich und trat zum Kabinenfenster.

»Juanita, ich staune!«, klang es hinter ihrem Rücken. »Wenn ich dich recht verstand - und ich verstehe dich wohl -, wolltest du sagen: die geheime Falten birgt, tief verborgen ... Wolltest du das nicht sagen?«

Juanita ließ den Fenstergriff los und drehte sich langsam um. Ein prüfender Blick traf das Gesicht von Guy Rouse.

»Ja, das wollte ich sagen! Du errietest es richtig. Versteckte Falten sind in jeder Seele ... in jeder ... auch in deiner.«

»Auch in meiner ...? Hm!«

Guy Rouse versenkte seinen Blick in den ihren, als wollte er darin lesen. »Und du glaubst einen Blick da hineingetan zu haben?«

Sein Blick bekam etwas Drohendes, das Juanita erschreckte.

»Ich?«

Ein Jachtmatrose trat in den Raum und meldete: »Der Kanal, Mr. Rouse!«

Das Eintreten, so kurz die Unterbrechung auch war, lenkte Guy Rouses Augen von ihr ab und gab ihr die volle Sicherheit wieder.

»Ich werde mit dir nach vorn gehen ... zum Bug.«

»Gewiß, Juanita.« Es war wieder jenes alte fatale Lächeln in seinen Mienen, das Juanita so fürchtete ... verabscheute. »Für Seelen bietet doch der Anblick der alten Heimat immer etwas Erhebendes. Nicht zu vergessen, daß wir gleich jenen Ort erreichen werden, wo wir uns zuerst sahen.« Er legte seinen Arm auf den ihren und schritt aus dem Raum. Das leise Zucken ihres Armes schien seine gute Laune zu erhöhen. Lüstern und grausam wurde sein Lächeln. Immer wieder neuen Genuß bereitete es ihm, diese Feuerseele zu reizen ... und zu bändigen.

»Wie gefiel es dir sonst in Kapstadt?« fragte er beiläufig im Hinaustreten. »Sahst du nichts Neues ... Interessantes?«

Juanita machte den Arm frei und trat durch die Tür.

»Die kurze Zeit dort war vollkommen ausgefüllt mit deinen Angelegenheiten. Ich blieb nur bis zum nächsten Morgen. Am Abend besuchte ich den Zirkus.«

Sekundenlang verschwand das Lächeln vom Gesicht von Guy Rouse.

»Und du amüsiertest dich?« Sein Mund lächelte wieder.

»Nein, ich langweilte mich und ging bald wieder zum Hotel zurück ...«

»Ah! Da liegen ja schon die Verwaltungsgebäude. Schade! Montegna haben wir ungesehen überflogen ... Deine Rolle bei meiner Unterredung mit James Smith kennst du?«

Juanita nickte.

»Hoffentlich spielst du sie gut.«

Ohne den Kopf zu wenden, schritt Juanita an ihm vorbei, das Gesicht fahl, blaß ... die Lippen aufeinandergepreßt ... die Augen die einer gefesselten Tigerin.

Er sah es nicht. Er lachte laut, als dann die lachende Antwort kam:

»Ich werde sie spielen, wie ... wie neulich die große Sängerin in der Metropolitan Opera die Dalila spielte.«

* * *

Guy Rouse trat in das Kabinett von James Smith. Er schüttelte dem Chefingenieur die Hand.

»Um gleich auf das Wichtigste zu kommen, Mr. Smith, Sie hörten von den Beschlüssen des Kongresses?«

Der Chefingenieur nickte zustimmend.

»Sie wissen vielleicht auch, daß die Stimmung der Länder hinter diesem Beschluß steht?«

»In der Tat, Mr. Rouse, die öffentliche Meinung in den Staaten gibt den Beschlüssen des Kongresses vollkommen recht!«

Guy Rouse lehnte sich in seinen Sessel zurück.

»Stimmung der Länder ... öffentliche Meinung, Mr. Smith ... ah, bah! Wir wissen doch, wie die öffentliche Meinung gemacht wird. Vielleicht hätte ich die öffentliche Meinung in den Saaten dahin bringen können, ganz etwas anderes zu meinen ... vielleicht ... vielleicht auch nicht; aber warum? ... Die Sache hätte die Company jedenfalls Millionen gekostet ... viele Millionen, die wir uns sparen können.

Sie kennen doch die Gutachten, Mr. Smith?«

»Gewiß, Mr. Rouse.«

»Viele Gutachter haben gesagt, daß die Explosion sich durch den Gesteinsdruck von der ersten gesprengten Etappe weiter fortpflanzen könnte.«

»Mr. Rouse, ich kenne diese Gutachten einiger überängstlicher Gelehrter ... aber ich glaube nicht daran ... es ist ausgeschlossen ... so gut wie ausgeschlossen.«

»So gut wie ausgeschlossen ... Also geben Sie doch zu, daß eine entfernte Möglichkeit besteht?«

»Gott ja, Mr. Rouse, eine entfernte Möglichkeit. Gewiß! Es kann auch einer auf ebener Straße fallen und sich das Genick brechen.«

»Es ist mir sehr angenehm, Mr. Smith, daß Sie diese Möglichkeit nicht von der Hand weisen. Es wäre also, wenn ... eventuell mit dieser Möglichkeit als Entschuldigung zu rechnen.«

Der Chefingenieur blickte ihn fragend an. Guy Rouse fuhr wie im Selbstgespräch fort.

»Die mir noch aus dem Dispositionsfonds zur Verfügung stehende Summe - mein Schwarzbuch - hat noch den Betrag von fünf Millionen Dollar frei. Mit dieser Summe hätte man die öffentliche Meinung, wie ich schon sagte, bearbeiten können, aber ich dachte, auch ohne dies ...«

»Ich verstehe nicht, Mr. Rouse.«

»Nun, spielen wir mit offenen Karten. Der Beschluß unseres Parlaments ist nun mal da. Ich für meine Person glaube unter keinen Umständen, daß das Gutachten dieses mysteriösen J. H. irgend etwas auf sich hat. Ich habe mich eingehend damit beschäftigt. Unsinn! Solcher überspannter Ideen halber soll unsere Gesellschaft fünf Milliarden Dollar zum Teufel jagen? Das wäre doch über die Maßen dumm. Es bleibt das Vernünftigste, die ganze Kanallänge an einem Stück zu sprengen.«

Smith trat betroffen ein paar Schritte zurück.

»Gegen den Beschluß des Kongresses? ... Mr. Rouse! Unmöglich!«

Guy Rouse lächelte.

»Unmöglich? Sie selbst sagten ja vorher, daß eine Beeinflussung der Nachbarminen, eine Explosion der anderen Minen nicht ganz von der Hand zu weisen sei. Nehmen wir an, es träte etwas Derartiges ein, das heißt für die Augen der Welt ...«

»Ja, aber ...«

»Der Eintritt dieser Möglichkeit, Mr. Smith, würde unserer Gesellschaft fünf Milliarden Dollar ersparen. Und dieser Schaden wäre mit einem Aufwand von fünf Millionen Dollar abzuwenden.«

»Ich verstehe nicht, Mr. Rouse.«

»Nun gut, Mr. Smith ... lassen wir das Versteckspielen ... Ich sage Ihnen ganz klar und deutlich: Ich kann mich nicht damit abfinden, daß wir etappenweise sprengen sollen. Ich will, daß das ganze Stück auf einmal gesprengt wird.«

»Mr. Rouse!« Der Chefingenieur sprang auf und lief unruhig im Raum hin und her. »Mr. Rouse, es ... es geht nicht ... es ist ...«

»Mr. Smith, das will ich ... und ich bedarf dazu Ihrer Hilfe ... Ihrer Person.«

»Niemals ... niemals, Mr. Rouse. Suchen Sie sich einen anderen, der ... Ich werde auf keinen Fall Ihren Anordnungen Folge leisten und mich gegen den Beschluß der Regierung stellen.«

»Sie wollen sich an einen Beschluß halten, dessen ...«

»Jawohl! Eine derartige Verantwortung ... eine Verantwortung von einer Größe ... kein einzelner Mensch kann sie tragen ... nicht einmal das ganze große amerikanische Volk könnte sie auf sich nehmen. Unmöglich, Mr. Rouse!«

»Mr. Smith, es wird selbstverständlich nach außen hin dem Beschluß des amerikanischen Parlaments Folge geleistet. Es tritt nur durch einen bedauerlichen Zufall jenes Ereignis der Beeinflussung der Nachbarminen ein, welches ja einige Gutachter ...«

»Trotzdem, Mr. Rouse, ich gebe meine Hand dazu nicht her. Tritt das ein, was J. H. voraussagte, dann würde die Verantwortung dafür nach Ihnen auch auf mir ruhen. Meine Kraft reicht nicht aus, um diese Verantwortung zu tragen.«

»So ... Sie sagen, Ihre Kraft reicht dafür nicht aus ...«

Er zog ein Scheckbuch aus seiner Tasche und schrieb einen Scheck aus, schob das Blatt dann dem Chefingenieur zu. Ein Scheck für James Smith, lautend auf eine Million Dollar.

»Würde Ihre Kraft auch dann nicht ausreichen, eine solche Verantwortung ... wenn überhaupt von Verantwortung die Rede sein kann ... denn es tritt ja überhaupt nur das ein, was überängstliche Gutachter befürchten.«

»Nein, Mr. Rouse, ich bin erstaunt, daß Sie etwas Derartiges wagen.«

»Was wage ich, Mr. Smith?«

Eine leichte Röte flog über das Gesicht des Chefingenieurs.

»Ich weiß, Mr. Rouse, daß Sie gewohnt sind, Hindernisse, die Ihnen in den Weg treten, zu überwinden, indem Sie Schecks ausschreiben. Und ich weiß auch, daß ... ich nicht ... dafür ...«, er deutete auf den Scheck, »... mich kaufen lasse.«

»Ah so, Mr. Smith.«

Guy Rouse nahm den Scheck, riß ihn in viele kleine Teile und warf diese zur Erde. Dann nahm er das Scheckbuch von neuem und schrieb einen zweiten Scheck, während James Smith erregt hin und her lief.

»Mr. Smith!«

Der Chefingenieur trat an den Tisch heran. Guy Rouse hielt den zweiten Scheck hin. Zwei Millionen Dollar, las James Smith. Blässe und Röte wechselten auf seinen Zügen. Einen Augenblick stand er starr. Dann zerriß er das Papier, zerknüllte es und warf es zu Boden.

»Nein! ... Niemals, Mr. Rouse! Noch einmal, ich bin nicht käuflich! Suchen Sie sich einen anderen für mich! Entheben Sie mich meines Postens!«

Das kalte Lächeln um die Lippen des Präsidenten verschärfte sich.

»Nein, mein lieber Mr. Smith, das geht leider nicht. Ich persönlich würde Sie mit dem größten Vergnügen entlassen. Aber die Folge! Wenn ich Sie wenige Tage ... sozusagen fünf Minuten vor zwölf Uhr entlasse ... engagiere mir einen anderen, der nach unseren Wünschen sprengt, dann wird die öffentliche Meinung sich erst recht das Maul zerreißen ... Sie sehen, Mr. Smith, das geht nicht. Es bleibt kein anderer Weg. Sie werden's machen!«

Minutenlang saß Guy Rouse in tiefem Sinnen, die

Augen halb geschlossen, die Lippen fest aufeinandergepreßt. Er schien zu überlegen ... seine Miene verdüsterte sich ... kein Ausweg ... kein Ausweg ...

Seine Augen flogen verstohlen über das Gesicht von James Smith, der wieder unruhig im Raum hin- und herlief.

Seine Hand griff mechanisch in die Tasche nach dem Scheckbuch. Wieder riß er ein Blatt heraus. Er griff zum Schreibstift, und nun schrieb er mit festen Zügen.

»Fünf Millionen Dollar, Mr. Smith. Lebenslängliche Stellung als Vizepräsident der New Canal Company mit einem festen Jahresgehalt von einer Million Dollar.«

Der Chefingenieur war stehengeblieben. Seine Augen wanderten zwischen dem Gesicht des Präsidenten und dem Scheck hin und her.

Er stand ... fünf Millionen Dollar auf einen Schlag ... Vizepräsident der New Canal Company ... Seine Lippen bebten. Man sah, wie es ihn gepackt hatte und schüttelte. Mit einer kurzen Bewegung wandte er sich ab und lief von neuem hin und her.

Das alte Lächeln erschien wieder auf den Lippen von Guy Rouse.

»Das Eisen ist heiß«, murmelte er leise. Seine Hand suchte unter der Kante des Tisches nach einem Knopf. Er drückte. Seine Augen richteten sich auf die Tür. Eine Falte der Ungeduld grub sich in seine Stirn.

Er sah, wie James Smith stehenblieb, wie er den Mund öffnete zu einer ... Abweisung?

Die Tür flog auf.

»Ah! Guy, du hier ... Zwei Herren aus New York kamen soeben an, die dich zu sprechen wünschen.«

»Ah, sofort. Bitte um Entschuldigung. Vielleicht leistest du Mr. Smith einen Augenblick Gesellschaft. Ich glaube nicht, daß meine Abwesenheit lange dauern wird.«

Jetzt erst wandte sich Juanita dem Chefingenieur zu.

»Ah, guten Tag, Mr. Smith, wie geht es Ihnen? Ich sehe

mit Bedauern, daß Ihr Aussehen nicht das alte, gute, gesunde ist. Nun, ich verstehe, die Aufregungen und Anstrengungen der letzten Wochen. Wie ich hörte, mußten Sie Ihre Arbeiten im höchsten Maße forcieren ... das hat Sie arg mitgenommen. Sie sehen blaß aus, Mr. Smith. Sie fühlen sich nicht wohl?«

Der Chefingenieur zwang sich zu einem Lächeln und beugte sich über Juanitas Hand.

»Ihre Teilnahme, Miss Alameda, berührt mich tief.« Er strich sich mit der Hand über die Stirn. »Gewiß, Miss Alameda, es waren Wochen der größten Anspannung ... für Geist und Körper. Doch bitte, wollen Sie nicht Platz nehmen? Ich vergesse ganz ... ich bitte um Entschuldigung ... ich bin ...«

»O gewiß, ich sehe, Mr. Smith, Sie müßten ausspannen. Es dauert ja nicht mehr lange, und der Kanal wird gesprengt sein. Dann werden Sie Zeit haben, hier fortzugehen. Sie werden reisen ... Sie werden Erholung finden. Bitte, nehmen Sie doch Platz, Mr. Smith. Hier auf diesem Fauteuil zu meiner Seite ... und plaudern wir, bis Mr. Rouse wieder hier ist.«

Und James Smith tat es ... und hörte, wie sie zu ihm sprach ... fühlte, wie sich eine Hand auf seinen Arm legte ... fühlte, wie ein Fluidum unbegreiflicher Art auf ihn überging ... Er saß mit halbgeschlossenen Augen. Das leise Rascheln eines Papieres ... Worte ... schmeichelnd, lockend ... und Dalila schor Samson die Haare.

* * *

Die kaiserliche Standarte, der rote Löwe auf schwarzem Grund, wehte vom Turm des Augustus-Schachtes.

Der Kaiser ist hier, raunte es von Mund zu Mund.

Mit kleinem Gefolge schritt er unter Führung des Chefingenieurs Grimmaud durch die Anlagen, immer wieder stehenbleibend, fragend ...

Jetzt zu dem Chef der Genietruppen sich wendend. Jetzt zu dem Chefingenieur. Lobend... tadelnd... Es schien, als ob er sich nie mit etwas anderem als mit diesen Arbeiten beschäftigt hätte.

So schritt er durch die von Zauberhand über Nacht geschaffenen Riesenanlagen. Anlagen, die schon jetzt unter Benutzung von Hunderttausenden von Tonnen Karbids Millionen von Pferdestärken erzeugten. Ein Kesselsystem von verwirrender Ausdehnung. Riesenhafte Gasturbinen. Elektrische Generatoren von bisher nie gesehenen Ausmaßen. Ein dichtes Spinnennetz von Hochspannungsdrähten, das sich nach allen Himmelsrichtungen hin verzweigte.

Am östlichen Rande hielten sie an. Ein Riesenwalzwerk war hier entstanden. Doch kein Laut drang aus der mächtigen Halle.

»Immer noch nicht in Betrieb!« sagte der Kaiser.

»Sobald die Motoren angekommen sind, Majestät.«

Die Stirn des Kaisers verfinsterte sich.

»Sie müßten längst hier sein«, fuhr Grimmaud fort, »wenn...«

»... nicht Europa Lieferant wäre«, vollendete der Kaiser.

»Sie schwimmen, Majestät. Das Transportschiff ist unterwegs.«

»Es wird länger schwimmen, als uns lieb ist.« Augustus machte ein paar Schritte zu dem leeren Gebäude hin, hielt an und drehte sich um, wandte sich zu seinem Adjutanten.

»Diese Maschinen werden von morgen ab in den Kongowerken gebaut. Befehl geht heute ab!«

»Majestät!« wagte Grimmaud einzuwerfen, »so leicht dürfte das nicht sein.«

Ohne Grimmaud zu antworten, wiederholte der Kaiser den Befehl an den Adjutanten. Dann zu Grimmaud:

»Zurück zum Verwaltungsgebäude!«

Um einen Tisch, der mit Karten und Plänen dicht bedeckt war, nahmen sie Platz. Der Kaiser wandte sich an Grimmaud.

»Ich bin zufrieden, Herr Chefingenieur. Sie haben mehr geleistet, als ich erwartete. Wie steht es mit der Gesundheit der Leute, die im Schacht arbeiten?«

»Auch in dieser Beziehung kann ich Euer Majestät nur Günstiges berichten. Durch unsere eigenen Konstrukteure haben wir im Laufe der Jahre des Schachtbaus die Bewetterungsfrage von Grund auf studiert, mit jedem Kilometer neue Erfahrungen gesammelt. So waren wir in der Lage, auch nach der Erbohrung der Karbidlager tadellos zu bewettern. Die hohe Erdwärme und die Ventilation machen uns keine Schwierigkeiten. Wir arbeiten unter Tage in vier Schichten.«

»Wie arbeitet Ihr Regenschutz? Der Wolkenbruch der vorigen Woche machte mir Sorge.«

»Majestät! Auch hier haben sich unsere Sicherheitsbauten vollkommen bewährt. Wasserschwierigkeiten haben wir nicht.«

»Gut, Herr Grimmaud ... sehr gut! Das Wasser ist Ihr ärgster Feind. Vergessen Sie das niemals! Keine Maßnahme darf hier versäumt werden.

Hiermit, Herr Chefingenieur, komme ich zu dem eigentlichen Zweck meines Besuches.«

Der Kaiser ergriff einen Rotstift und fuhr auf einer geologischen Schichtenkarte die Schachttiefe ab. Hier und dort hielt der Rotstift an und machte ein Kreuz.

»Hier Ihre verwundbaren Stellen, Herr Grimmaud! In dem ersten Kilometer haben Sie mehrere wasserführende Schichten. Auf Kilometer IV haben Sie eine starke Wasserader im zerklüfteten Gebirge. Diese Stelle scheint mir besonders gefährdet.«

Der Kaiser hielt inne. Grimmaud sah ihn an ... erstaunt ... fragend.

»Ich sehe an Ihrem Gesicht, daß Sie eine Frage auf dem Herzen haben. Bitte, Herr Grimmaud!«

»Euer Majestät sagten soeben ›gefährdet‹. Ich verstehe Euer Majestät nicht. Ich kann Euer Majestät versichern, daß die Schachtmauerung an diesen Stellen mit einer Sorgfalt gemacht worden ist, daß an keinen Wassereinbruch zu denken ist.«

»Herr Grimmaud, Sie sind zweifellos ein hervorragender Ingenieur. Politische ... diplomatische Fragen kümmern Sie weniger. Sie sehen hinter der Anerkennung, die unser Werk in der ganzen Welt findet, nicht den Neid ... den Haß, der sich leicht zu Taten verdichten könnte. Besonders leicht dann, wenn politische Hochspannung herrscht. Daß die aber augenblicklich vorhanden ist, dürfte auch Ihnen nicht verborgen sein.«

Auf Grimmauds Mienen lag tiefer Ernst. Er schüttelte langsam den Kopf.

»Ich verstehe. Euer Majestät denken an ein Attentat auf den Schacht. Euer Majestät meinen, es könnte jemand die Wasseradern anschneiden ... Wasser in unseren Karbidgängen da unten! ... Die Folgen wären nicht auszudenken ...

Aber ich glaube Euer Majestät versichern zu können, daß diese Befürchtungen grundlos sind ... Nein! ... Die Mauerung ... zehn Meter stark ... mit Sprengpatronen auch kräftigster Art ist da nichts zu machen!«

Der Kaiser schaute prüfend in das Gesicht Grimmauds. Er kannte ihn als einen unbedingt zuverlässigen, tüchtigen Menschen. Keine Spur eines Zweifels war auf dessen Mienen sichtbar. Er wandte sich an den Genieoffizier.

»Was meinen Sie dazu?«

»Ich kann nur wiederholen, was ich Euer Majestät schon in Timbuktu versicherte. Ich halte es auch für ausgeschlossen. «

Der Kaiser blieb ernst.

»Ich verlasse mich ... ich muß mich auf Sie verlassen, meine Herren. Die Befürchtungen kamen mir – lächeln

Sie ruhig, meine Herren - vorgestern nacht im Traum. Aberglauben! Und doch, welcher Mensch ist ganz frei davon?

Der Traum! ... Er war fürchterlich. Ich sah ... sah, wie von verbrecherischer Hand die Schachtwand geöffnet wurde, sah, wie ein Riesenstrom kochenden Wassers sich in die Grubengänge ergoß, sah, wie eine Verbrecherhand den Brand in das aufsteigende Gas schleuderte ... sah, wie eine Riesenfackel emporloderte, höher und immer höher, der Sonne entgegen, sie erreichte ... mit ihr verschmolz ... sah, wie die Sonne zerschmolz, ein Feuerstrom vom Himmel zur Erde niederging ... alles verbrennend, alles vernichtend ...«

Der Kaiser lehnte sich schweratmend zurück und bedeckte die Augen mit der Hand. Man sah, wie ihn das gräßliche Traumbild wieder ganz gepackt hatte und peinigte.

Drückende Stille ... Grimmaud brach das Schweigen.

»Die Befürchtungen Eurer Majestät sind grundlos. Es gibt keine Möglichkeiten, daß sich das je verwirklichen könnte. Niemand außer Euer Majestät kann mehr Interesse an dem Schacht haben als ich ... der ich die Pläne entwarf und durchführte. Keine Mutter kann eine größere Liebe und Sorge um ihr Kind haben als ich um den Schacht. Ein Attentat in der Weise ist völlig ausgeschlossen. Ich wiederhole es.«

Der Kaiser blickte auf. Er reichte Grimmaud die Hand.

»Mein Vertrauen zu Ihnen, lieber Grimmaud, ist groß ... riesengroß ... ich glaube das des öfteren bewiesen zu haben. Ich werde daran ... ich werde an Ihre Worte denken, wenn sie mich wieder packen ... die Erinnerungen an diesen Traum.

Immerhin, wir wollen die Zahl der geheimen Polizeiagenten unter der Belegschaft verdoppeln. Die Fremdenkontrolle in Mineapolis verschärfen. Ich betone ... der

Attentäter braucht nicht von Kapstadt zu kommen. Er kann auch von Europa ... er kann auch von Amerika kommen. Überall gibt es Leute, die ...«

* * *

Klaus Tredrup kam über den Glockengießerwall hergeschlendert. Vor dem Gebäude des »Hamburgischen Kuriers« blieb er stehen, nahm die unvermeidliche Pfeife aus dem linken Mundwinkel, klopfte sie sorgfältig aus und ließ das altgediente Gebrauchsstück in der Jackettasche verschwinden. Dann trat er in das Gebäude und fuhr in den zweiten Stock zu den Redaktionen hinauf.

Hier angekommen, wollte er dem Botenmeister, wie er es in diesen Wochen schon so oft getan, ein Manuskript übergeben. Aber heute hatte der eine Nachricht für ihn.

»Herr Tredrup, der Chefredakteur wünscht Sie zu sprechen.«

»Hm ... so ... na denn man tau, Klaus!«

Eine Minute später saß er dem Redaktionsgewaltigen in dessen Arbeitszimmer gegenüber.

»Herr Tredrup ... Wahrheit und Dichtung zusammen machen den Journalisten. Das haben Sie ja auch richtig erkannt. Ein Journalist sind Sie. Aber hinter das Geheimnis der Mischung sind Sie noch nicht gekommen.

Es ist wie die Kunst, eine Bowle zu mischen. Von dem ... und dem und dem was ... Das Ganze muß schmecken ... und bekommen.

Das letztere war bei Ihren letzten Artikeln nicht mehr der Fall. Die Zahl der Leser, die protestierten, wurde immer größer. Das K. T. unter Ihren Arbeiten wurde von der Konkurrenz schon ironisch identifiziert mit dem ... J. H. ... jenem J. H. ...«

»J. H. ...? Ist das ...«, Klaus Tredrup schaute den Chefredakteur verständnislos an, »... ist das etwa ein Vorgänger von mir?«

»Vorgänger, Herr Tredrup!? Unter uns gesagt ... die Ehre wäre etwas groß ... für Sie!«

»Wieso? ... Was? ... Was ...?«

»Erinnern Sie sich nicht?«

»Woran?«

»An jenes Gutachten, das vor fünf Jahren ...«

»Ach so! Ja, ja ... J. H. ... Jot Ha! ... Ja das. Hm! ... Und damit vergleicht man mich wirklich?«

Er strich sich lachend über die Magengegend.

»Hm, hm ... eine große Ehre für mich ... aber den J. H. hätte ich für längst vergessen gehalten ... Fünf Jahre ist es her, daß ...«

»... daß sämtliche Redaktionen der Welt sich den Kopf zerbrachen, Tag und Nacht, über die eine Frage: Wer ist J. H.?«

»Nun, das kann ich Ihnen sagen.«

»Was? ... Was?? ... Sie wissen ...?«

»Nun, das ist eben ein Mann, der ... hm ...«

Der Chefredakteur war in höchster Spannung aufgesprungen und starrte den Sprecher an.

»... der die Ehre nicht voll zu schätzen weiß, von der Geburt bis zum letzten ... nun, sagen wir mal Räuspern ... in einer hochverehrten Presse verewigt zu werden ...«

»Herr Tredrup! ...«

»Herr Doktor ... Ich hatte die Ehre. ... Der edle Lord geht fort zu Schiff nach Spitzbergen ...«

Er war im Begriff, die Tür zu schließen. Aber mit einem Tigersatz war auch der Chefredakteur an der Tür.

»Herr Tredrup! Wohin? ... Nach Spitzbergen?«

»In der Tat, Herr Doktor, nach Spitzbergen.«

»Einen Augenblick bitte! Wollen Sie wieder Platz nehmen?!«

Tredrup setzte sich.

»Jawohl, mein Herr! Meister Tredrup geht nach Spitzbergen ... aber nicht als Journalist, sondern wieder als ehrlicher Ingenieur ... als Bohringenieur der Firma Jacob

Jeremias Uhlenkort & Söhne ... Ihnen sei's gesagt, Herr Chefredakteur.«

»Außerordentlich interessant, Herr Tredrup. Lassen wir alles vorher Gesprochene! Sie kennen doch die letzten Nachrichten aus Spitzbergen ...«

»Keine Ahnung, Herr Doktor.«

»Na ja. Aber Sie kennen doch Spitzbergen?«

»Keine Ahnung, Herr Chefredakteur. Bin noch nie dagewesen. Weiß gerade nur, daß es da oben eine Insel Spitzbergen gibt.«

»Aber Sie wissen doch, wo es liegt. Und Sie wissen vielleicht auch, daß fünfzig Kilometer westlich davon auf dem siebenundsiebzigsten Breitengrad Black Island liegt?«

»Herr Doktor, es dürfte, niedrig gerechnet, wenigstens hundert Inseln in der Welt geben, die den Namen Black Island tragen.«

»Glaube ich Ihnen gern, Herr Tredrup, ohne jede Prüfung. Aber hier handelt es sich um jenes Black Island auf siebenundsiebzig Grad vierzehn Minuten nördlicher Breite und zwölf Grad dreiundzwanzig Minuten östlicher Länge von Greenwich.«

Tredrup legte die Hand an die Stirn.

»Ah, so! Richtig! Ich erinnere mich! Wenn ich nicht gleich im Bilde war, Herr Doktor, so muß ich Ihnen sagen ... damals, als die wundersame Mär durch die Welt eilte, durchlebte ich gerade Momente ... Momente, Herr Doktor, die, wenn ich sie in wohlgebauten Feuilletons Ihren Lesern vorsetzen würde, von diesen vielleicht auch für eine Bowle nur aus Essenzen goutiert worden wären ... Was Neues von Black Island, Herr Doktor?«

»Aber ja! Hier das Neueste.« Er griff nach einer noch druckfeuchten Fahne.

»Erscheint heut im Mittagsblatt. Black Island wieder um hundert Meter gestiegen, Herr Tredrup.«

»Hm! Noch mal ... na ja, Herr Doktor. Aber das ist schließlich nichts besonders Verwunderliches. Das hat man schon tausendmal in der Südsee gesehen. Da steigen die Inseln auf und ab wie die Pfannkuchen im heißen Fett ... Allerdings gesehen hat es selten einer. Es ist eine brenzlige Sache, wenn man nahe dabeisitzt. Ohne Seebeben und etwas Feuerwerk pflegt das gewöhnlich nicht abzugehen. Wie weit waren denn die Leute davon entfernt, als die Insel in die Höhe stieg?«

»Beim ersten Mal kaum fünf Kilometer, Herr Tredrup.«

»À la bonne heure! ... Alle Wetter ... Aus solcher Nähe ... das ist ja wirklich wunderbar. Und beim zweiten Mal?«

»Beim zweiten Mal waren Augenzeugen nicht zugegen. Erst nach etwa vierundzwanzig Stunden stellte ein Walfänger die neuerliche Steigung fest. Ist das nicht rätselhaft?«

»Rätselhaft? ... Was sagen denn die Herren Schriftgelehrten dazu?«

»Nun, eben rätselhaft!«

»Das ist nicht gerade viel. Und Sie meinen, Herr Doktor, die Nuß zu knacken, das wäre etwas für Klaus Tredrup?«

»Ungefähr meine ich das so, Herr Tredrup. Wenn Sie jetzt nach Spitzbergen gehen, so besuchen Sie Black Island und schicken Sie uns Artikel von ... der richtigen Mischung.«

»Ansehen werde ich mir dieses merkwürdige Eiland jedenfalls, Herr Doktor. Ob ich Ihnen Artikel darüber senden werde ... senden kann ... weiß ich noch nicht.«

»Aber ich bitte dringend darum, Herr Tredrup.«

»Vielleicht, Herr Doktor ... vielleicht ... vielleicht auch nicht. Ich habe die Ehre, mich Ihnen zu empfehlen.«

Klaus Tredrup trat aus dem Gebäude wieder ins Freie. Mit stillvergnügtem Lächeln stopfte er die Pfeife und setzte den Tabak in Brand. Vergnügt sah er den blauen Rauchwölkchen nach. Dann vergrub er behaglich die Hände in den Rocktaschen und schlenderte über die Straße. Seine Lippen bewegten sich im Selbstgespräch.

Wieder mal eine Etappe deines Lebens beendet. Kurz, aber vergnügt! Klaus, Klaus! Nun bist du auch Journalist gewesen. Na ... Schwamm drüber. Jetzt hin zu Uhlenkort ... Vertrag machen! ... Dann weiter nach Spitzbergen! Aber ... Black Island ... Black Island ...

Immer wieder kam der Name von seinen Lippen. 'ne Sache, das Black Island! 'ne Sache für Klaus Tredrups Nase, von der in drei Weltteilen die Sage geht – vielleicht nicht zu Unrecht –, daß sie sehr wißbegierig und neugierig sei.

* * *

»Bitte, Herr Tredrup!« Das alte Faktotum des Hauses Uhlenkort öffnete die Tür zum Chefzimmer.

»Herr Tredrup!« rief er durch den Spalt und ließ den Besucher eintreten. Tredrup kam in das Zimmer. Es war leer. Aus dem Nebenraum hörte er die Stimme Uhlenkorts am Telephon. Ein längeres Gespräch, wie es schien. Er ließ sich in einen Klubsessel fallen und horchte nach dem Nebenzimmer.

Na! Vorläufig kein Schluß abzusehen. Hm ... da auf dem Schreibtisch: der »Hamburgische Kurier« ... mal her damit! Er beugte sich über den Tisch und ergriff das Blatt.

Banausen, ihr! Die Ehre, Klaus Tredrup zu euern Mitarbeitern zu rechnen, wußtet ihr nicht zu schätzen. Möge es euch leid tun! Er wandte die Seiten des Blattes. Olle Kamellen! murrte er und schob das Blatt verächtlich zurück.

Da ... sein Blick blieb auf einem Papier haften, das unter der Zeitung gelegen hatte. Gleichgültig glitt sein Auge darüber hinweg. Die Unterschrift J. H. ... Er prallte zurück. Sekundenlang. Tausend Gedanken durcheilten sein Gehirn. J. H. ... J. H. ... Wie Magnetpole zogen ihn die beiden Buchstaben an. Er wehrte sich ... Er kämpfte. Langsam, wie von einer unwiderstehlichen Macht gezogen, beugte er sich immer mehr nach vorn.

Bei Gott! J. H.! Seine Augen glitten über das Papier nach oben.

»Spitzbergen, den ...

Lieber Walter! ...«

Fieberhaft eilten seine Blicke über das Folgende. »... Black Island ...« Wie ein Schlag durchzuckte es ihn. Seine Augen öffneten sich unnatürlich weit ...

Black Island ... Er suchte das Wort wieder ... Experiment! ... Der Beweis? ...

Sekundenlang saß er so. Die Stimme Uhlenkorts im Nebenraum riß ihn aus seinen Gedanken. Mit hastiger, zitternder Hand schob er das Zeitungsblatt über den Brief, wie es gelegen. Tief aufatmend lehnte er sich in den Klubsessel zurück. Unter Anspannung aller Kraft zwang er sein Gesicht zur Gleichgültigkeit. Jetzt hörte er, wie Uhlenkort das Gespräch beendete. Mit erneuter Anstrengung brachte er ein ostentatives Gähnen hervor.

»Sie hier, Herr Tredrup?«

»Jawohl, Herr Uhlenkort.« Langsam nahm er die Hand vom Mund. »In diesem Augenblick führte mich Ihr Faktotum herein. Dem einladenden Klubsessel konnte ich nicht widerstehen ... Halb zog er mich, halb sank ich hin ... und gähnte ...

Wie geht es Ihnen, Herr Uhlenkort?«

Seine Augen hingen an den halb abgewandten Zügen Uhlenkorts. Der griff anscheinend zerstreut nach der Zeitung, besah sie einen Augenblick und reichte sie dann Tredrup.

»Ich will hier nur ein paar Papiere zusammenpacken. Vielleicht sehen Sie währenddessen in die Spalten Ihres Leibblattes.«

»Danke! Danke, Herr Uhlenkort. Schon beim Morgenkaffee bis auf die Annoncen verdaut.«

»Nun, es dauert nur einen Augenblick.«

Uhlenkort ergriff den Brief und einige andere Papiere, sortierte sie und legte den Brief in seine Brieftasche.

»Was Neues, Herr Tredrup, weshalb Sie sich bei mir anmelden ließen?«

»Ja, Herr Uhlenkort. Ich habe die Journalisterei satt. Auf die Dauer Journalist? Nee, nichts für mich! Ich bin jetzt bereit, den Vertrag so, wie Sie ihn vorschlugen, abzuschließen.«

Uhlenkort lachte. »Gut, Herr Tredrup.« Er wandte sich zu einem Schrank und holte ein Schriftstück hervor, legte es vor Tredrup auf den Tisch.

»Der Vertrag liegt hier, braucht nur noch die Unterschrift.«

Tinteprustend fuhr die Feder über das Papier. Da stand in markigen Buchstaben: Klaus Tredrup.

»Bitte, Herr Uhlenkort.«

Uhlenkort nahm die Feder und setzte seinen Namen daneben.

»Die Schrift wie der Mann!« sagte er lachend.

»Wie meinen Sie das?«

»Na! Klaus Tredrup, wie er geht und steht. Für einen Graphologen ein Kinderspiel.«

Tredrup lachte mehr innerlich als äußerlich.

»Wenn es Ihnen paßt, Herr Tredrup, können Sie schon morgen fahren. Ein Fünfzigtausend-Tonnen-U-Boot fährt morgen mittag da hinauf.«

»U-Boot! ... famos! Fünfzigtausend Tonnen ... prima! Zu meiner U-Boot-Zeit gab es solche großen Dinger noch nicht. Ich werde eine interessante Fahrt machen. Wahrscheinlich mehr in der Maschine als in der Kajüte stecken ... aber weshalb U-Boot, Herr Uhlenkort?«

»Nun, das hat seine Gründe. Eis ... und sonst noch allerlei ...«

»All right, Herr Uhlenkort. Ich fahre morgen mit. Vielleicht sehe ich Sie da oben mal wieder.«

»Kann sein ... kann nicht sein.«

Uhlenkorts Blick ruhte einen Augenblick forschend auf Tredrups Zügen. Das lachende, fröhliche Gesicht gab ihm keine Antwort. Tredrup wandte sich, um zu gehen.

»Einen Augenblick noch, Herr Uhlenkort. Wissen Sie schon das Neueste?«

Uhlenkort zuckte die Achseln. »Neues passiert jede Stunde ... jede Minute.«

»Nein, etwas Neues, was uns direkt oder indirekt angeht.«

»Sie machen mich neugierig. Bitte ...«

»Ich komme soeben vom Redaktionsgebäude des ›Hamburgischen Kuriers‹, wo ich mich verabschiedete. Da teilte mir der Chefredakteur noch die Nachricht mit, daß Black Island ...« Er hielt einen Augenblick inne und sah Uhlenkort gerade ins Gesicht. Dessen Mienen zeigten keine Veränderung.

»... daß Black Island wieder um hundert Meter gestiegen ist.«

»Ah, richtig. Ich vergaß davon zu sprechen. Ein Telegramm der Grubenleitung brachte mir schon heute morgen die Nachricht.«

»Ach so, gewiß! Hätt' ich mir denken können. Ich werde dort die erste sich bietende Gelegenheit nutzen, um dieser Insel, diesem Black Island, einen Besuch abzustatten.«

»Tun Sie das, Herr Tredrup. Vielleicht haben Sie Glück und ergründen das Rätsel von Black Island. Gute Fahrt!«

* * *

Simmons Brothers
Transportgesellschaft
Land - Luft - Wasser
Nach allen Teilen der Welt

In Riesenbuchstaben glänzte die Inschrift von dem stattlichen Bürohaus in der Coolidgestreet in New York.

Die Uhr schlug sieben. Ein Schwarm von Angestellten ergoß sich aus dem Gebäude, um nach allen Seiten hin auseinanderzufließen, in den Schächten der Untergrundbahnen zu verschwinden.

»Guten, Abend, Miss Harlessen.«

»Guten Abend, Miss Taylor.«

Zwei junge Mädchen, die der Menschenstrom aus dem Haus bis hierher getragen hatte, trennten sich. Christie Harlessen nahm den Superexpreß, der sie nach der 436sten Straße brachte. Sie schlug den Weg zu ihrer Wohnung ein.

»Miss Harlessen!«

Eine Männerstimme traf ihr Ohr. Sie blieb stehen, wandte sich um.

»Ah! Mr. Rouse?«

»Sie sind erstaunt, mich hier zu sehen, Miss Harlessen? Ein Zufall führte mich in dies entlegene Viertel. Ein glücklicher Zufall, der mich Sie hier treffen ließ. Wie kommen Sie hierher?«

»Ich wohne hier, Mr. Rouse.«

»Sie wohnen hier? In dieser Vorstadt? Sind Sie schon lange in New York? Sie verließen damals Tejada und verschwanden, ohne Ihren Freunden jemals ein Lebenszeichen zu geben. Wie ist es Ihnen seitdem ergangen? ... Was treiben Sie seitdem in New York?

Viele Fragen auf einmal, Miss Harlessen. Aber mein Interesse an Ihnen ist so groß ...«

»Ich bin, um es kurz zu sagen, im Hause Simmons Brothers als Angestellte tätig.«

»Oh, Miss Harlessen, das erweckt mein tiefstes Bedauern.«

»Warum bedauern Sie mich? Ich sehe keinen Grund.«

»Aber, Miss Harlessen! Ein Wechsel der Lebensführung, der – ich bitte um Entschuldigung – mit solchem Abstieg verbunden ist, dürfte doch in Wahrheit bedauerlich sein. Blieb Ihnen kein anderer Ausweg nach jenem abscheulichen Verbrechen in Tejada? Hatten Sie keine Freunde und Verwandten, die Ihnen halfen? Warum wandten Sie sich nicht an mich?«

Christie streifte ihn mit einem leichten Seitenblick.

»Warum an Sie, Mr. Rouse?«

»Oh! Eine Frage, die mich kränken muß, Miss Harlessen! Waren wir nicht in Tejada, wo ich so häufig weilte, einander so vertraut geworden? ... Bestand schließlich nicht eine moralische Verpflichtung der Kanalgesellschaft, für die Folgen dieses Unglücks aufzukommen?«

»Ich wüßte nicht, Mr. Rouse.«

Rouse schien den Doppelsinn der Worte zu überhören.

»Und doch war es damals mein erster Gedanke, nach Tejada zu eilen und Ihnen Hilfe anzubieten. Leider waren Sie verschwunden ... unauffindbar. Warum taten Sie das? Dachten Sie so gering von den alten Freunden? ... Von mir?«

Rouse war im Gehen näher zu ihr getreten, daß seine Schulter die ihre streifte.

»Lassen Sie ... lassen Sie die Erinnerungen an Tejada!«

Ein zitternder Unterton lag in Christies kühl abweisenden Worten.

»Miss Harlessen!«

Christie schien den Ruf zu überhören. Sie beschleunigte ihre Schritte, um die heller erleuchtete Hauptstraße zu erreichen.

»Sie weisen meine Hilfe ab, Miss Harlessen? Zweifeln Sie an ...? Wenn Sie wüßten, wie sehr Ihr Schicksal mich interessiert. Der Gedanke, Sie in einer solchen untergeordneten Stellung zu wissen, ist mir unerträglich.«

»Sie machen sich unnötige Sorgen um meine Person, Mr. Rouse. Ich bedarf Ihrer nicht ...«

»Ich bitte Sie, ich beschwöre Sie, Miss Harlessen, weisen Sie mich nicht ab! Ihre Kühle ist verletzend. Ich ertrage es nicht!«

Die verhaltene Leidenschaft, die aus seinen Worten klang, steigerte ihre Unruhe. Mit Mühe zwang sie sich zur Antwort.

»Mr. Rouse! Nehmen Sie an, mein Selbständigkeitsgefühl wäre so groß, daß trockenes Brot, selbst verdient, mir besser schmeckt als ... Noch einmal: Ich bedarf fremder Hilfe nicht!«

»Fremd? Miss Christie! Bin ich für Sie ein Fremder? Bin ich Ihnen so gleichgültig, Christie ...«

Sie hörte die Worte dicht an ihr Ohr klingen. Sie fühlte, wie ein Arm sich in ihren legen wollte. Mit einer brüsken Bewegung streifte sie ihn ab. Fast laufend erreichte sie die Hauptstraße.

»Reizen Sie mich nicht, Christie!« stieß er keuchend hervor. »Ich lasse Sie nicht. Jetzt sollen Sie auch wissen, daß ich Sie von Tejada aus auf Schritt und Tritt beobachten ließ! Daß meine Leute mich ständig über Sie auf dem laufenden hielten!

Glauben Sie, ein Mann wie ich täte das umsonst? Bedenken Sie, was Sie verschmähen! Ich bin Guy Rouse ... der Sie zur Seinen wünscht ...«

»Nie! ... Mein letztes Wort!« stieß es aus ihrem Munde. Sie trat in die helle Hauptstraße.

»Das letzte Wort werde ich sprechen!« klang es hinter ihr her.

* * *

Klaus Tredrup schritt über den Zechenhof. Zwei Nachtschichten unter Tage gaben ihm für vierundzwanzig Stunden freie Zeit. Am Zechentor stieß er auf den Chefingenieur. Nach kurzer Begrüßung schlugen sie den Weg zur Stadt ein.

»Wie gefällt es Ihnen bei uns, Herr Tredrup? Sie sind zwar erst drei Tage im Betrieb ...«

»Nun ... ganz gut. Soweit ich es bisher übersehen kann, werde ich die Mutter Erde hier mit demselben Vergnügen bearbeiten, wie früher an den verschiedensten anderen Stellen. Ich hoffe, wir schlagen schon morgen das nächste Flöz an. Die Verhältnisse in Wibehafen sind ja erfreulich großstädtisch. Ich bin überrascht. Man kommt hier auf seine Kosten.«

»Und wie kommen Sie mit Ihren Leuten aus?« fragte der Chefingenieur. »Die rekrutieren sich aus ganz Europa.«

»Sehr gut! Überraschend gut! Ruhige, vernünftige Leute. Beinahe zu ruhig.«

»Wie meinen Sie das?«

Einen Augenblick zögerte Tredrup. Schließlich kam es etwas abgerissen aus seinem Munde:

»Wenn ich von mir auf andere schließe, dann wundere ich mich über die Ruhe.«

»Warum?«

»Black Island... Kurz vor meiner Abreise erfuhr ich, daß es da wieder gespukt hat. Die Gedankenverbindung Black Island-Spitzbergen liegt doch nahe... sehr nahe. Nicht nur für den Laien, sondern erst recht für den Bergbaumenschen.«

Der Chefingenieur nickte. »Sie haben recht!« Nach einer Pause fuhr er fort: »Wir haben hier oben im Bergbau viel Schweres durchmachen müssen... Aber das Schwerste war das Auftauchen von Black Island... Das Rätsel von Black Island.

Wie viele Kommissionen von Gelehrten, von Geologen waren schon hier. Keiner ist es gelungen, das Rätsel zu lösen. Jeder Versuch scheiterte an der Macht der nackten Tatsachen. Ein Vorgang, wie er bisher nie gesehen, nie beobachtet wurde, hat sich da vollzogen. Die kühnste Phantasie versagt demgegenüber. Rätsel... Rätsel.

Mein erster Gedanke war der: Was wird unsere Belegschaft tun?... Flucht?... Selbstverständlich Flucht von hier. Und so kam es... wäre es gekommen, wenn nicht –

ein neues Rätsel – ein Mann unter der versammelten Belegschaft erschienen wäre, der ... ja was? ...

Er stand plötzlich da auf einer der Loren. Sein Auge flog über den ganzen Zechenplatz und zwang sie zu seinen Füßen ... zwang sie, auf seine Lippen zu schauen, die Worte sprachen ...

Ich hörte die Worte, ich war dabei. Was sprach er? ... Was war es, was die Tausenden ... was auch mich zwang, an seinen Lippen zu hängen?«

Der Chefingenieur war stehengeblieben. Er strich sich über die Stirn.

»Ich weiß es nicht. Ich hörte es ... sah, was geschah. Ein Rätsel ... ein Rätsel, größer als das von Black Island, war das.

Als er seine letzten Worte gesprochen hatte: ›Nun geht an eure Arbeit‹ ... nie bis an mein Lebensende werde ich das vergessen. Es geschah. Die zweite Schicht fuhr ein. Stumm ... willenlos ... als wenn eine höhere Macht sie gepackt hätte ... sie trieb. Ein Rätsel, größer als das von Black Island, war es für mich.

Sie wissen von jenem zweiten Auftauchen von Black Island. Wieder fürchtete ich ... Nichts geschah. Als ob Black Island auf der anderen Seite am Südpol läge.«

Tredrup war stumm. Immer wieder glitt sein Blick von der Seite her verstohlen über seinen Begleiter. Sein skeptischer Geist wehrte sich gegen das, was sein Ohr aufnahm. Er hatte in diesen letzten Tagen schon mancherlei über jenen mysteriösen Vorgang zu hören bekommen. Das gleiche nun aus dem Munde des Chefingenieurs, eines hochgebildeten, streng wissenschaftlichen Mannes ... selbst das vermochte seine Zweifel nicht zu zerstreuen.

»Jener Mann, von dem Sie sprachen, er wohnt da unten an der Südspitze in dem alten Leuchtturm. Was ist er? Wie heißt er? Was treibt er hier?«

Der Chefingenieur zuckte die Achseln.

»Er treibt wissenschaftliche Studien. Geologe ... Physiker ... Näheres weiß niemand.«

»Und wie heißt er? Wo stammt er her?«

»Wo er herkommt? Ich weiß nicht ... Augenscheinlich ein Deutscher. Aber er spricht viele Sprachen ... ebensogut wie Deutsch ... Sein Name? ... Beim Volk hier heißt er nur ›Der vom Leuchtturm‹.

Er heißt - das weiß ich durch Herrn Uhlenkort, der ihn kennt - Johannes Harte.«

»Johannes Harte«, murmelten die Lippen Tredrups nach. »... J ... der Deubel. Das ist ja eine interessante Persönlichkeit. Ich brenne darauf, den Mann kennenzulernen. Können Sie mir da einen Rat geben?«

»Er lebt in dem alten Leuchtturm wie ein Einsiedler. Ein invalider Matrose und dessen Frau führen ihm die Wirtschaft. Selten, daß er sich sehen läßt. Und wenn, dann fährt er in seinem Motorboot auf die See hinaus. Sein Faktotum und Fischer Klasen, der seine Hütte neben dem Leuchtturm hat, führen das Boot.

Diese Fahrten nehmen oft Tage in Anspruch. Was macht er auf diesen Fahrten? fragen Sie ... Studien ... Versuche ...«

Studien ... Versuche ... Experimente! Das Wort ... geschrieben! ... Der Brief ... Experimente ... Beweis ... J. H.

Zuviel auf einmal! Tredrup verhielt unwillkürlich den Schritt. Das war's! ... war's, kein Zweifel.

Er ging wieder neben dem Chefingenieur her, zitternd vor Erregung ... Des Rätsels Lösung?

Er atmete tief. Mit Gewalt bezwang er sich.

»Allerdings ... sonderbare Sache das Ganze ...«

Er zwang seine Lippen zu einem Lächeln.

»Mysteriös, Herr Chefingenieur! Höchst mysteriös ... Suggestion? Ich war drüben in Asien. Sah da manches Merkwürdige ... Rätselhafte ...

Suggestion ... nichts anderes! Suggestion ... ganz einfach! Und doch, was da drüben im alten Land ... hier im kalten Norden? ... Wo alles kühl ... kühl die Köpfe, die Sinne. Es paßt so wenig hierher. Der Mann, seine suggestive Macht ... die Menschen, die ihr unterliegen.

Johannes Harte? Ein Deutscher, wie Sie sagten. Ein Deutscher? Ein Phänomen wär's ... rätselhaft ... ja rätselhaft.«

Der Chefingenieur wandte sich zu ihm um. »Herr Tredrup, was ist mit Ihnen? Diese Erregung! Ja, wären Sie hier gewesen, als es geschah. Wie kann das, was ich Ihnen erzähle, Sie so bewegen? ... Sie sind übernächtigt. Sie hatten zwei Nachtschichten. Nicht angenehm gleich zu Anfang, aber es ließ sich nicht vermeiden. Nun, Sie haben ja jetzt vierundzwanzig Stunden für sich zum Ruhen. Die Genüsse der Großstadt Wibehafen werden Ihnen Ablenkung verschaffen.«

Der Chefingenieur verabschiedete sich.

Mechanisch lenkte Klaus Tredrup seine Schritte zu seiner Wohnung. Seine Gedanken gingen sprunghaft.

War's die Lösung jenes Rätsels ... jenes Welträtsels? Er stand vor der Tür seines Hauses. Sein Hirn arbeitete wie im Fieber.

Er stand ... ein Ruck ... Er wendete der Südspitze zu.

Und dann stand er vor dem alten Turm, vor dem verwitterten, gedrungenen Bau, und sein Auge ging hinüber nach Nordwesten, wo sich die gigantische Masse des neuen Turms erhob. Der Weg führte bergab zum Strand. Da lagen auf halber Höhe die Fischerkaten. Unten am Strand die Boote. An Gerüsten die großen Netze.

Klasen ... hieß der, der mit ihm fuhr. Er stand. Sein Auge irrte über die Hütten dahin.

Weitergehen? Sollte er es? Das Glück schien ihm heute günstig zu sein.

Er ging ... Eine Alte kam ihm entgegen, mühsam die Höhe hinaufklimmend.

»Wohnt hier der Fischer Klasen?«

Die Frau blieb stehen.

»Klasen? Ja! Da unten im letzten Haus. Sie wollen zu ihm? Schlechte Zeit heute. Sein Weib ist krank. Ich komme von ihr.«

Wieder zögerte Tredrup. Wieder zog es ihn weiter, bis er vor jener Hütte stand.

Er stand ... er trat ein ... er sprach mit dem Fischer und ging wieder hinaus.

Gelungen! Er würde fahren. An dessen Statt fahren, der bei seinem kranken Weib blieb. Auf See fahren ... mit ihm ... mit J. H.

* * *

Das bleiche Licht der Mitternachtssonne spielte um das graue Turmmassiv. Tredrups Schulter stemmte sich gegen das Motorboot, half es mit vom Strande abrücken.

»Ab!« Er sprang hinein.

Der Motor ging an. Der Bootsmann überließ ihm den Motorhebel und ging ans Steuer. Das Boot kam in Fahrt. Schneller ... immer schneller schoß es Süd zu Südwest durch die grüne Flut.

»Volle Kraft voraus!« rief der Steuermann.

Tredrup befolgte den Befehl.

Stunden vergingen. Sie fuhren ... sie fuhren Süd zu Südost ... phantastisch die Schnelligkeit.

Tredrup stand am Motor, die Hand am Hebel. Sein Herz pochte im Takt der Maschine.

Da vorn am Bug ... da saß er ... der aus dem Leuchtturm, Johannes Harte. Das Gesicht in der Richtung der Fahrt. Tredrups Gedanken gingen zurück. Am Bootssteg. Der vom Leuchtturm trat aus der Pforte des Turmes. Stieg die schmale Treppe hinab, kam auf den Bootssteg, stieg ein.

Ein Mensch ... ein Mann ... was war das für ein Mann? Wie hatte seine Phantasie gearbeitet in der Erwartung, ihn zu sehen, diesen rätselhaften Menschen! Welche Bilder waren es, die er sich von ihm gemacht hatte! Und dann hatte er ihn gesehen ... gesehen so ganz anders ... anders ... ja wie?

Eine schlanke, hohe Gestalt. Ein schmales, bleiches Gesicht. Eine hohe, sich weit vorwölbende Stirn. Langes, lockiges Blondhaar darüber.

Aber die Augen ... die Augen! Was waren das für Augen? Nur mit leichtem Seitenblick streiften sie ihn ... und doch, was waren das für Augen? Wie war seine ganze gesammelte Willenskraft, sich das Bild dieses Menschen tief einzuprägen, vor einem leichten Blick dieser Augen zerstoben! Sein ganzes Wesen fühlte sich gefangen. Wie ein Gefangener war er ihm gefolgt, wie der Sklave seinem Herrn.

Die rauhen Rufe des Bootsmannes erst hatten ihn aus seiner Betäubung gerissen. ›Klar zur Abfahrt!‹ hatte der Bootsmann gerufen.

Der vom Leuchtturm hatte sich am Bug niedergelassen, denen im Boot den Rücken zugewandt. Da hatte Tredrup aufgeatmet, wie befreit von den Fesseln jenes Blickes.

Und sie fuhren ... und fuhren. Wie ein Vogel schoß das Boot über die leichte See dahin. Stille über den Wassern ... Stille im All. Nichts als das leise Rauschen der Wogen, die der scharfe Kiel durchschnitt.

Im Norden! Ein heller Schein über der Kimm.* Dann ein Rot ... Orange ... Gelb ... ein Nordlicht. Ein Farbenwunder in majestätischer Größe erstand da.

Er blickte zu jenem hin, wie der sich wendete, wie dessen Augen an diesem Schauspiel hingen, sich daran weideten. Klaus Tredrup schaute zur Kimm, wo der dunkel glühende Sonnenball einzutauchen schien. Mechanisch zog er seine Uhr. Die Mitternachtsstunde nahte ... war da.

Der am Bug war aufgestanden, ging zur Kajüte und kam wieder herauf. Unter dem Arm trug er einen Appa-

---

* von Himmel und Meer gebildete Horizontlinie

rat, einen leichten Kasten, wie es schien. Am Bug setzte er sich nieder, zog einen weiten Mantel um die Schultern. In dessen seidigem Glanze spielten die Lichter des Himmels. Er wandte sein Gesicht der Sonne zu und schaute lange hinein. Dann senkte er sein Haupt. Die Hände zogen den Mantel dichter zusammen ... ergriffen etwas. Und wie der Bug sich hob und senkte, glänzte das in den matten Sonnenstrahlen.

Tredrup stand. Seine Hände umkrampften den Motorhebel. Seine Augen bohrten sich durch das Dämmerlicht zu dem Glitzernden hin.

Ha! ... ein Tschokor? ... Er griff sich an die Stirn. War das richtig gesehen? Ein Tschokor in jenes Mannes Händen? Ja! Er hatte richtig gesehen.

Die schmalen Finger spielten an dem Knopf der Gebetsmühle. Die Augen starrten auf die Blätter in dem Gehäuse. Die Lippen bewegten sich, als wenn sie läsen ... beteten ...

Tredrup starrte. Seine Hand fuhr zum Herzen. Was war das? Was sollte das? ... Sein Geist zwang sich zur stärksten Willenskraft. Seine Zähne schlugen aufeinander wie im Fieber. Und dann ... der da vorn griff nach dem Apparat ... nahm ihn zwischen die Knie. Sein Körper senkte sich darüber. Seine Hände legten sich an dessen Seiten. Sie bewegten Hebel ... Schrauben ... die Augen des Mannes gingen in die Ferne, als suchten sie eine Richtung im Süden, gingen wieder herunter zu jenem Apparat.

Und dann ... dann war es Tredrup, als führe ihm eine Hand über die Stirn, über die Augen ... minutenlang. Und dann sah er wieder auf ... und war auf einem Schiff ... einem ganz anderen ... einem ganz fremdartigen Schiff.

Ein Schiff, eine Kogge, kam von Hamburg, der jungen, aufblühenden Siedlung an der Elbmündung. Vier Wochen schon waren sie unterwegs. Mit Rudern und Segeln hatten sie mit dem Nordwest gerungen, bis sie um das dänische Nordkap bei Skagen herum waren.

Kostbare Last hatten sie an Bord. Fränkische Tuche... burgundische Weine... levantinische Spezereien, Tauschhandel damit zu treiben gegen die Güter des Ostens, die köstlichen Rauchwaren, den begehrten Bernstein...

Und sie fuhren durch den Belt, wo Sturm den Sturm jagte... und beteten zu dem neuen Christengott, der ihnen gnädig war...

Und sie kamen am Boskamp vorbei, wo noch heidnische Feuer rauchten. Und sie fuhren weiter, bis sie hinkamen zu dem Ziel der Fahrt, nach Jumneta, und die Anker fallen ließen.

Da lag es an der äußersten Nordspitze der langen Insel, wo der westliche Oderarm das Meer erreicht. Von hohem Hügel her grüßte die wallumgürtete Wikingerfeste, die trutzige Jomsburg, zu ihren Füßen die reiche Slawenstadt Vineta.

Und sie gingen an Land und staunten über die Größe und den Reichtum der Stadt. Slawen und Sachsen... Nordmänner und Franken... ein Gemisch aller Völker und Zungen.

Ihre Augen konnten sich nicht satt sehen an den Herrlichkeiten der Meerkönigin Vineta. An die zwei Wochen blieben sie hier und tauschten ihre Waren gegen die Erzeugnisse des Ostens. Und dann lichteten sie wieder die Anker und fuhren nach Westen.

Noch hatten sie die letzten Spitzen der Türme in Sicht, da kam es von Norden herangefahren. Der alte Schiffsführer sah es beizeiten, so daß sie sich ducken konnten, verkriechen in den Buchten der Rugischen Küste. Sie sprangen an Land, schleppten die Kogge an den Strand, banden sie an Klippen und Bäumen fest.

Kaum war das geschehen, da brauste es von Norden heran. Die Welt wollte untergehen. Turmhoch schäumte das Meer unter Sturmesgewalt.

Und dann ... entsetzt starrten ihre Augen über die Landzunge nach Osten. Da kam es heran wie eine Mauer. Hochgetürmt wie eine Riesenwand kam das Meer, stürmte vorbei vor ihren Augen ... raste nach Süden.

Das Land da unten verschwand in wirbelnder Gischt. Darüber hinweg die kochende See! Noch einmal grüßten die Türme der Jomsburg ... dann ...

Lastende Stille ... und dann kam es zurückgefahren ... mit schwächerer Kraft ... nach Norden hin. Und als sie wieder nach Süden sahen, suchten ihre Blicke vergeblich die glänzende Stadt, in der sie eben erst geweilt. An einem kahlen, grauen Sandrücken brachen sich die abebbenden Fluten des Meeres ...

Und dann ... die Nacht verging unter Schrecken und Schaudern. Der Morgen kam, und eine ruhige, stille See glänzte in der ersten Dämmerung. Da machten sie los und fuhren zurück nach Hamburg ... Und als der Kiel am Elbstrand über heimatlichen Boden knirschte, sprangen sie an Land und knieten nieder ...

»An Land! An Land, Herr Tredrup!«

Tredrup zuckte zusammen. Er fühlte, wie ein Fuß ihn anstieß. Mit einem Schrei warf er sich empor. Seine Augen starrten im Kreis herum.

»Was war das? Wo bin ich?«

Er fuhr sich mit den Fäusten in die Augen und rieb sie, als ob er ein Schreckensbild herausreiben wollte.

Da stand der alte Bootsmann. Der breite, zahnlose Mund lachte.

»Sie haben geträumt, Herr Tredrup. Wir sind zu Haus. Hier ist der Leuchtturm.«

Mit einem Ruck stand Tredrup auf den Füßen. Seine Augen flogen von dem Alten hinüber zum Leuchtturm, gingen weiter zu den Schachttürmen. Er holte tief Atem.

»Geträumt? Habe ich geträumt, Bootsmann?«

»Na ja!« lachte der. »Sie schlafen schon die halbe Fahrt. Gewiß haben Sie geträumt. Was ist mit Ihnen?«

Tredrup stand. Er schüttelte den Kopf. Seine Hände bewegten sich wie hilflos fragend.

»Ja ... ja ... ich habe geträumt. Ein Traum ... fürchterlich ... hatte mich heimgesucht. Und nun sind wir zu Hause ... ja, zu Hause.«

Mit zitternden Knien betrat er den Bootssteg, klomm er den Uferhang empor ... und kam nach Wibehafen ...

»Herr Tredrup! In einer Stunde beginnt die neue Schicht.«

Er erwachte ... sah um sich. Er lag in seinem Bett. Um ihn herum die vertraute Umgebung. Er stand auf, hängte sich die Kleider um und riß das Fenster auf. Die kühle, frische Luft, die ihm entgegenschlug, legte sich wohltuend um seine Schläfen. Ein paarmal schöpfte er tief Atem.

Die Tür ging auf. Seine Wirtin trat herein, auf den Händen das Kaffeetablett. Er setzte sich an den Tisch. Seine Augen überflogen die Morgenzeitung. Die erste Überschrift: VINETA!?

Er taumelte zurück, als hätte ihn ein Schlag getroffen. Wieder ergriff er das Blatt. Immer größer werdend, starrten seine Augen auf die Nachricht, die da stand.

In der gestrigen Nacht ist der Meeresgrund an der Nordspitze von Usedom in einer Ausdehnung von zwei Quadratmeilen zutage gestiegen. Die Stätte, wo einst Vineta lag, ist wiedererstanden.

* * *

Christie Harlessen hatte soeben ihre Wohnung betreten. Sie ließ sich an dem einladenden Teetisch nieder und strich sich mit einer müden Bewegung über die Stirn. Die Tätigkeit bei Simmons Brothers war doch zu manchen Zeiten anstrengender, als sie anfangs gedacht und gespürt hatte.

Wie anders doch das freie, abwechslungsreiche Leben in Tejada ... selbst im Zirkus. Die Eintönigkeit im Büro war allein schon ermüdend ... und doch, was tun? Jener Sturz, der ihr die weitere Ausübung dieses Berufes unmöglich machte ... hatte sie ihn nicht zeitweise für Schicksalsfügung gehalten?

Die Unterredung mit Walter Uhlenkort in Kapstadt! Wie oft erinnerte sie sich daran! Etwas Neues ... ihr bis dahin kaum Bewußtes schien seitdem in ihr Denken und Fühlen getreten.

War's das Harlessenblut, das sich in ihr regte? Wie hatte Walter Uhlenkort gesprochen?

»Sie sind eine echte Harlessen!«

Hätte sie ihm damals folgen sollen? ... Hamburg? ...

Die Türglocke klang. Sie hörte eine Männerstimme, hörte ihre Wirtin etwas antworten und auf ihre Tür zukommen.

War er es? Mr. Rouse? Der kurze Gedanke trieb sie empor.

»Miss Harlessen, Besuch für Sie! Mr. Uhlenkort aus Hamburg.«

»Herr Uhlenkort?« Befreiung ... Überraschung lag in den Worten. »Bitte, führen Sie den Herrn zu mir!«

Sie folgte der Frau und schlug die Zimmertür zurück.

»Bitte, Herr Uhlenkort!« Sie schüttelte dem Eintretenden kräftig die Hand. »Willkommen in meinem Heim!«

Uhlenkort stand einen Augenblick und hielt ihre Hand fest in der seinen. »Dank für Ihre freundliche Begrüßung, Fräulein Christie. Ich ... ich ...«

»Sie erwarteten eine andere Begrüßung, Herr Uhlenkort?«

Sie lachten beide.

»Ich gestehe, Fräulein Christie, nach meinem letzten Besuch in Kapstadt ...«

»... waren Sie auf das Schlimmste gefaßt.«

»Beinahe. Meine Freude ist eine doppelte. Der gute Empfang und dann ... ich sehe, daß Sie sich wohlbefinden. Sie sind wieder gänzlich hergestellt?«

Christie schüttelte den Kopf. »Gänzlich ...? Dann wäre ich vielleicht nicht hier.«

»So leiden Sie immer noch unter den Folgen des Sturzes?«

Mit Besorgnis blickten seine Augen über die schlanke Gestalt, die anscheinend in blühender Gesundheit vor ihm stand.

»Nein und ja«, erwiderte sie. »Es genügt nicht allein, vollkommen gesund zu sein, um die Hohe Schule zu reiten. Ich bin es. Aber es fehlt die volle Kraft der Zügelhand, ohne die es nun einmal nicht geht.«

»Dank für die Worte, Fräulein Christie. Ich freue mich. Doch ...«, er wies auf den gedeckten Teetisch, »... ich störe Sie bei Ihrer Mahlzeit.«

»Durchaus nicht. Machen Sie mir die Freude, den Tee mit mir zusammen zu nehmen!«

Sie saßen sich am Teetisch gegenüber.

»Sie müssen mit wenigem vorlieb nehmen, Herr Uhlenkort. Die Tischplatte biegt sich nicht unter der Last. Hätte ich bestimmt gewußt, daß Sie kommen ...«

Uhlenkort blickte fragend auf.

»Bestimmt? Fräulein Christie, wie meinen Sie das?«

»Oh!« Eine leichte Röte glitt über ihr Gesicht. Sie klappte die Hand auf den Mund.

»Ah! Sie haben mich gesehen, als ich heut morgen bei Simmons Brothers war ... obgleich Sie so vertieft in Ihre Manuskripte blickten?«

»Ja, ich sah Sie.«

»Sie sahen mich und haben mich - wenn auch nicht bestimmt - erwartet. Das wollten Sie sagen, Fräulein Christie?«

»Ja, Herr Uhlenkort. Sie hatten es leicht, Gedanken zu lesen ... überhaupt wohl leicht, meinen Aufenthalt festzustellen.«

»Wie meinen Sie das, Fräulein Christie?«

»Ich vermute wohl nicht zu Unrecht, Herr Uhlenkort,

daß Ihre Informationen vom Pinkerton Office stammen.«

»Richtig geraten, Fräulein Christie. Weshalb hinter dem Berge halten. Sie mögen gehen, wohin Sie wollen, ich werde stets wissen, wo Sie sind.«

»Warum diese Mühe, Herr Uhlenkort?«

»Weil Sie zu uns gehören, Christie. Sie sind eine Harlessen.«

»Sie sind aber doch ein Uhlenkort!«

»Harlessen und Uhlenkort gehören zusammen.«

Der Ernst, mit dem er die Worte sprach, ließ sie schweigen. Sie fühlte seinen Blick voll auf sich ruhen. Fühlte, wie ihr Herz bei diesen Worten mitschwang.

»Dann weiß ich wohl, weswegen Sie hierherkommen.« Sie lehnte sich in ihren Stuhl zurück, suchte nach Worten und stieß es dann heraus. »Sie kommen wieder, das verirrte Schaf zurückzuholen.«

»Christie! Warum so bitter? Fassen Sie meine Worte so auf? Können Sie sich nicht denken, daß ich aus persönlichen Gründen ein Interesse habe, mich um Sie zu kümmern? Ich verließ Sie damals in Kapstadt in einer schlimmen Lage ... auf dem Krankenbett. Wäre es nicht widersinnig, wenn ich Sie danach verlassen hätte?

Ich war froh, als ich erfuhr, daß Sie hier in Stellung sind, als ich hörte, daß Sie aus dem gefährlichen Beruf heraus seien.«

»Nun ... und wenn schon.«

»Christie. Wie kamen Sie dazu?«

»Sie wissen es ja ... und schließlich, wen geht's was an.«

»Christie, können Sie sich nicht denken, daß mein Herz ...«

Christie wandte ihm das Gesicht zu und sah ihm in die Augen. Ihre Blicke senkten sich ineinander.

»Ich glaube Ihnen, Herr Uhlenkort. Ich will Ihnen

glauben, trotz allem, was mir geschehen ist ... meinem Vater geschehen ist.«

»Ihrem Vater, Christie? Wieder der alte Vorwurf! Warum quälen Sie mich? Ich versichere Ihnen, daß man sich in Hamburg die größte Mühe gab, ihn zu finden. Ihn trotz aller Bemühungen nicht zu finden vermochte. Bis ich an den Kanal kam, unglücklicherweise zu spät. Eine Woche früher, und ich hätte ihn lebend getroffen, und alles wäre anders geworden.«

»Anders geworden? Vergessen Sie nicht, auch mein Vater war ein Harlessen.«

»Und doch hätte er in diesem Fall die Hand, die sich ihm von Hamburg entgegenstreckte, nicht zurückgewiesen.«

»Das sagen Sie, Herr Uhlenkort.«

»Jawohl, Christie! Ich behaupte das, weil ich weiß, daß er eben ein Harlessen war. Sie sagten mir ja, wie oft er an Hamburg gedacht, wie oft er Ihnen davon erzählt hat. Ich hätte es auch gewußt, ohne daß Sie es mir berichtet hätten. Gerade weil er ein Harlessen war, fühlte er die Vereinsamung. Wie sehr er die Bitternis, in der Fremde zu leben, empfand, wird er Ihnen nicht offenbart haben. Ich aber sage es Ihnen, nie ... nie konnte er sich in der Fremde glücklich fühlen. Die zerrissenen Bande ...«

Er war aufgesprungen und durchmaß mit heftigen Schritten den kleinen Raum. In Christies Zügen wechselten jagend Blässe und Röte. Mit einem Ruck blieb er vor ihr stehen. »Und du, Christie, du ... du willst es nicht sagen ... und doch ... du fühlst dich auch als eine Harlessen, fühlst, daß du zu uns gehörst, zu uns hingehörst nach Hamburg ...«

Schweigen lastete in dem kleinen Raum.

Es drängte sie, ihm die Hand zu reichen. Es schrie in ihr: Ja! Ja! Du hast recht. Ja! Ja!

Es kämpfte in ihr ... ihr Herz schlug, als wollte es bersten ... und sie bezwang sich.

»Herr Uhlenkort!«

Der Klang seines Namens schien ihn aufzuwecken. Er strich sich über die Augen.

»Ah! Ah! Verzeihung, Fräulein Christie ... was sprach ich? Ich ... Verzeihung ... mein Herz floß über. Ich konnte nicht anders.«

Er streckte ihr die Hand entgegen. Er fühlte, wie ihre Finger sich leicht dareinlegten und darüberglitten. Dann ging er zu seinem Platz zurück.

»Ich vergaß - vergaß schon damals in Kapstadt - Sie nach den rätselhaften Umständen jenes Verbrechens in Tejada zu fragen. Ihr Vermögen wurde damals geraubt. Haben die Nachforschungen der Polizei, der Behörden gar nichts ergeben?«

»Nichts, Herr Uhlenkort. Man hat mich verschiedene Male vorgeladen. Man hat auch einige Leute verhaftet. Aber ihre Unschuld erwies sich bald. Es bleibt ein Rätsel, ein Geheimnis, dessen Dunkel wohl niemals gelichtet werden wird.«

»Niemals? Was an mir liegt, soll geschehen, um das Rätsel zu lösen. Wäre es auch nur, um dem Verbrecher seinen Raub abzujagen. Die Verbindung mit dem Pinkerton Office hat mich auf den Gedanken gebracht, die Pinkertons auf die Spur des Verbrechers zu setzen.«

Noch einmal ließ er sich von Christie die Umstände der Tat, soweit sie bekannt waren, berichten. Sah, wie Christie Harlessen durch die Erzählung von neuem ergriffen, wie ihr Bericht immer matter und tonloser wurde.

»Nur noch eine Frage, Fräulein Christie, dann wollen wir dies dunkle Thema verlassen. Haben Sie selbst irgendeinen Verdacht, einen leisen Verdacht? Vielleicht auf irgend jemand ...«

Er schaute Christie voll an. Sah, wie sie überlegte, wie ihre Augen hin und her gingen, wie sie kämpfte, zögerte.

»Ich habe keinen Verdacht. Habe auch niemals einen Verdacht gehabt ... irgendein Landstreicher ... ein entlassener Arbeiter ... wer hätte sonst am Kanal noch ... Doch warum noch weiter Nachforschungen nach dem unbekannten Täter anstellen? Die Vergeltung für seine Tat wird ihn früher oder später treffen. Sein Raub ...« Sie machte eine wegwerfende Handbewegung. »Ich werde leben. Ich finde mein Brot selber.«

Uhlenkort erhob sich. Auch Christie war aufgestanden.

»Warum wollen Sie so plötzlich gehen, Herr Uhlenkort?«

»Fräulein Christie ... ja, Fräulein Christie ... Sie sagten, Sie werden leben. Ich sehe, daß Ihre ... Willensstärke, Ihr Selbständigkeitsgefühl größer ist als meine ... Überredungskraft. In Ihren Worten: ›Ich werde leben‹ drückte es sich nur zu deutlich aus. Sie sollten auch für mich gelten.«

»Herr Uhlenkort!«

»Fräulein Harlessen?«

Christies Blick ging zur Erde. Sie trat einen kleinen Schritt zurück. Das versöhnende Wort auf ihren Lippen erstickte unter dieser Anrede.

»Herr Uhlenkort, noch einen Augenblick! Ich habe Ihnen noch eine Nachricht zu geben, die Ihre Niederlassung in Valparaiso betrifft.«

Sie holte von Ihrem Schreibtisch ein verschlossenes Kuvert und überreichte es ihm.

»Ich war im Begriff, nach Hamburg zu telegraphieren, als Sie heut mittag zu Simmons Brothers kamen. Als ich Sie sah, änderte ich meine Absicht. Hier ist der Brief, den ich Ihnen, wären Sie nicht zu mir gekommen, in Ihr Hotel geschickt hätte.«

Uhlenkort ergriff das Kuvert.

»Eine Nachricht, die unsere Firma interessiert?«

Sie war hinter den Teetisch getreten und machte sich dort zu schaffen.

»Vielleicht war es überflüssig, was ich tat. Sie werden es zu Hause lesen.«

»Zu Hause? Im Hotel? Nein ...!«

Er riß den Umschlag auf und überflog die Zeilen.

»Fräulein Christie!« Er trat erregt auf sie zu. »Ist das wahr, was Sie uns hier mitteilen?«

Christie sah kurz auf.

»Warum sollte ich Ihnen ein Märchen berichten?«

»Christie! Ich beschwöre Sie! Sind Sie sich der Tragweite dieser Nachricht bewußt? ... Ipton & Co. vor dem Fallissement* ... Unser Vertreter im Bunde mit den Inhabern ... Ein Betrug beabsichtigt, der uns zehn Millionen kosten würde ... Und Sie wissen es? Sagen Sie, wie Sie zu der Kenntnis gekommen sind!«

Christie zuckte die Achseln. »Ich weiß es. Ein glücklicher Zufall. Ich glaubte, Ihrer Firma einen Dienst erweisen zu können. Vielleicht war es auch das Harlessensche Blut ...«, vollendete sie mit Ironie.

»Christie! Christie! Alles, was Sie sprechen und tun, ja, das ist Harlessenblut. Nie und nimmer war das ein bloßer Zufall, der Sie hiervon in Kenntnis setzte. So offen werden diese Herrschaften ihre Karten nicht spielen. Die Aufdeckung dieser ... Schurkerei ist Ihr Werk, Ihr Verdienst. Und wie Sie mir das geben, das ist ... Harlessen ...« Er ergriff ihre Rechte und hielt sie trotz ihres leisen Widerstrebens fest.

»Christie ... Christie Harlessen! Warum quälen wir uns?«

Er zog einen Stuhl heran und setzte sich neben sie.

»Christie, lassen Sie uns jetzt ganz sachlich reden. Alles Persönliche beiseite. Sie schreiben mir hier, daß unser Vertreter in Valparaiso die große Kobaltlieferung an Ipton & Co. trotz unseres telegraphischen Widerrufes doch zur Ausführung bringt, daß die Dampfer dafür,

* Bankrott

von Simmons Brothers gechartert, bereits in Valparaiso angelangt sind. Sie wissen auch, daß Ipton & Co. kurz vor dem Konkurs stehen ... kurz, daß ein Komplott gegen uns im Gange ist, das uns unermeßlichen Schaden bringen muß.«

»Ganz recht, Herr Uhlenkort. Das wollte ich Sie wissen lassen.«

»Wieder dieser Ton, Christie, der so ganz anders klingt, als ... Ihr Herz spricht.«

»Mein Herz? ... Ja! ... Wir wollten doch sachlich bleiben. Ich denke, jetzt handelt es sich doch darum, was zu tun ist. Fahren Sie nicht sofort da hinunter?«

»Gewiß, ich muß es und doch ...«

»Warum zögern Sie? Gibt es jetzt etwas Wichtigeres für das Haus Harlessen?«

Uhlenkort starrte mit zusammengezogenen Brauen vor sich hin.

»Wichtiger? Was ist jetzt wichtiger? Wüßte ich es ... Der Weg nach Süden oder der nach Norden? ... Nach Norden ...«

»Sie könnten einen anderen schicken. Mit Vollmachten versehen.«

»Einen anderen?« Uhlenkort strich sich über die Stirn. »Ja, könnte ich den ersten besten nehmen ... Aber hier ...! Den Schurken wird nicht so leicht beizukommen sein. Sie würden dem, den ich schicke, Hindernisse in den Weg werfen. Ehe er sie überwunden, wäre es doch geschehen ... wäre es zu spät.

Gewiß habe ich hier in New York Verbindungen. Wen könnte ich da wählen? Wer wäre der energische, vertrauenswürdige Mann, dem ich die Sache ...?«

»Und wäre es eine Frau?«

»Eine Frau?« Er drehte sich nach ihr um und sah ihr fragend ins Gesicht.

»Eine Frau? ... Wie? ... Sie, Christie, Sie wollten? Sie wären bereit, diese nicht leichte Mission zu übernehmen?«

Christie nickte.

Er sprang auf und durchmaß den Raum. Dann blieb er kurz vor ihr stehen. Die Zweifel, die in ihm kämpften, prägten sich auf seinen Zügen aus.

Christie sah es.

»Sie haben kein Vertrauen. Ich sehe es.«

»Vertrauen, Christie? Zu keinem Menschen in der Welt hätte ich mehr Vertrauen als zu Ihnen.«

Eine tiefe Röte überzog ihr Gesicht.

»Aber das ist eine Aufgabe, welche die Tatkraft eines Mannes von größter Energie verlangt ... und ...«

»Tatkraft und Energie? Was wissen Sie von meinem Lebensweg mehr, als was Ihnen das Pinkerton Office sagte! Es gab da mehr als einmal Situationen, an denen ein Mann vielleicht gescheitert wäre. Meine Kräfte werden sich bei einem Werk verdoppeln, das ich unternehme ... für die Firmen Harlessen und Uhlenkort.«

Er trat dicht vor sie hin. Seine Hände legten sich auf ihre Schultern.

»Christie! ... Ja! Du wirst es tun. Dir wird es gelingen. Ich glaube an dich!

... und dann wirst du zurückkehren ... zurück zu uns, nach Hamburg.«

* * *

Unter dem Vorsitz des Staatschefs Harlessen waren die europäischen Ministerpräsidenten in Bern versammelt. Sorge lag auf allen Gesichtern. Wohl hatte der Beschluß des amerikanischen Kongresses die drückende Atmosphäre, die über Europa lagerte, gereinigt. Die Panik, die Europa ergriffen hatte, war gewichen. Die Führenden aber waren damit der Sorge nicht ledig geworden. Walter Uhlenkort war es, der sie auf verborgene Gefahren aufmerksam gemacht hatte.

Er hatte eine Reihe von Verdachtsmomenten gegen die Canal Company und gegen deren Leiter Guy Rouse vorgebracht, die, nur den Regierungsmitgliedern bekannt, diese mit neuer großer Sorge erfüllten.

Uhlenkort - Hamburger Kaufmann und Diplomat im Nebenberuf? Nein, und doch ja. Seine umfassende Weltkenntnis, durch jahrelangen Aufenthalt im Ausland erworben, seine vielfältigen persönlichen Beziehungen in allen Teilen der Welt, sein kaufmännischer Weitblick, seine rücksichtslose Energie, wo es Not tat, hatten ihm einen Namen in der Weltwirtschaft erworben, die sich jetzt enger als je mit der Weltpolitik verband. Die europäische Außenpolitik hatte schon öfter als einmal den Nutzen seiner Informationen verspürt. Seine Beziehungen zu dieser Politik waren im Laufe der Zeit immer enger geworden. Mehrfach war ihm eine amtliche Stellung angeboten worden, doch hatte er stets abgelehnt. Abgelehnt mit dem Hinweis, daß er in seiner unabhängigen Stellung dem Staate mehr nützen könne.

Er blieb der freie Kaufmann, aber er war in steter enger Verbindung mit den politischen Geschäften. Eine Stellung, die ihm ohne ausgesprochene Vollmachten eine gewisse Handlungsfreiheit gab. Eine Stellung, die bei den Eifersüchteleien der europäischen Staaten sogar offen oder versteckt manchen Protest veranlaßte, die aber durch die glückliche Hand, die er in so vielen schwierigen Situationen zeigte, immer mehr gekräftigt wurde.

Als Vertrauensmann des europäischen Staatenbundes hatte man ihn nach Washington gesandt. In Gemeinschaft mit Vertretern der amerikanischen Regierung sollte er die von dieser angeordneten Sicherheitsmaßregeln noch einmal nachprüfen.

Um drei Uhr wurde er erwartet. Das Surren von Propellern... Die Uhr schlug drei. Uhlenkort trat in den Raum.

Nach kurzer Begrüßung seines Oheims und der Versammlung stattete er seinen Bericht ab. Die Mienen der Zuhörer begannen sich zu entwölken. Die umfassenden Vorsichts- und Kontrollmaßregeln, welche die amerikanische Regierung angeordnet und durchgeführt hatte, wirkten beruhigend. Er fuhr fort:

»Formell und äußerlich ist alles in bester Ordnung ...«

Hier machte er eine Pause. Fragend ruhten die Blicke der Versammlung auf ihm.

»Ich sagte soeben: formell und äußerlich. Anders, meine Herren, ist es mit meiner persönlichen Auffassung der Sachlage.«

Seine Miene verfinsterte sich, seine Stirn krauste sich.

»Trotz allem, ich komme von jenem Verdacht nicht los ...«

Im Augenblick umschwirrte ihn ein Fragengewirr.

»Es ist die Persönlichkeit des Leiters der Gesellschaft, es ist jener Mr. Rouse, der mich nicht aufatmen läßt. Seine sprichwörtliche Skrupellosigkeit ... diese geradezu zur Schau getragene Indifferenz bei den Kongreßberatungen ... Die Äußerung des Kapitäns Wesserton, der mit mir die Kontrollreise machte - er ist mir seit langem persönlich bekannt und machte mir seine Mitteilungen unter vier Augen -, daß die besten Meßmethoden raffinierte Nebenschaltungen nicht aufdecken könnten ... das alles, meine Herren, läßt mich nicht zur Ruhe kommen.«

Die Spannung der Versammlung machte sich gewaltsam Luft. Stimmengewirr. Erregte Fragen und Ausrufe, für und wider.

Gelassen, mit leichtem Achselzucken ließ Uhlenkort die Flut abebben.

»Den Vorwurf des Pessimismus, den mir manche von Ihnen gemacht haben, will ich gern auf mich nehmen ... bin auch sofort bereit, dem Mr. Rouse alles abzubitten, wenn ...«

Eine Stunde später saß der Staatspräsident mit seinem Neffen zusammen. Noch einmal hatten sie die Lage besprochen. Dann hatte Uhlenkort sein Zusammentreffen mit Christie berichtet. Die Affäre in Valparaiso ... die Abreise Christies dorthin mit weitgehenden Vollmachten. Ruhig hatte er die erregten Einwendungen seines Oheims angehört. Mit den Worten: Sie ist eine Harlessen ... eine echte Harlessen, hatte er den Oheim schließlich gewonnen. War dann mit den Worten gegangen: »Deine Telegramme erreichen mich für die nächsten Tage in Spitzbergen.«

* * *

Der Tag der Sprengung war gekommen. Um elf Uhr vormittags sollte der elektrische Funke, von Washington aus geschickt, die Minen zur Explosion bringen.

Es lag in der Natur des amerikanischen Volkes, daß ein solches Ereignis auch äußerlich feierlichen Ausdruck fand. Was da geschehen konnte, war geschehen.

Zuerst der Akt der Sprengung selbst. Nach jenem geschichtlichen Vorbild der Sprengung des Höllentores im New Yorker Hafen sollte er vor sich gehen. Das Drücken eines Kontaktknopfes durch den Repräsentanten der amerikanischen Nation, den Staatspräsidenten, sollte die Sprengung bewirken. Die Betätigung des Kontaktes mußte die Gewalt der Explosion entfesseln. Die feierliche Handlung sollte im Hause der New Canal Company in Washington vor sich gehen. Der Staatspräsident Parker war mit den übrigen Mitgliedern der Regierung zu diesem Zweck in der zehnten Vormittagsstunde vom Weißen Haus herübergekommen.

Eine ungeheure Spannung lag über ganz Amerika ... über der ganzen Welt. Der große Hauptsender der New Canal Company war in den letzten Wochen um hundert Kilometer von der Kanaltrasse weg nach Westen verlegt worden. Aberhunderte von Leitungen führten von ihm bis zur eigentlichen Sprengzone und waren dort mit ebenso vielen Mikrophonen verbunden. Der Donner der Explosion mußte die Membranen dieser Apparate erschüttern, mußte auf diesem Wege die große Sendestation steuern. Die Millionen Radioapparate der Welt waren in der kritischen Zeit auf die Wellenlänge der Kanalstation eingestellt.

In allen Städten, an allen Verkehrspunkten waren Lautsprecher aufgestellt. In allen Großstädten war von 10 Uhr 55 bis 11 Uhr 05 eine Verkehrspause angeordnet, um Unfälle zu vermeiden. Ein Moment - wahrhaft historisch! Denn tatsächlich würde diesmal das ganze Erdenrund gleichzeitig Zeuge eines weltbewegenden Vorganges werden. In den Staaten war die Erregung besonders groß. Sie stieg von Stunde zu Stunde. Schon lange vor dem Beginn der Verkehrspause ruhten alle Hände. Je näher die bedeutungsvolle Minute heranrückte, desto mehr verstummte jegliches Geräusch ... jeder Alltagslärm. Alle Sinne waren auf das Kommende gerichtet.

»Noch fünf Minuten!« Der Außenminister hatte es mit einem Blick auf die astronomische Pendeluhr gesagt. Einen Augenblick schwieg alles. Die Augen flogen zu dem Präsidenten, der in ein Gespräch mit Guy Rouse vertieft war. Er drehte sich um.

»Ja! Jawohl! Meine Herren ... es ist soweit ...«

Geleitet von Guy Rouse trat er zu dem Tisch unter der Uhr. Ein kleiner goldener Knopf harrte dort des Druckes. Alle Augen hingen an den Zeigern der Uhr. 10 Uhr 59. Die Blicke folgten dem Sekundenzeiger. Alle Anwesenden drängten zusammen.

Fünfundfünfzig Sekunden ... neunundfünfzig Sekunden ...

Guy Rouse nickte dem Präsidenten zu. Ein Zucken ging durch Austin Parkers Gestalt. Seine Augen flogen zu Guy Rouse. Eine Sekunde des Zögerns. Die Hand fuhr zum Knopf.

Ein Druck darauf!

Mit kurzem Aufatmen trat er zurück. Ehe noch ein Menschenwort die Stille gebrochen, erfüllte brüllender Lärm den Raum. Der Lautsprecher heulte auf, überschrie sich, ließ alle zusammenfahren.

Tobendes Krachen unaufhörlich! Machtlos jede Menschenstimme dagegen.

Unbeschreiblich die Szenen, die das Krachen der Explosion auf Straßen und Plätzen auslöste. In das Heulen der Dampfsirenen, in den Ton der Glocken, die von allen Türmen klangen, mischte sich das Jubeln und Schreien der Menge. Im Wettstreit damit das Brüllen von Tausenden und Abertausenden von Lautsprechern. Ein Höllensabbat... ein dämonischer Chor aller Töne, deren Menschen- und Naturstimmen fähig. Nur langsam ebbte die Flut ab. Stunden vergingen, bis das Leben wieder den gewohnten Gang zeigte.

* * *

Die Morgensonne des 5. April lag strahlend auf den Wäldern und Bergen der Landenge von Panama, am Morgen jenes bedeutungsvollen Tages, an dem menschliche Tatkraft und menschlicher Erfindungsgeist dem Weltverkehr einen neuen Weg eröffnen wollten, die Fluten zweier Weltmeere in breiter Front zusammenströmen sollten.

Die Patrouillenboote der nordamerikanischen Luftflotte umsäumten die ganze Kanalroute von Panama im Südosten bis nach Colon im Nordwesten. Seit den frühesten Morgenstunden waren über der fünfundsiebzig Kilometer langen Kanallinie fünfhundert Regierungsschiffe stationiert und hatten von Stunde zu Stunde einen immer schwereren Stand gegen die allmählich unüberschaubar werdende Menge der Flugschiffe, die aus allen Teilen der Welt hier zusammenkamen.

Da waren die gigantischen Passagierschiffe von New

York, Chicago und San Francisco, von denen jedes einzelne mehrere tausend Schaulustige an Bord hatte, und die nach Hunderten zählenden Flugschiffe der südamerikanischen Verkehrslinien, die heute sämtlich nur das eine Ziel, den Kanal, hatten.

Indes, diese großen, dem öffentlichen Verkehr dienenden Flugschiffe machten den Wachtbooten am wenigsten Arbeit. Ihre Kapitäne hielten sich mehr an die vorsichtigen Weisungen ihrer Reeder als an die stürmischen und oft recht unvernünftigen Wünsche der Passagiere. So folgten sie auch strikt den Anordnungen der Regierungsboote, fünfzehn Kilometer seitlich von der Kanalroute in wenigstens acht Kilometer Höhe zu bleiben.

Viel schlimmer waren die so überaus zahlreichen Privatschiffe mit Photographen und Kinokurblern der ganzen Welt an Bord. Die kümmerten sich um keine Anordnung irgendwelcher Reeder und schlugen den Patrouillenbooten bei jeder Gelegenheit ein Schnippchen. Eben von einer Stelle verjagt, tauchten sie wenige Minuten später schon wieder mitten in der Gefahrenzone auf, nur darauf bedacht, möglichst viel zu sehen, zu erhaschen, auf die Platte oder auf den Film zu bringen.

Nach dem bekanntgegebenen Programm sollte die Sprengung in der Mitte des Isthmus einsetzen und dann etappenweise nach beiden Seiten weitergehen, so daß in hundertfünfzig Minuten alle Etappen von Panama bis Colon gesprengt sein mußten. Auf dieses Programm beriefen sich die Reporter und Photographen. Auf keine Weise wollten sie sich beibringen lassen, daß schon jetzt die ganze Strecke der Kanaltrasse freizuhalten sei. Es bedurfte der schärfsten Maßnahmen seitens der Wachtboote, um die befohlenen Absperrungsmaßregeln durchzusetzen. Erst als der Führer der Patrouillenschiffe sich zum Äußersten entschloß und zu feuern begann – erst blind, dann scharf ... als ein paar Reporterschiffe flügellahm beidrehen und niedergehen mußten ... erst als die allzu Neugierigen begriffen, daß sie gar nichts sehen und ihre Boote verlieren würden, wenn sie den Anordnungen der Regierungsschiffe nicht Folge leisteten ... erst dann gelang es, Ordnung in die Massen zu bringen.

In dichten Bändern zogen sich nun die Luftfahrzeuge zu beiden Seiten der Kanaltrasse im vorgeschriebenen Abstand vom einen bis zum anderen Ozean. In weiten Halbkreisen lagen viele Hunderte von Wasser- und Luftfahrzeugen vor Panama und Colon auf der See.

Die Stunden verrannen darüber ... und immer näher rückte die bedeutungsvolle Minute heran, in der Austin Parker in Washington auf den Knopf drücken sollte ... in der das Feuer in die Minen fliegen mußte, die hier kilometertief in den Eingeweiden des urwaldbewachsenen Isthmus steckten.

Einen vorzüglichen Ausblick hatten die Passagiere der *Empire City*, des größten der New Yorker Schiffe, das in zwölf Kilometer Höhe östlich von der Kanalroute stand. Von Bord der *Empire City* aus sah man im Norden den tiefblauen Spiegel des Karibischen Meeres, im Süden die Azurfluten der Bai von Panama. Zwischen beiden Meeren den Isthmus, Wälder von tropischem Grün, dazwischen die roten und grauen Zacken der Höhen von Culebra. Und dann die Überreste des alten Kanals, Wasserstreifen, unterbrochen von Felsstürzen, über die stellenweise schon wieder der Urwald hinwegwucherte. Die Trümmer der großen Gatunschleuse, die am Anfang des zwanzigsten Jahrhunderts als Weltwunder gepriesen wurde. Wo sich damals der große Stausee hinter den Schleusen dehnte, stand jetzt ein üppiger Palmenwald.

Sah man, wie erbarmungslos der vulkanische Boden des Isthmus dem alten Kanal im Laufe der letzten neunzig Jahre mitgespielt hatte, so konnte man es den Amerikanern kaum verdenken, daß sie hier ganze Arbeit machen und einen neuen Kanal schaffen wollten, der gegen alle unterirdischen Kräfte gefeit sein sollte.

Der Zeiger rückte weiter. Fünf Minuten vor elf. Die Passagiere der *Empire City* drängten sich an die Fenster, verglichen die Uhren, starrten wie hypnotisiert auf die Mitte der Landenge.

Vier Minuten vor elf ... drei Minuten vor elf ...

Ein letztes Mal jagten die Patrouillenboote die Fronten der Luftflotte entlang.

Eine Minute vor elf ... dreißig Sekunden vor elf.

Ein Sturmstoß faßte die *Empire City* und warf das riesige Flugschiff wie ein dürres Lindenblatt hin und her. Ein Sturmstoß wirbelte die ganze gewaltige Flotte zu beiden Seiten der Sprengzone wie einen Haufen welker Blätter durcheinander. Patrouillenboote stürzten ab. Wer sich an Bord der *Empire City* nicht an Griffen und Pfosten festgeklammert hielt, wurde zu Boden geschleudert. Diejenigen, die noch stehen konnten, sahen, wie die ganze Trasse von Colon bis Panama sich gleichzeitig hob ... wie die Urwälder dort unten wie wilde See wogten ... wie die Erde zu bersten schien. Feurig rot flammte es einen Moment auf der ganzen Linie aus den wogenden, steigenden Wäldern. Das Land schien Land in den Äther zu speien. Bis in Meilenhöhe wurde das zerrissene Eingeweide des Isthmus emporgeworfen, ein grausiges Gemenge zerschmetterter Felsmassen und zerfetzten Urwaldes.

Breit und fächerförmig fiel die gehobene Masse wieder nach beiden Seiten zurück, eine mächtige Rinne an der Stelle zurücklassend, an der sie aufgestiegen war. Und im Niederstürzen eine Staubwolke verbreitend, die den Blicken der Schaulustigen alles Weitere verhüllte ... selbst wenn sie noch fähig gewesen wären, weiterzuschauen.

Denn jetzt erreichte der erste Donner der Explosion die Höhe der Flugschiffe. Ein Schall, dessen Art und Wirkung sich nicht mit Worten wiedergeben läßt.

Siebenundvierzig Sekunden nach elf erreichte der

Donner die *Empire City*. Man hatte sich an Bord vorgesehen. Die Passagiere hatten Watte in den Ohren und starrten mit offenem Munde auf die Vorgänge in der Tiefe. Aber trotz dieser Vorsichtsmaßregeln war die Wirkung der enormen Schallwellen fürchterlich. Alle entsetzten sich ... erschraken bis ins innerste Mark. Fast alle erblaßten, und viele stürzten besinnungslos zu Boden. Denn dieser schmetternde, nervenzermalmende Explosionsdonner hörte nicht auf. Mit beinahe unverminderter Stärke hielt er nach dem ersten Einsetzen minutenlang an. Von der ganzen Länge der Kanaltrasse her, in ihrer Ausdehnung von beinahe zehn geographischen Meilen, drang der gräßliche Ton zu den einzelnen Flugschiffen, zermarterte viele Minuten lang die Nerven der Insassen.

Bis es endlich nachließ, nur noch grollte wie ein abziehendes Gewitter ... leiser und leiser wurde, bis er endlich verstummte ... bis die Herzen und Sinne der Zuschauer wieder freier wurden. Und dann erkannten sie, was geschehen. Zehntausende hatten im gleichen Moment den gleichen Gedanken.

Bei Gott, es ist alles auf einmal gesprengt worden! Der ganze Isthmus ist auf einmal in die Luft geflogen! Wie wird das enden? ... Wie wird das werden?

Noch versperrte die ungeheure, von Panama bis Colon reichende Staubwolke jede Sicht. Nur das war sicher, war allen, die das gigantische Schauspiel mit angesehen hatten, unumstößlich klar: Mit einem Schlage waren alle Minen von Panama bis Colon aufgeflogen.

Ein neuer Ton drang in die Lüfte. Ein fernes Rauschen und Brausen zuerst ... immer gewaltiger dann ... zischend und donnernd zuletzt.

Der Niagara ... wie der Niagara ... Nein! ... Nein, viel lauter, viel gewaltiger.

So sprachen diejenigen unter den Passagieren, die einmal an den Fällen gewesen waren, das gewaltige Schauspiel des Stromes gesehen hatten, der sich dort in tausend Meter Breite fünfzig Meter in die Tiefe stürzt.

Oh nein ... nein, nein! Viel schlimmer ... viel fürchterlicher als der Niagara.

Ein Sturmwind schien gleichzeitig von beiden Meeren her auf den Isthmus loszufahren. Er zerfetzte die dunstige Staubwolke, schuf freie Sicht ... und sie sahen.

Da lag die ungeheure Rinne, die von der Gewalt des Sprengstoffes mit einem Schlage in den Leib der Landenge gerissen war. Über die ganze Länge ziemlich gleichmäßig drei Kilometer breit, in der Mitte mehrere hundert Meter tief.

Jetzt begriff auch mehr als einer unter den Zuschauern, welchen Vorteil die Sprengung mit einem Schlage für sich hatte. Wären die Minen hintereinander gesprengt worden, so hätte jede Etappe einen Trichter ausgeworfen. Das Kanalbett hätte eine zusammenhängende Reihe derartiger Trichter gebildet, und es hätte noch mancher Baggerarbeit bedurft, um ein vollkommenes Kanalbett zu schaffen. Dadurch aber, daß das Neobrisit die ganze Masse mit einem Schlage auswarf, war dieses überall gleich breite und gleich tiefe Kanalbett entstanden. Fast wie mit der Reißfeder gezogen, nahm es sich für die Passagiere der *Empire City* aus.

Ein ungeheurer Graben, in den von beiden Seiten die See mit der hundertfachen Gewalt der Niagarafälle hineinbrach. Das waren die Quellen dieses neuen brausenden Donners. Zwei schäumende, strudelnde Wasserwände, die von Panama und von Colon her mit Flugschiffgeschwindigkeit in die Rinne hineinjagten. Sturm lief vor ihnen her. Bäume, von der ersten Explosion verschont, zerbrachen wie Glas. Felsbrocken von der Größe eines Hauses kamen in Bewegung, liefen wie Kegelkugeln daher, bis sie von den dahinjagenden Wassermassen ergriffen, überschüttet und verschlungen wurden.

Glasig grün und schaumig weiß jagte die See den brechenden Frontwellen nach.

Es waren Wetten abgeschlossen worden ... viele Wetten ... hohe Wetten, wer zuerst den neuen Kanal befahren würde. Keiner von den Wettern gewann. Ein anderes, unbeteiligtes Fahrzeug vollbrachte die Tat ... wider den Willen seines Führers und seiner Besatzung.

Eine große Jacht lag in der Bucht von Panama vor Anker. Die packte der Strom der in den Kanal einbrechenden See. Einen Augenblick straffte sich die Ankertrosse, spannte sich, klang hell auf und zerriß.

Das weiße Schiff lief mit dem Strom ... lief schnell und immer schneller und schoß in die Rinne hinein ... Wie ein Pfeil schoß es dahin ... und langsam ... langsam, aber unaufhaltsam, kam es der brechenden Frontwand immer näher.

Die Passagiere der *Empire City* hielten den Atem an. Auf die Minute ließ sich voraussagen, wann die vorströmenden Wasser die hilflose Jacht bis an die vor ihr herjagende Frontwelle herangezogen haben würden ... wann das Schiff vierhundert Meter tief auf den nackten Fels des noch ungefüllten Kanalbettes hinabgeschleudert und in Atome zerschmettert werden würde ... Da trafen die Frontwellen, die von Colon und von Panama her fünf geographische Meilen in zwanzig Minuten zurückgelegt hatten, zusammen ...

Kochende See bis zum Himmel! Ein Wasserberg türmte sich auf, stieg viele Meter hoch über das umgebende Land, überflutete in unhemmbarem Schwall weite Uferflächen ... und dann stand die See. Atlantik und Pazifik standen gegeneinander wie zwei Ringer, die in mächtigem Ansprung aufeinandergestoßen sind und nun ihre Kräfte messen.

Das Tosen und Brausen der Wassermassen klang ab. Ruhig wurde die Luft und ruhig - scheinbar ruhig - auch die See. In breitem, blinkendem Spiegel füllte sie das neue Kanalbett der ganzen Breite und Länge nach. Die Zuschauer in den Lüften hätten keine Bewegung mehr gemerkt, wenn nicht jene Jacht, dieses im letzten Augenblick dem Rachen des Todes entgangene Fahrzeug, in mäßiger Fahrt auf Colon zu durch den neuen Kanal getrieben wäre. Die Flut im Atlantik gewann die Oberhand über die Wasser des Pazifik und erzeugte eine merkliche Strömung von Panama nach Colon.

Die in den Lüften sahen die Fahrt der geretteten Jacht, und nun stürzte es sich von allen Seiten her auf die Fläche des neuen Kanals. Flugzeuge, große und kleine Schiffe ... in wenigen Minuten war die Wasserfläche bedeckt, und alle Versuche der Patrouillenboote, es zu verhindern, waren vergeblich. Man sah ja, es war alles gutgegangen ... Trotz der Sprengung der ganzen Kanallinie in einer einzigen Etappe war nichts passiert. Alle Bedenken der Sachverständigen waren grundlos gewesen. Der Kanal war da ...

Der alte Isthmus, seit Jahrtausenden von Erdbeben und Vulkanausbrüchen mißhandelt, hatte auch diese letzte Mißhandlung, die gleichzeitige Explosion von zwanzig Millionen Tonnen Neobrisit ertragen ... und die Zuschauer waren bei diesem Schauspiel voll auf ihre Kosten gekommen ... mehr jedenfalls, als wenn man etappenweise gesprengt hätte.

* * *

Das donnernde Dröhnen des Lautsprechers war verklungen. Der gemarterte Apparat hatte hergegeben, was die überanstrengte Membrane herzugeben vermochte, und es war zweifellos eine menschenfreundliche Tat, daß ein Ingenieur der Kanalgesellschaft auf einen Wink von Guy Rouse die Leitung abschaltete und Ruhe im Saal schuf.

Noch stand Austin Parker, der Präsident der Union, benommen von diesem Dröhnen und Tosen, das doch nur einen winzigen Teil jenes Donners darstellte, den die Sprengung am Isthmus selbst erzeugt haben mußte.

Guy Rouse trat auf den Präsidenten zu und reichte ihm selbst ein Glas Sekt, hielt ein anderes in der Hand, erhob es und sprach. Zum Präsidenten, zu den Ministern, zu den Herren der New Canal Company.

»Herr Präsident! Meine Herren! Ich erhebe mein Glas und bitte Sie, mit mir anzustoßen und zu trinken auf das glückliche Gelingen unseres Werkes ... jenes großen, die Völker, Länder und Ozeane verbindenden Werkes, dessen erste Etappe nun glücklich vollendet ist. Wir haben den Donner der Explosion hier vernommen. Mit Lichtgeschwindigkeit ist der Klang zu uns gekommen und hat uns erzählt, daß der Sprengstoff seine Arbeit begonnen, auf der ersten Etappe vollendet hat.

Nach diesem ersten Schritt habe ich keinen Zweifel mehr, daß auch die Sprengung der weiteren Etappen glatt verlaufen wird.

Auf das Wohl des neuen Kanals, meine Herren!«

Mr. Rouse brachte sein Glas an die Lippen und veranlaßte durch sein Beispiel die anderen Herren, das gleiche zu tun.

Guy Rouse sprach weiter.

»Herr Präsident! Meine Herren! Die Sprengung der anderen Etappen nimmt, wie Sie alle wissen, geraume Zeit in Anspruch. Darf ich Sie bitten, auf einen kleinen Imbiß Gäste der New Canal Company zu sein.«

Noch während er sprach, öffneten sich geräuschlos die Flügeltüren zum nebenliegenden Raum. Eine weißgedeckte Tafel im Schmuck von Kristall und Silber. Die auserlesensten Delikatessen der Jahreszeit. Nach den Aufregungen der letzten Viertelstunde kam seine Einladung nicht ungelegen.

Man setzte sich, man griff zu und suchte die durcheinandergewirbelten Nerven mit körperlicher Stärkung wieder in Ordnung zu bringen.

»Gott sei Dank«, sagte der für seinen Sarkasmus bekannte Außenminister. »Gott sei Dank, daß der Lautsprecher schon beim erstenmal in Stücke gegangen ist. Wir verzichten auf das Vergnügen, einen anderen hinzustellen und den Skandal noch einmal zu hören.«

Das kalte Lächeln um Guy Rouses Lippen verschärfte sich. »Ganz meine Meinung, Herr Minister. Auf Ihr Wohl!«

Auch die Züge des Präsidenten Parker gewannen allmählich die alte Ruhe wieder.

Da schrillte das Telephon.

»Mitteilung aus dem Weißen Haus für den Herrn Staatspräsidenten. Nachricht von den Patrouillenbooten an die Regierung:

Die ganze Kanaltrasse auf einmal gesprengt. Von Colon bis Panama alles in die Luft geflogen!

Starr wurden die Gesichter der Regierungsmitglieder. Totenblässe überzog die Züge Austin Parkers. Es dauerte geraume Zeit, bis er sich gesammelt hatte und wieder sprechen konnte.

»Unmöglich ... Wie konnte das geschehen!? ... Undenkbar ... unglaublich! ... Die Folgen werden ... können entsetzlich sein ... Ich lehne jede Verantwortung ab. Wie konnte das geschehen, Mr. Rouse?«

Guy Rouse war aufgesprungen und trat auf den Präsidenten zu. Fest und laut klangen seine Worte durch den Raum.

»Herr Präsident! Die Sprengung ist gemäß den Befehlen der Regierung angeordnet und ausgeführt worden. Zeugen dafür sind vorhanden. In erster Linie der Chefingenieur Smith, der den Befehl erhalten hat. Ich schlage vor, ihn hierherkommen zu lassen ...

Die einzige Erklärung, die ich für das sonst unerklärliche Vorkommnis habe, ist die, daß der Druck der explodierenden Minen auch die Nachbaretappen zur Detonation gebracht hat. Sie erinnern sich, meine Herren, daß einige Sachverständige auch derartige Befürchtungen ausgesprochen haben, die wir - ich möchte jetzt sagen leider - als zu abwegig unbeachtet ließen.

Wie lautete die Nachricht? ›Die ganze Trasse auf einmal gesprengt!‹

Ich sehe in diesen Worten keinen Grund zur Beunruhigung. Die Nachricht besagt nur, daß die Sprengung auf einmal erfolgt ist. Kein Wort davon, daß die schlimmen Befürchtungen, die man an die gleichzeitige Sprengung knüpfte, eingetreten sind.«

Er machte eine wegwerfende Geste.

»Jene lächerlichen Befürchtungen europäischer Gelehrter! Die nächsten Minuten werden uns Gewißheit geben. Warten wir es ab!«

Ein gedrücktes Schweigen anstatt einer Antwort. Der Präsident stand in flüsternder Unterhaltung mit dem Außenminister. Niemand schien die Sorglosigkeit von Guy Rouse zu teilen.

Minuten vergingen. Der lastende Druck erreichte den Höhepunkt. Die Nerven aller zum äußersten gespannt. Die nächste Nachricht?

Da! Ein neues Signal. Fernsprechernachricht, direkt vom Kanal an die Kanalgesellschaft:

Alles gut verlaufen! Kanal gefüllt! Befürchtetes nicht eingetreten.

Das alte Lächeln war wieder auf den Mienen von Guy Rouse, gab seinem Antlitz das Gepräge zufriedener Heiterkeit. Er sprang auf, wollte sprechen.

Ein neues Signal! Telephonnachricht an die Regierung von den Patrouillenbooten. Die gleiche Nachricht, die soeben von der Kanalverwaltung gekommen war.

Strahlendes Lächeln lag jetzt auf seinem Gesicht. Er ergriff sein Glas und erhob sich.

»Meine Herren! Da haben wir's! Unnötig alle Angst und Sorgen! Im Gegenteil ... Ich weiß nicht, ob ich den Zufall, der hier gewaltet hat, glücklich oder unglücklich nennen soll. Dem amerikanischen Volk, der amerikanischen Volkswirtschaft sind große Kosten - etwa fünf Milliarden Dollar - erspart worden. Diese europäischen Befürchtungen, daß der Mückenstich unserer Sprengung den ganzen Isthmus zerreißen könnte, sind durch die Ereignisse widerlegt ... sind hinfällig. Glänzend gerechtfertigt stehen unsere amerikanischen Gutachter da.

Meine Herren, ich trinke auf den glücklichen Zufall und ... seine glücklichen Folgen. Ein Werk von wahrhafter Größe, von weltgeschichtlicher Bedeutung ist geschaffen!«

* * *

Uhlenkorts Hand betastete die Mauer des alten Leuchtturms, klammerte sich an die verwitterten Quader. Beruhigung schien von den kalten Steinen auszustrahlen, auf ihn überzugehen.

Kaum drei Stunden war es her, daß das Flugschiff, in dem er nach Spitzbergen kam, die Nachricht auffing: Die ganze Kanaltrasse auf einmal gesprengt. Von Colon bis Panama alles in die Luft geflogen.

Da war er aufgesprungen, von Schrecken ... von Entsetzen gepackt, war in den Empfangsraum geeilt, hatte in höchster Erregung der weiteren Meldungen geharrt. Bis dann die zweite ... bis die erlösende Nachricht kam: Alles gut verlaufen. Kanal gefüllt! Befürchtetes nicht eingetreten.

Erlösend? War diese Nachricht wirklich erlösend? Einen Augenblick ja! Dann waren die Zweifel gekommen und nicht wieder gewichen.

Was hatte er gesagt? Er, zu dem er jetzt eilte. Er, vor dessen Heim er jetzt stand. Die eine Hand an den Quadern, die andere an dem Eisengeländer, stieg er die Stufen zu der Eingangspforte empor ... wie ein müder ... ein kranker Mann.

Der alte Invalide wies ihn den Turm hinauf zur Laterne. Ein langer Weg über zweihundert Stufen. Und dann stand er oben, stieß die Tür zurück. Sein Blick flog suchend durch das Gewirr der Apparate und Instrumente, die den Raum füllten.

Da saß der, den er suchte, ihm halb den Rücken kehrend.

»Du bist es? Ich erwartete dich. Eine kleine Weile, und ich bin fertig.«

Uhlenkort stand in der Tür. Seine Blicke hingen an der gebeugten, zusammengekrümmten Gestalt. Als wär's ein Zauber, der von ihr ausging, fühlte er sein Herz leichter werden ... leichter mit jedem Pulsschlag.

Und dann richtete der andere sich auf, wandte sich ihm zu, sah ihn einen kurzen Moment an. Diese Augen ... zwingend ... bannend ... befreiend ... erlösend. Die schmale weiße Hand ausgestreckt, trat er auf ihn zu.

»Walter! Du kommst. Ich wußte es. Ich freue mich.«

Ihre Hände lagen ineinander, und unter dem leisen Druck dieser Hand fühlte Uhlenkort, wie der letzte Rest der quälenden Spannung von ihm wich. Fest umklammerten seine Finger die des anderen.

»Johannes! Ja, ich komme zu dir, schwere Sorge im Herzen. Und jetzt, da ich bei dir bin, dich sehe, deine Hand fühle, schwindet die Last ... diese fürchterliche Last ...«

Sie saßen sich an dem großen Fenster gegenüber, das freien Blick nach Süden gab.

»Der Kanal ist auf einmal gesprengt worden. Du hörtest es vor drei Stunden. Was du befürchtetest, ist geschehen ...«

»... der Schurkenstreich Rouses!« vollendete Uhlenkort. »Er wird nicht lange mit der Ausrede warten lassen, es sei durch blinden Zufall geschehen. Die dunkle Ahnung, die ich immer hatte, sie wurde stärker ... immer stärker, je näher wir der Sprengung kamen ... trieb mich hierher ... zu dir, noch bevor es geschehen.

Du ...« Seine Hand fuhr dem andern entgegen. »Du, sag es mir ... was wird nun kommen?

Auch die andere Kunde vernahm ich, daß alles gut verlaufen ... daß das Befürchtete nicht eingetreten. Wie mögen da Millionen von Menschen aufgejubelt haben, welche die erste Nachricht in Todesangst versetzte.

Auch ich ... ich, der ich an dich glaube ... ich hörte die Nachricht, versuchte, mich an sie zu klammern, mich durch sie zu befreien ... und vermochte es doch nicht.«

Und als ob die Sorgen und Qualen der letzten Stunden wieder auf ihn einstürmten, sank er zurück und bedeckte die Augen mit der Hand.

»Johannes! Ich verzweifle ... Sag es mir! Was wird nun kommen?«

Der saß und starrte durch die Scheiben über die weite, graue Fläche des Nordmeeres. Seine Blicke schienen, gelöst vom Körper, in weiter Ferne zu suchen ... zu fragen. Die Strahlen des roten Sonnenballes brachen sich in den gewölbten Scheiben, warfen einen flackernden Schein auf das Gesicht des Mannes. Minuten verrannen. Zeitlos ... wunschlos schien alles um Uhlenkort zu werden. Da fühlte er, wie eine Hand sich auf seine Schulter legte, wie ein Kopf sich zu seinem Ohr neigte, wie ein Mund zu ihm sprach.

Er hörte Worte, die so schrecklich waren und ihn doch nicht zu treffen schienen, die so Fürchterliches vor seinem Auge malten und doch sein Herz still ließen.

Und Uhlenkort stand neben ihm, an jenem blitzenden Instrument, an dem der andere vorher gesessen, als er eintrat. Der beugte sich darüber ... bewegte Hebel, Schrauben und Schalter ... warf einen Blick auf die große Pendeluhr.

An der Nordwand blitzte es kurz über eine dunkle Fläche. Wieder beugte sich das Haupt des Mannes zu dem Tisch. Das Instrument drehte sich leicht zur Seite. Seine Lippen murmelten leise Worte.

»Jetzt! ... Du wirst hier sehen, was dort geschieht, und, Walter, doch an mich glauben!«

Dann war's, als ob das Dunkel des Raumes ihn verschlungen. Uhlenkort stand allein und starrte auf die Wand, die Tafel, auf die ihn der Freund gewiesen. Ein bleicher Schimmer flog darüber, wurde heller und immer heller, zeigte Farben, zeigte Konturen. Blaue Flächen ... grüne Wälder ... fahrende Schiffe ... fliegende Jachten.

»Der Kanal!« Uhlenkort schrie es. »Der Kanal!«

In der Sekunde, in der das Bild erstand, hatte sein Auge es begriffen. Seine Blicke flogen über die Fläche hin.

Da war es. Das Bild, das er im Geiste trug, seitdem er jene zweite Kunde vernommen. Die beiden Ozeane links und rechts. Das breite glitzernde Band, das von dem einen zum anderen ging. Die Felsen und Berge, die Wälder und Hänge an den Seiten.

Wie Nußschalen groß die Schiffe, die aneinander vorbei von Ozean zu Ozean strebten. Das lachende Spiel der Flugschiffe, die zum Wasserspiegel hinuntergingen, schwammen und mit triefendem Kiel wieder emporflogen.

Und dann ... das Bild verschob sich. Nur der nördliche Teil des Kanals mit der Küste bei Colon lag vor ihm. Größer jetzt ... deutlich, fast greifbar sah er das Bild. Ein großes Schiff bog um die Küste, fuhr in den neuen Kanal. Die Passagiere jubelten, schwenkten Tücher. Blau lag die See. Blau schimmerte der Himmel. In der Maiensonne strahlten die Fluten, leuchteten die grünen Wälder zu beiden Seiten des Kanals.

Da! ... Bei Colon war es, dicht an der Mündung des Kanals. Ein Schwanken, ein Zittern ging durch das Land. Es bebte ... es hob sich. Verschwunden war das Schiff. Ein dichter weißer Nebel ... Wasserdampf verbarg es.

Zu bersten schien die Erde. Himmelhoch flogen gewaltige Felsmassen empor, unendliche Mengen von Land und Gestein ... gemischt mit siedend heißem Wasserdampf ... Und jetzt zuckte feurige Lohe aus den dichten Dampfnebeln. Ein Vulkan hatte sich aufgetan, spie ... schleuderte unablässig Land, Dampf und Wasser zum Himmel.

In wilder Flucht retteten sich die Schiffe, die dem wahnwitzigen, unausdenkbaren Ausbruch der Naturkräfte entronnen waren. Sie flohen nach Süden den Kanal entlang. Sie flohen nach Norden in die Karibische See.

Das Bild verschob sich. Und dann ...

Schrie er ... oder war's sein Herz? ...

Ein neuer Ausbruch ... ein neuer Vulkan. Da, wo die hohen Berge von Culebra an den Kanal herantraten. Und jetzt, nach dem Höllenschauspiel des zweiten ein dritter, ein noch gewaltigerer Ausbruch in dem Südende des Kanals. Ein Ausbruch, der die Stadt Panama in wenigen Sekunden hinwegfegte ... in eine Masse fliegender Steintrümmer verwandelte.

Dann schienen diese drei Ausbruchsstellen zu einer einzigen zusammenzuschmelzen. Eine feuerspeiende, unendliche Dämpfe ausstoßende Spalte dort, wo vor kurzem die Fluten des neuen Kanals von Ozean zu Ozean gingen.

Wasser und Feuer waren zusammengetroffen, kämpften, schufen Dampf ... höchstgespannten Wasserdampf in unendlichen Mengen und von unendlicher Sprengkraft.

Der Isthmus zerriß. Zerriß bis in die tiefsten Tiefen des Grundes. Breit und immer breiter klaffte der ungeheure Spalt, aus dem Feuer und Dampf in wildem Durcheinander zum Himmel stiegen. Weiß wallender Wasserdampf ... grauer Qualm dazwischen, dunkel und immer dunkler.

Verschwunden war der lachende Himmel. Die Finsternis der Nacht lag über dem reißenden und berstenden Isthmus. Finsternis, nur durchbrochen von dem zuckenden Feuerstreifen von Colon bis Panama.

Uhlenkort stand ... alle Kräfte des Körpers und Geistes zum Zerreißen gespannt. Seine Augen hingen an den Bildern des Schreckens. Vergessen war alles, was der andere ihm weiter gesagt. Er fühlte, wie seine Kräfte schwanden, je weiter das Unglück vorschritt ... wie seine Knie ins Wanken gerieten, wie er schwankte, wie eine unsichtbare Hand ihn auffing.

Er lag auf einem Ruhebett. Eine Hand strich über seine gequälten Augen. Die Lider schlossen sich. Doch sein Geist blieb wach, sah auch ohne Wand ... ohne leuchtende Tafel, was weiter geschah ... in den nächsten Stunden ... Tagen.

Der Isthmus riß ... riß immer weiter auseinander. Wie schwingende Federn vibrierten die beiden auseinandergerissenen Enden, zitterten unter dem Kampf der unterirdischen Mächte. Riesengewalten zerrten und rüttelten an dem gemarterten Leibe des Isthmus. Er bebte und spie Feuer von Nicaragua bis Kolumbien. Und immer neue Massen schleuderte die unterirdische Gewalt zum Himmel empor.

Wie wilde See wallte das Land. Berge fielen um. Wälder stürzten wie Kornhalme unter der Sense des Schnitters.

Flußtäler verschwanden, ihr Wasser hierhin und dorthin ergießend. Riesenspalten rissen auf.

Menschen zu Tausenden verwundet ... erschlagen ... die Überlebenden in sinnloser Flucht umherirrend.

Immer breiter wurde die feuerspeiende Spalte. Schon längst kein Kanal mehr. Eine breite, mächtige Bahn jetzt, in der das Seewasser kochte und immer wieder mit Feuer vermischt zum Himmel emporgeworfen wurde.

Bis endlich die Nacht wich, bis die dunklen Wolken sich verteilten, bis es lichter wurde.

Und dann war's ihm, als ob sein Auge über Welten und Meere ging. Der Golfstrom! Da kam es her aus den Breiten des Südens. Er sah ihn an der brasilianischen Küste entlanggleiten, sah ihn hineinfließen in das Karibische Meer, sah ihn an der Nordspitze Kolumbiens dem Golf von Mexiko zustreben, dem Golf, der ihm den Namen gab ... doch nein ... jetzt brach er sich ... bog ab ... folgte der alten Westrichtung, die jetzt kein Hindernis mehr sperrte.

Die Wasser des Stromes stockten ... stauten sich, wie sich besinnend, und fuhren durch die offene Sperre in das ihnen bereitete neue Bett.

Er sah sie den Weg nach Westen nehmen, Wärme und Leben in den Stillen Ozean tragen.

Seine Sinne wollten schwinden. Sein Auge ging nach Norden. Hinauf zu den lachenden Fluren Schottlands, zu den grünen Wäldern Norwegens und nach Spitzbergen. Er sah sie erstarren, veröden in Frost und Eis. Zusammensinken in Trümmern ... menschenleer. Stätten des Todes, des Grauens.

Hamburg, die Heimat ... ein Schrei ... sein Herz stieß ihn aus. Und dann waren es wieder die kühlen linden Hände, die ihn umfingen, über seine heiße Stirn gingen, ihn befreiten von den Schreckensbildern. Er wachte auf. Seine Hände hielten die des anderen umklammert, zogen sich hoch an ihnen. Seine Augen sahen dessen Augen.

»Johannes! Du! Was war das? War's Traum, war's ...?«

Er fühlte, wie der Freund sich neben ihn setzte, wie dessen Hand seine umfaßte.

»Es war Wirklichkeit, was du sahst. Es war das, was kommen wird, kommen muß. Die nächsten Stunden ... Tage, sie werden es bringen ... wenn ... wenn ...«

Als ob eine fremde Hand ihm den Mund verschlossen

hätte, brach er jäh ab. Seine Hand drückte Uhlenkorts Hand ... Langsam sprach er weiter.

»Du sahst es, und glaubst doch an mich. An meine Mission, die ein Schicksal mir gab. Ein Schicksal, das es auch wollte, daß deine Augen mehr sahen. Das dir einen Teil der Last ... einen kleinen Teil der Last auflud.«

»Johannes! Was wird geschehen? Was wird folgen? Wie wird sich das Schicksal der Millionen gestalten, die das Unheil trifft? Schrecken ... Verzweiflung ... Untergang für viele Tausende ... Ist es unvermeidlich?«

»Das Schicksal will es ... will es so. Dasselbe Schicksal, das Rettung bringt für ...«

* * *

Die Massen, die sich auf Straßen und Plätzen der amerikanischen Städte vor den Lautsprechern gedrängt hatten, begannen sich zu zerstreuen. Noch spiegelte sich in Worten und Gebärden die Erregung der letzten Stunden wider.

Der ungeheure Knall der Explosionen, der, tausend Membranen zerbrechend, den Jubel von Millionen hervorrief. Dann die Schreckensnachricht: Alles auf einmal in die Luft geflogen! Und zuletzt: Alles in Ordnung! Die Ozeane vereint. Die ersten Schiffe auf der Fahrt durch den neuen Kanal.

Immer weitere Nachrichten waren in den nächsten Stunden gefolgt. Aber sie vermochten nichts Besonderes mehr zu bringen. Das Straßenbild gewann das alte Aussehen.

Da um die vierte Stunde! Im Nu stauten sich die Mengen. Was war es, was die Lautsprecher schrien?

Vulkanausbruch bei Colon! ... Colon zerstört! ... Kanal gesperrt! ... Ungeheure Zahl von Todesopfern!

Mit bleichen Gesichtern, stumm hörte die Menge die Nachrichten, die sich überstürzten, immer neue, größere

Schrecken meldeten. Die Menschenmasse wuchs von Minute zu Minute. Gesperrt war jeder Verkehr. Neue Nachrichten: Riesenvulkan bei Culebra ... Der ganze Kanal ein feuerspeiender Schlund ... Panama verschlungen ... Der ganze Isthmus in Bewegung geraten ... zerstört ...

Dann nur noch abgerissene, verstümmelte Nachrichten ... dann Schweigen.

Die Menge stand und wich nicht. Allmählich ein Summen ... ein Brausen. Die Lippen gewannen die Sprache zurück. Immer wieder der Name der Kanalgesellschaft und ihres Präsidenten. Ein einziger Schrei der Verwünschungen zuletzt.

Und Fragen dann ... Der Golfstrom? ... Europa? ... Was wird ...?

Wie in den Staaten geschah es auf der ganzen Erde. Hunderte von Millionen hörten es, das Ungeheure ... hörten es und entsetzten sich.

J. H. ... der magische Mann ... die mystische Gestalt ... jetzt war sie in aller Munde.

* * *

In einem stillen Seitental der Sierra Nevada stand der fürstliche Sommersitz Rouses. In einem kühlen Nordzimmer, geschützt vor den glühenden Strahlen der kalifornischen Sonne, lag Juanita auf einem Ruhebett. Das Antlitz noch bleicher als sonst. Die umschatteten Augen halb geschlossen. Die schmalen, weißen Hände ruhelos auf der Seidendecke, die ihre Gestalt einhüllte.

Ein leichtes Hüsteln kam ab und zu von ihren Lippen. Die Ärzte hatten sie hierhergeschickt, obwohl Rouse widerstrebte. Die Krankheit, von der sie sprachen, war für ihn nichts als eine vorübergehende Unpäßlichkeit, verursacht durch die anstrengenden Reisen der letzten Wochen. Juanita wußte es besser. In Kapstadt, da geschah es zum ersten Male, als sie nach jenem Zusammentreffen mit Tredrup allein in ihrem Zimmer war. Ein ungekanntes Schwächegefühl hatte sie taumeln lassen. Ein heftiger Schmerz hatte ihre Brust zusammengekrampft. Stundenlang hatte sie gelegen, bis der Anfall überwunden war.

Am nächsten Morgen war sie fortgefahren. Die frische Seeluft über dem Atlantik hatte ihr die alte Spannkraft wiedergegeben, scheinbar ... Es war wiedergekommen ... stärker. Bis sie nach der Rückkunft von Montegna in ihrem Heim zusammenbrach. Und nun war sie hier, nur mit Widerstreben von Guy Rouse losgelassen.

Wie lange würde sie hier bleiben können? Wie lange würde er sie hierlassen? Nur zu deutlich hatte er ihr gezeigt, wie schwer er sie entbehrte.

Er? ... Sein Herz? ... Nein! ... Sein Geist, dessen Werkzeug sie war ... Willenlos?! ...

Was war es, das sie an ihn fesselte?

Liebe? ... Haß? ...

Der Rausch, in den er sie damals versetzte, war nur allzu rasch verflogen. Bald mußte sie fühlen, daß er gesättigt war ... daß seine Augen nach anderer Schönheit suchten. Ihr Stolz hatte sich aufgebäumt. Fliehen? ... Wohin? ... Montegna war ihr verschlossen.

Er erriet ihre Gedanken, wie er es auch verstand, in den verborgensten Falten ihrer Seele zu lesen. Und er wollte sie nicht verlieren. Nur zu gut hatte er erkannt, wie nützlich ... wie wertvoll dies an Körper und Geist gleich hervorragende Geschöpf ihm bei seinen Plänen war. Als er sah, daß das glänzende Leben allein sie nicht an seiner Seite halten konnte, änderte er sein Verhalten.

Sein faszinierendes Wesen, dem alles unterlag, was mit ihm in Berührung kam, bezwang auch sie. Vergeblich rang sie immer wieder dagegen. Sie blieb bei ihm ... blieb, schwankend zwischen Neigung und Haß. Wie oft hatte sie in Stunden, wo sie fern von ihm war, geglaubt, sich von ihm lösen zu können. Immer wieder hatte diese rätselhafte Macht, die von ihm ausging, sie besiegt.

Jahre des Kämpfens waren es ... bis sie resignierte, bis sie aufgab ... bis sie sein willenloses Werkzeug war. Selten nur noch ein kurzes Rebellieren, wenn ihr Stolz allzusehr getreten wurde, wenn allzu kraß das Unsaubere seiner Pläne ihr ins Bewußtsein trat.

Ein Rätsel die Macht dieses Mannes ... ein Rätsel ihr Herz. Die Hände der Liegenden preßten sich an die Stirn, als müßte sie sie finden, die Lösung. Im Fluge zogen die Jahre vor ihren Sinnen vorbei.

Die Schulreiterin ... sie stockte ... Was war's, was ihn zu der zog? ... War's auch hier nur der Trieb der Sinne? ... Nein! ... Hier schien es mehr zu sein. Durch einen Zufall war sie auf ihre Spur gekommen, war ihr nachgegangen. Sie hatte zurückgeführt bis zum Kanal.

In der gleichen Zeit, in der er in ihr Leben brach, hatte er auch jene umworben. Umworben? ... Ja! Hier war's Werben ... Werben um mehr als den jugendschönen Mädchenleib. Instinktiv hatte sie das erfaßt. Ein Hieb für ihren Stolz, für ihr Selbstbewußtsein.

Und dann hatte sie sie gesehen ... im Zirkus in Kapstadt, und Haß und Neid hatten ihre Hand geführt, hatten sie jene Rosen schleudern lassen, die die andere zum Sturz brachten. Im letzten Augenblick wollte ihre Hand zurück ... der Wurf war geschehen ... Und dann war Tredrup gekommen. Zu spät! Hätte sie ihn früher gesehen ...

Alte, verborgene Wunden rissen damals wieder auf. Die Szene im Park in Kapstadt stand greifbar vor ihren Augen. Hätte er ihn nicht gesehen, den verhängnisvollen Wurf! ... Die Stunden des reinen Glücks, die sie mit ihm verlebt, waren in Sekundenschnelle an ihr vorübergegangen ... ein reines Gefühl war in ihr aufgewallt, das sie zu ihm hinzog ...

Da stellte er die Frage, die sie zur Lüge zwang, zur Lüge, die mehr als alles andere sie für immer von ihm schied.

Ihre Hände sanken schlaff auf die Decke zurück. Unaufgehalten liefen zwei Tränen über die blassen Wangen.

Zu spät! ... Immer zu spät!

Erregt schleuderte sie die Decke zurück, sprang auf und eilte aus dem Raum.

Weg mit den Gedanken ... den Erinnerungen! Ablenkung! Was anderes! Da! Der Radioempfänger! Mechanisch betätigte sie ihn. Eine Weile stand sie ... hörte mit halben Sinnen.

Immer wieder der Kanal? ...

Da! Ihre Augen weiteten sich. Was hörte sie? Der ganze Isthmus erschüttert ... von fürchterlichen Erdbeben, die alles vernichten ... Die Zahl der Todesopfer ungeheuer ... Der Golfstrom ... Europa ...

Als hielte ihre Hand glühendes Eisen, warf sie den Hörer* zu Boden.

Sein Werk! ... Mein Werk!

Wie eine Irre stürzte sie aus dem Haus in den Park. Wie eine Irre jagte sie durch seine verschlungenen Wege ... weiter ... immer weiter dem Ausgang zu.

Das große eiserne Tor war verschlossen. Ihre Hände umkrampften es, rissen an ihm, daß die Finger bluteten.

Mörderin! ... Mörderin! gellte es aus ihrem Munde.

Sie sah nicht, wie ein Kraftwagen vor dem Tore haltmachte, Guy Rouse ihm entstieg, auf das Tor zuschritt und es aufschloß.

»Juanita!« Der Name, von seinem Mund gerufen, brachte sie zum Bewußtsein. Mit wirren Augen sah sie um sich, fühlte, wie er sie umfaßt hielt, zum Wagen führte, sie in das Haus brachte, zu dem Ruhebett geleitete.

Und da saß er neben ihr und hielt ihre Hand und streichelte ihr Gesicht und sprach zu ihr. Den Kopf dicht an ihrem Gesicht.

---

* Zum Radio mit Kopfhörer s. ›Zeitzeugnisse‹ im Anhang

Und als wenn ein Zauberer neben ihr säße, wandelte sich alles in ihrer Seele ... bis die Schreckensbilder verflogen ... bis sie wieder das Wachs wurde, das er in seinen Händen knetete. Bis ihr die Sprache wiederkam. Und er sprach immer weiter zu ihr. Ihre Sinne wurden schärfer von Satz zu Satz ... Er brauchte sie wieder ... sein Werkzeug.

»Ich fahre fort von hier, Juanita. Nur ein paar Stunden noch kann ich bleiben. Fort aus den Staaten! Längst hätte ich sie hinter mir, wenn ich nicht dich noch hätte sprechen müssen.«

Eine kurze Freude war für sie der Gedanke, mit ihm wegzugehen, zu fliehen.

»Du mußt bleiben, Juanita! ... Für mich wirken ... arbeiten ... nicht hier in den Bergen ... du mußt nach Washington. Spätestens morgen ...«

Mit abwehrenden Händen hatte sie sich weggewandt.

»Nein! Nein! Nimm mich mit. Ich kann nicht mehr ...«

»Doch, Juanita! Du wirst bleiben, du wirst stark sein. Du mußt tun, was geschehen muß.«

Und dann brachte er den Mund ganz nahe an ihr Ohr und sprach zu ihr.

Von James Smith, den man verhaftet hatte, sprach er ... von der kommenden Gerichtsverhandlung ... von den Aussagen des verhafteten Chefingenieurs gegenüber den Richtern ... sprach von seiner Angst, daß Smith unter dem Druck des Geschehenen schwach werden könne ... sagte, wie sie zu ihm eilen müsse, mit ihm reden ... Gutes ... Liebes ... ihn festhalten in dem Rausch ... daß er standhaft blieb ... Ein Zufall war's gewesen - mußte es bleiben, der alle Minen gleichzeitig zur Explosion brachte ...

Und sie sank unter seinen Worten zusammen ... ihr Leib wand sich wie unter martervollen Mißhandlungen. Ihre Seele schrie unablässig: Nein! Nein! ... Zuviel! Zuviel!

Die gerungenen Hände streckten sich ihm entgegen in tiefster Qual. Er ergriff sie, und die zusammengekrampften Finger lösten sich. Er küßte sie... streichelte sie. Seine Augen, die blicken konnten, wie die keines anderen Mannes, senkten sich in ihre. Wie eine schwere Decke legte es sich über ihre Stirn.

Er beugte sich über sie. Seine Lippen berührten die ihren. Ein Zucken ging über ihre Gestalt, als wolle sie ihn zurückstoßen. Dann flüsterte sie: »Ja! Ich werde gehen!«

Mit geschlossenen Augen lag sie. Er war hinausgegangen. Sie hörte die Tür hinter ihm ins Schloß fallen. Langsam richtete sie sich empor. Ihre Hand griff zur Brust. Da war es wieder... Der Schmerz... der brennende Schmerz. Ein kurzes Husten erschütterte ihren Leib. Sie führte das Tuch zum Munde, ihn aufzuhalten, den Lebensstrom, der sich da lösen wollte. Mit aller Willenskraft kämpfte sie, sich aufrecht zu halten, und es gelang. Der Anfall verging.

Langsam schritt sie zum Spiegel. Wie eine Fremde starrte sie das Bild an, das der ihr entgegenwarf. Und dann fiel ihr Blick auf das Taschentuch, das der Spiegel wiedergab.

Die roten Flecke darin, sie waren wieder da.

* * *

Christie Harlessen stand am Kai in Valparaiso. Ihre Augen hingen mit verzehrender Ungeduld an einer Turbinenjacht, die draußen von einer Boje losmachte. Ihr Fuß stampfte ungeduldig auf die Steinplatten.

»Schneller! Schneller!« murmelten ihre Lippen. Sie riß das Glas an die Augen und richtete es auf den Horizont.

Da!... Da drüben, da fuhren sie... die beiden Simmonsschiffe mit ihrer kostbaren Kobaltladung. Eben noch hatte sie die Farben der amerikanischen Flagge am

Heck der Schiffe erkennen können. Jetzt nicht mehr. Ihre Rechte ballte sich, schlug an die Ledertasche. Papiere knisterten darin.

Hier hab' ich sie! ... Die Dokumente, die die Schiffe ... die Ladung in meine Hand geben. Ihre Augen flogen zurück zu der Jacht. Die hatte losgemacht und schob sich langsam durch das Gewirr der großen und kleinen Fahrzeuge.

»Endlich! ... Endlich, Herr Mönkeberg!«

»Ruhig Blut, mein liebes Fräulein Harlessen.« Das breite, freundliche Gesicht des jungen Hamburgers lachte ihr zu.

»Wir kriegen sie doch noch.« Er reichte ihr die Hand und riß die Springende an Bord.

»Los! Los, Herr Mönkeberg!«

»Immer noch nicht, Fräulein Harlessen. Der Señor da drüben, der Vertreter der heiligen Hermandad*, muß auch noch mit.

Hallo, Señor! Vamos! Adelante! Los!«

»Sofort! ... Sofort, Señor.«

Christie sah, wie der sich eben noch eine Zigarette drehte.

»Vorwärts! ... Los, los!« schrie sie hinüber. Da setzte er die Zigarette in Brand. Christie war auf dem Sprung zum Land zurück.

»Ich bin schon da ... schon da, Señorita!«

Tatsächlich kam er endlich in beschleunigtem Tempo an Bord.

»Los!«

Die *Hirundo* legte vom Kai ab. Langsam ging's durch das Gewimmel des Hafens.

»Halbe Kraft voraus«, rief Mönkeberg, der auf der Brücke stand und das Steuer selbst führte. Mit einem Ruck zog die Jacht an. Schneller, immer schneller schoß

---

* hier (spöttisch): Gerichtsbarkeit

ihr Kiel durch die leichte See. Minuten... Die letzten Landmarken lagen zurück. Da endlich: »Volle Kraft voraus!«

Das Summen der Maschinen ging in helles Klingen über. Schneller... immer schneller wurde die Fahrt. Dann, als wenn das Boot Flügel bekäme, fing es an, sich zu heben. Höher... höher... Der Bug schien das Wasser zu verlassen.

»Höchstgeschwindigkeit!« gab Mönkeberg das Kommando. Aus dem Maschinenraum klang's wie das Spiel höchstgestimmter Saiten. Und dann... ein Gleiten... ein Schweben. Wie ein Schlitten über Schnee fuhr der breite Kiel über das Wasser.

Hirundo - die Schwalbe! Wie das Spiel der Schwalben über den Wassern war die Fahrt des Gleitbootes.

Christie stand neben Mönkeberg. Das Gesicht des Hamburgers war verwandelt. Verschwunden das behäbige, gemütliche Lächeln. Die Augen starr über den Steven nach vorn... zwei tiefe Falten über der Nasenwurzel... die Lippen zusammengekniffen... die Hände um das Steuer gekrampft. Sportsmann in jeder Faser. Vergessen alles, was ihn zu dieser Fahrt gebracht. Nur der eine Gedanke... sie einholen... abfangen vor dem Ziel, der Dreißigmeilengrenze, an der die chilenische Souveränität endete.

Wieviel Knoten? Sein Blick fuhr zum Zeiger des Tachometers... Neunzig Knoten!... Nicht genug!... Mehr Druck auf die Turbinen... mehr Kompression in die Gaskammer!

Dann... wie ein Stöhnen ging es durch den Schiffskörper... die Maschinen heulten auf. Der Bug hob sich wie zum Sprung. Christie taumelte zur Rückwand. Der Vordersteven, hoch aus dem Wasser gehoben, schien, wie von Flügeln getragen, den ganzen Schiffskörper mit sich zu reißen. Kaum daß noch das Heck im Wasser blieb, die Schrauben im Wasser schlugen.

Mönkeberg blickte auf den Tachometer. Er nickte.

Achtundneunzig ... neunundneunzig ... hundert ... hundertundeinhalb ... Sein Gesicht flog zu Christie herum.

»Eine kleine Viertelstunde ... zehn Minuten noch, und wir haben sie.«

Christie starrte hinüber zu den Simmonsschiffen, jede Fiber ihres Körpers bebte.

Mit Tagesgrauen war sie in Valparaiso angekommen ... nach einem Parforceflug von sechzehn Stunden. Ihr erster Schritt war, zum Hafen zu gehen. Die beiden Schiffe klar zur Abfahrt.

Sie war an Bord geeilt, hatte mit dem älteren Kapitän gesprochen, ihm ihre Papiere, ihre Vollmachten gezeigt. Der hatte mit den Achseln gezuckt, sie an den Vertreter der Firma gewiesen. Alle Vorstellungen ... alle Bitten vergeblich. Das Äußerste, was sie ihm abzuringen vermochte, daß er die Abfahrt um ein paar Stunden verzögern wolle. Zwei Uhr mittags spätestens in See!

Am Hafen hatte sie ein Auto gemietet, war zum Konsulat gefahren, hatte lange mit dem Mißtrauen des Konsuls zu kämpfen gehabt, der sie schließlich an die Gerichtsbehörde verwies, einen Anwalt empfahl.

Den hatte sie aufgesucht. Er war nicht zu Hause, war im Gerichtsgebäude ... Dorthin! ... Langes Suchen ... endlich ... sie fand ihn.

Ein kluger ... ein ehrlicher Mann!

Sie gingen zum Richter, trugen die Sachlage vor. Christies Kenntnis der spanischen Sprache erleichterte die Verhandlung. Der Richter zögerte ... konnte ... wollte nicht an den ungeheuren Betrug glauben ... lehnte jede gerichtliche Verfügung ohne Anhörung der Gegenseite ab.

Ein Expreßbote wurde geschickt, den Vertreter zu laden. Der war nicht aufzufinden ...

Wieder begann der Kampf um einen Gerichtsbeschluß. Ein Funkgespräch mit der Hamburger Stammfirma! Das war die äußerste Konzession des Richters. Die Verbindung versagte ... atmosphärische Störungen.

Christie war verzweifelt. Sie ließ den Anwalt an der Gerichtsstelle zurück und raste im Wagen zum Hafen ... Zwei Uhr!

Schon von weitem suchte ihr Blick die Schiffe. Sie hielt am Kai. Von der Stadt her kam der Ton der schlagenden Uhren. Ihr Herz drohte stillzustehen.

Der Kapitän ... würde er? ... Da! ... Ja! ... Die Anker gingen hoch ... Die Schlepper zogen an.

Ein Schrei kam aus Christies Kehle. Ihre Hände streckten sich nach den Schiffen aus, als wollten sie sie halten.

Halt! ... Halt! ... Zu spät ... zu spät ...!

Sie taumelte, wäre fast von der Kaimauer abgestürzt, als eine starke Hand sie faßte.

»Halt, mein Fräulein ... mein Fräulein aus Deutschland ... Erst mal selber halt! Viel fehlte nicht, und Sie lägen da unten im Nassen.«

Der Klang der deutsch gesprochenen Worte ließ Christie zusammenzucken.

»Ein Deutscher?«

»Hermann Mönkeberg aus Hamburg.«

»Mein Name ist Harlessen. Ich kam hierher, um ...«

»Etwa gar Firma Harlessen & Uhlenkort?«

»Ja! Ja!« Mit fliegenden Worten erzählte sie ihm, was geschehen. Er horchte, hörte, nickte.

»Haben Sie die Vollmacht bei sich?« unterbrach er sie. »Ich kenne Uhlenkorts Handschrift.«

Christie riß die Vollmacht aus ihrer Tasche und gab sie ihm.

Er überflog sie prüfend. Dann drehte er sich um, der See zu.

»Da fahren sie ... fünfzehn Knoten mindestens ... sie einholen, ehe sie die Dreißigmeilenzone überschreiten ...

Ja, hätten Sie den Gerichtsbeschluß! Noch wär's Zeit. Zurück zum Gericht, das ist das einzige ...«

Er rief seinen Chauffeur heran und gab ihm einen kurzen Auftrag.

»Kommen Sie, Fräulein Harlessen! Ich fahre mit Ihnen in Ihrem Wagen zum Gericht. Vielleicht, daß ein günstiger Himmel Ihnen wohlwill ... die Funkverbindung mit Hamburg geglückt ist.«

Sie rasten zur Stadt. Mönkeberg fuhr selbst. Am Eingang des Gerichts trafen sie den Anwalt. Dessen Miene verriet, daß es gut stand.

»Verbindung geglückt! Beschluß erwirkt! Noch ein paar Minuten für die Ausfertigung ... Sind die Schiffe noch da?«

»Sind weg, aber wir kriegen sie!« rief Mönkeberg. Er winkte ein Auto heran und erklärte den beiden in hastigen Worten seinen Plan.

Er selbst zum Hafen zurück, seine Turbinenjacht, ein Gleitschiff neuester Konstruktion, klarmachen ... Fräulein Harlessen mit einem Gerichtsbeamten sofort nach, sobald das Dokument in ihrer Hand ...

Und nun stand sie hier auf der *Schwalbe* an Mönkebergs Seite. Schon längst sah sie wieder die Farben der Heckflaggen. Die Aufbauten wuchsen vor ihren Blicken von Minute zu Minute. Sie sah, wie von deren Bord sich Ferngläser auf sie richteten, wie Menschen verwundert an die Reling drängten. Ihre Rechte ließ das Glas und fuhr winkend in die Höhe.

»Halt! Halt!« Unbewußt kam der Schrei von ihren Lippen.

»Flaggen raus!« schrie Mönkeberg. »Verflucht, daß wir ohne Sender fahren mußten. Flaggen raus!«

Hinter dem Aufbau am Stern tauchte der Signalgast* auf. Seine Arme spreizten die chilenische Flagge an zwei

---

* Gast: Matrose mit besonderen Aufgaben

Stäben auseinander. Er streckte sie hoch. Zerrissen flogen im selben Augenblick ihre Fetzen nach hinten.

Mönkeberg lachte.

»Der Deubel soll bei der Fahrt signalisieren ... Sie entgehen uns auch so nicht.«

Da! Der singende Ton im Maschinenraum wurde eine Nuance tiefer.

Mönkebergs Stirn krauste sich. Sein geübtes Ohr hatte den geringen Tonunterschied in der Sekunde erfaßt.

»Hallo! Was gibt's?« brüllte er hinunter.

»Kammern zu heiß! Kein Druck mehr!« klang es aus der Maschine zurück.

Tiefer wurde der Turbinenton. Die Geschwindigkeit der Jacht fiel ab. Christie starrte angstvoll in das Gesicht Mönkebergs. Sah, wie dessen Lippen sich fester preßten, wie sein ganzer Körper angespannt war, dem Maschinenton zu lauschen.

Christie riß ihr Glas nach vorn, ließ es sinken, hob es wieder.

»Die Schiffe laufen schneller ... Die Heckflaggen! ... Wie Bretter stehen sie im Fahrtwind ...«

Mönkeberg ließ die Linke vom Steuer, entriß ihr das Glas ... sah ... sah. Ein Fluch brach von seinen Lippen ... es war konzentriertes Sankt Pauli.

»Können Sie steuern?« herrschte er Christie an. Statt einer Antwort sprang sie ans Steuerrad und griff in die Speichen. Mönkeberg stand einen Augenblick bei ihr, sah, wie ihre nervigen Hände sich spannten, sicher das Steuer führten.

»Weiter so!«

Mit ein paar Riesensätzen verschwand er in der Luke nach unten, stand bei den Maschinen, übersah mit einem Blick, was war.

Die Gaskammern überhitzt, die Luftzufuhr gehemmt.

»Her mit der Flasche! ... Der Sauerstoffflasche ...!«

Die starrten ihn mit großen Augen an.

»Her damit! Schnell, zum Satan!«

Da brachten sie sie heran.

Er griff einen Schlüssel ... arbeitete ... schraubte und öffnete das Ventil. Zischend drang der komprimierte Sauerstoff in die Verbrennungskammern ...

Mönkebergs Augen hingen am Tachometer. Der Zeiger ruckte an. Stieg ... stieg weiter ... hundert ... hundertfünf ... hundertzehn ...

Der Maschinist trat zu ihm.

»Captain! ... Wie lange soll das dauern? Die Maschine wird brechen!«

»Wann? Wie lange?« schrie ihn Mönkeberg an. Der zuckte die Achseln.

»Eine Viertelstunde höchstens! Dann ist sie tot.«

Mönkeberg nickte. »Gut! Eine Viertelstunde! Gut ... Mag sie zum Teufel gehen ... mag sie niederbrechen, wenn sie durchs Ziel ist ... Noch fünf Minuten ...«

Er sah auf die Schiffsuhr. »Noch fünf Minuten! Wenn sie die noch hält, haben wir sie.«

Noch einen kurzen Blick auf die wie im Fieber stöhnenden Turbinen. Er stand wieder auf der Brücke.

Da waren sie ... backbord voraus.

Er nickte Christie zu.

»Gut, gut, Fräulein Harlessen! Her mit dem Steuer! Holen Sie den Chilenen! Wir haben sie.«

Christie ließ ihm das Steuer. Schon lagen sie dwars* zu den Schiffen. Taumelnd schritt sie die Treppe zum Kajütenraum hinab. Auf der letzten Stufe wurde sie mit Gewalt gegen die Seitenwand geschleudert. Das Schiff ging hart backbord auf neuen Kurs, verlegte denen den Weg.

»Kommen Sie! Kommen Sie!«

Sie schlug dem Chilenen die ewige Zigarette aus der Hand und riß ihn mit sich. Stürzend, stolpernd kamen sie nach oben. Christies Blick flog zu den Schiffen.

---

* ›querab‹ (seitlich parallel)

Die fuhren langsamer, schienen endlich begriffen zu haben.

»Heraus mit der Flagge!« herrschte sie den Beamten an. Noch ehe der Antwort fand, hatte sie ihm das Tuch aus der Hand gerissen. Ihr Arm stieß es in die Luft. Die Farben Chiles standen weithin sichtbar in der leichten Seebrise.

Halt! Der Signalgast setzte das Zeichen. Die Schiffe stoppten. Ihre Schrauben schlugen rückwärts. Langsam kamen die mächtigen Körper zum Stillstand. In kurzer Wendung legte sich die *Schwalbe* backbord an das vorderste an.

Der Gerichtsbeamte schrie dem Kapitän, der sich über die Reling beugte, ein paar Worte zu. Der zuckte die Achseln. Schien nichts zu verstehen. Gab aber Befehl ... Das Fallreep kam hinunter.

Christie stand vor dem Kapitän. Der starrte sie mit unwirscher Miene an, hörte, was sie ihm zurief, unterbrach ihre Rede.

»Den gerichtlichen Beschluß! Haben Sie ihn?«

Der chilenische Beamte trat vor. Mit einem rasenden Wortschwall überschüttete er den Kapitän. Der schüttelte den Kopf. So weit gingen seine spanischen Kenntnisse nicht, um den wie ein Hagelwetter niederprasselnden Worten des Chilenen folgen zu können. Mönkeberg griff ein, nahm dem Beamten das Dokument aus der Hand und las es langsam, erst in spanischer Sprache, dann in englischer Übersetzung dem Kapitän vor. Der ließ es sich reichen, prüfte Kopf und Siegel.

Ein Ruf zur Brücke. »Entfernung zum Leuchtturm?«

»Achtundzwanzig Seemeilen und eine halbe.«

Sie waren noch innerhalb der Dreißigmeilenzone.

»All right!« rang es sich endlich von seinen Lippen. Dann, ohne sich weiter um die kleine Gruppe zu kümmern, gab er seine Befehle. »Zurück zum Hafen!«

Schutzumschlag der Leinenausgabe im Verlag Ernst Keils Nachfolger (August Scherl), Berlin

Leineneinband der Dominik-Ausgabe im Verlag Ernst Keils Nachfolger (August Scherl), Berlin (gehobene Aufmachung)

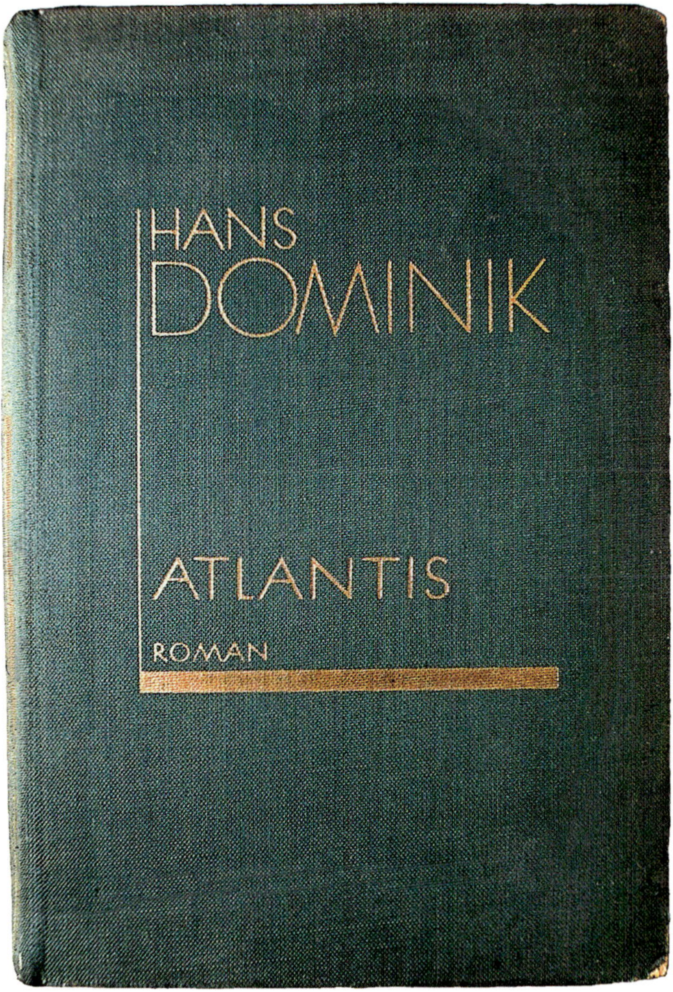

Leineneinband der Dominik-Ausgabe im Verlag Scherl, Berlin (Standardausführung)

Schutzumschlag der Dominik-Ausgabe nach dem Zweiten Weltkrieg im Gebrüder Weiß Verlag, Berlin

Schmuckblatt (Karikatur von 1942) zum Roman ›Atlantis‹ vom Verlag Scherl, Berlin (Erstveröffentlichung)

Illustrationen von Felix Schwormstädt, München, für den Zeitschriften-Vorabdruck des Romans ›Atlantis‹ in ›Die Woche‹

Guy Rouse – mit Juanita im Zirkus – instruiert einen Kriminalbeamten

Juanita übergibt die Nachricht für Tredrup

Juanita bei der fingierten Anprobe

Der Kaiser mit Chefingenieur Grimmaud bei der Schachtinspektion

Uhlenkort bei Johannes Harte

Guy Rouse findet bei seiner Heimkehr die verzweifelte Juanita vor

Christie und Mönkeberg stoppen die Simmonsschiffe

Tredrup auf der Suche nach Vineta

Juanita besucht James Smith im Gefängnis

Piraten überfallen die Abraham Lincolm

Christie installiert den Notrufsender

Und dann standen sie wieder auf der Kaimauer. Der Beamte hatte sie verlassen.

»Wie soll ich Ihnen danken, Herr Mönkeberg? Ohne Sie wäre all mein Bemühen umsonst gewesen.«

»Danken, Fräulein Harlessen? Warum? War mir ein Vergnügen ... ein Fest ersten Ranges, meine *Hirundo* – vorige Woche kam sie erst von Hamburg herüber – in solcher Parforcefahrt zu erproben. Alle Achtung vor der *Schwalbe* und der Werft! Soll's mal einer nachmachen ... Was wollen Sie mit der Beute machen?«

»Ich habe den Auftrag, sie nach Kapstadt zu dirigieren.«

»Und Sie selbst?«

»Ich selbst?« Christie zögerte. »... zunächst nach New York.«

»Und dann nach Hamburg«, setzte Mönkeberg wie selbstverständlich hinzu.

»Kann sein ... vielleicht.«

Sie wandten sich zum Gehen.

Ein Menschenauflauf vor einem New Yorker Passagierschiff am Kai. Von allen Seiten Ströme von Menschen dorthin.

»Hallo! Was gibt's da?« Mönkeberg wies mit der Hand hinüber.

»Da geht's ja selbst für chilenisches Temperament recht lebhaft zu. Ist irgendwo die Welt untergegangen?«

Ein Reporter der »Deutschen Zeitung« in Valparaiso raste an ihnen vorüber. Mönkeberg, der ihn kannte, sprang ihm in den Weg.

»Halt, mein Lieber! Was gibt's? Wo brennt's?«

Der wand sich vergeblich unter dem festen Griff, mit dem Mönkeberg ihn gepackt hielt.

»Lassen Sie mich los, um Gottes willen! Ich muß zur Redaktion!«

»Was ist los? Ein Wort genügt!«

»Der Isthmus gesprengt ... zerrissen ... vom Meer verschlungen. Tausende ... Millionen ...«

Mönkebergs Hände hatten losgelassen, sanken langsam nieder. Entgeistert starrte er dem Enteilenden nach. Er hörte nicht auf Christie, die sich an seinen Arm klammerte. Er stand, die Augen weit geöffnet über See nach Norden gerichtet ...

Ein Zittern ging durch die kräftige Gestalt. Er schlug die Hände vors Gesicht.

»Das ist das Ende!« Stoßweise rang es sich aus seinem Munde. »Das Ende für Hamburg ... für Europa ... für uns.«

Christie legte ihre Hand in seinen Arm und führte ihn beim Gehen. Ihr kühler, klarer Verstand rang mit dem Gehörten.

Unmöglich! Unmöglich! schrie es in ihrem Innern. Es kann nicht ... es wird nicht sein. Die Heimat! ...

Das Wort, früher nicht gekannt ... von Uhlenkorts Mund gesprochen, hatte es Wurzeln in ihrem Herzen geschlagen. Hamburg ... die Heimat! Ein Sehnen war in ihr aufgegangen ... größer ... immer größer werdend ... Bilder, zauberisch schön ...

Hamburg ... Harlessen ... Heimat. Und das alles weggewischt jetzt?

Nein! Nein! schrie es in ihr.

Ihr Herz sträubte sich gegen den logischen Zwang des ungeheuren Ereignisses.

* * *

Sie standen auf der steilen Westwand von Black Island. Zweihundert Meter fiel die Klippe vor ihren Füßen schroff ab. Dort unten in der Tiefe, wo früher die See brandete, streckte sich weithin das neue Land. Uhlenkort nahm das Fernglas von den Augen. Seine Hand deutete nach Norden.

»Die Luft ist klar geworden. Mit bloßen Augen sehe ich da die Grenze zwischen altem und neuem Land, den Kranz von Tang und Muscheln. Laß uns noch eine Weile stehen, Johannes, laß meine Augen sich satt trinken an dem Bild, das mir tieferen Frieden gibt als die schönste Landschaft des Südens.

Und jetzt kannst du mir erzählen, was da unten geschah am Isthmus. Was war's, das die Erde erbeben, zerreißen ließ? Du sahst es voraus. Du weißt, wie es geschah ... wie es geschehen konnte.«

Der wandte sich um ... dem Süden zu.

»Wenn irgendwo es gefährlich war, den Leib der Erde so schwer zu erschüttern, so war's auf dem Isthmus von Panama.

Sie hätten gewarnt sein müssen, die Toren! Dort, wo seit Menschengedenken die unterirdischen Kräfte an ihren Ketten zerren ... wo die Magmamassen immer wieder an die Schranken der Erdhülle pochen ... dort war es mehr als vermessen. Das Sprengmittel, das Neobrisit, das sie in Millionen von Tonnen in die Eingeweide des Isthmus packten, es mußte, auf einmal detonierend, die Katastrophe bringen. Die Gewalt der gleichzeitigen Explosionen mußte, nach unten sich fortpflanzend, die Sialscholle springen lassen.

Die Risse - größer ... kleiner durchreißend bis hinab zu den Feuergluten der Tiefe - ließen die beiden Elemente sich vermählen. Ihre Umarmung gebar Untergang ... Tod. Während die unfreiwilligen Hochzeitsgäste oben jubelten und frohlockten, kreißten die Elemente in stundenlangen Wehen. Dann brach's ans Licht. Die Wasserdämpfe - mit Gewalt sich frei machend - zerrissen den Leib des Isthmus. Im Fieber bebten dessen Glieder. In immer neuen Ausbrüchen riß der Spalt, bis er klaffte ... ein neues Feld dem Unheil bietend ... weiter klaffte ... bis die Wogen der beiden Ozeane in freiem Schwall auf die Gluten des Inneren fielen.

Das war das Ende. Der Bogen, schon längst zum äußersten gespannt, zerbrach. Die Enden, die freien Zungen, schnellten auseinander. Weiter ... immer weiter klaffend, bis die Ränder der Kluft standen, dreihundert Kilometer dazwischenlagen.«

»Und so wird es bleiben?« fragte Uhlenkort.

»Nein! Es wird weitergehen, das Unheil. Mag das Fieber jetzt nachgelassen haben ... die Zeit wird kommen, wo es wieder ausbricht ... früher oder später ...«

»Ich erwartete Trost. Und du kündest mir neues Unheil. Ist's nicht genug? Für Europa wird es keinen neuen Schrecken bringen. Der Golfstrom, die Golfdrift ... unser Wärmespender ist dahin. Millionen Menschen durch eines Menschen verbrecherische Hand zugrunde gerichtet ... gemordet.«

»Trost? ... Gab ich ihn dir nicht schon, Walter Uhlenkort? ... Noch mehr? ...

Schon zu viel war es, was der Freund dem Freunde sagte. Mag das Schicksal es mir verzeihen.«

* * *

Walter Uhlenkort stand auf dem Zechenhof. Der Chefingenieur hatte zu ihm gesprochen. Was hatte er gesprochen?

Stillegung der Minen ... Abmontieren der Maschinen ... Wegtransport der Belegschaften ... Unmöglichkeit, die notwendigsten Arbeiten zur Erhaltung der Bergwerke fortzusetzen ...

Immer wieder hatte Uhlenkort genickt ... Zustimmung, alles bejahend, was er vorschlug. Und dann hatte er ihm die Hand gereicht, hatte gesagt:

»Machen Sie alles so, wie Sie es planen. Sie haben meine Zustimmung.«

Und dann hatte der Chefingenieur gesagt:

»Ich werde bleiben bis zur letzten Minute. Bis zu dem

Augenblick, in dem der Kapitän sein Schiff verläßt«, und Uhlenkort hatte ihm die Hand gedrückt und ihm ins Gesicht gesehen ... lange ... und war gegangen.

Der Chefingenieur sah ihm nach. Was war das für ein Gesicht? ... Ein Rätsel ... eine Sphinx ...

Hatte der den Verstand verloren unter dem ungeheuren Verlust, der ihn treffen mußte, oder ...

Die nun unvermeidlich kommende Vereisung, die über das nördliche Europa hereinbrechen mußte, unterband den Betrieb der Kohlenminen auf Spitzbergen wahrscheinlich auf ewige Zeiten. Die Belegschaften jetzt noch länger zu halten, wäre verbrecherisch. War es schon unbegreiflich, daß die Deroute* vermieden wurde, als Black Island sich hob, jetzt war sie unaufhaltsam ... unabwendbar.

Der Golfstrom war die Ader, die sie hier oben am Leben erhielt. Der Golfstrom war weg ... für immer. Der Minenbetrieb hier oben war zu Ende ... wenigstens unter den bisherigen Verhältnissen. Ob die Minen jemals wieder in Betrieb kommen würden ... ob der ruinenhafte Rest Europas sie noch benötigen würde, wer konnte das sagen?

* * *

Das Turbinenschiff *Präsident* der Reederei Uhlenkort hatte Sandy Hook hinter sich gelassen und steuerte in den Atlantik hinaus. Der Kapitän stand neben dem Ersten Offizier im Kartenhaus. Ihre Augen ruhten auf der Tabelle, welche die Wassertemperaturen seit dem Verlassen des New Yorker Hafens in viertelstündigen Intervallen enthielt.

»Nach der Karte laufen wir jetzt vierundzwanzig Stunden mit dem Golfstrom. Auf diesem Kurs haben wir

* kopflose Flucht

noch vor vier Wochen 23,5 Grad Celsius gemessen. Heute haben wir 20,5 Grad Wassertemperatur.

Zufall? ... Möglich, aber bei den Lufttemperaturen des letzten Monats nicht anzunehmen.

Stromgeschwindigkeit? ... Wir haben die Bestecke* mit größter Sorgfalt genommen. Ergebnis - unanfechtbares Ergebnis: Es fehlen uns gegen damals annähernd zehn Seemeilen. Andere Windverhältnisse? ... Zufall? ... Möglich am Ende, aber kaum noch wahrscheinlich.

Zwei Zufälle? ... Ausgeschlossen! Der Golfstrom fehlt! Die Drift von Süden her fehlt. Der Druck, der die Massen hier schneller trieb, sie wärmer hierherbrachte.«

»Ohne Zweifel, Herr Kapitän. Die Messungen werden morgen um diese Zeit noch interessanter sein. An den Neufundlandbänken muß der ewige Kampf von Kalt und Warm noch deutlicher werden.«

»Ja ... ja, ob wir da jetzt schon was merken werden? Ob der ewige Nebel da jetzt schon weniger dick sein wird?«

»Unbedingt, Herr Kapitän. Dort ist die Stelle. Dort müssen die eisigen Wasser des Labradorstroms die warme Golfströmung von Stunde zu Stunde mehr und mehr unterkriegen. Sie lähmen ... schwächen ... wegdrücken ... ihr die Kraft nehmen, den gewohnten Weg bis zum Ende zu gehen.

Da oben ... im Eismeer ... Wie lange wird's dauern, und es wird ein Eismeer im wirklichen Sinne des Wortes sein? Die Fahrten da hinauf werden wohl bald der Sage angehören.«

Der Kapitän nickte.

»Der Sage angehören wie unsere Kohlenminen in Spitzbergen. Mir ist es, als ob wir die Insel in den nächsten Tagen wiedersehen würden.«

---

* das Besteck nehmen: Ortsbestimmung eines Schiffes auf See durchführen

»Geht's nach Spitzbergen?« Der Erste Offizier schaute ihn fragend an.

»Ja! Ich glaube es. Als wir vorgestern in New York plötzlich die Order erhielten, statt mit Ladung nach Janeiro nur mit Ballast und vollen Ölbunkern nach Hamburg zu fahren, überkam mich die Ahnung.

Warum? ... Warum die Order? Spitzbergen ist uns verloren. Was dort ist ... Menschen, Maschinen ... muß fort. In Spitzbergen ebenso wie an all den anderen Orten, die durch den Golfstrom leben.

Der Schiffsraum wird knapp werden, alles rechtzeitig zu bergen ...

Die Messungen werden in jedem Fall fortgesetzt, einerlei, wohin der Kurs geht ... auch wenn wir das Ende schon jetzt wissen.«

Auf dem fünfzigsten Grad östlicher Länge traf die *Präsident* die Funkdepesche: Direkter Kurs nach Wibehafen!

* * *

Knapp vierzehn Tage waren vergangen. Die *Präsident* lichtete in Wibehafen die Anker, zweitausend Seelen an Bord.

Erst die Menschen, dann die Maschinen! lautete die Order. Nach Hamburg stand der Kurs. Nach Hamburg vorerst ... der Heimat der meisten.

... und dann?

Die Frage lag auf den Lippen dieser Tausenden, auf den Lippen derer, die auf anderen Schiffen folgten. Bewegte die Herzen der Millionen, die früher oder später dasselbe Schicksal teilen mußten.

Flucht aus der Heimat! ... Wohin? Schon flüchteten sie aus Hamburg ... von der Küste nach Süden ... der Sonne zu. Der Schiffsraum war knapp ... ja, er war knapp geworden.

Sinnlos ... regellos trieb die Furcht vor dem eisigen

Tod das Volk aus Norden zur Flucht. In den Hafenstädten sammelten sich die Massen, wurden größer von Tag zu Tag.

Die Schiffe, die da lagen, wurden gestürmt. Die Führer zur Abfahrt gezwungen. Wohin? ... Nach Süden, der Sonne zu! Nur die eine Losung in aller Munde. Die Verwirrung wuchs ins Unendliche. Das Chaos stand vor der Tür. Die Schiffsführer wußten nicht, was anfangen. Ihre Reeder waren ebenso ratlos ... Die Regierungen? ...

Da, in letzter Stunde setzten ihre Anordnungen ein. Ein großzügig angelegter Organisationsplan, zu dessen Durchführung Polizei und Militär zu Hilfe genommen wurden.

Die Verbände der Industrie und der Landwirtschaft erhielten genaue Orders. Alle Transportunternehmungen zu Wasser, Luft und Lande wurden unter behördliche Kontrolle gestellt. Das Problem war zu riesengroß. Jedes Vorbild fehlte. Nie bisher war etwas Ähnliches geschehen, seitdem Menschen Geschichte schrieben. Nur in großen, in allgemeinen Zügen konnten Vorschriften gegeben werden.

Halt für alle, deren Leben nicht unmittelbar bedroht war. Zuerst die, denen das Verderben am nächsten ... die im hohen Norden.

Mit eiserner Strenge wurde es erzwungen. Nur das eine Ziel wurde verfolgt, das Leben der Bedrohten zu retten. Der wirtschaftliche Ruin war unabwendbar. Für jene Menschen ... die Gemeinden ... die Staaten ... Europa.

Und die Kunde drang in alle Welt und beherrschte aller Herzen. Überall da, wohin das Unheil nicht treffen konnte, wo man über den möglichen Eintritt der Katastrophe und ihre Auswirkungen kaum nachgedacht hatte, sah man jetzt die Schreckensbilder, die sich in Europa abspielen mußten, klar vor Augen.

Die Verantwortung für das Fürchterliche wurde ausschließlich Amerika zugeschoben. Die gereizte Stimmung machte sich vielerorts in drastischer Weise Luft. Die Weltpresse erging sich in den heftigsten Schmähungen gegen dieses von einem ausgearteten Kapitalismus beherrschte, verderbte Land.

Soziale Unruhen, Revolten in den Industrieländern häuften sich. Ein Weltboykott amerikanischer Waren drohte als Vergeltung.

Und dann setzte überall in der Welt spontan ein großzügiges Hilfswerk ein, am schnellsten und besten in den Staaten. Der Kongreß, der unmittelbar nach der Katastrophe am Isthmus telegraphisch zusammengerufen worden war, stellte als erster Europa einen Riesenkredit zur Verfügung. Sammlungen im ganzen Lande wurden veranstaltet. Mit einer Milliarde Dollar stand die New Canal Company obenan. Jede Tonne entbehrlichen Schiffsraumes wurde nach Europa dirigiert. Arbeitsgelegenheit und Platz für Millionen sollten frei gemacht werden. Alles wurde getan, um das Odium zu mildern, das auf dem Land lastete.

Die Schreckensszenen, die in Wort und Bild dem amerikanischen Publikum Tag für Tag vorgeführt wurden, trugen das ihrige dazu bei, die Hilfsbereitschaft zu steigern. Ergreifende, entsetzliche Bilder brachten die Filmstreifen aus dem sterbenden Europa.

Ein freundliches Dorf in blühender Landschaft ... eine Industriestadt mit Hunderten von Fabriken.

Einen Tag später: Dorf und Stadt halb leer von Menschen. Die anderen ... zu Fuß, zu Wagen, beladen mit ihrer Habe, auf der Flucht nach den Hafenstädten.

Wilde Bilder dort! Alle Häuser überfüllt ... Tausende auf den Feldern nächtigend ... Menschenmauern auf den Kais ...

Ein ankommendes Schiff ... in Booten ihm entgegen! ... An Bord! ...

Das Schiff im Hafen. Die Landungsbrücken in die gedrängten Menschenmassen stürzend, sie niederschlagend, erdrückend ... Darüber drängend, stoßend ... wahnsinnige Massen.

Eine Brücke bricht ... Hunderte im Wasser ... rettungslos versinkend.

Angehörige auseinandergerissen ... alle Bande des Blutes gelöst.

Das Schiff überladen. Keine Abfahrt ... tausend Hände um die Trossen geklammert ... Der Kapitän, die Mannschaft Waffen in den Händen.

Die Trossen gekappt!

Verzweifelter Sprung ... ihm nach, dem Schiff! Schüsse knallen ... Flüche ... Verwünschungen ... Bitten ... Flehen ... das Schiff in Fahrt ...

Wohin?

Tausend Wünsche ... Der Kapitän ratlos.

Wohin?

Alle Mannschaften auf die Brücke und an die Rudermaschine ... Waffen zur Abwehr gegen die Massen gerichtet ...

Vorbei an verlassenen Leuchtfeuern ... Sturm im Kanal ... kein Platz mehr unter Deck. Verzweifelte ... Kranke ... Sterbende auf Deck.

Wohin? ... Wohin?

Im Wetteifer überboten sich Lichtspiele, Presse, Radio in diesen Szenen. Und doch waren es nur kleine Ausschnitte aus dem Riesenbild der Zerstörung eines großen Landes. Eines Bildes, das ganz zu malen, Wort und Licht versagten.

Nur eins bei alledem auffallend. Während die Presse der übrigen Welt in erster Linie der New Canal Company und ihrem Leiter die Schuld an dem Geschehen beimaß und sich in Schmähungen gegen sie ergoß, schwieg die amerikanische Presse, von wenigen Ausnahmen abgesehen, beinahe völlig über diesen Punkt.

Es war die immer wiederkehrende Wendung, mit der die Klippe der Schuld umschifft wurde: Der Verantwortliche ist vor Gericht gestellt. Schuld oder Unschuld – der Richterspruch wird es erweisen.

In den wenigen Ausnahmen freilich stand es anders. Die New Canal Company und ihr Leiter Guy Rouse, sie waren die Schuldigen.

* * *

Das Berner Parlament war wieder versammelt. Ein anderes Bild als vor vier Wochen. Gewiß, die Tribünen wieder überfüllt. Doch der große weite Saal wies beinahe so viel Lücken wie Abgeordnete auf. Wie lange würde es dauern, und sie würden für immer fehlen, die aus dem Norden?

Nur spärlich waren sie erschienen. Wozu auch? Da oben stand Not und Tod vor der Tür, wogegen hundert Parlamentsreden nichts nützen konnten.

Das Leben retten! Zusammenraffen, was an Geld und Vermögenswerten blieb ... das ging vor.

Die Sitzung begann. Einige Redner, die in leidenschaftlichen Worten die schwersten Anklagen gegen Amerika schleuderten. Man hörte sie ... zuckte die Achseln. Was war damit gewonnen? Der Kranke mußte sterben. Nichts rettete ihn vom Tod.

Dann eine Reihe anderer, die mit unmöglichen Vorschlägen kamen. Man schüttelte den Kopf darüber. Die Liste war erschöpft. Die meisten hatten verzichtet. Der Minister des Inneren war der letzte. Er stand auf der Tribüne. Aller Augen hingen an ihm.

Er sprach. Und mit jedem Wort, das aus seinem Munde kam, wurden die Herzen der Hörer schwerer und schwerer.

Verloren! Verloren! Nichts anderes klang aus seiner Rede. Das nackte Leben retten den Millionen im Norden. Mehr vermochte die Regierung nicht.

Die Periode sinnloser Flucht war vorbei. Das Organisationssystem der Regierung arbeitete. Eine Riesenaufgabe ... noch unvollkommen gelöst; nicht ausreichend gegenüber der Größe des Unglücks, aber genügend, um das Chaos zu verhindern.

Zweihunderttausend Menschen an jedem Tag galt es aus den bedrohten Gebieten abzutransportieren. War das schon ein Riesenproblem, kaum zu lösen, ohne die Unterstützung der ganzen Welt ... noch größer war hier das zweite ... wohin?

Und nun entwarf der Minister in großen Zügen den Plan der Regierung. Abtransport mit vorgeschriebenem Gepäck und Gewicht nach den Häfen Europas ... Sammlung in großen Lagern ... Einteilung der Massen nach Zielen und Wünschen. Später Weitertransport nach Amerika ... Südafrika ... Asien ... Australien.

Jahrzehnte würde es dauern, bis der Rest Europas seine wirtschaftliche Umstellung finden ... sich in die neuen Lebensbedingungen eingewöhnen würde.

Hoffnungslosigkeit sprach aus den Worten des Ministers, Hoffnungslosigkeit lag über der Versammlung. Das Parlament ging auseinander, nachdem es der Regierung unbeschränkte Vollmachten für das nächste Jahr gegeben hatte.

»Das sterbende Europa«. Das war die Überschrift, die von nun an in den ausländischen Blättern über den europäischen Nachrichten stand.

* * *

Sie stand, wenn auch ungeschrieben, über dem Bericht des afrikanischen Botschafters an die kaiserliche Regierung in Timbuktu. Dieser Bericht war soeben in der Sitzung des Kabinetts, die im Beisein des Kaisers und des Generalstabschefs stattfand, verlesen worden. Aller Augen hingen an Augustus Salvator.

Tief in den Stuhl zurückgelehnt, die Augen halb geschlossen, hatte er den Bericht vernommen. Kein Muskel in seinem Gesicht verriet, was dabei in seinem Innern vorging. Minuten verrannen. Tiefste Stille im Raum.

Der Kaiser ... Was dachte, was sann er? Die drückende Stille wirkte lastender, je länger sie dauerte. Endlich! ... Der Kaiser richtete sich auf. Sein Blick ging zu dem Generalstabschef.

»Wie weit sind die militärischen Bewegungen an der Südgrenze gekommen?«

»Alle Punkte von strategischer Wichtigkeit sind besetzt ... gesichert. Verschleierte Mobilmachungsbefehle haben im Norden des Reiches die zahlenmäßige Stärke der dortigen Truppen um das Dreifache erhöht. Alle Möglichkeiten für den Abtransport nach Süden sind geregelt. Munitions- und Lebensmitteltransporte gehen Tag und Nacht in das Aufmarschgebiet ...«

»Wie steht es drüben?« unterbrach ihn der Kaiser.

»Dieselben Vorbereitungen! Irreguläre auf beiden Seiten haben heute nacht die ersten Schüsse gewechselt. Die Vorfälle sind unblutig verlaufen.«

Der Kaiser nickte.

»Wiederholen Sie nochmals ausdrücklich den Befehl an alle Kommandeure im Süden, sich vor jeder Grenzverletzung - selbst bei Herausforderungen - zu hüten. Es würde den Krieg bedeuten ... den Krieg, den ...«, der Kaiser sprach es mit starker Stimme, »... ich nicht wünsche.«

Sein Auge ging in die Runde.

»Nein! Ich wünsche ihn nicht. Ich will ihn nicht, den Krieg. Jetzt weniger denn je.

Meine Herren! Das Unglück, das über Europa hereingebrochen, es ist zu groß ... zu unausdenkbar groß, als daß ein Mann in dessen Ausnutzung etwas tun könnte, was dem Sterbenden den Becher der Linderung aus der Hand schlagen würde.

Ich sehe einige Herren erstaunt über meine Worte. Ich verstehe Ihren Gedankengang. Gewiß! Ein Strom von Menschen, von Männern ... mehr jungen als alten wird sich nach Südafrika ergießen. Siedler ... Soldaten. Ungeahnter Zuwachs für die Kräfte der Südafrikanischen Union. Neue Arbeitskräfte, die unsere schwarzen Brüder allmählich immer mehr verdrängen werden. Ich weiß ... ich sehe es.

Jetzt Krieg? Aasgeier würden sie mich nennen ... mit Recht.

Nein! Die Verhandlungen mit der Südafrikanischen Union werden weitergehen wie vorher unter gleich starken Nachbarn ... Gegnern ... wie vorher, ehe das Unglück eintrat. Meine Forderungen werden nicht um einen Deut höher werden. Die Verhandlungen werden in demselben versöhnlichen Sinne weitergeführt werden ... die Verhandlungen über die Gleichberechtigung der beiden Rassen in der Südafrikanischen Union.

Die dilatorische* Behandlung der Frage hat allerdings ein Ende. Die Hoffnungen, die bisher dazu Anlaß gaben, liegen begraben unter den Ruinen Europas.«

Der Kaiser schwieg. Sinnend starrte er ins Weite. Dann schüttelte er den Kopf.

»Nein ... Nein! Sie können es nicht mehr, sie dürfen es weniger denn je verweigern: die Gleichberechtigung der Rassen.«

Bei dem Wort, kurz ... hart hervorgestoßen, war er aufgesprungen. Seine Augen blitzten. Das Gesicht verwandelt. Unbeugsamer Wille jeder Zug darin.

»Die Gleichberechtigung, meine Herren! Hier ... in der Welt ... mein Ziel. Erst hier auf afrikanischem Boden ...

Und wenn die da unten - ich glaube es nicht, kann es nicht glauben; Gott müßte sie mit Blindheit geschlagen haben - wenn die sich weigern ... auch jetzt noch wei-

---

* schleppend, hinhaltend

gern, dann ... werde ich sie zwingen.« Die Stimme des Kaisers sank bis zum Flüsterton. »... Mit dem Schwert ... mit dem Schwert!

Die Truppenbewegungen gehen weiter. Auch die übrigen Maßregeln«, er wandte sich zu dem Marineminister, »nehmen ihren Fortgang. Von Ihnen ...«, zum Ministerpräsidenten gewandt, »... erwarte ich morgen den Entwurf eines Programms für eine Hilfsaktion für die europäischen Staaten.«

Er wandte sich zu dem hereingetretenen Flügeladjutanten, fragte ...

»Mr. Rouse!« flüsterte der leise.

Die Miene des Kaisers verfinsterte sich. Ein abweisender Zug trat auf sein Gesicht. Mit einem kurzen Gruß verließ er den Raum. –

»Nehmen Sie Platz, Mr. Rouse. Die Nachricht von Ihrer Ankunft heute morgen traf mich überraschend.«

Rouse sah den Kaiser fragend an.

»Überraschend! Ja! Die Sprengung am Kanal ... Die Gerüchte in Ihrem Land, in der Welt ... zwangen die Sie nicht zum Bleiben?«

Guy Rouse schwieg. Vergeblich suchten die scharfen Augen des Kaisers nach einer Bewegung in seinem Gesicht.

»Es war also ein Zufall, Mr. Rouse, der die Minen auf einmal zur Explosion brachte ... das Unglück geschehen ließ?!«

»Es war ein Zufall, Majestät!«

»Ein schlimmer Zufall, Mr. Rouse.«

»Ein Zufall, Majestät. Die Gerichtsverhandlung wird den Beweis erbringen.«

Gleichmäßig, ohne Betonung kamen die Worte aus seinem Munde.

»Sie sagen es, Mr. Rouse, ich glaube es Ihnen ... und doch! Warum verließen Sie Ihr Land in diesen Stunden? Fürchten Sie nicht, daß man Ihre Reise als ... Flucht, als den Ausdruck eines nicht reinen Gewissens auslegen wird?«

»Fürchten, Majestät? ... Guy Rouse fürchtet nichts. Das Wort Furcht kennt Guy Rouse nicht. Nicht gegenüber einem persönlichen Gegner ... nicht gegenüber der öffentlichen Meinung.

Flucht! Das Wort, das Euer Majestät der Welt in den Mund legte, es ist auch der Gedanke Eurer Majestät. Doch nochmals: Guy Rouse flieht nicht. Der Starke flieht nicht.« Eine leichte Röte war auf dieses bleiche Steingesicht getreten. »Der Starke verschmäht es nur, einem Haufen Schwacher gegenüberzutreten und Rechenschaft abzulegen. Ich bitte Euer Majestät, einen Vergleich nicht falsch auszulegen ... gnädigst gestatten zu wollen. Wem außer dem Schicksal würden Euer Majestät geneigt sein, Rechnung zu legen?

Ich ...«, der lange hagere Oberkörper richtete sich empor, schien zu wachsen, »... ich, Euer Majestät, kenne keinen Menschen in der Welt, dem Guy Rouse Rechnung zu legen hätte außer sich selbst.

Ich will sprechen, auch auf die Gefahr hin, mir Eurer Majestät Ungnade zuzuziehen. Der einfache Rock des Privatmannes Guy Rouse deckt ebenso einen Mann wie andere der Purpur. Was der eine tut, was der andere tut, er selbst ist sein Richter ...

Richter? ... Glauben Euer Majestät, die Richter dort drüben, die Richter des Gerichtshofes ... oder noch weiter gegangen, die öffentliche Meinung ... sie wären kompetent, über Guy Rouse zu urteilen? Nein, Majestät! Das Urteil läge doch in meiner Hand. Gold! Mein Gold ... und sie wären für mich.«

Es war ein Zug unsäglicher Verachtung, mit dem die letzten Worte aus Rouses Mund kamen. Der Kaiser schaute ihn wie gebannt an. Was er im stillen gedacht, gefühlt über diesen Mann ... es hatte keinen Bestand.

Ja! Das war ein Mann! Anders ... größer als alle, die er je

gesehen. Die Worte aus dessen Munde, wie hatten sie ihn in seinen Bann gezwungen, wie sehr er sich auch sträubte. Er riß seine ganze Willenskraft zusammen, fest zu bleiben ... fest zu stehen dem starken Gegner ... dem Stärkeren?

Nein! ... Nein! Mit äußerster Gewalt bezwang sich der Kaiser. Unterlag er jetzt diesem überstarken Willen? ... Der leichte Glanz in dessen Augen ... in diesen stahlharten grauen Augen. Ein kurzer Blitz nur war's gewesen. Der Kaiser hatte ihn gesehen ... gesehen ... Triumph? Fühlte Rouse sich als Sieger?

Des Kaisers Hand strich über die hohe, kahle Stirn. Er war ganz wieder Herr seiner selbst, hatte seine volle Kraft wiedergewonnen.

Nein! Nicht stärker war er! Ein starker Gegner blieb er.

Der Kaiser erhob sich. Ein leises Lächeln zwang er auf seine Lippen.

»Mr. Rouse, ich verstehe Sie. Verstehe, was die Welt Flucht nennen mag. Kein irdischer Richter ist für Sie geboren. Gott - das Schicksal nannten Sie es - wird richten ...«

Er trat einen Schritt auf Guy Rouse zu.

»Ich begrüße Sie als meinen Gast in meinem Lande, Mr. Rouse.«

Die grüßende Hand blieb gesenkt.

»Die Geschäfte, über die wir vor Wochen sprachen - werden sie leiden ... beeinträchtigt werden durch den Gang der Ereignisse?«

»Dafür besteht kein Grund, Euer Majestät. Sie sind bereits eingeleitet. Der Gang der Gerichtsverhandlung, die sich gegen meinen Chefingenieur richtet, wird auch ohne seine mit Sicherheit zu erwartende glänzende Rechtfertigung daran nichts ändern ...

Ich erwarte diese Rechtfertigung bestimmt. Euer Majestät werden denken, meine Hoffnung gründe sich auf Gold ... mein Gold in den Händen der Richter ...

Nein, Majestät! Ich habe es verschmäht, diesen Weg

zu gehen. Das Gegenteil tat ich. In einem Schreiben an den Kongreß bat ich, bei der Zusammensetzung des Gerichtshofes Männer zu nehmen, die meine notorischen Gegner sind ... wirtschaftlich und politisch. Man hat meiner Bitte entsprochen.

Doch zu unseren Geschäften. Es wäre etwas anderes, wenn Euer Majestät in Anbetracht der veränderten politischen Konstellation - die Südafrikanische Union im Bunde mit dem ... mit Europa - Ihre Dispositionen geändert hätten?«

Der Kaiser schwieg. Guy Rouse fuhr fort.

»Daß die Verhältnisse der Parteien sich durch die letzten Ereignisse von Grund auf geändert haben, dürfte keinem Zweifel unterliegen. Wie könnte die Südafrikanische Union es jetzt noch wagen, die berechtigten Wünsche Eurer Majestät zu verweigern?

Gewiß, es wird sich ein Strom von Europäern über Südafrika ergießen. Darunter - vielmehr die Mehrzahl - waffengeübte Männer. Aber die Männer allein ... Die Zeiten, wo die Macht der Fäuste entschied, sind vorbei. Die europäischen Lieferungen, Kriegslieferungen werden ... müssen ausbleiben.

Ein anderer, der an Europas Stelle träte? ... Wer sollte es sein? Amerika? ... Die Vereinigten Staaten ...«

Ein kurzer Ruck, der durch den Körper des Kaisers ging. »Die Vereinigten Staaten?« Die Augen des Kaisers bohrten sich in das kühle, unbewegte Gesicht des Sprechenden.

»Die Staaten, Majestät. Ich muß hier meine Ansicht über die sogenannte öffentliche Meinung etwas revidieren. Es gibt Momente, Majestät, wo die öffentliche Meinung unter dem Druck der Sentiments den Einflüssen des Goldes nicht zugänglich ist.

Momente! ... Aber ... wie oft in der Weltgeschichte waren es Momente, die den Ausschlag gaben!«

Der Kaiser schaute ihn an ... lange.

Ja, das war ein Mann, ein Mann von außergewöhnlicher Größe. War die verkörperte Macht des Goldes ... ein Herrscher, ungekrönt, doch größer als so mancher ...

»Ihr Gedankengang, Mr. Rouse - immer wieder bewundere ich Ihren Weitblick ... Ihren Scharfsinn –, er ist mir klar. Meine Dispositionen haben sich nicht geändert. Alles bleibt, wie wir es vor Wochen besprachen.

Europa ... sein Schicksal ... tritt es ein ...«

Einen Augenblick schien es, als zweifle der Kaiser, als könne er es nicht glauben.

»Meine Regierung wird ihm beistehen. Die Südafrikanische Union ... sie wird nachgeben ... Gott helfe mir, müßte ich ...«

Augustus Salvator war aus dem hellen Licht der Lampe in das Dunkel zurückgetreten. Die Unterredung ... die vorangegangene Kabinettssitzung ... Er fühlte, daß seine Kräfte nachlassen würden, bliebe er noch länger unter dem zwingenden Bann dieses Mannes.

»Sie werden mir zu jeder Zeit willkommen sein, Mr. Rouse.«

»Ich danke Euer Majestät.«

Er beugte sich, als wenn er eine Hand küßte, die doch nicht da war, und ging hinaus.

* * *

Der Stettiner Hafen zeigte ein ungewohntes Bild. Seit Tagen schon. Schiffe aller Größen, von Norden kommend, legten an den Kais an, Menschenmassen an Land speiend. Grubenarbeiter aus Spitzbergen, die nach den russischen Kohlenzechen im Donezbecken und im Uralgebirge dirigiert wurden.

In der Mehrzahl verheiratete Leute, die mit Weib und Kind neue Heimat und neue Arbeitsstätten zu suchen gezwungen waren. Die Unterkunftsmöglichkeiten, für einen solchen Andrang nicht eingerichtet, waren überfüllt. Viele in Schuppen ... viele im Freien, auf den Sachen sitzend, die ihre geringen Habseligkeiten bargen.

Eine neue Völkerwanderung! Doch die Gesichter der Auswanderer so ganz anders! Kein Zeichen froher Hoffnung. Mißmutig, düster standen sie in dem nässenden Nebel, der bleigrau Hafen und Stadt bedeckte. Selbst die Kinder ... gedrückt, unbewußt fühlend den Druck des Unheils, das alles vor sich hertrieb.

Bei einer Gruppe, die fester als andere zusammenhielt, Klaus Tredrup! Es waren die Leute seiner Belegschaft. In den wenigen Wochen, die er mit ihnen zusammengearbeitet, hatte sein offenes, freies Wesen sie eng an sich zu fesseln gewußt. Als die Minen stillgelegt wurden, der Abtransport feststand, hatte er sich eines befreundeten russischen Ingenieurs im Ural erinnert, hatte sich telegraphisch an ihn gewandt, die Zukunft seiner Leute so gut wie möglich zu sichern. Der war gern bereit gewesen, und so fuhren sie jetzt zum Ural. Plaudernd, scherzend mit den Leuten, hatte er es verstanden, ihnen Furcht und Bedenken vor der weiten Reise nach einem unbekannten Lande zu zerstreuen. Er selbst hatte zunächst die ganze Fahrt mitmachen wollen, erwogen, eventuell dort zu bleiben. Da, im letzten Augenblick, war Walter Uhlenkort nach Spitzbergen gekommen, hatte ihn zu sich gebeten, zu einer Unterredung im alten Leuchtturm.

Tredrup war gegangen. Gegangen ... nicht mit dem gewohnten freien Schritt. Einmal nur war er dagewesen. Einmal hatte er seinen Bewohner gesehen.

Die nächtliche Fahrt!

Tagelang ... nächtelang ... unaufhörlich tobten die Erinnerungen daran in seinem Hirn. Immer wieder hatte er versucht, all das Mystische, Geheimnisvolle auszuschalten. Streng logisch mit kühlem, klarem Kopf alles zu rekonstruieren, was da geschehen.

Da war er bei dem Schiffer, dessen Weib krank. Bewog den, ihn als Stellvertreter zu melden. Da stieg er in das

Motorboot. Da fuhren sie im Schein der Mitternachtssonne nach Süden.

Fuhren sie? Flogen sie?

Da begann schon das Rätsel. Was war das für eine Schnelligkeit, die das Boot - es war ein Boot wie tausend andere - durch die See trieb? Er hatte keine Karten, keine Instrumente, gehorchte nur den Weisungen des Steuermannes. Doch sein Gefühl sagte ihm - lange genug war er in seiner Jugend auf See gefahren -, diese Schnelligkeit überstieg alles, was die kühnste Phantasie sich vorstellen konnte.

Die skandinavische Küste ... im Flug war sie erreicht. Weiter ... weiter nach Süden. Fjord an Fjord ... Fjord nach Fjord. Wie im Fluge schossen sie daran vorbei. Bis die mitternächtliche Stunde schlug, bis der vom Leuchtturm ...

Dann brach es ab ... brach ab ... ein paar Bruchstücke ...

Was hatte er getan, der Geheimnisvolle? Immer wieder die Frage: Was hatte er getan?

In stundenlangem Brüten hatte er sein Gehirn zermartert, das zu ergründen. Es gelang nicht ... gelang auch nicht, den Weg zu finden, zu dem Traum ... Traum.

War das ein Traum? Vineta, die versunkene Stadt im Ostmoor? Die Sage, die sich daran knüpfte ... Gewiß! Er kannte sie von Jugend auf.

Aber das andere, was er wie im Traum weiter gesehen? Das Bild, wie sie dalag an der Nordspitze der Insel. Oben die Burg, zu ihren Füßen die Stadt.

Er war darin gewesen, war über Straßen und Plätze gegangen. Hatte das reiche Leben gesehen, das sich da abspielte.

Ein Traum? Wie konnte er träumen, was er nie gewußt, was er nie gelesen, was seine Sinne nie aufgenommen? Er hatte sich nach Hamburg gewandt, sich verschafft, was die Forschungen über Vineta ergeben hatten. Da stand es schwarz auf weiß, was er geträumt. Die Bilder, die er gesehen, da waren sie.

Er hatte gegrübelt, ob ihm das nicht doch schon jemals vorher zu Gesicht gekommen, ob es nicht doch nur ein Wiederspiel im Schlaf gewesen. Nein! Sein Seelenheil hätte er verwetten mögen, daß er das nie gelesen, was ihm der Traum zeigte.

Und nun das, was hinausging über die Grenzen ... über alle Grenzen des klaren Verstandes: Nach langem Schlaf war er in seinem Zimmer erwacht ... kämpfend mit den wirren Eindrücken des Erlebten.

Die Zeitung hatte er ergriffen. Das armselige Blatt, wo es stand: Die Stätte, wo einst Vineta lag, ist wiedererstanden.

Seine Augen hatten an der kleinen Notiz gehangen, als gelte es Leben oder Sterben für ihn. Immer wieder hatten seine Lippen die Worte wiederholt: Die Stätte, wo einst Vineta lag, ist wiedererstanden.

Zuviel. Das war zuviel! Mechanisch hatte er das Blatt in die Tasche gesteckt, war zur Grube gegangen, war eingefahren. Wie Feuer hatte ihm das in der Tasche gebrannt. Immer wieder beim trüben Schein der Grubenlampen hatte er es herausgezogen, gelesen: Die Stätte, wo einst Vineta stand, ist wiedererstanden.

Der Morgen ... unvergeßlich war die Erinnerung daran ... die Erinnerung an jene Fahrt und alles, was dann folgte.

Nur mit größter Willensanstrengung hatte er sich vom Alpdruck der Erinnerung an diese Fahrt befreit. Den alten Leuchtturm hatte er seitdem gemieden. Dessen Anblick allein schon hätte genügt, heraufzubeschwören, was er mit aller Kraft zu vergessen suchte.

Jetzt stand er am Fuß des Turms. Vor ihm die Stufen, die zu der Pforte führten. Er strich sich mit der Hand über die Stirn, als wolle er all die Bilder ... Erinnerungen, die der Weg hierher in ihm wachgerufen, verscheuchen.

In dem Wohnraum hatte ihn Uhlenkort empfangen... allein. Der andere war nicht da... war oben im Laboratorium in der Laterne. Uhlenkort hatte zunächst ein paar gleichgültige Worte über den Abbau des Minenbetriebs, den Abtransport der Belegschaft gesprochen. War dann auf die Frage übergegangen: Wohin? Die Frage... die einzige Frage! Was gab es noch für eine andere?

Er, Tredrup, hatte ihm von seinem Plan erzählt, eventuell in den Uralgruben Beschäftigung zu suchen. Uhlenkort hatte genickt, war dann auf andere Ziele übergegangen, auf Südafrika.

Da hatte er verweilt. Hatte davon gesprochen, wie dies Land, in erster Linie bestimmt, Massen der Auswanderer aufzunehmen, am Vorabend eines Krieges stehe. Wer würde eine neue Heimat suchen in einem Land, das von einem schweren Krieg bedroht sei?... Der Kaiser Augustus Salvator... Timbuktu... der Obermoser... das...

Die paar Worte, die Tredrup damals achtlos gesprochen... Uhlenkort hatte sie ihm jetzt wiederholt. Ihn wie beiläufig gefragt, wie er das gemeint, wie er sich das gedacht. Tredrup hatte ihm die Erklärung gegeben, noch immer ohne Ahnung ihrer vollen Bedeutung. Uhlenkort hatte lange Zeit in tiefem Nachdenken gesessen, hatte ihn angeblickt, als wolle er in seinem Innersten lesen. Hatte dann gesagt: »Sind Sie orientiert über die Schwierigkeiten, die gegenwärtig zwischen der Regierung der Südafrikanischen Union und der des Kaisers Augustus bestehen?«

»Gleichberechtigung der Rassen!« Achselzuckend hatte es Tredrup erwidert. »Der eine will's, der andere will's nicht. Doktorfrage! Was weiß ich! Ich kenne sie alle, die Rassen auf der Welt. Gleichberechtigung? Die Frage hat mir nie Anlaß zum Nachdenken gegeben.«

Und dann hatte Uhlenkort zu ihm gesprochen. Lange... eindringlich... bis es auch ihm klargeworden. Die Bedeutung der Frage: Gleichberechtigung der Rassen...

Gleichbedeutend mit dem Abstieg der weißen Rasse. Erste Stufe eines Abstiegs, der weiter und weiter zum Unterliegen führen mußte.

Tredrup hatte gesessen, alles um sich vergessend. Bis das Wort Tschadseeschacht ihn weckte. Noch einmal hatte Uhlenkort die Worte wiederholt, die Tredrup beim Obermoser gesprochen. Dann hatte er gewußt, um was es ging.

Erste instinktmäßige Regung: Weigern! Diese Aufgabe ... Riesengroß hatte sie vor ihm gestanden. Schon war sein Mund geöffnet zu dem Wort: Unmöglich.

»Sie wären der einzige in der Welt, der es könnte.«

Wie ein Hieb hatten ihn die Worte Uhlenkorts getroffen.

Er, der einzige in der Welt ... er, Tredrup. Das Wort haftete, wogte in seinem Hirn, dem Ansturm kühler Überlegung spottend. Aufgesprungen war er, hatte ihm die Hand gereicht.

»Ich tu's!«

Uhlenkort hatte noch weiter gesprochen. Tredrup hatte nichts davon gehört. Seine Gedanken waren bei der Tat. Noch am selben Tag war Uhlenkort zurück nach Hamburg geflogen, hatte ihn mitnehmen wollen. Doch er hatte es abgelehnt. Seine Belegschaft wenigstens ein Stück des Weges zu geleiten, lag ihm am Herzen.

Und so stand er jetzt am Stettiner Kai. Abschiednehmend von ihnen, die sich um ihn drängten, immer wieder seine Hände ergriffen ... schüttelten, ihm das Versprechen abzwangen, sie aufzusuchen da drüben im alten Land, in Asien.

Das Postflugzeug, das von Hafen zu Hafen die Küste entlangstrich ... Stralsund das nächste Ziel ...

Tredrup stand am Fenster. Da ... nach halber Strecke ... seine Hand glitt von dem Geländer ab, legte sich über die Augen. Suchend ging sein Blick nach Nordosten. Die alten Bilder waren wieder da.

Vineta! Ein Zauberwort! Es zwang ihn. Er ging zum Flugzeugführer. »Mein Gepäck weiter nach Hamburg! Ich steige aus ... folge mit einem der nächsten Schiffe.«

Ein flinkes Hochseeboot fuhr eben hinüber. Er saß auf dem Vorderdeck. Das Glas ruhte in seiner Hand.

Was er im Traum gesehen, was jetzt sein leibliches Auge sah, verschmolz zu einem Bild. Da war Rügen ... Da war seine Südspitze ... jetzt ... da war die Rudenbucht, die Südspitze von damals. An ihr vorbei. Der Oderarm. An seinem Ostufer wieder wie damals: Vineta. Seine Augen starrten darauf.

Was er da sah ... im hellen Sonnenschein, das Bild, es kam ... es ging. Die Stadt mit der ragenden Burg ... das graue, kahle, schlickbedeckte Land ... Visionen, wechselnd wie im Kaleidoskop. Bald das ... bald das.

Was war Wirklichkeit? Was? ... war die Frage!

Aber dann stand er an Land. Sie hatten die Anker geworfen. Sah den Boden, den seine Füße traten. Er beugte sich hinunter, daß seine Hände den feuchten kühlen Boden berührten.

Sand ... Schlick! Wie draußen auf den Watten der Nordsee zur Zeit der Ebbe. Wie da oben ... auf dem neugeborenen Black Island.

Black Island ... Vineta ... Ein Rätsel wie das andere. Eine Lösung wie die andere. Was war die Lösung? Beide ... aus dem Meer waren sie entstanden ... gewachsen wie das Korn auf der Flur, das der Sämann in die Erde gesenkt.

Der Sämann! ... War's nicht der ... der in seinem Boot? ... Black Island ... Vineta ...

Vergeblich kämpfte Tredrup mit den wirr sich überstürzenden Gedanken. Die alte Klippe! Immer wieder scheiterte er daran. Wo blieb der Zusammenhang, für eines Menschen Geist begreiflich? Er taumelte vorwärts, die Füße haftend in dem zähen Sand.

Dem alten Land zu! Usedom! Er stolperte ... stürzte ... richtete sich auf. Tiefe Gruben durchzogen den Boden. Da lagen Spaten, Hacken. Frische Menschenarbeit.

Weiter! Eine leichte Wellblechhütte vor ihm. Er kam heran, trat ein. Zwei Männer saßen darin. Bei seinem Eintritt drehten sie sich um.

»Wer sind Sie? Was wollen Sie?«

Einen Augenblick stand er keuchend, tief atmend, bis er die Antwort fand.

»Ich kam von Stralsund mit dem Schiff. Ich suchte Vineta und ...«

»... fanden es nicht!« Der Ältere fiel ihm lachend in die Rede. »Sie glaubten wohl, hier im alten Vineta wie in den Ruinen Pompejis wandern zu können? Durch die Mauern der alten Jomsburg steigen zu können? Nein, mein Lieber.« Er lachte. »Die werden Sie nicht sehen ... nie sehen. Nie wird ein Mensch – mögen auch die Ausgrabungen noch so weit vorschreiten – nie wird ein Mensch das Bild vor Augen haben, wie sie aussah, die versunkene Königin des Meeres, Vineta! Wie schön ihr Gesicht war, wie köstlich ihre Kleidung!«

Tredrup stand, starrte ihn an. Es schrie in ihm, zu sagen: Ich weiß, wie es aussah ... Ich kann es euch zeigen und malen, das Bild der Königin Vineta ... Ich sah sie ... war ihr Gast ... sah sie sterben ...

Sein Blick fiel auf einen Haufen Geräte. Rüstzeug, das man aus dem Schlamm geborgen ... angerostet.

Es schrie in ihm, zu sagen: Ich sah den Helm ... das Schwert in der Hand des Wikingers, der auf stolzem Roß von der Jomsburg niederritt zur Stadt. Ich sah die Zinnkelche in den Händen der Trinker in den Herbergen. Hörte den Klang der Glocke vom Turm Sankt Mariä klingen.

Der andere schob einen Stuhl an ihn heran.

»Sind Sie krank, Mann? Was haben Sie? Setzen Sie sich. Was erregt Sie so?«

Ein Glas Wein setzte er vor Tredrup hin. Der stürzte es hinunter. Noch eins! ... Noch eins ...

Die Bilder schwanden. Die graue Wirklichkeit stand vor seinen Augen. Er erhob sich, folgte den beiden, die ihn herausführten, ihm zeigten, was die See ... die Erde wiedergegeben von der versunkenen Stadt.

Und dann stand er allein. Die Sonne war verschwunden. Ein dünner, kühler Regen rieselte vom Himmel. Tredrup nahm den Hut vom Kopf. Ein leichtes Wohlbehagen durchströmte ihn. Hinüber über Schlick und Land ging sein Blick zum Boot.

Zurück, Schemen! ... Nacht! ... Rätsel!

Weg! ... Nach Hamburg! Nach Süden! ... Der Sonne zu, dem Licht zu ... der Tat zu!

* * *

Ein kleiner Raum. Die notwendigsten Möbelstücke darin. Kaum erhellt von den wenigen Strahlen, die das Sonnenlicht durch das kleine Fenster warf. Kein Gitter vor den Fenstern zwar ... Das Zimmer des Untersuchungsgefangenen James Smith.

Die lange, sehnige Gestalt auf dem Bett ausgestreckt, die mächtigen Schultern die Breite des Bettes deckend. Die Rechte schlaff zu Boden hängend. Ein Bündel Zeitungen am Boden verstreut, als wären sie eben der Hand entglitten.

Der Isthmus ... Der Golfstrom ... Europa ... Das sterbende Europa ... Von überall her grinsten die Überschriften zu ihm empor.

Seine Linke preßte sich auf die Augen, drückte sie fest zu, als wolle sie sie von diesen Worten, diesen folternden, marternden Worten befreien. Waren nicht allein schon die Gedanken genug? Die Gedanken, die nicht loskonnten von dem Isthmus ... dem Golfstrom ... dem sterbenden Europa.

Die große, schwere Gestalt bog sich, reckte sich, sprang auf. Die Füße traten und stampften auf die grinsenden Schlagzeilen der Blätter.

Von einer Wand zur anderen. Fünf Schritt hin und her. Immer schneller ... rasend ... bis er tief atmend stehenblieb. Seine Rechte klammerte sich um den Bettpfosten.

Wo gab es einen irdischen Richter, der schwerere Strafen über ihn hätte verhängen können, Schwereres als das, was er jetzt schon litt ... gelitten hatte seit jenem Tage? Er preßte die freie Hand vor die Stirn.

Wie war das möglich gewesen? ... Er, James Smith, unterlegen dem Glanz des Goldes? ... Er, James Smith, dem das Gold nie mehr bedeutet hatte als die Möglichkeit zu leben! Er, dem nur das große Ziel, nur die Arbeit Befriedigung gegeben!

Seine Gedanken flogen zurück. Zu seiner Jugend, zu den Anfängen seiner Tätigkeit als Ingenieur. Gold! Nie hatte es ihn gelockt!

Etwas leisten! Etwas Großes leisten. Das war immer das Ziel gewesen. Der Panamakanal, der Isthmus! Er, der Chefingenieur! Der Gipfel aller seiner Wünsche. Was gab's da noch mehr. Das schmale silberne Band von Ozean zu Ozean – auf ihm sich kreuzend, sich überholend die Schiffe aller Nationen der Erde – sein Werk. Ein Werk, groß ... größer als das der Pyramiden des Altertums ... unvergänglich für alle Zeiten. Unvergänglich sein Name damit verknüpft.

Die Cheopspyramide! Durch vier Jahrtausende trug sie den Namen ihres Schöpfers. Smith! ... Ein simpler Name. Und doch! Durch Tausende von Jahren würde die Welt ihn nennen ... Smith-Kanal ... vielleicht hätten spätere Generationen das Werk so genannt.

Und jetzt?

Seine Rechte ließ den Bettpfosten los. Er sank auf das Lager zurück. Alltäglich dasselbe. Dieselben Fragen und

Antworten ... täglich dasselbe. Ohne Schlaf ... Tag und Nacht ... und jetzt?

Das Werk war getan. Und er sein Schöpfer ... Schöpfer? ... Ein gräßliches Lachen gellte durch den Raum ... Nein! Er war nicht der Schöpfer! Er war's nicht! Der war's ... dieser Teufel ... Rouse. Der war's, der hierhergehörte an seiner Statt! Der hätte all diese Qualen und Martern der vergangenen Tage erdulden müssen!

Er griff eins der Blätter, hob es auf. Da stand es: Mr. Rouse ist aus gesundheitlichen Rücksichten nach Afrika gereist.

Seine Hände zerrissen den Bogen, warfen die Fetzen zu Boden. Er stampfte mit den Füßen darauf.

Der Teufel! Zur Hölle! ... Das wäre sein Weg gewesen! Seine höllischen Kräfte allein waren es, die ihn zur Tat gebracht ... gezwungen!

Wie stand's in der Schrift? Und der Versucher führte ihn auf einen Berg und zeigte ihm alle Schätze der Erde.

Fünf Millionen Dollar waren es, die er mir zeigte. Und ich unterlag ... Unterlag?

Nein, ich unterlag nicht! Der gleißende Glanz des ungeheuren Goldberges ... er blendete mich einen Augenblick. Einen Augenblick ... dann wäre der gleißende Glanz verglommen. Einen Augenblick ... da kam sie ... Juanita ... von ihm geschickt!

Er preßte die geballten Fäuste vor die Augen. Sein Atem ging keuchend. Auch das ... wie war das möglich gewesen ... wie kam es, daß er, daß sein kühler, klarer Verstand dem Girren dieses Weibes unterlag?

Mit einem jähen Ruck warf er sich in die Höhe. Mit einem Satz war er am Fenster, riß es auf. Seine Fäuste krampften sich um das leere Kreuz. Ein Ruck, ein Sprung, und er wäre draußen. Die Schildwache davor ... er schlüge sie nieder oder stürbe von ihren Kugeln. Seine Sehnen spannten sich zum Sprung.

Nein! Die Hände glitten nieder. Wo blieb dann seine Rache an ihm? Rache für alles, was er erduldet. Die Gerichtssitzung, er konnte sie nicht erwarten. Da würde er sprechen ... In der öffentlichen Sitzung. Die volle Wahrheit. Alles so, wie es gekommen. Rückhaltlos würde er da die Wahrheit sagen. War's auch sein Verderben ... der andere mußte mit.

Der Schlüsselbund des Schließers. Er kannte den rasselnden Klang. Was wollte der jetzt?

Die Tür ging auf.

»Eine Dame, Mr. Smith, will Sie sprechen.«

Eine Dame? ... Sein Atem stockte ... Juanita?

Was er gedacht, hatten seine Lippen geschrien.

»Juanita! Ja, Mr. Smith, ich bin es. Sie erwarteten mich ... wie es mich zu Ihnen trieb.«

Der Schließer war hinausgetreten. Der Schlüssel drehte sich im Schloß. Die beiden standen sich gegenüber. Sekundenlang. Dann schritt sie auf ihn zu ... näher ... näher, bis ihre Körper sich berührten. Ihre beiden Hände legten sich auf seine Schultern. Ihr Mund schob sich an sein Gesicht heran.

»James! Sie erwarteten mich ... erwarteten mich heute ... gestern ... vorgestern ... an all den Tagen, die man Sie hier gefangenhielt. Ich weiß es, ich wußte es ...

Ich wollte kommen. Täglich wollte ich kommen. Es ging nicht. Aber jetzt bin ich da. Jetzt bin ich bei Ihnen, James.«

Der stand. Langsam hoben sich seine Arme zu ihrem Gesicht. Die massigen Hände umklammerten den schmalen Kopf, seine Augen bohrten sich in ihre, drohend, fragend ...

»Juanita!« Das Wort, es kam ... rang sich aus tiefster Brust herauf. Sie schloß sekundenlang die Augen. Die versteckte Drohung, die im Ton des Wortes lag ... sie spürte sie ... ihr Herz bebte ... diese Hände ... ein Druck, und er würde sie zerquetschen.

»James!« Todesangst war's, was er für brünstiges Flehen hielt.

Seine Hände ließen los, glitten an ihr nieder, faßten ihre Hände.

»Juanita!« Wie ein Schrei aus tiefster Not brach es aus seiner Brust. Seine hohe Gestalt sank zusammen. Seine Hände preßten sich um ihren Leib.

»Juanita! Du warst es, die mich zwang! Ja! Du zwangst mich! Jeder Tag ... jede Stunde, die seitdem vergangen, schrie es mir zu. Deine Hand war's, die mich leitete, die meine Hand führte ...

Ich versinke ... ich kann nicht mehr ... rette mich ... führe mich heraus, wie du mich hinein ...«

Juanita stand, ihre Blicke dem kleinen Fenster, dem Tageslicht zugewandt. Ihre Hände krampften sich in ihre Brust.

Da war er wieder in ihrer Gewalt! Doch kein Gefühl des Triumphes in ihr ... Helfen? ... Sie? Dem Versinkenden? Sie, die selbst versank in Not und Qual? Nein! Ihre Hände schlugen vor ihr Gesicht ... Ihre Aufgabe ... ihn stark machen, daß er festblieb vor dem Gerichtshof!

Ein Schrei brach aus ihrem Mund. War's Lachen ... war's Weinen? Und dann kam's wieder ... der Feind ... der böse Husten.

Die schlanke, schmale Gestalt bebte unter seinen Erschütterungen. Bebte, daß James Smith seine Hände sinken ließ, sich aufrichtete, sie anstarrte. Was war das? Was war mit ihr? ...

Die zarte Gestalt zitterte und krümmte sich in schwerstem Schmerz. Die eine Hand an das schlagende Herz gepreßt, die andere vor die zuckenden Lippen ... die fiebrig glänzenden Augen halb geschlossen ...

Ein Bild ... zuviel für den Mann!

Vergessen alles, was ihn die Tage und Nächte gemartert. Vergessen Ruf ... Ehre ...

Vergessen sein Feind.

Juanita! Sie allein!

Nichts anderes mehr!

Mit einem Sprung war er bei ihr. Seine Arme umschlangen sie, trugen sie zum Lager, betteten sie. Zwei Hände streichelten ihr Gesicht. James Smith kniete vor ihrem Lager, hielt sie umschlungen ... seine Lippen stammelten wirre Worte ...

»Die Besuchsstunde ist vorüber.«

Der Schließer stand vor ihnen.

Von Smith' Arm geleitet, schritt Juanita der Tür zu. Die Tür fiel ins Schloß.

* * *

Die *Abraham Lincoln*, achtzigtausend Tonnen, Turbinenschiff auf der Route Valparaiso-New York, hatte die Galapagos-Inseln hinter sich und setzte ihren Kurs auf den Kanal von Panama.

»Cap Azuero in Sicht!« Niemand hatte es gerufen. Und doch! Wie ein Lauffeuer ging es durch alle Räume des mächtigen Schiffes.

Cap Azuero! Besser als die Rufe der Stewards weckte das Wort die Tausende von Passagieren, die der Bauch des Riesenschiffes barg.

Azuero! Bis vor kurzem noch Halbinsel am Isthmus, jetzt das Südkap von Nordamerika. Kontinent Amerika - der frühere Begriff der großen, von Pol zu Pol zusammenhängenden Landmasse war ja hinfällig geworden. Gewiß, schon seit hundert Jahren hatte eine kleine Wasserstraße zwischen den beiden Ozeanen bestanden. Ein kleiner, schmaler Wasserpfad, auf dem die Schiffe vermittels mächtiger Schleusen über das Land hinweggehoben wurden. Ein Wasserpfad, der schließlich doch nur einen mikroskopisch feinen Riß auf der Erdkruste bedeutete.

Aber was war jetzt da? Eine dreihundert Kilometer breite Riesenkluft. Ein weiter Meeresarm. Ein Tummelplatz für die Gewässer der beiden Ozeane, die sich hier im freien Spiel der Kräfte maßen. Die Landbrücke des Isthmus an dieser Stelle verschwunden. Zwei Kontinente jetzt, der nordamerikanische, der südamerikanische. Ein Naturereignis von ganz unvorstellbarer Größe hatte das vermocht.

Doch nicht aus sich selbst heraus war es geschehen. Menschenhand hatte einen für Menschengedenken ewigen Zustand in Minuten vernichtet, älteste Weltordnung über den Haufen geworfen.

Das Ungeheure des Geschehens ... das Ungeheure seiner Folgen hatte seit jenem Tage unzählige Scharen von Schausüchtigen, Neugierigen dorthin gezogen. Gab auch das neuentstandene Meer allein nicht die gewünschte Sensation, so fand sie sich bei dem Besuch der noch stehenden Zungen des zerfetzten Isthmus. Freilich ein ergreifendes Bild.

Die reiche, blühende Landschaft - Wüste ... Chaos! Die kühnste Phantasie durch die Wirklichkeit übertroffen. Berge, wo Täler; Täler, wo Berge! Flüsse ... ihr Jahrtausende alter Lauf verschwunden ... neue entstanden! Alle menschlichen Behausungen bis zur leichtesten Indianerhütte zerstört. Tausende und Abertausende von Menschen getötet ... verschüttet ... verbrannt ... ertrunken. Das sterbende Europa als letztes, fürchterlichstes Glied dieser Kette von Unheil.

Vom Tage der Abfahrt an war's das Tagesgespräch der Passagiere gewesen ... war's geblieben, die Spannung steigernd bis zu dem Augenblick, wo man vom Schiff aus mit leiblichen Augen ein Bild - war's auch nur ein kleiner Ausschnitt des Riesengeschehens - sehen mußte.

Sie kamen auf Deck gestürzt.

Azuero! ... Azuero!

Der Kapitän auf der Brücke, zu seinem Navigationsoffizier gewandt, wies lachend auf die Menge, die sich zu den Relingen drängte.

»Bis Mittag können sie warten, eh ihre Neugier was zu sehen kriegt. Und dann«, er lachte laut, »werden sie lange Gesichter machen.

Wir werden uns dicht an der Westküste halten. Die Ostküste ist nach den letzten Segelanweisungen nicht frei von Riffen. Es wäre Zeit, daß die Regierung neue Seekarten herausbringt. Aber die Vermessungsarbeiten dafür scheinen der amerikanischen Schiffahrt aufgepackt zu werden. Lotungen ... Peilungen ... Temperatur- und Strommessungen ... das Schiffahrtsamt verlangt alles von uns.«

Er nahm das Glas vor die Augen.

»Da hinten! Das leichte Krieseln im Westen und Osten! Es müssen schon die Ränder des neuen Stromes sein.

Lassen Sie mit den Messungen beginnen. Ich bin selbst auf das Ergebnis neugierig. Ist's doch auch für mich das erste Mal, daß ich auf diesem neuen Meere fahre.« –

In einem Liegestuhl des Oberdecks lag Christie Harlessen. Sie preßte die Hände an die Stirn. Wie eine körperliche Qual empfand sie das laute Tun und Treiben der Passagiere. In der Mehrzahl waren's ja Amerikaner. Aber doch – sie wußte es aus der Schiffsliste – es befand sich auch eine beträchtliche Anzahl von Europäern, auch aus den nordeuropäischen Ländern an Bord. Wie konnten die nur ...? War's nicht genug, das Bewußtsein allein: Europa stirbt? Konnten sie ihre Neugier hier an der Quelle des Unheils nicht bezähmen? Mußte nicht jeder Schraubenschlag des Schiffes, der sie näher heranbrachte, sie niederdrücken?

Seit jenem Tag ... jede Minute des Tages stand ihr deutlich vor Augen. Der Kampf um die Schiffe von Sonnenaufgang bis -untergang ... der Sieg ... Triumph ... unendliches Hochgefühl im Herzen. Die Millionen gerettet für die Firma Harlessen & Uhlenkort.

Durch sie! Die Harlessen und doch Fremde. Fremde? Nein! Die geretteten Schiffe, sie wischten es fort, das Wort »fremd«.

Die Tat - die kostbare Ladung der Schiffe gerettet durch sie - die Tat öffnete das Tor, das zur Heimat führte.

Hamburg ... Heimat ... Wo blieben sie jetzt?

Der Strom der Völkerwanderung, im Norden Europas einsetzend, zum Süden flutend, sich zerteilend nach allen Himmelsrichtungen ... wohin würde er das führen, womit sich für sie der Begriff Heimat verband? Wo in der Welt würden Harlessen & Uhlenkort ihren neuen Sitz gründen, aus dem neue Heimat entstand - wenn es überhaupt noch möglich war?

Politik! Nie hatte sie sich darum gekümmert. Gleichgültig war ihr das Wort geblieben. In jenen Tagen erst, in denen sich die Fäden von ihr zu Harlessen & Uhlenkort gesponnen, war's ihr ins Bewußtsein getreten.

Überall in der Welt saßen die Vertreter der Firma ... überall ihre Interessen verknüpft mit der Weltwirtschaft. Doch die Hauptadern, die Kohlengruben in Spitzbergen, die Zinngruben in Südafrika ... Unheil, unabwendbar, stand darüber.

Walter Uhlenkort! Er, der Kopf, das Hirn des Ganzen! Wo war er? Wie hatte ihn die Kunde erreicht ... getroffen? Er, der Starke, der Mann des unbeugsamen Willens, der kämpfte ... rang für sein Land, für Harlessen & Uhlenkort ... wo war er jetzt? Im Geiste fühlte sie sich an seiner Seite stehend ... übernatürliche Kräfte in ihr ... ihm helfend ... sein Werkzeug ... seine Gehilfin.

Was bedeutete jetzt noch ihre Tat? ... Was waren die geretteten Millionen gegenüber dem Zusammenbruch, der alles verschlingen mußte ... und auch sie verschlang.

Ein Freudenschrei, von Backbord beginnend, pflanzte sich über das ganze Schiff hin.

»Die neue Küste! ... Der Kanal! ... Das neue Meer!«

In wirren Rufen klangen die Worte über das Schiff. Das steuerte Nordnordwest. Von Steuerbord strömten die Massen zur Backbordreling.

Da! ... Da mußte etwas zu sehen sein ... Da fuhr man näher an der neuen Küste.

Christie sprang auf. Unerträglich dieses Schreien, Jubeln der Neugierigen. Sie ging hinunter in ihre Kabine, warf sich dort auf das Ruhebett.

Nur der Gedanke: Allein sein! Weg von diesen Menschen!

Sie war allein ... gewiß. Der Lärm von Deck drang nicht bis zu ihr hinunter.

Und doch! Ihre Gedanken kamen nicht los von dem, was sie peinigte ... marterte seit jenem Tage. Stunden verrannen. Sie hörte nicht, wußte nicht, wie sie von dem einen in den anderen Ozean in freier, breiter Fahrt hinübergekommen.

Uhlenkort ... Hamburg ... ihre Gedanken gingen um diese beiden Worte. –

Der Kapitän starrte auf die Tabellen, die der Navigationsoffizier vor ihm ausgebreitet hatte.

Die Tiefenmessungen? ... Fast durchgehend mehr als tausend Meter ... Ich verstehe das Stöhnen der Mutter Erde ... Die Wunde, die ging tief ...

Wasserwärme? ... Achtundzwanzig Grad ... Der Golfstrom ... Schon die Temperatur allein sagt's.

Fahrtversetzung? ... Fünf Meilen! Das heißt, der Golfstrom auf seinem neuen Weg durch die Landenge verringerte unsere Fahrt um fünf Meilen in der Stunde ... Kein Zweifel mehr! Der Golfstrom fließt restlos im neuen Bett.

Die Folgen? Europa? ... Fehlt er, fehlt auch die Golfdrift ... fehlt die Motorkraft, die die Wasser des Atlantik in warmem Strom nach Norden riß, dort oben Leben ... Lebensmöglichkeit spendete ...

Ah! Der Gong schlägt zum Supper. Die Relings werden leer. Das mag jetzt ein schönes Geschnatter an der Tafel geben.

So war es auch, wenn's auch nur wenig gewesen, was die neugierigen Augen gesehen. Deshalb hielt sich das Thema von der Kanalkatastrophe nicht allzulange als Tischgespräch, war nur zu bald erschöpft.

Seeräuber! Das ältere, beliebteste Thema der Schiffspassagiere dieser Zeit! Am untersten Ende der Tafel aufgeworfen, eilte es wie ein Stichwort von einem zum anderen. Allerdings war man jetzt im Atlantik in belebtester Fahrstraße. Westlich die amerikanische Küste, östlich die Antillen. Ganz aktuell war hier das Thema nicht.

Der Stille Ozean in seiner südlichen Ausdehnung mit viel schwächerem Verkehr, er war das eigentliche Feld für die modernen Piraten.

Als hätte man nur auf das Stichwort gewartet, schwirrten die Geschichten von den Piratenstückchen - einander übertrumpfend an Frechheit, Tollkühnheit - durch den Raum.

Schon hatte sich ein Schleier von Romantik um dieses neue, früher kaum noch der Sage nach bekannte Freibeutertum gewoben. Da waren zum Beispiel einzelne Piratenkapitäne - sie erfreuten sich der besonderen Hochachtung des Publikums -, die mehr aus politischen Beweggründen als aus verbrecherischen Instinkten diese Laufbahn ergriffen hatten. Motive aller Art, von den edelsten herab bis zu den verworfensten, sollten die Triebfedern dieser modernen Seehelden sein, die schließlich - die Motive sprachen da nicht mit - doch meistens der Strang ereilte.

Auch die andere Seite, die Seepolizei der Mächte, bot hervorragende Figuren, die Besonderes in der Verfolgung und Bekämpfung der Freibeuter leisteten. Ihr Kampf war sehr schwer. Fanden doch die Seeräuber bei manchen Staaten offene oder geheime Unterstützung. Auf freier See bei frischer Tat ihnen beizukommen, war so gut wie unmöglich; sie in ihren Schlupfwinkeln aufzusuchen, dort zu bekämpfen, die einzige Möglichkeit, sie zu vernichten.

Schlupfwinkel für ein U-Boot? Die Wasser der Erde boten unzählige. Der große Aktionsradius der Boote - sie konnten monatelang auf See fahren, ohne neuen Brennstoff zu nehmen - ermöglichte es ihnen, ihre Stützpunkte an den entlegensten Stellen des Weltmeeres zu haben. Bis zu den Polen hin waren sie bei entlegenen Inseln, an abgelegenen Küsten versteckt. Doch besonders guten Unterschlupf bot den Piraten der Stille Ozean mit seinen unzähligen kleinen Koralleninseln, die kein Verkehr berührte.

So manche Tragödie hatte sich hier abgespielt, von der die Zeitungen spaltenlang berichteten. Der übliche Gang: Ein Schiff fuhr, an Bord alles sorglos. Da, plötzlich ein Schuß, ein zweiter, ein dritter, und die Antennen der Funkanlage sind zerstört, bevor das überraschte Schiff um Hilfe in den Äther schreien kann.

Die Musik bricht jäh ab. Der Kapitän stürzt auf die Brücke. In der Flanke der graue Leib eines U-Bootes. Keine Flagge ... Ein Boot mit Bewaffneten ... Hands up! Das alte Räuberwort ...

Eine halbe Stunde später taucht das U-Boot mit seiner Beute ... an Geld ... an Geiseln ... wie sich's traf.

Altes ... Ältestes, schon längst Gehörtes. Die geschwätzigen Lippen wiederholten es hier an Bord der *Abraham Lincoln* zum hundertsten Male.

Das neueste, beinah stärkste Stück! Es war in aller Munde. Der Herzog von Bloomfield, auf der Fahrt von England nach New York. Auf seiner Rapid-Jacht, um an den Regatten von Atlantic City teilzunehmen. In Sicht der amerikanischen Küste. Scharfer Schuß vor den Bug ... zweiter über den Steven. Die Jacht versucht zu fliehen ... Schuß in die Schraube. Funkt um Hilfe ... Schuß in die Antenne.

Das feindliche Boot legt an. Das alte Rezept. Und doch! Dies Stück ein Extrastück, hier im belebtesten Teil des Weltmeeres. Von allen Seiten eilen Schiffe herbei, die den Hilferuf noch vernommen, große ... kleine. Die Bewaffneten darunter lösen ihre Geschütze, schießen auf den Räuber. Der wehrt sich, erwidert das Feuer mit schwerem Geschütz.

Ein Seekampf! Die großen Leiber der Helfer werden getroffen. Feuer auf ihnen ... Boote stoßen ab. Der Seeräuber wehrt sich wie ein gestellter Eber, verbirgt sich hinter der gekaperten Jacht ... taucht weg. Die Hilfe kommt heran, zu spät! Der Herzog ist geraubt ... mitgeführt auf dem verschwundenen U-Boot.

Am nächsten Tag erhält seine Familie Nachricht: Lösegeld eine Million Dollar in bar, abzuwerfen vom Postluftkreuzer London–New York am 12. Februar in Schwimmboje, 10 Uhr 30 vormittags. Dies geschehen ... der Herzog wird unverletzt an Land gesetzt. Bei Verweigerung des Lösegeldes oder Verfolgung durch englische Polizei ... das Leben des Herzogs verwirkt.

Und es geschah, mußte so geschehen, wie es die Herren Piraten wollten. Das Postflugschiff warf die Boje mit dem Lösegeld zur bestimmten Zeit ab. Es war beinahe lächerlich: Die Sorge in den Zeitungen drehte sich weniger um das Leben des Geraubten als darum, ob der Pirat auch die Boje mit dem Geld finden würde.

Wetten wurden abgeschlossen. Ein Kordon von U-Booten umzog den mittleren Atlantik. Die sahen, wie die Boje aufgenommen wurde, und mußten es mit gebundenen Händen sehen. Denn der Geraubte war ja noch an Bord des Räubers. Jeder Schritt, den Piraten zu fangen, brachte das Leben des Herzogs in Gefahr.

Drei Tage später wurde der Herzog an der amerikanischen Küste abgesetzt, kam nach New York. Ein Heer von Interviewern vor der Tür seines Hotels ... Die Meinung des Herzogs:

Nette Leute, die Herren Piraten ... vollkommene Gentlemen ... keine Bequemlichkeit vermißt ... tadellose Verpflegung und Unterkunft ... modernstes Zehntausendtonnenboot ... höchst interessantes Erlebnis ... mit Million nicht zu hoch bezahlt ... Konversationsstoff bis ans Lebensende ... Löwe der Saison!

Der Herzog nahm die Sache von der leichten Seite. Doch nicht immer war's so gegangen, daß die Betreffenden es als interessantes Abenteuer buchen konnten. –

Jamaika Nordost voraus! Der Lautsprecher meldete es von der Brücke her durch den Speisesaal. Der Kapitän der *Abraham Lincoln*, der mit an der Tafel saß, nickte kurz, hob sein Glas.

»Auf einen weiteren glücklichen Verlauf der Reise, nachdem wir die Durchfahrt durch das neue Meer hinter uns haben!«

Der scharfe Knall eines Schusses! Die Hände sanken von den Gläsern. Noch ehe eine Stimme das Wort »Schuß« herausbrachte, ein zweiter Knall.

»Seeräuber!« Eine Frauenstimme gellte es über die Tafel. Mit einem Ruck fuhren alle Blicke zum Kapitän. Der stand, das gebräunte Gesicht erblaßt.

»Seeräuber? Hier Seeräuber? ... Unmöglich ... unmöglich ...«

Er murmelte ein paar undeutliche Worte zu den Gästen ... Keine Beunruhigung ... stürmte hinauf.

Kam an Deck ... eine Granate pfiff über seinen Kopf hinweg, riß die Antenne hinab.

Keuchend stand er auf der Brücke. Schon hatte der Wachtoffizier das Kommando »stop« gegeben, schon schlugen die Maschinen rückwärts.

»Wo? Woher der Schuß?«

»Nordost voraus U-Boot!« schrie der Wachoffizier.

»Flagge?«

»Nicht zu erkennen ... die Dämmerung ...«

»Unmöglich ...!« Der Kapitän murmelte immer wieder das eine Wort. »Unmöglich. Es wird ein Boot der Staaten sein, das uns hier anhält. Weiß der Teufel, was sie wollen.«

»Ein Boot stößt ab«, rief der Wachoffizier unter seinem Glas hervor.

»Uniformen?«

»Noch nichts zu sehen ... sie kommen näher ... das Boot ist voll Bewaffneter!«

»Flagge?«

»Keine Flagge! Seeräuber!«

Der Wachoffizier schrie es.

Der Riesenrumpf der *Abraham Lincoln* glitt kaum noch durch die Dünung, stand fast still. Die Sonne tauchte hinter dem Isthmus unter, den Tag mit sich hinabziehend.

»Fallreep herunter!« brüllte es von dem Boot.

Das Fallreep sank.

»*Abraham Lincoln*? Kapitän Frederic White!«

Eine schneidige, scharfe Stimme schrie es zur Brücke hinauf.

Der Kapitän stand vor dem Wortführer.

»Wer sind Sie? Was wollen Sie?« stammelte seine Zunge.

»*Abraham Lincoln* von Valparaiso nach New York? Kapitän Frederic White?«

Der bejahte.

»Der Kapitän mein Gefangener! Schiffsliste! Tresorschlüssel! ... Führer dahin! ... Passagiere und Mannschaft unter Deck!«

Kaum, daß das Wort von seinen Lippen ... die Decks wie reingefegt.

»Maschinengewehre an ihre Posten!«

In Minuten waren alle wichtigen Punkte des Schiffes besetzt.

»Bitte nehmen Sie Platz, Herr Kapitän.«

Der Piratenführer setzte sich auf einen Deckstuhl, zog einen anderen heran, den Kapitän einladend. Der folgte der Aufforderung. Kaum, daß seine zitternden Knie ihn noch aufrecht hielten.

»Unmöglich ... Unmöglich!«

Immer wieder kam es von seinen Lippen. Er konnte ... wollte nicht begreifen, was geschah. Verstand auch nicht, was der neben ihm sprach ... fragte.

Der Unterführer kam melden. In der einen Hand ein Schriftstück über die Depositen. Mit der anderen auf einen Sack deutend, den zwei Leute seiner Mannschaft heranschleppten.

»Zwei Millionen Dollar ... etwas drüber noch!«

»Gut, gut! Sehr gut! Doch das andere? Wie ist's damit?«

»Schon besorgt!«

»Schon besorgt?«

»Jawohl! Im Boot!«

»Ah! Das ging schnell.«

Der Piratenoffizier erhob sich, wandte sich an den Kapitän.

»Ich bedaure sehr, Sie inkommodiert zu haben. Die Störung? ... Sie werden es selbst zugeben, sie war nur geringfügig. Freie Fahrt, Herr Kapitän!«

Mit ein paar Sprüngen war er am Fallreep und von Bord.

»Freie Fahrt voraus!« schrie es aus dem Boot.

»Freie Fahrt voraus!« kam es zögernd von der Kommandobrücke der *Abraham Lincoln*.

Die Schrauben zogen an. Der Riesenrumpf kam in Fahrt. Von unten her kamen sie an Deck ... Mannschaften ... Passagiere.

»Kurs Nord zu Nordost!« gab der Wachoffizier das Kommando. Der Steven drehte auf den alten Kurs.

»Gerettet! ... Gerettet ... Seeräuber an Bord? ... Was? Was ist geschehen? Wo sind sie?« Ein unbeschreibliches Gewirr von Fragen, Rufen in allen Sprachen der Welt.

Der Lärm drang bis zur Brücke hinauf zum Kapitän. Der stand immer noch verwirrt, fuhr sich mit der Hand an den Kopf. Fast hätte er geschrien: »Unmöglich!«

Doch ein Blick ... hart steuerbord ... da! Eben noch das Periskop der Seeräuber ... tauchend ... verschwindend.

Die blassen, verstörten Gesichter der Mannschaften, der Passagiere. Tausend Hände auf den fliehenden Feind deutend.

Die Stimme des Ersten Offiziers riß ihn aus seiner Verwirrung.

»Die Tresore sind beraubt! Die Passagierlisten ... wären sie nicht nachzuprüfen?«

Der Kapitän nickte.

»Nachprüfen? Jawohl! Prüfen Sie nach!«

»Der Sender in Ordnung gebracht!« meldete ihm der Zweite Offizier.

»Melden Sie ... melden Sie ...« Der Kapitän kam ins Stocken. »Sie wissen's ja! Sie haben's ja erlebt ... Melden Sie! ... Melden Sie!«

Der gab die Nachricht ... Antworten kamen von hier und von da. Die wichtigste: Amerikanische U-Boote auf der Fahrt von Kingston aus zur Verfolgung des Räubers angesetzt.

Meldung vom Ersten Offizier.

»Alle Mannschaften und Passagiere wohlbehalten an Bord. Passagier Christie Harlessen, kommend von Valparaiso, zur Zeit nicht auffindbar.«

Der Kapitän hörte ... las ... nickte.

Gott sei Dank ... kein Menschenleben in Gefahr, wie es schien. Christie Harlessen, Kontoristin aus New York ... Raub? ... Nicht anzunehmen ... ausgeschlossen!

Eine Milliardärstochter ... was anderes wär's. Kontoristin? Ausgeschlossen! ... Wer weiß, wo die sich in ihrer Angst verkrochen hat ... im tiefsten Raum des Schiffes ... Die wird sich schon wieder einfinden.

Mit einem erleichterten Aufatmen ging der Kapitän von der Brücke.

Die Nacht war da. Kein Abendkonzert, kein Bal paré*. Die Gesellschaftsräume öde und leer. Kaum, daß ein paar Gruppen, in den Gängen zusammenstehend, das Ereignis besprachen.

Der andere Morgen. Die Promenadendecks überfüllt ... Fragen in allen Sprachen schwirrend ... Erregung über das Ereignis in Worten und Gesten ... ein aufgeregter Bienenschwarm ... Von Seeräubern angehalten ... überfallen ... beraubt.

Nur wenige waren's, deren Eigentum geraubt war.

Die Frechheit der Räuber! Hier ... auf offener Straße ... die Piraten! Der Ruf nach der Seepolizei, von allen Seiten wurde er hörbar.

Doch kein Menschenraub ... die Passagierliste aufgerufen ... alle dagewesen. Eine Miss Harlessen aus New York, Kontoristin, sie sollte fehlen ... Nun, wer weiß, wo sie sich versteckt hatte in der Angst.

Die Melodien der Musikkapelle klangen vom Oberdeck. Mit jedem Ton verschwanden Angst und Sorge mehr.

Die, deren Depots geraubt ...? Die Versicherungsgesellschaften mußten es tragen. Wie lautete denn der neue Passus in den Policen? Auch gegen Seeraub ...

Man hatte gelacht, als man zuerst die Worte las ... und doch, wie hatte die Wirklichkeit die Lachenden eines Besseren belehrt.

Der nächste Morgen ... auf den Promenadendecks ... die Schiffszeitung ... Nachrichten aus aller Welt ... Nachrichten von Bord ... da zum Schluß: Passagier Christie

---

* festlicher Ball

Harlessen, ab Hafen Valparaiso an Bord der *Abraham Lincoln*, vermißt seit der Stunde des Überfalls.

* * *

Der Prozeß James Smith zu Ende! Der Angeklagte freigesprochen! Eine Sensation ohnegleichen!

Tagelang war Washington überfüllt. Schon allein das Riesenheer der Reporter, die aus allen Teilen der Welt hierhergeeilt waren, brachte Tausende nach Washington. Bis in die entlegensten Winkel der Welt drangen ihre Berichte.

Sensationsprozeß!

Und doch - die Gerichtsverhandlung... wie wenig waren die meisten auf ihre Kosten gekommen! Die Sensation lag im Geschehnis, das den Grund zum Prozeß gab... in den fürchterlichen Auswirkungen hatte sie gelegen.

Die Gerichtsverhandlung selbst?

Die einzige Sensation der Angeklagte. Als die Riesengestalt des Chefingenieurs in den Saal trat... ein Ruck war durch die Tribünenbesucher gegangen.

Das war der Mann, der Mann, an dessen Namen sich alles knüpfte, fortspann über Jahrhunderte... Jahrtausende.

Absichtlich?... Unabsichtlich?...

Eine Tat war geschehen durch ihn, die alle Ordnung der Welt über den Haufen warf. Der ganze Riesensaal - vom Vorsitzenden des Gerichtshofes bis zum letzten der Zuhörer - hatte minutenlang wie gebannt an den Zügen des Angeklagten gehangen.

Das war der Mann! Sein Bild? Die Presse der Welt hatte es längst gebracht. Ein Bild aus früheren Tagen. Tagen vor dem, an dem es geschah. Wie jetzt? Wie würde er jetzt aussehen?

Seine Gestalt, sein Gesicht, bis in die kleinsten Züge

verfolgte es die Versammlung. Jeder! Zitternd in dem Versuch, darin zu lesen ... irgend etwas.

Das Gesicht ... nach dem, was geschehen ... es konnte ... es mußte sich verändert haben. Irgendwie ...

Das ungeheure Unglück drüben! Wenn er auch schuldlos ... irgendwie mußte das doch die Züge geändert haben.

Wäre er gebeugt, mit allen Zeichen des seelischen Gebrochenseins, geführt von helfenden Armen, in den Saal gekommen, die wenigsten hätten sich darüber gewundert. Aber er war hereingekommen, die Riesengestalt hoch aufgerichtet, den markanten Kopf zurückgeworfen, die Augen auf den Richtertisch gerichtet. Hatte kurz davor haltgemacht, die Richter mit leichtem Neigen begrüßt und sich niedergesetzt. Die Anklageschrift war verlesen worden. Der Angeklagte hatte sie angehört. Kein Zug in seinem Gesicht verändert! Kein Augenzucken, keine Bewegung des Körpers!

War auch so geblieben bis zum Schluß der Verhandlung. Seine Antworten an den Vorsitzenden, an die Sachverständigen, den Staatsanwalt ... mit immer der gleichen ruhigen, selbstbewußten Stimme gesprochen. Die Plädoyers! Auch der Staatsanwalt hatte Freispruch beantragt.

Die Worte des Vorsitzenden, der den Freispruch verkündete! ... Nichts hatte das Gesicht des Angeklagten auch nur im kleinsten Spiel sich ändern lassen. Die eiserne, fast gleichgültige Ruhe war immer dieselbe geblieben. Er war aufgestanden von der Anklagebank, hinausgeschritten durch die Masse der Zuhörer, die ihm Beifall zuriefen.

Der Mann ... sein Gesicht ... wär's aus Stein gehauen – nicht starrer hätte es blicken können.

Der Kraftwagen brachte ihn zum Hotel.

Er trat in sein Zimmer, schloß es ab. Das Schnappen des Schlosses ... das Schnappen des Schlosses an seiner

Kerkertür! Wie hatte ihn das bei jedem Hinausgehen des Schließers gepeinigt, ihm zugeschrien: Gefangen! ... Verbrecher! ... Verbrecher an der Menschheit, wie ihn die Weltgeschichte nicht gekannt!

Jetzt ... seine Hand ... die Hand des Freien ... die Hand des Freigesprochenen hatte das Schloß einschnappen lassen. Es hatte ihm dasselbe zugeschrien wie das Schloß an seiner Kerkertür.

Frei? Freigesprochen?!

Sein Gesicht verzerrte sich zu einer Grimasse. Ein gräßliches Lachen brach aus seinem Mund.

Frei? Freigesprochen?

Er warf sich auf das Ruhebett und vergrub sein Gesicht in den Kissen.

Wie anders würden jetzt die Zeitungsüberschriften lauten! Und doch, für ihn blieben's die alten, die ihn im Gefängnis täglich gepeinigt hatten.

Mit aller Kraft seiner Seele kämpfte er gegen die Qualen, das Bild Juanitas vor seine Augen zwingend, sich an sie klammernd, in deren Hände er seine Seele gegeben hatte.

Er warf sich zur Seite. Seine Brust atmete freier. Das Gesicht nur zeigte noch die Spuren des Kampfes.

Juanita! Er sprang auf, durchmaß mit starken Schritten das Zimmer, blieb dann mit einem Ruck stehen.

Er! ... Er?

Würde er sie ihm kampflos überlassen?

Die Riesengestalt reckte sich. Die Hände ballten sich zu Fäusten, hoben sich, als stünde er vor ihm ...

Er! Er soll sich hüten! Und wenn ich ihn mit diesen Fäusten ...

* * *

In seinem Arbeitszimmer im Astoria-Hotel in Timbuktu saß Guy Rouse. Sein Arbeitszimmer, es war überall da, wo er war. Die Fäden, die, sich von ihm aus spinnend, über den Erdball gingen, sie rissen nie ab, sie folgten seiner Person, wo immer er weilte. Ein paar Sekretäre, die seine Befehle vermittelten, weiter brauchte er nichts. Keine Bücher ... keine Unterlagen ... In seinem Hirn standen die Zahlenreihen klar und deutlich wie in den Hauptbüchern der Zentralen. Wo er war, war seine Residenz, von der er sein Reich leitete bis in die kleinsten Kontore.

Er ging langsam im Zimmer auf und ab, diktierte seinen beiden Privatsekretären gleichzeitig Orders über Orders ...

Das Rohr der Hauspost warf ein Bündel Briefe aus. Während er weiterdiktierte, überlief sein Auge flüchtig die neue Post.

Ein langes chiffriertes Telegramm. Rouse kniff die Augenlider leicht zusammen, in Gedanken sich umstellend auf die Chiffrezeichen. Er brauchte den Schlüssel nicht.

Ein leichtes Räuspern eines der Sekretäre. Er diktierte weiter. Sie waren es nicht anders gewöhnt, als daß er die Post las und weiter zu ihnen sprach.

Und er sprach auch jetzt weiter, zu dem einen ... zu dem anderen, halb abgewandt, die chiffrierte Depesche vor Augen.

Er las sie. Seine Augen, wie ganz anders konnten die kühlen grauen Augen blicken, wenn sie niemand sah ... auch die beiden Sekretäre hinter ihm nicht. Die Augen, brennend hingen sie an jedem Wort des Telegramms.

James Smith war freigesprochen. In derselben Sekunde, in der der Vorsitzende den Freispruch verkündete, hatten die Radiowellen es ihm zugetragen.

Hier war der Bericht über die ganze Verhandlung. In kurze Schlagworte zusammengedrängt - sorgfältigste Arbeit war's - brachte der Bericht den Gang der Verhandlung.

Das Räuspern der Sekretäre wiederholte sich häufiger ...

Die Fragen des Vorsitzenden ... der Beisitzer. Guy Rouse kannte sie, wie er seine Feinde besser kannte als seine Freunde. Klippen gefährlichster Art, diese Fragen für den Angeklagten ...

Er sah sie da in Gedanken vor sich, die Blicke auf den Angeklagten geheftet, suchend nach irgendeinem verdeckten Zug der Schuld ... der Schwäche.

Und dann immer wieder die Worte von James Smith. Rouses Augen lasen nur die geschriebenen Worte, aber seine Ohren glaubten auch den Ton zu hören, mit dem sie gesprochen.

Doch war es ihm, als wär's nicht allein die tiefe, starke Stimme des Chefingenieurs ... der helle, leichte Plauderton Juanitas klang dazwischen. Sie war die Resonanz, aus der die Töne des Mannes klangen.

Juanita ... Der Tag, an dem er sie zuletzt gesehen, sie verlassen in Rouses Castle ... Sie war krank ... zum Sterben krank. Immer mehr war's ihm zum Bewußtsein gekommen.

Sollte er sie verlieren? Sie, die ihm unentbehrlich war?

Der Prozeß ... die Aussagen des Angeklagten hatten den stärksten Beweis dafür geliefert. Juanita! ... Seine Gedanken gingen zurück zu dem alten Kanal, wo er sie zum erstenmal gesehen ... von wo er sie mit sich genommen. Eine Blume, gepflückt wie so viele andere ...

Schon hatte er sie zur Seite werfen wollen. Gut, daß er's nicht getan. Wie hatte er sich so irren können! Ein Spielzeug hatte er geglaubt zu haben. Nein! Sie war's nicht. Sein Werkzeug war sie ... ihm unentbehrlich und immer unentbehrlicher werdend, je länger er es besaß.

Sie wußte viel von ihm. Viel, was er ihr anvertraut, viel, was ihr scharfer Verstand erraten. Und sie war jung und schön. Wie viele neideten ihm ihren Besitz!

Sie entbehren? Verlieren? Unmöglich!

Sie wußte zu viel ... wußte auch von dieser Christie

Harlessen. Sie war so ganz sein, daß er auf jeder Seite ihres Herzens, auch der verborgensten, lesen konnte.

Das im Zirkus in Kapstadt ... Aus den Berichten seiner Agenten war ihm alles klar geworden: Eifersucht auf Christie Harlessen!

Die! ... Was wollte er von ihr? Was trieb ihn zu ihr hin? Gab's nicht unzählige schönere, die ihm widerstandslos gefolgt wären? Was war's, das ihn nicht loskommen ließ von diesem Geschöpf? Die versteckten Regungen in seiner Seele ... immer wieder hatte er sich darüber hinwegtäuschen wollen, hatte sich lustig gemacht ... Was war's, das sein Herz so bewegte ... dunkel, unergründlich, unerklärlich ...?

Ein Zug zum Reinen ... Guten? ...

Er schloß die Augen, stand minutenlang, wie im Kampf gegen etwas Unbegreifliches, Unfaßbares, das in tiefster Brust rang. Christies Bild stand vor ihm. Er sah die reinen, klaren Züge, die ihre Seele widerspiegelten.

Sie die Seine! Entsühnen mußte sie alles, alles von ihm nehmen, was auf ihm lastete.

Jetzt war sie in seiner Gewalt! Der Gedanke daran! Er hatte gejubelt ... die Tat verwünscht ... verwünscht ... Tor, der er war! Was hatte er von einer Gefangenen? Ewig konnte er sie nicht halten. Frei ... würde sie bei ihm bleiben?

Er schöpfte tief Atem, ging zum Fenster, lehnte sich hinaus und sog die kühle Abendluft ein.

Sie würde es. Sie würde es!

Wo war das Weib, das sich ihm auf immer versagt hätte? Dieses kleine, unbedeutende Geschöpf! ... Die erste wär's!

Nein! Nein, er ließ sie nicht. Sie mußte die Seine werden.

Was hatte er nicht schon getan, ganz abgesehen von dieser neuen Gewalttat ... Menschenraub ...

Tejada! ... Tejada!

Das Wort ... hatte er's laut gesprochen? ... Mit einem Ruck drehte er sich nach dem Zimmer um. Sah die beiden Sekretäre sitzen.

»Hinaus!« brüllte seine Stimme.

Die fuhren erschreckt hoch ... starrten ihn fassungslos an.

Dieser Ton von Guy Rouse? ... Es war gut, daß sie sein Gesicht, dem Licht abgewandt, nicht sehen konnten. Ihr Bild von Guy Rouse wäre über den Haufen geworfen ...

Da hatte er sich wieder in der Gewalt.

»Gehen Sie jetzt. Ich werde etwas ruhen und Sie dann rufen lassen.«

Sie waren zur Tür geschritten.

»Nein, bleiben Sie!«

Sein feines Ohr hatte ein fernes Propellersummen vernommen.

Juanita! Er erwartete sie stündlich. Das Surren kam näher.

»Bleiben Sie! Machen Sie die Briefe fertig, soweit sie diktiert sind. Ich mache einen kleinen Spaziergang.«

Und dann stand er am Flugplatz, reichte Juanita die Hand, war ihr beim Aussteigen behilflich.

»Juanita!« Er zwang sich zu einem Lächeln. »Ich freue mich, daß es dir gutgeht. Du siehst so wohl aus. Du bist wieder gesund.«

Das soeben Durchlebte ... Vergeblich hatte er auf dem Weg zum Flughafen seinen Kopf davon frei zu machen versucht. Jetzt wich es, wich, als er Juanitas kleine Hand in seiner fühlte. Ja! Die war sein, sein mit allen Fasern ihres Lebens. Unverlierbarer Besitz!

Das Wort flog durch sein Hirn. Er klammerte sich daran, drückte ihre Hände fester. Führte sie zum Wagen.

Und als wolle er sich ganz frei machen von den letzten Spuren der Erinnerung, beugte er sich zu ihr und sprach liebe, linde Worte. Sprach wie zu jenen Zeiten, da er sie an sich zog.

Und sie? ... Sie hörte es. Eine leichte Röte kam auf ihre blassen Wangen. Wer in der Welt konnte so zu ihrem Herzen sprechen wie er, wie die Stimme dieses Mannes, dieses Zauberers. Wie waren ihre Gedanken auf der Fahrt? ... Los! Los von ihm! ... Und jetzt? ... Vergessen all das Fürchterliche, was sie in den letzten Wochen, Tagen erlebt, vergessen auch das Allerschrecklichste ... das Schwerste von allem ... das im Gefängnis.

Wie hatte sie Rouse gegenüberstehen wollen?

Abwälzen die ungeheure Schuld, die sie drückte ... abwälzen auf ihn, dessen Werkzeug sie doch nur gewesen.

Ihr Herz hatte, je näher der Hafen kam, immer stürmischer geschlagen ... zum Zerspringen, als sie landete. Da hatte er ihre Hand genommen, zu ihr gesprochen, und alles war weggewischt.

Sie saßen sich in seinem Salon gegenüber. Er hatte den Bericht über die Gerichtsverhandlung in der Hand, las, fragte.

Und sie antwortete, plauderte, wie über etwas Gleichgültiges ... als ob nichts ihre Seele bedrückte ...

»Was wird er beginnen, James Smith? Wird er bei uns, der Gesellschaft bleiben? Wär's möglich?«

Sie hatte kurz die Achseln gezuckt, »warum nicht?« ihr lächelnder Mund gesprochen.

* * *

Das Rasseln der Schichtglocke hallte über Mineapolis. Hallte in den Riesenwerkstätten, in denen Heere von Arbeitern in Tag- und Nachtschichten, immer verstärkt durch Neugeworbene aus allen Teilen des Reiches, Schwarze, Halfcasts*, Weiße - alle Farben der Welt lieferten das Material - tätig waren. Hallte auch durch den Riesenschlund des Augustusschachtes. Die Förderscha-

* Mischlinge

len von Sohle zu Sohle sausten auf und nieder, die alte Schicht nach oben, die neue nach unten bringend.

Über Tage! Anderthalb Dutzend Förderschalen spien die Untertagearbeiter stoßweise aus.

Förderschale sieben! Der neue Maschinist trat in den Schaltraum. »All right?«

»All right! Die letzte Personenfahrt oben! Gibt heut viel zu tun da drüben!« Der alte Maschinist deutete auf einen Riesenstapel Kisten. »Die Sprengstoffmagazine unten werden frisch aufgefüllt.«

»Weiß! Komme von unten!«

»Von unten?«

»Von unten! War vor Ort! Bin schon eine Woche hier und benutzte die doppelte Feierschicht, mal runterzufahren und mir die Arbeiten anzusehen.«

»Was ist da zu sehen? Bin schon seit Monaten hier und war noch nicht unten. Was die von unten mir erzählten, genügt mir längst. Dreck ... Staub ... Hitze ... Der ekelhafte Karbidgestank ... trotz aller Bewetterung. Danke! Sagtest du nicht, du kämst aus den südafrikanischen Minen? Mußt es doch kennen, wie's unten aussieht.«

Der andere nickte. »Dort gingen wir auf Zinn, hier auf Karbid. Es ist doch was anderes.«

»Was anderes? Zinn ist besser. War auch da unten. War da vor Ort, bis mir ein Brocken den Fuß brach. Weshalb kommst du hierher?«

Der andere machte mit den Fingern die Bewegung des Geldzählens. »Mehr Lohn! Außerdem ... hab' genug von den verdammten Weißhäuten. Fehlt nur noch der Schambock*, dann wär's da wie früher. Schwarze ... Hunde. Leute wie wir beide ... Halfcasts ... nicht viel mehr!«

Der erste nickte.

* niederländisch: Nilpferdpeitsche; Peitsche aus Nilpferdhaut, häufig zum Züchtigen von Sklaven verwendet

»Verflucht die weiße Bande! Der zerschlagene Fuß allein war's auch bei mir nicht. Dieser Hochmut, dieser gottverfluchte, der alle Andersfarbigen als Vieh behandelt.

Mein Herr Vater war auch ein Weißer ...« Er lachte das heisere Bellen eines Hundes. »Meine Mutter schwarz, ihm ehelich angetraut. Jefferson heiß ich, schwarz auf weiß steht's in meinen Papieren. Und doch! Die Farbe – meiner Mutter Blut ist wohl besser gewesen – tat's. Sie stempelte mich zum Vieh. Aber ...«, er hob drohend seine Rechte, »... der Kaiser! ... Unser Kaiser ... er wird sie lehren, er wird's ihnen beibringen, ob sie wollen oder nicht!«

Er beugte sich zu dem anderen hin.

»Krieg!« zischte es durch seine Lippen. »Krieg! Täglich warte ich darauf, daß es losgeht. Ha! Wäre der Fuß gesund ... wie gerne ginge ich mit ... Du ... du wirst mitgehen ... du bist gesund. Ha, ich beneide dich darum. Warst du Soldat?«

Der andere nickte.

»Wohl gar bei denen da unten?«

Er nickte wieder.

»Um so besser! Freust dich nicht auch?«

»Was fragst du! Ich werde dabeisein. Wär's nur erst soweit, daß ich zeigen kann, was ...«

»Förderschale sieben!« Das Telephon schrie durch den engen Raum.

»Geh ran! Du wirst Arbeit kriegen. Die ganze Schicht wird kaum reichen, um die Lasten nach unten zu bringen.«

»Förderschale sieben!« schrie der andere ins Telephon.

»Sprengstoffahrt! Schale für alle anderen Lasten gesperrt!«

Er wiederholte den Befehl, gab ihn weiter nach unten.

Er drehte sich um. Die alte Schicht war hinausgegangen. Er setzte sich auf den Schemel neben dem Schalthebel, zog eine kurze Pfeife aus der Tasche und setzte sie in Brand.

Die Pfeife! ... Vor Wochen auf dem Alsterdamm ... war's da nicht dasselbe alte verräucherte Stück gewesen, das Klaus Tredrup sich in der Tür des »Hamburgischen Kuriers« zwischen die Zähne gesteckt hatte? Wieder einmal eine Etappe deines Lebens vorbei, hatte er damals gesagt. Wieder eine Etappe hinter dir, hätte er jetzt sagen können, wenn er sich der Worte von damals erinnert hätte.

Klaus Tredrup ... William Field jetzt ... Minenarbeiter aus Südwestafrika ... Maschinist ... Lageraufseher ... Bohrmeister ... Alle Beschäftigungen, die der Bergbau umfaßt, er hatte sie vorgebracht, als er sich bei dem Agenten Grimmauds meldete, der mehr als woanders in Südafrika nach neuen Arbeitern suchte. Hier natürlich nicht nach Weißen ... nach Halfcasts. Die beste Empfehlung war's, Halfcast aus Südafrika. Der Haß gegen die Weißen, bei denen war er selbstverständlich ... war's mehr als bei den Schwarzen. Mehr als die haßten die Halfcasts die Weißen.

Früher war's anders gewesen. Bis die Weißen anfingen, immer schärfer gegen die Vermischung der Rassen zu arbeiten. Bis schließlich die Produkte dieser Mischung schlechter angesehen wurden als die reinen Schwarzen.

Er zog einen kleinen Taschenspiegel hervor und besah sein Bild. Lachte ... nickte.

Gut gemacht, Herr Doktor im Laboratorium! ... Keine Theaterschminke. Schöne, gute Säure pinselte der auf Tredrups Fell. »Dauerhaft ... nicht abwaschbar ... Nur chemische Reinigung, Herr Tredrup, wird Ihren alten Adam wiedererstehen lassen«, hatte der grinsend gesagt, als er den letzten Pinselstrich tat. »Gebe Garantie, können unbesorgt sein.«

Seit acht Tagen war Tredrup hier. Die weite Reise vom Norden hierher war noch weiter geworden durch den Umweg, den er über Swakopmund zu nehmen hatte. In den Uhlenkortschen Minen mußte, das war nicht ganz leicht, der passende Mann gefunden werden, der bereit war, seine Papiere abzugeben. Das Signalement mußte genau stimmen. Die geheime Polizei des Kaisers hatte ihre Fühler über den ganzen Kontinent ausgestreckt. Schachtarbeiter zu werden ... nur zehnmal Gesiebten gelang es.

Tredrup saß, die Rechte mechanisch um den Schalterhebel geklammert, mit der Linken das Telephon am Ohr. Jede Minute konnte die Arbeit beginnen. Er kannte die umständlichen Vorsichtsmaßregeln, mit denen die Sprengstofftransporte nach unten gingen. Er wartete. Sein Ohr hörte das Rollen der Loren, die Kasten um Kasten Neobrisit heranbrachten, abluden, weiterfuhren.

In der einen Schicht wird es kaum zu schaffen sein, hatte der andere gesagt. Im Geist überschlug er die Zahl und das Gewicht der Kästen. Ungeheuerlich, was da nach unten ging. Und die Zahlen türmten sich vor ihm auf, immer größer, größer werdend, zu einem Turm die Kästen.

Vor drei Tagen war er im Ingenieurbüro gewesen. Er hatte warten müssen. Eine Tafel an der Wand hatte seine Neugierde erregt. Ein geologisches Profil des Schachtes in großem Maßstab. Sein Blick ging zu den Stellen am Fuß des Schachtes. Zur Sprengkammer. Er überlegte lange, zuckte die Achseln. Zu oft hatte er schon daran gedacht.

Sein Auge lief die Profilkarte empor, sein Hirn aufs äußerste gespannt ... Da! Achthundert Meter unter Tage ... die Riesenwasserader. Es war vor seiner Zeit, als man sie beim Schachtbau anbohrte, nach langen Kämpfen überwand.

Wie magnetisiert hafteten seine Augen an der Stelle.

An ihr vorüber lief eine Förderung ... Förderung Numero sieben. Wie ein Blitz durchzuckte es ihn ... Fast wäre er zurückgetaumelt.

Hier war die Stelle, wo der Riesenbau am leichtesten verwundbar war. Seine Gedanken waren weitergegangen, setzten Glied an Glied, bis die Kette fertig war.

Achtzehn Förderschalen im Ring des Schachtes. Schale sieben, die den Transport besorgte. Sieben die Zahl ... Glückszahl. Auf der Fahrt von Spitzbergen anfangend bis hier zum Schacht hatte er alle Möglichkeiten, wie er es tun könnte, tausendfach erwogen, die unmöglichsten Pläne gewälzt.

Was er damals instinktiv hatte rufen wollen: Unmöglich! Unmöglich! In immer größerer Deutlichkeit war es ihm zum Bewußtsein gekommen.

Und doch! Er hatte sein Wort verpfändet.

Ich tu's! Die Tat Klaus Tredrups! Unlösbar würden die Worte miteinander verbunden bleiben. Herostrat*? Ein Name war aus dunkelster Jugenderinnerung aufgestiegen.

Nein, weg damit!

Das, was ihm Uhlenkort gesagt, vom Kampf der Rassen, war in seiner Seele haftengeblieben, sich entzündend zu einem Feuer, das weiter und weiter wuchs.

Das Telephon rasselte. »Förderschale auf! Transport beginnt!«

Kiste auf Kiste lagerte in der Schale. Hinunter, herauf. Stundenlang dasselbe Spiel.

Die Maschine arbeitete unaufhörlich, wie das Hirn Tredrups.

Heute! ... Der Gedanke beherrschte ihn, verließ ihn nicht. Heute mußte es geschehen.

Sein Geist arbeitete fieberhaft, überschlug die Menge

---

* Verbrecher aus Ruhmsucht. (Der Grieche Herostratos steckte 356 v. Chr. den Artemistempel zu Ephesus in Brand, um berühmt zu werden.)

der Ladung, das Fassungsvermögen der Schalen, die Zahl der Kisten. Viele tausend Tonnen waren es. Gab's keine Verzögerung, mußte er gegen Ende der Schicht fertig sein.

Die letzte Ladung! Dann oder nie!

Er arbeitete am Hebel, vermied den geringsten Zeitverlust ... geizte mit der Sekunde.

Die Schale flog nach oben und nach unten.

Er sah auf die Uhr. Die Schicht war wie im Fluge vergangen. Zwanzig Minuten noch, dann kam die Ablösung. Das Telephon schrillte: »Letzte Fahrt!«

Das Schrillen riß an seinen Nerven.

Jetzt oder nie galt's ... War die Förderschale auch vollgeladen? Waren's nicht nur ein paar übriggebliebene Kisten, ein Rest, der nicht genug Explosivkraft hergab? Mit zitternden Händen griff er in seinen Handwerkskasten. Nahm da ... da ... da ... Einzelteile heraus, fügte sie aneinander, verband sie und hüllte das Ganze in einen dunklen Lederbeutel, den er unter seinem Rock verbarg.

* * *

Die Mittagssonne spiegelte sich in den klaren Fluten der Südsee. Bis in die Unendlichkeit streckte sich das leise atmende, tiefblaue Meer. Weite Wasserwüste, so weit das Auge reichte.

Da und dort verstreut Gruppen von Koralleninseln, kleineren ... größeren. Auf diesen hier und da die schlanken Stämme von Kokospalmen, deren Samen die See auf das jungfräuliche Land geworfen.

Eine! ... Die zackigen Riffe, eine Mauer wie von Zyklopenhänden errichtet. Hoch über alles emporragend, in weitem Kreise zog sich ihr Kranz um eine Lagune. Auf dem inneren Rand ein Gewirr von Kokospalmen, die höchsten Spitzen der Riffe überragend. Ein leiser Rauch kräuselte durch die breiten Fächerkronen der Palmen.

Menschen... Menschen? Hier auf weltentlegenem Atoll... fern von jedem Verkehr... von jeder menschlichen Siedlung? Wer konnte hier wohnen?

Insulaner? Eingeborene?

Die Insel bot kaum Lebensmöglichkeiten trotz ihrer Größe. Tausend Meter im Durchmesser mochte sie haben.

Es war die Stunde des höchsten Sonnenstandes. Die sengenden Strahlen brachten die eingeschlossene Luft in den Wänden des Atolls zum Glühen. Kein menschliches Wesen zu sehen.

Da! Aus einer dunklen Höhlung im inneren Felsenriff trat eine weibliche Gestalt. Sie schritt einer Hängematte zu, die zwischen den Stämmen zweier Palmen ausgespannt war. Ihre Rechte griff nach der Schnur, mit der die Matte an dem einen Palmenstamm befestigt war, als wolle sie den Knoten prüfen.

Nur wer direkt daneben gestanden, hätte den haarfeinen blanken Draht bemerken können, der dabei mit scharfem Stift in den saftstrotzenden Palmenstamm gedrückt wurde, zu der Gestalt weiterlief, in den Falten ihres Gewandes verschwand.

Das Taschentuch entglitt ihrer Hand, fiel zwischen zwei Wurzelrippen des Baumes zu Boden. Sie bückte sich, es aufzuheben. Ein winziger Kontakt in der Höhlung zwischen den Rippen. Unter dem Taschentuch griffen ihre Finger danach. Ein kurzer Druck... sie richtete sich auf. Und dann legte sie sich in die Matte, streckte sich lang aus. Ihre Hände bargen sich in den Falten ihres Gewandes, sie ruhte.

Eine Stunde mochte vergangen sein. Sie warf einen Blick auf die kleine Armbanduhr.

Mittagsstunde... Mitternacht in Hamburg... kam es von ihren Lippen. Die Welle frei in dieser Zeit. Und als hätten die Worte ein leises Hüsteln aus ihrer Brust gelöst, fuhr ihre Rechte mit dem Taschentuch zum Mund.

»Walter... Hier Christie!... Uhlenkort-Harlessen!...«

Die Worte ... Ihre Lippen flüsterten sie in das Mikrophon im Taschentuch. Immer wieder! Das leichte Gewand über ihrem Busen hob sich unter den Stößen der wogenden Brust. Immer wieder dieselben Worte, auf der Uhlenkortwelle in den Äther gegeben.

Dann ... wie müde sank die Hand mit dem Taschentuch zurück. In der ganzen Welt verstreut ... die Uhlenkortschen Kontore ... Einmal müßte es glücken! ... Tagelang schon ging das Spiel ... das gewagte Spiel ...

Wieder ging das Taschentuch zum Mund, wieder sprach sie in das Mikrophon. Vielleicht, daß heute einer den Ruf vernahm ...

»Koralleninsel ... Südsee ... gefangen ... sechstägige Fahrt vom Kanal ... West zu Südwest.«

Wieder, immer wieder die Worte. Die Hand mit dem Taschentuch glitt zurück, ruhte auf der Brust, ging wieder zum Munde. Wieder der Notruf! Wieder, immer wieder!

Die Sonne neigte sich nach Westen. Eine leichte Brise bewegte die breiten Palmenwipfel. Die glühende Hitze in dem Trichter über der Lagune wich langsam der Abendkühle. Sie richtete sich auf, ließ den Blick in die Runde gleiten.

Da drüben auf der anderen Seite der Lagune ... Menschen ... Männer ...

Sie sprang aus der Hängematte. Wieder ging ihre Hand zu dem Knoten, der die Matte am Stamm der Palme hielt. Wieder entglitt ihr das Tuch, wieder beugte sie sich, es aufzuheben.

Der Kontakt war frei.

Ihre Hände strichen über die Stirn, ordneten das verwirrte Haar. Die erregte Brust sog in tiefen Zügen die Kühle des Abends in die Lungen.

In der Höhlung am Riff, aus der sie gekommen, erschien ein altes Negerweib, rief zu ihr herunter. Sie nickte, schritt zu ihr empor. Am Eingang blieb sie stehen, wandte sich um.

Am Rande der Lagune sammelten sich Männer. Einer, der Anführer, schrie ungeduldig zu den Klippen hinauf.

Da ... dort ... aus den Spalten ... Höhlen ... kamen immer mehr herbeigeeilt. Stiegen zu der Lagune hinunter, sammelten sich um den Anführer.

Eine stattliche Schar war's. Männer! Matrosen ... alte ... junge ... gebräunt von der tropischen Sonne, dem Seewind.

Das Auge des Anführers glitt zählend über sie hin.

»Vierundsechzig! All right!«

Er drehte sich zur Lagune um. Einer in seinem Rücken - ein junger, frischer Kerl - winkte gerade zu Christie hinauf. Ein Faustschlag des Anführers ließ ihn ins Wasser taumeln. Der lachte.

»Kühle dich ab, du Satan! Die ...«, er wandte sich mit drohendem Blick zu den übrigen, »... die ist tabu für jeden. Hütet euch! Ihr kennt die Order. Daß keiner ihr zu nahe tritt! Der Strick wäre ihm sicher.«

Sein Blick ging zu der Höhle, wo Christies Gestalt eben verschwand.

»Reserviert ... das Schätzchen! Nichts für euch!« lachte er grinsend.

Er hob die Hand in die Höhe, winkte.

Der graue Leib eines U-Bootes schob sich aus der stillen See, kam hoch und höher. Rauschend glitten die Wasser an seinen Aufbauten hinunter. Ein stattliches Ding, fünftausend Tonnen mochte es haben.

Eine aufgezogene Brücke vom Uferrand senkte sich zum Deck hinüber. Der Anführer ging darüber hinweg, kam an Bord, sprach mit dem Offizier dort ein paar Worte. Der rief durchs Sprachrohr nach unten.

Wohl ein Dutzend Leute kamen aus dem Innern des Bootes aufs Deck, traten an.

»Ihr bleibt hier!« rief der Anführer. »Als Wache. Ihr anderen da drüben, an Bord!«

Der Befehl wurde ausgeführt.

»Große Fahrt! Weit rauf zum anderen Wendekreis ... werden lange wegbleiben. Zwei Monate ... drei Monate wird's dauern. Vielleicht noch länger. Laßt euch hier die Zeit nicht lang werden!«

»Zum Atlantik?« fragte der Offizier.

»Atlantik«, gab der Anführer mürrisch zur Antwort. »Müssen durch den Kanal. Verfluchte Fahrt! Das Stückchen mit der *Abraham Lincoln* ... dem Frauenzimmer da oben galt's ... nichts anderem! ... Es hat gewirkt wie ein Tritt in einen Ameisenhaufen.

Wimmelt da oben von Polizeibooten. Doppelte Fangprämien für den Atlantik ausgesetzt. Der Deubel hole die Fahrt!

Riet ab, solang es ging. Mußte schließlich doch nachgeben. Einzige Hoffnung: die Schlupfwinkel an der afrikanischen Küste.

Wenn nicht ...«, er flüsterte die Worte leise in das Ohr des Offiziers, »wenn wir nicht gar bald schon unter Flagge fahren. Der rote Löwe im schwarzen Feld! Ich möchte den Rest meines Seelenheils verwetten!«

Der Offizier trat erstaunt zurück.

»Für den schwarzen Kaiser?«

Der Anführer nickte. »Für ihn! Der Deubel will's«, er lachte aus vollem Halse, »... daß wir mit einigen guten Freunden von der Staatenmarine zusammen auf Fahrt gehen. Hab' so was läuten hören vom Kapitän. Der stößt erst bei den Antillen zu uns, kommt mit Flugzeug von New York. Frau ist krank.« Ein häßliches Lachen begleitete die Worte. »Taugt nicht zu unserem schönen Beruf, Frau und Kinder zu haben.

Der Kaiser Augustus läßt alle Minen springen, nachdem ihm die große am Tschadsee aufgeflogen*. Ein Teufelskerl, der das Stück fertigbrachte.«

---

* Wortspiel mit der Redewendung »alle Minen springen lassen« (= alle Mittel einsetzen)

Einer von den Leuten kam auf ihn zugeschritten, machte Meldung:

»Alles fertig!«

Der Anführer nickte, drückte dem Offizier die Hand.

»Gute Wacht! Paßt auf die auf!« Er deutete mit dem Arm in die Richtung der Höhlenmündung. »Passierte der was ... oder entkäme sie gar ... wir müßten es büßen.«

Er verschwand unter Deck. Die Luken schlossen sich hermetisch. Ein Ruck ging durch den grauen Leib des U-Bootes, dann sank es ...

Wohin? ...

* * *

Es war ein freundlich ausgestatteter Raum. Die Felswände mit Teppichen verhängt. Der rauhe, gezackte Boden geebnet, mit Matten überdeckt, halb vom Tageslicht, halb von der großen elektrischen Ampel erhellt ... der Aufenthalt Christies.

Zwölf Tage schon weilte sie hier, achtzehn Tage, seitdem sie die Piraten von Bord der *Abraham Lincoln* gerissen hatten.

Auf dem Ruhebett ihrer Schiffskabine ausgestreckt, im leichten Halbschlaf, hatte ihr Ohr den Donner der Schüsse kaum vernommen. Die Kabinentür wurde plötzlich aufgerissen ... drei bewaffnete Matrosen, ein Offizier standen vor ihr.

»Miss Harlessen?«

Noch benommen vom Schlaf hatte sie genickt.

»Aufstehen! Mitkommen!«

Die Matrosen hatten im Nu ihre Sachen zusammengerafft, in die Koffer geworfen. Sie hatte sich gesträubt. Der Offizier hatte sie hochgehoben ... einen weiten Mantel über sie geworfen, der sie fast ersticken ließ, sie nach oben getragen ... über das Fallreep ins U-Boot gebracht.

Dort war sie ohnmächtig zusammengesunken. Nach ein paar Stunden war der Piratenführer zu ihr gekommen, hatte ihr in seiner Art ein paar beruhigende Worte gesagt. Ein Matrose hatte Speise und Trank vor sie hingesetzt. Und sie waren gefahren ... Sechs Tage, sechs Nächte waren sie gefahren, bis sie, an Deck gerufen, das Boot in der Lagune einer Koralleninsel sah.

Man hatte ihr die Felsenhöhle als Aufenthalt zugewiesen. Eine alte Negerin, die wohl hier gehalten wurde, um für die Matrosen zu sorgen, war ihr als Dienerin beigegeben worden.

Die harte Schule des Lebens, die Christie durchgemacht, hatte sie gestählt. Ihr klarer energischer Wille ließ sich nicht so leicht unterkriegen.

Ihre erste Frage: Warum wurdest du geraubt? Auf wessen Befehl? Menschenraub? Doch nur, um ein Lösegeld zu erpressen. Lösegeld von ihr? Wer konnte von einer Angestellten der Simmons Brothers ein Lösegeld erwarten? Unter den Damen der Gesellschaft auf dem Schiff ... Millionärinnen ... Die Seeräuber hatten sich nicht um sie gekümmert.

Diese Antwort schied aus. Was aber war die richtige Antwort? Stundenlang zermarterte sie ihr Hirn. Wer konnte ein Interesse daran haben, sie zu rauben?

Der betrügerische Vertreter in Valparaiso ... Rache? Möglich ... aber kaum wahrscheinlich.

Und immer dann, wenn sie vergeblich nach der Antwort gesucht hatte, rang sich der Name Rouse auf ihre Lippen.

Er, der Gewaltmensch, der jeden Widerstand brach, der sich ihm entgegensetzte ... ihm allein war's zuzutrauen.

Doch auch die Antwort ... immer wieder hatte sie sie verworfen. Warum tat er das? Konnte er glauben, sie mit Gewalt an sich zu fesseln? Er, der kluge, schlaue Menschenkenner? Konnte er das denken?

Nein! Nein! ... Töricht! Solche Torheit konnte sie ihm nicht zutrauen. Die ganze Fahrt über hatten sie diese Gedanken beschäftigt ... verfolgt.

Als sie den Fuß auf das Atoll setzte, hatte sie sich mit energischer Willensanstrengung von all den Gedanken frei gemacht. Sie halfen zu nichts.

Flucht! Weg von hier! Der einzige fruchtbare Gedanke.

Ihre ganze Selbstbeherrschung raffte sie zusammen. Zeigte dem Piratenführer, der sich häufig nach ihrem Befinden erkundigte, stets ein ruhiges, gelassenes Wesen. Gab sich den Anschein, als hätte sie sich mit den Geschehnissen so gut wie möglich abgefunden. Keine Klage kam über ihre Lippen. Die wenigen Wünsche, die sie vorbrachte, wurden soweit wie möglich schnell erfüllt.

Doch auch ohne das ... Der Piratenführer konnte wohl beruhigt sein. Flucht von hier, dem weltentlegenen Atoll? Unmöglich! Ausgeschlossen!

Ausgeschlossen auch eine Befreiung von außen her. Wer sollte diesen Schlupfwinkel ausfindig machen? Wissen, daß sie hier war? Jede Verbindung mit der Außenwelt von hier war abgeschnitten.

Die einzige, die Funkstation auf der Insel ... reserviert für Fälle allerdringendster Not. Sie kam nie in Tätigkeit, damit nicht vielleicht ein schnüffelndes Polizeiboot die Station ... die Insel anpeilte. Und gerade das war's, was ihr zur Rettung werden mußte.

Von Tejada her kannte Christie die Einrichtung einer Sendestation genau. Als sie sich von Uhlenkort zur Fahrt nach Valparaiso verabschiedete, hatte er ihr einen kleinen Sender mitgegeben, ihr die Wellenlänge der Uhlenkort-Firma anvertraut ... die Welle fest eingestellt. Auf der Fahrt nach Valparaiso ... im Hotel, hatte sie den Apparat ein paarmal benutzt. Nichts daran war gestört. Sie kannte die Bedienung in allen Einzelheiten.

Hier auf dem Atoll hatte sie sich eine Hängematte erbeten, diese zwischen zwei Palmen befestigt. Der saftstrotzende Palmenbaum mußte ihr als Antenne dienen.

In den Mittagsstunden, wo alles sich in die kühleren Felsenhöhlen zurückzog, hatte sie eine Energieleitung von der kleinen Kraftmaschine, die die Insel mit Strom für alle Zwecke versorgte, bis zu jenem Palmenstamm, gut im Sand verborgen, hingeführt.

In den Mittagsstunden, in denen die Lagune menschenleer war, lag sie dort stundenlang in der Matte, und stundenlang schrie ihr Hilferuf auf der Uhlenkortwelle durch den Äther.

* * *

Wie von ungefähr trat Tredrup aus der Maschinenstube und ging zu der Förderschale. Die ersten mit Sprengstoffkisten voll beladenen Grubenwagen waren eingeschoben. Die nächsten, die letzten, eben ankommend, über und über beladen... Sein Herz lachte. Das war ja mehr, viel mehr als die normale Ladung.

Er stellte sich, daß er die Schale im Rücken hatte, sein Gesicht den ankommenden Wagen zugewandt. Mit einem kurzen Ruck der Rechten schleuderte er den Lederbeutel in den Hintergrund der Schale zwischen die dort stehenden beladenen Wagen. Die letzten Wagen kamen heran, wurden in die Schale gerollt.

»All right! Schluß?« rief er, schon auf dem Weg zur Maschinenstube.

»Schluß! Ab!« scholl es hinter ihm her. Seine Hand fuhr zum Hebel, riß ihn herum. Die Schale ging in die Tiefe. Tredrups Blick folgte dem Teufenzeiger. Zu schnell! Sein Auge vermochte nicht sicher zu folgen. Er rückte am Hebel. Langsamer ging die Fahrt. Jetzt sechshundert... siebenhundert... siebenhundertachtzig...

Der Hebel fuhr herum. Die Förderschale hielt... achthundert Meter genau, las Tredrup am Teufenzeiger.

Er trat zurück, stand sekundenlang. Das Riesenwerk!... Er selbst jahrelang dabei tätig...

Herostrat?!...

Das sterbende Europa! ... Die Millionen, die neue Heimat suchten ... Die Bilder von den Hafenstädten!!

Mit einem Sprung war er an der Werkbank. Faßte einen Tastknopf ... Morsezeichen ... die Sprengdepesche, jene Reihe von Morsezeichen, auf die der feine Empfangsapparat in der Ledertasche in der Förderschale da unten in achthundert Meter Tiefe sicher ansprechen mußte.

Sechs Sekunden nach dem letzten Morsezeichen würde sich in der Empfangsvorrichtung ein winziger Hebel umlegen. Der würde den Strom eines kleinen Elementes schließen. Der wieder würde einen feinen Draht, in ein wenig Knallquecksilber eingebettet, zum Glühen bringen. Das die Initialzündung! Explodierendes Quecksilber ... eine explodierende Neobrisitpatrone ... die Explosion von dreißig Tonnen Neobrisit an der Schachtwand, die den unterirdischen Wasserstrom bannte.

Zehn Meter bestes Mauerwerk ... die Schranke, die dem Wasser den Weg verschloß. Die Kraft der Explosion ... die Stärke des Mauerwerkes ... wer würde siegen?

Ein belferndes Krachen im Schacht! Ein fürchterliches Dröhnen, tausendfach an den Wänden widerhallend, sich brechend, fuhr aus dem Schacht. Tredrup stand, die bebenden Arme an den Werktisch geklammert. Sein Ohr lauschte nach unten, das Rauschen des Stromes zu suchen. War er frei, waren seine Bande gesprengt? ...

Noch nichts zu hören.

Die Schallwellen der Explosion füllten noch immer den Schacht. Nach unten zur Sohle stürzend, wieder zurückgeworfen.

Eine Pause ... Hörte er jetzt das Rauschen? ... Ja! ... Nein!

Sinnestäuschung? ... Wieder ein Schwall gebrochener Schallwellen. Die Spannung drohte ihn zu übermannen. Da! Wieder eine Pause. Und jetzt ... Das donnernde Rauschen eines mächtigen Kataraktes drang deutlich an sein Ohr.

Seine Hände ließen los. Eine zweite Lederhülle, genau wie die erste. Im Nu entstand sie unter seinen Händen. Er stürzte zur Tür hinaus. Stürmte auf großem Umweg um die hohe Mauer, die den Schachtrand umkrönte.

An der südlichen Peripherie, wo die Umgebung des Schachtes einsamer war, stieß er zur Schachtmauer zurück. Ein kräftiges Stemmeisen fuhr in das Mauerwerk. Ein paar Steine bröckelten heraus. Tredrup schob die Lederhülle in die Lücke, setzte ein paar Steinbrocken davor, warf den Rest der Steine über die Mauer in den Schacht.

Ein Blick um sich herum. Es war höchste Zeit ... In das Toben und Schreien der Massen, die die Förderschalen in rasender Fahrt aus der Schachttiefe herausholten, in das Jammern der Menge, die, von allen Seiten strömend, an die Förderungen drängte, in das Heulen der Alarmsirenen, die über Mineapolis hinschrien, mischte sich bereits der dröhnende Laufschritt der Truppen. Gellende Kommandorufe verteilten sie um den Schachtmund. Tredrup stürzte zurück zu ein paar Baumgruppen, die halb im Dunkel verborgen lagen. Einen Augenblick hielt er keuchend an. Schon jagten Kavalleriepatrouillen um die Stelle, wo er eben noch an der Schachtmauer gearbeitet.

Mit größter Vorsicht laufend, wo das Dunkel ihn schützte, umkreiste er den Schacht zurück nach Norden, wo Mineapolis lag. Er trat in seine Wohnung, kramte aus Schränken und Kästen allerhand hervor, band es mit ein paar Stricken zusammen. Einen kleinen Sack mit Lebensmitteln warf er über die Schulter. Dann ging er. Die Straßen waren voller Menschen, die in Richtung Schacht strömten.

Mit Mühe bahnte er sich einen Weg hindurch. Von der Turmuhr des Stadthauses schlug es die zweite Nachtstunde. Er blieb stehen, verglich seine Uhr.

»Noch fünf Minuten! ...« murmelte er und ging weiter.

Noch fünf Minuten, dann mußte er draußen sein, wo die Baumwollfelder anfingen. Jetzt hatte er sie erreicht. Nochmals zog er die Uhr, nickte.

Im Geiste ging sein Auge in die Schachttiefe. Er sah die Fluten des Kataraktes in die Karbidstollen hineinbrechen. Sah die Stoffe zusammentreffen, in der Verbindung unendliche Mengen Azetylen erzeugen. Sah den Riesentrichter des Schachtes sich mit Gas füllen ... sah die Belegschaft auf der Flucht. Sah die Fördermaschinen in rasender Fahrt auf und nieder sie zutage bringen.

Wenige wohl nur, die, durch das Gas erstickt, den Tod gefunden hatten. Er sah das Gas steigen, höher, immer höher. Jetzt hatte es wohl die Mauerkrone erreicht, überflutete sie. Jetzt war's Zeit.

Aus dem Beutel mit Lebensmitteln zog er einen winzigen Sender, klemmte ihn zwischen die Knie, probierte ...

Dann gab er die Sprengdepesche, die, ebenso wie die erste den Empfänger im Schacht, jetzt den Empfänger in der Schachtkrone betätigen mußte.

Morsezeichen ... Von den Ätherwellen getragen, glitten sie zu jener Lücke der Schachtkrone. Eine Sekunde ... Er lag ausgestreckt auf der Erde ... seine Augen starrten nach Süden ...

Und dann war's, als ob der Sonnenball aus der Erde emporstiege. Ein feuriger Bogen über dem Schacht, immer höher, höher werdend. Feuerwogen, sich drängend, überstürzend in allen Tönen vom tiefsten Blutrot zum hellschimmernden Orange. Dazwischen breite schwarze Rußschwaden, sich türmend, in tollen Wirbeln dahinjagend.

Aus dem feurigen Glutmeer herausstoßend ... Schwärme fliegenden Feuers!

Ein Schauer rüttelte die Glieder des Liegenden. Er wollte die bebenden Hände vor die Augen schlagen ...

Da traf der Schall von dort sein Ohr ... Weltuntergang ... die Schallwellen sich überstürzend in allen

Tönen, dann zusammenklingend zu grauenerregendem Brausen.

Er drückte den Kopf zur Erde, die Hände an die Ohren. Nichts sehen! Nichts hören! So lag er ... minutenlang.

Und dann – durch die geschlossenen Lider drang's, das Licht der Riesenbrunst ... Tageshelle um ihn, über ihm. Er hob den Kopf, zwang die Augen, hinüberzuschauen.

Eine Riesenfackel, aus dem Boden wachsend bis zum Himmel, bis zum Zenit sich reckend, die Landschaft bis zum Horizont taghell bestrahlend.

In Fieberglut bebte die Gestalt des Liegenden, alles vergessend ... Gefahr ... Flucht ... Leben ... Rettung.

Da! Ein kühler Wind strich über den glühenden Kopf, wurde stärker und stärker ... kühlte die Fiebergluten. Die Büsche auf den Feldern begannen zu rauschen. Stark ... stärker ... und dann fuhr's wir ein Sturmwind über ihn, über die Landschaft, über Stadt und Land, wachsend zum Orkan. Geburt des Flammenungeheuers, das sich selbst den Brandwind schuf.

Und weiter schritt das Unheil. Die Glut breitete sich auf der Erde aus, alles Brennbare auf Kilometerentfernung verzehrend. Die Stadt selbst! ... Vom Süden her ergriff sie der Brand, sich weiter ausdehnend, weiter springend von Häuserblock zu Häuserblock.

Die Riesenkraftanlagen, ebenfalls mit erfaßt, ein Flammenmeer.

Tredrup lag ... lag. Der kalte, brausende Luftstrom, je länger er über ihn glitt, an ihm riß ... rüttelte, gab ihm die Besinnung zurück. Er stemmte die Hände auf den Boden, richtete sich auf, stand taumelnd ... noch waren die Glieder nicht frei. Er wandte sich um, das Gesicht dem Sturm entgegen. Sog mit gierigen Atemzügen die eisige Luft ein. Er tat ein paar Schritte. Die Glieder gehorchten. Seine Arme reckten sich, sein Blick bohrte sich in die Ferne nach Norden hin, als suche er die Heimat, die Freunde.

»Ich hab's getan!« stieß es aus seinem Munde. »Gott sei mir gnädig! Weg! Weg von hier! Zu ihnen!«

Er beugte sich zur Erde. Das, was er mit sich getragen, er warf's über die Schulter, brach sich einen Stecken vom Strauch und wanderte nach Norden durch die Nacht... Tageshelle um ihn.

* * *

Hochsaison in Irwinga!

Der Kaiser Augustus hatte schon in den ersten Jahren seiner Regierung durch Geologen und Ärzte in allen Teilen seines Reiches Untersuchungen anstellen lassen, wo die Natur Schätze, Heilkräfte barg. Heilquellen aller Art waren erbohrt, gefaßt worden, Kurorte entstanden.

In den höher gelegenen Gegenden, wo das Klima gemäßigter, waren Heil- und Erholungsstätten errichtet worden.

Der Kilimandscharo! Es grenzte ans Wunderbare, was hier in wenigen Jahren Menschenhand geschaffen. Kurorte, Sanatorien von den einfachsten bis zu den vornehmsten an seinen Hängen. Jedes Klima - von üppigen Palmenwäldern bis zu den kümmerlichen Latschenkiefern an der Schneegrenze. Auf den Schneehängen jeder Wintersport.

Magnetisch zog der Berg die Menschenmassen zu sich heran. Von Jahr zu Jahr mehr. Aus allen Teilen der Welt traf man hier zusammen. Der Kaiser selbst kam, sooft er es möglich machen konnte, zu seinem Lustschloß Ivango am Südosthange des Berges. Irwinga, nicht weit davon entfernt, war die Perle des Kilimandscharo.

Auf der Terrasse des Kurhotels ließ eine amerikanische Kapelle die neuesten Weisen ertönen. Alle Plätze der Terrasse dicht gefüllt. Weiter unten auf den Golf- und Tennisplätzen reges Leben.

»Ist es hier nicht wunderbar, Juanita? Kann man sich ein schöneres Stück Natur vorstellen? Dazu dieses interessante gesellschaftliche Leben. Welcher Kurort der Alten Welt - ausgenommen vielleicht die Riviera - kann sich hiermit messen?«

Juanita nickte. Ihr Auge war auf die Sportplätze gerichtet.

»Bald wirst auch du an dem Spiel wieder teilnehmen können, Juanita. Wie freute ich mich, als ich heute morgen ankam, dich so wohl zu finden! Sechs Tage bist du erst hier, und doch! ... Wie ein Wunder scheint's, was die Natur in der kurzen Zeit an dir vollbracht.«

»Du hast recht, Guy! Es ist schön hier... ja, es ist schön hier. Ich danke dir, daß du mich hierhergebracht hast. Die köstliche Ruhe, die wunderbare Natur, sie werden mir mehr helfen als alle Ärzte.

Nur den einen Wunsch habe ich, hier zu bleiben... lange... lange... zu ruhen... zu vergessen ...«

Sie lehnte sich in ihrem Liegestuhl zurück und schloß die Augen.

Guy Rouse stand auf und zog sorgsam eine Decke über ihre Gestalt.

»Bist du müde, Juanita? Willst du schlafen?«

Sie schüttelte den Kopf.

»Nur ruhen! Ruhen!«

Rouse trat an die Brüstung der Terrasse.

Wäre es möglich? Ein Wunder wär's. Und doch! Sie sieht so blühend aus! Blühender, schöner denn je. Die leichte Röte auf ihren Wangen. War's Genesung... waren's die Rosen der ...?

Am Tag nach ihrer Ankunft in Timbuktu hatte er sie vergeblich am Morgenteetisch erwartet.

Die Dame sei krank, hatte die Zofe gemeldet. Er hatte den Leibarzt des Kaisers holen lassen.

Ein kluger, tüchtiger Mann. Seine Studien hatte er in den Staaten vollendet. Seine Bedeutung als Arzt hatte ihm trotz seiner Jugend den hohen Posten eines Leibarztes beim Kaiser verschafft.

Er war gekommen, hatte Juanita in seinem Beisein untersucht, ein paar beruhigende Worte gesagt.

Rouse war mit ihm hinausgegangen, hatte ihn gefragt, von Mann zu Mann, wie es stehe.

Was er längst im Innersten gefürchtet, sich immer zu verhehlen gesucht… mit wenigen dürren Worten hatte der Arzt es ihm gesagt.

Heilung schwer! Die Krankheit - zu schwer hatte sie den Körper angegriffen, zu weit schon war sie fortgeschritten. Sie zum Stillstand bringen? Beste Pflege, völlige Ruhe.

Er riet zu Irwinga am Kilimandscharo. Der leitende Arzt des Sanatoriums war ihm bekannt. Er empfahl ihn aufs beste.

Noch am selben Abend war Guy Rouse mit ihr im Flugschiff auf dem Weg dorthin. Juanita war begeistert, entzückt beim ersten Anblick. Hatte freudig zugestimmt, hier zu bleiben.

Am nächsten Tag war er nach Timbuktu zurückgeflogen. Seine Geschäfte ließen ihm nicht mehr Zeit. Er hatte versprochen, so bald wie möglich wiederzukommen.

Und jetzt, fünf Tage später, war er wieder hier. Nur schwer hatte er sich für die Reise freimachen können.

Er hatte schon auf dem Sprung gestanden, in die Staaten zurückzukehren, wo jetzt seine Anwesenheit immer dringender erforderlich wurde.

Die Luft dort war rein. Ein dunkler Punkt nur: James Smith…

Vergeblich hatten leitende Personen der New Canal Company in seinem Auftrag mit James Smith verhandelt, ihn zum Verbleiben in seiner Stellung zu bewegen versucht.

Der hatte brüsk abgelehnt, war neuen Verhandlungen ausgewichen, indem er ohne Angabe eines Reisezieles verschwand. Rouses Agenten waren ihm auf dem Fuße gefolgt, hatten ihrem Herrn von jedem Schritt, den er tat, berichtet.

Nur zu bald war Guy Rouse klargeworden, was dessen Ziel war: Juanita! Ihren Spuren ging er nach.

Das Spiel Juanitas ... allzu gefährliches Spiel war's diesmal gewesen ... Er hätte es wissen müssen ... und doch! ... Ohne sie wär's nicht gelungen. Die fünf Millionen Dollar allein? Gewiß hatten sie für Sekunden den Chefingenieur geblendet. Aber ... er hätte sie nicht genommen ohne das Dazwischentreten Juanitas. Und jetzt? Er verlangte seinen Lohn ... verlangte sie ... das Ziel seines Lebens.

Guy Rouse kannte den Mann nur zu gut.

Die ungeheure gesammelte Energie in ihm war jetzt frei von allen Hemmungen, nur auf das eine Ziel ... Juanita gerichtet. Ein Kampf auf Leben und Tod mußte es werden.

Lange hatte Rouse überlegt ... wie dem begegnen? Ein kleiner Wink - irgendwo in den Staaten eine Seele, die in seiner Hand war - machte ihn frei vom Feind. Der Gedanke ... mehrfach hatte er ihn verworfen. Letzte Lösung blieb es.

James Smith im Postschiff nach Timbuktu. Letzte Nachricht seiner Agenten war's. Wieder war jener Gedanke aufgetaucht, wieder hatte er ihn verworfen. Mit dem nächsten Postschiff nach Irwinga. Juanita mußte fort von hier, wo James Smith sie bald finden würde. Doch wohin? Die Auswahl war nicht groß, wurde durch den Zustand Juanitas sehr beschränkt.

Auf der Fahrt hatte er einen Reiseführer durch die Riviera studiert. Santa Barbara, ein kleiner, wenig bekannter und doch schön gelegener Ort der italienischen Riviera, sollte der neue Aufenthaltsort Juanitas werden. Ihre Spur zu finden, würde James Smith lange Zeit benötigen.

Seit heute morgen war Rouse hier. Immer wieder hatte er zu Juanita von ihrer notwendigen Abreise sprechen wollen, immer wieder hatte er es nicht über sich gebracht.

Ein Hotelboy überreichte ihm ein Telegramm: *James Smith in Timbuktu. Soeben angekommen.*

Keine Zeit mehr zu verlieren!

Er trat zu Juanita, bat sie, mit ihm zu einem kleinen Spaziergang zu kommen. Sie schritten zusammen durch die gepflegten Parkwege. Rouse legte seinen Arm in ihren und sprach zu ihr. Und seine faszinierende Macht, die unerklärliche, wenn sie je Menschenherzen nach seinem Willen gelenkt... hier galt's, sie anzuwenden bis zu ihren letzten Möglichkeiten. Mit größter gesammelter Willensanstrengung sprach er zu ihr, von dem, was war, was sein mußte. Sein Herz bebte mit bei jedem Wort, das er sprach...

Und es gelang.

Ein paar schnellere Pulsschläge in ihrer Hand, die seine umklammerte... die einzige Reaktion. Noch ein paar Schritte weiter, dann sprach Juanita ruhig, als hätte sie das nicht berührt:

»Du hast recht, Guy! Es ist besser, wenn ich von hier fortgehe... und bald gehe.«

»Und du wirst deine Reise machen nach Santa Barbara und immer daran denken, weshalb du dort hingefahren...«

»Ich werde immer daran denken, Guy! Es wird auch dort schön sein. Und Ruhe werde ich haben... dort vielleicht mehr als hier.«

»Du wirst in einer bequemen Privatjacht fahren. Ich habe alles vorbereitet, dir die Reise so angenehm wie möglich zu machen. In Tripolis wirst du in eine andere Jacht umsteigen, die dich direkt nach Santa Barbara bringt. Der Führer wird instruiert sein, alle Spuren der Reise zu verwischen.«

Noch am Abend war Juanita gefahren.

* * *

Guy Rouse war mit dem Postflugschiff auf der Fahrt nach Timbuktu. Flugschiffwechsel in Mineapolis.

Kaum, daß das Schiff aufgesetzt, die Nachricht vom Schachtunglück. Rouse kannte ihn wohl, den Schacht. Der Einbruch der unterirdischen Gewässer... nur Verbrecherhand konnte den Weg frei gemacht haben.

Warum? Wozu?

Im Geiste überschlug er alle Möglichkeiten... alle Gründe, die dazu geführt haben könnten.

Das Werk des Kaisers, in jahrelanger Arbeit mit ungeheuren Kosten vollendet - zerstört. Karbid und Wasser! Azetylengas in undenkbaren Mengen!... Feuer daran?... Der Gedanke ließ ihn erschauern. Ein Meer von Flammen... von Zahlen wogte vor seinem Geist.

Der ungeheure wirtschaftliche Schlag für den Kaiser... letzten Endes berührte er auch ihn. Eine Riesenanleihe des afrikanischen Reiches... wer würde sie geben?... Er!... Drei Erdteile: Amerika, Europa, Afrika in seiner Hand!...

Er ging zur Leitung des Flughafens, legitimierte sich, verlangte einen Kraftwagen.

Zur Stadt! Zum Schacht!

Auf dem kleinen Platz hinter dem Stadthaus hielt sein Kraftwagen an. Aus allen Seitengassen strömten die Massen heran über den Platz, drängten zur engen Hauptstraße, die nach Süden zum Schacht führte.

»Unmöglich weiter zu fahren, Sir!«

Der Chauffeur riß den Schlag auf und deutete auf die Massen. Rouse erkannte die Richtigkeit der Worte. Er verließ den Wagen und versuchte, mit dem Strom vorwärts zu kommen. Das war nicht leicht. Nur langsam, am Rande vorwärts geschoben, ging's der Hauptstraße zu.

Da!... Wenige Schritte von ihm... gerade im Schein einer Laterne... ein Mann, der... anscheinend nicht mitwollte. Er stand da, die Uhr in der Hand. Wandte sich um und nahm an den Häusern entlang den Weg nach Norden.

Als er sich umdrehte, konnte Guy Rouse dessen Züge deutlich erkennen.

Ein Halfcast war's! ... Und doch! Er mußte ihn kennen, den Mann. Alles an ihm ... seine Züge ... seine Gestalt, wo hatte er sie gesehen? ... Wo war er ihm begegnet? In seinem Innern schrie es auf: Montegna!

Ah! Da war's! Und der ging jetzt nach Norden, wo alles nach Süden drängte? Gepäck auf der Schulter ... Er floh? ... Warum? ... Und dann wußte er's. War's ein Verbrechen ... der war der Täter!

Einen Augenblick überlegte er, ob er ihm nacheilen, Hilfe herbeirufen sollte, ihn festzuhalten ...

Nein! Nein! Der konnte nicht entkommen, der wohlorganisierten Polizei des Kaisers nicht entgehen. Die würde sicherlich schon fieberhaft nach dem Täter suchen. Er würde ihr den Weg weisen.

Und dann stand Rouse vor dem Polizeichef von Mineapolis ... nannte den Täter und gab dessen Spur.

Der konnte nicht entkommen!

* * *

Tredrup schritt vorwärts ... Weiler, Dörfer, die am Wege lagen, im Bogen umgehend. Der Umweg war kürzer als der gerade Weg. Durch das erste Dorf war er hindurchgegangen. Sie hatten ihn angehalten ... festgehalten ... mit Fragen bestürmt. Er kam aus dem Süden ... vom Schacht her ... vom Feuer her. Mit Gewalt hatte er sich frei machen müssen.

Eine kleine Anhöhe zur Seite. Er schritt von der Straße ab darauf zu. Langsam stieg er den sandigen Abhang hoch. Der Sturm, der zum Feuer flog, hatte an Stärke abgenommen, je weiter er gekommen. Hier unter dem Schutz des Hügels war's fast windstill.

Er zog die Uhr. Noch immer reichte das Licht des Schachtbrandes aus, die Ziffern zu erkennen. Drei Stunden war er unterwegs, er war rüstig vorwärts geschritten. Aber die Umwege, die er gemacht, hatten sein Vorwärtskommen um ein Drittel vermindert. Zwölf Kilometer! Größer war die Entfernung nicht. Er schob sich nahe an den Rand des Abhanges heran und prüfte mit hochgehobener Hand die Stärke des Windes.

Unmöglich! Noch ging's nicht! Noch konnte er's nicht wagen. Er warf das Bündel wieder über die Schulter und hob den Fuß zur Hügelkante.

Im letzten Augenblick! Der Fuß sank zurück. Er legte sich hart an die Böschung und schaute nach Süden. Die Helle, die über der Landschaft lag, ließ die Straße bis weit nach Süden zu erkennen.

Reiter? ... Ein geschlossener Trupp ... Ab und zu ein Blitzen ... Militär? ... Polizei? ...

Da! Sie wichen zur Seite! Aus einer Staubwolke hinter ihnen schoß ein Kraftwagen an ihnen vorbei, hielt kurz. Ein einzelner Reiter sprengte heran, sprach mit denen im Wagen. Der Wagen fuhr weiter. Die Reiter in schärfster Gangart hinterher.

Verfolger? Tredrups Augen flogen vom Wagen zu den Reitern, die immer weiter zurückblieben, dann zum Kraftwagen. Verfolger? Wen verfolgen die? ... Verfolgen sie dich? ... Bist du's?

Unmöglich! Unmöglich! Ausgeschlossen!

Wer hätte ihn gesehen bei seinem Werk? ...

Möglich war's, daß ihn jemand gesehen. Aber ... was konnte der sich denken? ... Was? ... Konnte der vermuten, wie alles geschehen ... vermuten, daß durch ihn alles geschah?

Die ungeheure Verwirrung am Schacht, in der Stadt, wo jeder suchte, sein Leben zu retten, wo alle Bande der Ordnung zerrissen waren ... Wer kümmerte sich da um den Täter ... wenn das Ganze kein zufälliges Unglück war? Und hätte jemand Verdacht auf ihn, wie konnte der wissen, wohin er sich gewandt? Flohen nicht die Schachtarbeiter nach allen Richtungen der Windrose auseinander?

Klaus! Du siehst Gespenster bei hellem Tage! Dein überreiztes Hirn bringt dich auf solche törichten Ideen.

Da! Das Auto! Er war ihm mit den Augen immer gefolgt. Es hielt an. Vier Männer stiegen aus. Gingen ein paar Schritte auf dem Seitenweg, in den er von der Straße abgebogen war, um die Höhe zu gewinnen.

Der eine ging zum Wagen zurück, öffnete den Schlag. Zwei Hunde sprangen heraus ...

Sie suchen dich!

Der Instinkt schrie es ihm zu. Sie sind auf deiner Spur! Wie war das möglich? Weg mit dem Gedanken, es half zu nichts.

Weiterfliehen! Zu Fuß? Ausgeschlossen! Die Hunde würden ihn bald eingeholt haben. Er könnte sie abschießen ... vielleicht, aber die anderen blieben auf seinen Fersen.

Noch während er dachte, hatten seine Finger die Hülle des Gepäcks gelöst.

Ruhig Blut! Ruhig Blut, alter Klaus! Fixe, gute Arbeit muß es sein, sonst bist du verloren.

Er griff in den Inhalt des Sackes. Kurze Stäbe auseinandergezogen ... zusammengefügt. Ein Gestänge entstand im Nu. Wie Zauberwerk ging's. Schon fügte sich seidiger, feiner Stoff um das Gerüst. Seine Hände flogen von Schraube zu Schraube, zogen zur gleichen Zeit an beiden Flächen die Verbindungen fest. Er wandte den Kopf zurück. Auf dem Weg zum Hügel kamen die Hunde mit tief gesenkten Nasen herangestürmt. Hinter ihnen, Schritt mit ihnen haltend, der Kraftwagen.

Er schwang das schimmernde Gerüst über sich, verschwand zwischen ragenden Schwingen.

Da stand einer im Wagen auf, zeigte mit dem Arm

nach ihm. Das glitzernde Flimmern des seidigen Gewebes hatte ihn verraten. Ihre Hände griffen nach Waffen, legten an auf ihn.

Er schwang das Flimmernde über sich. Schüsse krachten. Er hörte das Pfeifen der Kugeln um sich. Da war der Schwingenflieger fertig.

Rein in den Wind! In die Kugeln!

Seine Arme schlugen das Gestänge nach unten. Mit einem Riesensatz war er an der Hügelkante. Noch einen Schritt weiter, er hob den Fuß, da hatte ihn schon der Sturm gefaßt.

Die Kugeln! Aus vier Repetiergewehren pfiffen sie um ihn herum.

Nur keine Stange! Keinen Arm! murmelte er. Da war er schon über ihren Köpfen. In rasender Fahrt riß ihn der Wind in die Höhe ... nach Süden zu. Sie folgten ihm mit ihren Waffen ... schossen ...

Da war er schon außer Schußweite. Tief unten, kaum noch erkennbar die Landschaft.

Jetzt wird's Zeit! murmelte Tredrup. Mit immer größerer Geschwindigkeit riß ihn der Sturm dem Brande zu. Von Sekunde zu Sekunde größer die Gefahr ... die Gefahr, in die Sturmwirbel des Flammenmeeres hineingerissen zu werden.

Gewiß! Die Höhenkurve wurde immer steiler, sein Flug ging immer höher ... Aber auch immer näher trieb's ihn an die sengende Glut, die in unendliche Höhen hinaufwallte.

Er warf den Schwingenflieger zur Seite. Fast brach ihm der Sturm Gestänge und Arme. Er biß die Zähne aufeinander, trat mit dem Fuß das Tiefensteuer ...

Würde es gehorchen? ... Würde der Apparat ihm folgen? ...

Ja! Es schien zu gelingen ... Langsam neigte sich der Kopf des Schwingenfliegers, zuckte ... ruckte ... neigte sich tiefer und immer tiefer.

Gott sei Dank! stießen seine Lippen heraus. Fixe, gute Arbeit, sie war's ... und jetzt, den guten, treuen Apparat unter sich, nahm er den Kampf mit Sturm und Feuer, er nahm ihn auf. Kein treibendes Blatt mehr, das hilflos gaukelnd im Sturm dahingerissen wurde ... eine lebendige Maschine, von Menschengeist, von Menschenarmen geführt ... nach Menschenwillen gelenkt ...

Der Kampf begann. Wie ein Schiff im Taifun mit allen Kräften allmählich aus den Wirbeln, die todbringend zum Zentrum ziehen, zu kommen sucht, so drückte er den Schwingenflieger mit übermenschlicher Kraft auf seitlichen Kurs, daß er kreisend um das höllische Flammenmeer herumfuhr. Immer wieder ging sein Blick zur Erde. Da war er auf der südlichen Peripherie des Brandmeeres.

Weiter ein rasendes Kreisen in wilden Spiralen. Der Kampf mit der anziehenden Kraft der Wirbel trieb ihn im Kreise ... aber auch immer höher! Seine Brust atmete schwer. War's die Riesenanstrengung, mit der seine Arme die Steuerflächen bedienten, war's die dünner werdende Luft in dieser Höhe?

Wie hoch hatten ihn die Strudel gerissen? ... Acht Kilometer, die Höchstgrenze menschlichen Lebens ... er fühlte, wie das Blut seine Adern zu sprengen drohte. Dazu die strahlende Glut! Die Gestänge in seinen Händen wurden heißer und heißer. Die Zunge klebte ihm am Gaumen. Auf seinem Rücken bewahrte er eine Flasche Wasser. Tantalusqualen! Er konnte es nicht wagen, danach zu greifen ... die Steuerung loszulassen.

Seine Kräfte wurden matter. Er schloß die Augen, als wolle er das Unvermeidliche über sich ergehen lassen, den Kampf aufgeben. Die Strafe des Schicksals folgt der Tat, murmelten seine trockenen Lippen ...

Ein riesiges, glühendes Wellblechdach, das, in tollen Wirbeln sich überschlagend, seine Bahn kreuzte, riß ihn aus seiner Betäubung. Das hatte den Weg gefunden aus dem glühenden Zentrum in die Abdrift des Orkans. Mit einer letzten, übermenschlichen Anstrengung drehte er das Tiefensteuer immer weiter herum, riß er am Seitensteuer.

Der letzte Versuch ...

Da vor ihm flatternd das wirbelnde Blech. Ihm nach! Er starrte hinüber. Da verschwand es aus seiner Sicht.

Nein! Nein! Da war es wieder!

Deutlicher ... immer deutlicher sah er es jetzt. Er näherte sich ihm ... schneller, immer schneller. Er ließ das Tiefensteuer noch einmal hoch und drückte mit scharfem Ruck nach unten. Der Kopf des Fliegers senkte sich, das Gestänge zum Zerspringen gespannt.

Und dann ... Der Widerstand ließ nach. In sausendem Gleitflug schoß er unter dem Blech hindurch, weg vom Wirbel ... weg von den Flammen.

Gerettet! wollte er rufen.

Da, eine Bö hob ihn, warf ihn zurück. Noch einmal das Tiefensteuer!

Der Apparat ächzte ... aber gehorchte. Im gleitenden, rasenden Flug schoß er aus dem Zyklon in ruhigeren Äther ... schoß weiter ... weiter, die Tageshelle hinter sich lassend, in die kühle, rettende Nacht.

Eine unendlich wohltuende Müdigkeit überfiel Tredrup. Der Widerstand der Luft wurde so schwach, daß seine ermüdeten Arme nur geringer Anstrengung bedurften, den Albatrosflug des Schwingenfliegers durchzuhalten.

Jetzt endlich konnte er einen Arm frei machen, die Wasserflasche ergreifen, sie an die Lippen führen.

Das Wasser war warm! Und doch, wie labte es den vertrockneten Gaumen. In gierigen Zügen sog er die Flasche aus bis zum letzten Tropfen.

Er wandte den Kopf nach Süden. Wohl sah er sie noch, die Riesenfackel, die von der Erde zum Himmel ging. Aber ihr Licht war schwächer geworden. Die Tageshelle da unten war hier dunkler Nacht gewichen. Er blickte hinauf zum Himmel. Das Meer der Sterne grüßte ihn. Im Augenblick hatte er sich orientiert.

Nach Norden hin! Nach Norden zu den Freunden, zur Heimat!

* * *

Wibehafen ... das neue Bild! ... Wie anders war's noch vor wenigen Wochen!

Gewiß! Auch jetzt drängte sich Schiff an Schiff an den Kais. Sie kamen an wie früher, mit Lebensmitteln, mit Ballast. Kehrten zurück mit dem, was die Gruben geliefert. Kohle früher! Jetzt Menschen!

Leer die Riesenschächte! Leer die gewaltigen Fabrikgebäude! Stumm die Maschinen! Alles Lebende auf der Flucht nach Süden. Nichts von den kostspieligen Anlagen, von den Riesenwerten durfte abmontiert, durfte weggeschafft werden.

Menschenleben retten! Die letzten Transporte waren zu machen. Ein paar tausend ... Die letzten von den Hunderttausenden, die bis vor kurzem hier gelebt. Die Stadt mit ihren schönen, breiten Straßen, den großen, wohlgebauten Häusern ... ein trauriges Bild in ihrer Öde und Verlassenheit.

Das Flugschiff, das, von Süden her kommend, auf dem Flugplatz landete, fand keine Helfer. Die Riesenhalle leer ... verlassen.

Uhlenkort sprang heraus und nahm den Weg zum alten Leuchtturm. Die Augen geradeaus gerichtet ... nicht links, nicht rechts schauend, als könne er den trostlosen Anblick nicht ertragen, ging er seinen Weg. Und wieder war's ihm wie so oft. Als er nun am Fuße des Turmes stand und die Hand an die kalten grauen Quader legte ... ein Strom von Zuversicht, von Hoffnung ging durch sein Herz, verscheuchte alles, was es bedrückt hatte.

Und dann stand er dem Freunde gegenüber, oben in

der Laterne des Turmes. Der begrüßte ihn kurz, wandte sich wieder seiner Arbeit zu.

War's die Nähe des Mannes... war's die Ruhe im Gemach? Uhlenkort ließ sich in einem Sessel nieder... seine Hand strich über die Stirn. Verscheucht alle Sorgen... Qualen der Tage und Nächte.

Er zog eine amerikanische Zeitung aus seiner Tasche und begann zu lesen. Hier ein ausführlicher authentischer Bericht über das Unglück am Kaiser-Augustus-Schacht in Mineapolis.

Tredrup... sein Werk!

Wo war er jetzt? Hatte er sich gerettet?

Die Zeitung schilderte die Vorgänge der Katastrophe in den grellsten Farben. Uhlenkort las... zuckte die Achseln.

Wie verblaßte das alles gegenüber dem, was über Europa gekommen! Noch einmal überlegte er im Geist die Tat Tredrups... ihre Notwendigkeit. Ein Herostrat?... Das Wort stand in den Spalten der Zeitung immer wieder. War's das? War das richtig? Nein! Nein! schrie's in ihm auf. Es mußte geschehen in berechtigter Notwehr.

Und als wollte er sich frei machen von alledem, schlug er die Seite um, las weiter. Flüchtig gingen seine Augen über die gesperrt gedruckten Überschriften.

Da! *Ein freches Piratenstück im karibischen Meer!*

Er las... las...

Der Überfall war anscheinend schon vor Tagen passiert. Der Bericht der Augenzeugen war's. Die letzten Sätze: *Ein Passagier, Miss Christie Harlessen, Kontoristin aus New York, wird seit der Stunde des Überfalls vermißt. Man vermutet, daß sie von den Piraten mitgeschleppt wurde, wobei allerdings auffällt, daß niemand eine gewaltsame Entführung gesehen hat.*

Uhlenkort las... immer wieder lasen seine Augen diese Worte. Der Atem stockte ihm, seine Hände umkrampften das Blatt.

Christie geraubt! Unmöglich! Von wem? Warum? Lösegeld? Von einer kleinen Kontoristin? ... Und doch! Doch konnte es sein ... Ihr Name: Harlessen ... Vielleicht war er den Piraten aufgefallen. Sie hatten erfahren, daß sie mit dem Präsidenten der Europäischen Union nahe verwandt ...

Im Geist versetzte er sich auf das Schiff, sah, wie Christie von rohen Fäusten aus ihrer Kabine gerissen ... in das Räuberschiff gebracht wurde.

Jäh sprang er auf, eilte zu dem Arbeitstisch ... zu ihm! ... Er mußte helfen ... Er konnte es! Was konnte er nicht?

Er rüttelte an dessen Schultern, sprach zu ihm.

Der schien nicht zu fühlen ... nicht zu hören. Seine Hände arbeiteten an einem mechanischen Werk, seine Augen waren darüber geneigt, jede Bewegung verfolgend, prüfend.

Uhlenkort trat zurück. Er durfte ihn nicht stören. Er stellte sich zur Seite, wartete in fieberhafter Ungeduld. Die Sekunden wurden ihm zu Minuten ... die zu Stunden ... unerträglich ...

Da endlich! Der andere richtete sich auf, wandte sich ihm zu.

»Was ist? Was wolltest du?«

Uhlenkort wies ihm die Zeitungsnotiz. Mit fliegendem Atem stammelte er ein paar erläuternde Worte.

»Hilf mir, Johannes! Hilf mir! Du kannst es! Ich weiß es.« Der schüttelte den Kopf.

»Nein! Du irrst. Ich kann dir nicht helfen ... kann dir nichts sagen ... darf es nicht ...«

Die letzten Worte, in leisem Flüsterton gesprochen, Uhlenkorts Ohr hatte sie doch vernommen.

»Du darfst es nicht?« schrie er. »Du kannst es und willst es nicht?«

Der andere wandte sich ab zu dem breiten Südfenster, starrte lange hinaus.

»Ich könnte es ... vielleicht ...« murmelten seine Lippen. »Nein!« Mit dem Wort hatte er sich umgewandt, trat er auf Uhlenkort zu.

»Nein! Ein Mißbrauch wär's! Ich will es nicht!

Du, der du tiefer in mein Innerstes geschaut als irgendein anderer Sterblicher ... du, der du weißt, was das Schicksal mir auferlegt, weißt, daß meine schwachen Schultern die Bürde kaum zu tragen vermögen ... weißt, daß ich alles, was ich tue ... tue ... weil das Schicksal es will ... das Schicksal ... weißt, daß die Macht, die in meine Hände gelegt ist, von ihm kommt ... Das Walten des Geschickes ... rätselhaft ... unbegreiflich dir ... mir, dem Diener, den es sich auserkoren ...

Mißbrauch, Frevel wäre es! Ich kann es nicht! Ich will es nicht!«

Uhlenkort starrte in das Gesicht des Freundes. Von Jugend auf kannten sie sich. Nie hatte er es so gesehen. Die tiefe Blässe, die stets darauf geruht, war verschwunden, einer leichten Röte gewichen. Die blauen Augen ... ein leichter Schleier hatte stets darüber gelegen ... sie leuchteten, als wenn ein heiliges Feuer sie entzündet hätte. Die sanft geschwungenen Lippen des zarten Mundes – ein messerscharfer roter Strich an ihrer Stelle. Die schmächtige, leicht vornübergeneigte Gestalt ... hoch aufgerichtet stand sie da.

Uhlenkort war zurückgetreten, sah zu ihm hinüber.

War das Johannes Harte? Der Freund seiner Jugend?

»Du wirst sie wiedersehen, die Verlorene ... sei's dir ein Trost! ... Doch vergiß nicht, daß auch dir das Schicksal zu tragen gegeben ... schwer ... schwerer als vielen anderen Sterblichen. Daß auch du sein Diener, bestimmt zu Großem, bestimmt, vielen Tausenden zu helfen ... ihre Not zu lindern ...!

Sie ...«, der starre Ausdruck seines Gesichtes milderte sich, »... sie ist in Not, einer Not, klein gegenüber der der Tausenden.

Du tust dein Werk, wie das Schicksal es will. Ich will

das meine tun ... Als du kamst, hatte ich den ersten Schritt ...«

Und dann war's wieder der alte Freund, der Johannes Harte, wie er ihn von Jugend auf gekannt.

»Wir wollen einen Gang über die Insel machen. Komm mit mir.« –

Sie standen an einer vorspringenden Klippe. Unter ihnen die brausende, rauschende Flut. Zur Seite der Hafen.

Ein ankommendes Schiff. Die Landungsbrücke herunter ... Ein Strom von Menschen über sie hinweg, auf das Schiff.

Uhlenkort sah es. Gleichgültig glitt sein Auge über das Bild. Nichts in ihm regte sich dabei. Sein Herz, es schlug im Widerhall der Worte, die sein Freund gesprochen:

»Ich hab' den ersten Schritt getan.«

Von Süden her ein Flugschiff. Es kam näher, näher. Schon konnte man die Formen unterscheiden.

Eine schnelle Privatjacht mußte es sein. Wer konnte das sein? Das Schiff strich über ihre Köpfe. Aus einem Kabinenfenster eine winkende Hand.

Tredrup! schoß es Uhlenkort durch den Kopf. Eine jähe Freude stieg in ihm auf, ihn wiederzusehen. Lebend! Hier!

Auch er ein Diener des Schicksals. Mit ihm zusammengestellt, manche Wege gemeinsam zu gehen, Freund dem Freunde, jetzt ... auch weiterhin. Christie ...

Tredrup ... der offene, klare Charakter ... ein Kind konnte in seinen Zügen lesen ... und doch, was hatte ihm die Natur noch gegeben ... mehr als anderen ... den schlauen, findigen Geist, allen Lebenslagen gewachsen ... überall einen Ausweg sehend.

»Gehen wir zum Flugplatz!«

Er sprach's und ging mit schnellen Schritten darauf zu, beachtete nicht, daß der andere ihm nur langsam folgte.

Ja, es war Klaus Tredrup, der ihm am Tore des Flughafens entgegentrat. Sie gingen der Stadt zu. Tredrup erzählte, kaum daß ihn Uhlenkort mit einer Frage unterbrechen konnte. Die Hauptsache kannte er ja aus den Zeitungsberichten, aber die Flucht ... die abenteuerliche Flucht ... bis er wieder europäischen Boden unter sich hatte ...

Und dann hatte Tredrup auch das erzählt und geschlossen:

»... Nun bin ich hier! Wieder bei Ihnen ... Und nur die eine Frage ist's, die mir auf dem Herzen liegt, sich darauf gelegt hat, vom ersten Schritt an, den ich tat ... die, von der ich mich nicht frei machen konnte, bis zu diesem Augenblick: War's recht, was ich tat?«

Uhlenkort hatte dessen Hand ergriffen, sie gedrückt, dann an sich gezogen.

»Ja! Und tausendmal ja, es war recht!«

Sie standen am Leuchtturm. Der Turmbewohner ... Die Erinnerung hatte auf Tredrup gelastet seit dem Morgen nach der nächtlichen Fahrt. Sein beweglicher Geist ... am hellen Tage hatte er die Gespenster der Erinnerung zu verscheuchen gewußt. Aber die Nächte ...

Sie standen am Fuße der Treppe. Tredrup ging voran. Fast, daß sein Fuß zwei Stufen auf einmal nahm. Und dann stand er vor dem Rätselhaften, schlug in dessen Hand, drückte sie. Der hielt sie fest. Reichte die andere Uhlenkort, bis sie standen Hand in Hand ... Diener des Schicksals!

Sie saßen gemeinsam am Tisch. Tredrup erzählte, gab ihnen kund, wie er's getan. Und wieder hatte Uhlenkort, als er geendet, das Wort wiederholt:

»Recht war's!«

Tredrup sah zu dem anderen hinüber. Der nickte, und leise kam es von seinen Lippen:

»Das Schicksal wollte es!«

Uhlenkort griff die Zeitung. »Christie Harlessen von Seeräubern geraubt …«

Tredrup fuhr kurz zusammen. Seine Augen blickten zu dem anderen, schienen es nicht zu fassen. Dann …

»Wir müssen sie retten!« fuhr es aus seinem Munde. »Retten so schnell wie möglich! Christie Harlessen geraubt.« Immer wieder murmelte er es vor sich hin. »Unmöglich! Unmöglich!«

Er wiederholte die gleichen Worte, die Uhlenkort gesprochen.

»Warum? Weshalb? Lösegeld? Kontoristin aus New York? … Schulreiterin? …«

Die Augen weit geöffnet, sprang er auf.

»Kapstadt! … Juanita! … Guy Rouse! …«

Die drei Worte gellten durch den Raum.

»Juanita! Du! Ah! Jetzt weiß ich's … Jetzt verstehe ich's … Du belogst mich doch!« Er sank auf den Stuhl zurück und schlug die Hände vors Gesicht.

»Du belogst mich doch!«

Immer wieder stieß es aus seinem Mund. Die anderen sahen ihn an. Diese Kraftnatur, geschüttelt in schwerstem Seelenkampf. Was war der Grund?

Da sprang Tredrup auf.

»Guy Rouse!« zischte es von seinen Lippen. »Kein anderer! Juanita! Warum?«

Er drückte die Fäuste vor die Stirn. »Ich weiß es nicht. Nur das eine weiß ich: Er steht hinter all diesem.«

»Guy Rouse?« Auch Uhlenkort sprang auf. »Wie kommst du auf diesen Namen? Was hat er mit Christie zu tun?«

Er trat auf Tredrup zu und schüttelte ihn.

»Was ist mit Guy Rouse und Christie? Sag's! Was weißt du?«

Und wie sie noch standen, war der Dritte zu ihnen getreten, hatte zu ihnen gesprochen, so daß sie voneinander ließen, sich setzten, daß Tredrup sagte, was er gedacht. Lange, lange sprachen sie, Tredrup und Uhlenkort. Immer wieder ging ihr Blick zu dem anderen hinüber. Der saß, das Gesicht nach Süden gerichtet, regungslos. Kein Zug ... kein Zucken in seinem Gesicht. Keine Antwort auf ihr stummes Fragen.

Tausend Pläne erwogen ... verworfen. Kein Ausweg. Bis sie erschöpft schwiegen. Ratlos ... hilflos.

»Schicksal! Wißt ihr's noch nicht? Es geht seinen Gang. Es wird geschehen, es wird erfüllt werden, wenn die Zeit gekommen ... Ihr habt zu warten, zu tun, was euch das Schicksal gebietet.«

* * *

Das Postflugzeug Mineapolis–Timbuktu landete. Rouse ging über den Flugplatz, winkte seinem Kraftwagen.

»Zum Hotel! Schnellste Fahrt!«

Er warf sich in den Wagen, zog die Uhr. Eine knappe Stunde, dann hatte er Audienz beim Kaiser ... Abschiedsaudienz. Am nächsten Morgen wollte er zurück in die Staaten. Noch einmal war er in Mineapolis gewesen, am Schacht, noch einmal hatte er das Bild der Riesenfeuersbrunst in sich aufgenommen.

Der brennende Kaiser-Augustus-Schacht, die Weltsensation, das Weltgespräch ... der unerschöpfliche Stoff für die Weltpresse. Wie Heuschreckenschwärme kamen die Flugschiffe – von den größten Passagierschiffen bis hinab zur kleinsten Privatjacht. Zehn Meilen vom Schacht begann die Gefahrenzone. Ein Schwarm von Patrouillenbooten, Tag und Nacht kreisend, hielt die allzu Neugierigen zurück. Der Zyklon, geboren aus der Riesenbrunst des Feuers, drohte jeden, der näher kam, in den Flammentod zu ziehen. In den ersten Tagen des Brandes, ehe der Patrouillendienst eingerichtet, war es manchem Flugschiff ergangen wie der Motte, die um das Licht kreist ... hineinfliegt ... stirbt.

Der Schacht brannte. Die Riesenfackel ... heute wie am ersten Tage ... spottend aller Ideen, ihrer Herr zu werden. Alle Geister der Welt in Bewegung mit Vorschlägen ... einer so unmöglich wie der andere. Den Wasserzufluß dämmen! ... Wäre es möglich, der einzige Weg wär's. Ein Heer von Geologen, Bohringenieuren, Technikern war zusammengeholt worden, Untersuchungen anzustellen. Die Wünschelrute ... von allen Ecken kamen die Rutengänger, zu helfen.

Alles vergeblich! Keine Rettung. Der unterirdische Strom, der den Schacht bedrohte, wies keinen geschlossenen Lauf auf. Ein Netz von Quelladern, das sich erst kurz vor dem Schacht vereinigte, wo die ungeheure strahlende Hitze des Riesenbrandes jede Arbeit unmöglich machte. Wär's anders gewesen, hätte vielleicht die Möglichkeit bestanden, Gefrierrohre bis in den unterirdischen Strom zu schlagen, die Wasser durch Frost zu bannen. So blieb es - vorausgesetzt selbst, daß die geologischen Angaben stimmten - eine Riesenarbeit mit zweifelhaftem Erfolg, ganz abgesehen von den ungeheuren Kosten - die Quelladern gingen teilweise in größte Tiefen hinab -, Kosten, die aufzubringen selbst dem Kaiser Augustus schwer werden mußte.

Es war nicht allein der brennende Schacht, die verlorene Energie: Fast ganz Mineapolis war zerstört. Die Riesenindustrieanlagen, mit ungeheuren Kosten erbaut, jetzt ein wüstes Ruinenfeld. Gruben, Hüttenanlagen, teilweise weit im Landesinnern, eingestellt auf die Energie vom Tschadseeschacht, jetzt zum Stilliegen verurteilt.

Das feste Gefüge des Zentralafrikanischen Reiches zitterte ... wankte unter den Wirkungen der Katastrophe.

»Glück oder Unglück?« Guy Rouse hatte die Worte gemurmelt, als er mit einem letzten Blick auf die riesige Feuersäule, die von der Erde zum Himmel ging, zum Flugschiff schritt.

»Ein Trümmerhaufen die Hoffnungen des Kaisers! ...

Die meinen? ... Der Schacht würde brennen ... weiter ... weiter ... Jahre ... Jahrzehnte ... Jahrhunderte vielleicht. Unangreifbar, unlöschbar die Feuergluten für Menschenhand ... bis vielleicht die Natur selbst aus sich heraus vollbrachte, was Menschengeist, Menschenarm unmöglich war.

Meine Forderungen an Seine Majestät werden in der nächsten Zeit schwer realisierbar sein. Er wird gar bald mit neuen Wünschen an mich herantreten. Wahrscheinlich heute schon, wenn ich mich verabschiede. Er wird mich bitten ... bitten! Er, der Kaiser Augustus Salvator.« Er schloß sekundenlang die Augen. Ein Zug der Genugtuung, Befriedigung lag um seinen Mund, als koste er schon den Genuß der Szene.

Das Flugschiff hatte sich vom Boden gehoben, umkreiste nach Süden hin die Stadt, den brennenden Schacht. Die Augen Rouses hafteten daran, bis das Schiff unter die Kimm tauchte, bis nur noch der Feuerschein am Himmel zeigte, wo der Sitz des Feuers lag.

Er wandte sich um. Sein Fuß stampfte heftig den Boden.

»Und das alles durch die Hand dieses Schurken! ... Tredrup!

Der Mensch muß verschwinden vom Erdboden. So oder so!

Rache des Kaisers ... wie ich den kenne, wär's möglich, daß er sie verschmähte. Nationale Tat! Es wäre nicht ausgeschlossen, daß er so dächte.

Mag er! Wo bliebe ich, nähme er seine Rache vorweg. Hat doch jeder Mensch nur ein Leben. Ich will meine Rache haben ... an diesem Tredrup. Sein Konto ist abgeschlossen. Ich werde hinter ihm her sein wie der Jäger hinter dem Wild ... und ginge es bis ans Ende der Welt! Meine Hunde - eine stattliche Meute ist's -, die werden ihn hetzen, bis ich ihn habe.

Der ... und der andere! Das Los ist gefallen. Tredrup! ... Smith!«

Er stand am Fenster der Kabine. Vor ihm tauchten die Türme von Timbuktu auf.

»Smith ist wieder hier, wie mir der Agent vor ein paar Stunden meldete. Seine Nachforschungen in Irwinga waren erfolglos.«

Rouses Hand griff mechanisch in die Rocktasche, fühlte das kurze, kalte Eisen.

»Du wirst's wohl sein, das den Knoten zerhaut. Er ist zu schade für die Meute!«

Juanita! ... Der Name drängte sich ihm auf. War's nicht ihre Schuld, daß er diese beiden Männer zu gefährlichen Feinden hatte? Sie war in Santa Barbara glücklich angekommen ... würde dort vielleicht sterben. Der Arzt in Irwinga hatte wenig Hoffnung gemacht. Sterben! Das junge, schöne Geschöpf ...

Rouses Gedanken flogen zurück zum Kanal ... Montegna ... Das erste Glied der Kette, an die sich die anderen schlossen ... Welches würde das letzte sein ...? –

Rouse stand vor dem Kaiser. Die Audienz war sehr kurz gewesen. Nichts von dem, was er erwartet, war geschehen. Keine Bitte, kein Wort des Bedauerns über seine Abreise. Gleichmütig ... kühl hatte ihn der Kaiser empfangen. Ein paar belanglose Worte gesprochen. Ihm gezeigt, daß die Audienz zu Ende. Er stand ... konnte es nicht fassen ... Eine Niederlage, schwer ... unvermutet.

Der Adjutant, der eintrat, ihn hinausgeleitete, brachte es ihm erst zum vollen Bewußtsein, daß er entlassen. Er warf sich in den Wagen, der ihn zum Flugplatz bringen sollte.

Alles andere war vergessen. Der Kaiser ... Der Kaiser ... was war mit ihm? Er schloß die Augen ... saß ... sann.

Der Wagen hielt mit kurzem Ruck. Der Chauffeur riß die Tür auf. Rouse saß noch in Gedanken versunken.

So mag's sein ...

Er trat aus dem Wagen, ging zum Flugschiff.

»Der Kaiser ist klüger, als ich gedacht habe. Das Spiel

wurde ihm zu hoch. Kein Krieg! Er resigniert, wartet auf bessere Zeiten.

Klug! ... du Kaiser. Kein Freund könnte dir einen besseren Rat geben. Krieg? Va banque wär's! Er ist kein Hasardeur. Er sieht die Grenzen und hütet sich, darüber hinauszugehen.

Die Südafrikanische Union wird jubeln. Ihr diplomatischer Sieg ist sicher ... so sicher wie ihre Niederlage gewesen wäre, wenn nicht ...

Er ... der Deutsche ... er allein ist schuld, daß alles so anders kam, als ich gehofft.

Der Steinwurf im Schacht ... Diese Ungeschickten! Hätte ich einen von meinen Leuten hiergehabt, der hätte es besser gemacht. Doch gedulde dich, du ... Nicht lange sollst du den Ruhm genießen, Nationalheld zu sein!«

Er saß in seiner Kabine. Die Radiowelle der New Yorker Börse sprach an. Er hörte. Da kam's ... Die Aktien der New Canal Company um zehn Punkte gestiegen. Der dritte Tag war's, daß sie sprunghaft in die Höhe gingen. Vor drei Tagen hatte die amerikanische Presse ihren Lesern mitgeteilt, daß Mr. Rouse, von seiner Krankheit völlig genesen, in die Staaten zurückkehre und die Leitung der New Canal Company wieder in eigene Hände nehmen würde.

Er lachte. Zehn Punkte! Gut! ... Noch weitere drei Tage so! Dann würde er die Gegenminen springen lassen ... Baisse spekulieren.

Dann wieder durch seine Agenten, verstreut in den Großstädten der Welt, kaufen lassen ... Spiel auf Spiel ... Rieseneinsatz ... Riesengewinne ... Riesenmacht.

Er erhob sich, und als erdrücke ihn die Enge der Kabine, ging er nach dem Vorderraum des Schiffes, zum Bug hin. Seine Hände umklammerten die Brüstung. Die hohe, magere Gestalt zitterte wie im Fieberschauer. Geld! Macht! Die einzige Leidenschaft, die er kannte ...

im furchtbaren Anfall hatte sie ihn ergriffen, jede Faser seines Leibes sich untertan gemacht.

Der Körper des Mannes bebte unter dieser Leidenschaft wie der Sklave unter der Peitsche des Herrn.

Gold ... Diener ... Herr!

* * *

In der Laterne des Leuchtturms saßen die beiden Freunde. Uhlenkort, reisefertig, stand auf.

»So wäre alles für deine Fahrt geordnet. Wäre meine Anwesenheit nicht so dringend erforderlich, würde ich dir mein Flugschiff hierlassen. So geht es nicht. Ich werde es aber sofort nach meiner Ankunft dort wieder hier hinaufschicken. Du kennst ja die Jacht. Du wirst alle Bequemlichkeiten während der Fahrt haben.

Meine einzige Sorge, Johannes – ich spreche sie immer wieder aus –, daß der schroffe Klimawechsel deiner Gesundheit schaden könnte. Von Nordpolbreite in Äquatornähe ... Ich fürchte für dich. Die einzige Beruhigung, daß Tredrup, der Treue, mit dir fahren wird. Er wird für dich sorgen, er wird über dich wachen.

Wo er nur bleibt? Er weiß doch, daß ich fahren muß. Das Flugschiff steht schon auf der Klippe fahrbereit.«

Er zog die Uhr.

»Ich muß gehen. Zu viel ist für mich zu tun. Die Last ist leichter geworden ...«, er reckte seine Gestalt hoch auf, »... nun, da ich sehe, daß der Tag nicht fern, der Schicksalswende bringt.

Die Organisation der europäischen Staaten ... wie stehe ich jetzt ihr gegenüber?

Schicksalswende ... auch für Christie Harlessen ... für mich ...«

Die letzten Worte, unhörbar waren sie gesprochen. Einen Augenblick blickte er ernst zu Boden.

Harlessen-Uhlenkort! Im Geist wiederholte er die Worte. Und dann, als schüttle er alle trüben Gedanken ab, wandte er sich dem Freunde zu, drückte ihm die Hand.

»Leb wohl, ich gehe, gehe mit geringer Sorge, weil du auch da mir Trost gegeben.«

Die Tür zum Raum wurde von außen hastig aufgerissen. Schwer atmend, wie erschöpft von schnellem Lauf, stand Tredrup vor ihnen.

»Uhlenkort! Du bist noch hier ... Gott sei Dank!«

»Was ist, Tredrup? ... Was ist ...?«

Statt einer Antwort zog Tredrup einen kleinen Zettel aus der Tasche.

»Hier! Hier!« Er schrie es fast. »Christie!«

»Was? Was ist mit Christie?«

Uhlenkort umklammerte dessen Hand, entriß ihm den Zettel.

Sein Gesicht war tief erblaßt. Ein paarmal schöpfte Tredrup noch Atem. Dann kam es herausgesprudelt, das Unverhoffte, Wunderbare, was ein glücklicher Zufall ihm durch des Äthers Wellen zugetragen.

»Zufall! Glücklicher Zufall, Uhlenkort!« Er lachte. Eine gewisse Verlegenheit mischte sich darein.

»Du weißt«, es kam etwas stockend, »ich fuhr mit meiner Belegschaft nach Stettin, wollte sie eigentlich weiter zum Ural bringen. Trennte mich schwer von den Leuten. Ihr Schicksal lag mir sehr am Herzen.

Ich wollte wissen, wie ihre Reise verlaufen, wie sie sich an der neuen Arbeitsstelle zurechtfinden würden. Und ... hm! Da tat ich etwas – es war vielleicht ... nein, sicherlich nicht ganz richtig –, ich gab ihnen die Uhlenkortwelle.

Heute sollten sie mir Nachricht geben. So war's verabredet.

Ein einmaliger Mißbrauch, Uhlenkort! Du wirst verzeihen! Und ...«, er schlug klatschend die Hände zusammen, »es war gut so! Tredrup und Tredrups Nase, das Glück wollte ihnen wohl.

Ich sitze in der Stadt in meinem alten Quartier, den Empfänger am Ohr, höre, was die vom Ural mir erzählen. Nichts sonderlich Gutes. Das veränderte Klima ... sie kamen gerade in die heiße Jahreszeit hinein ... Heimweh. Ich war nicht sonderlich erbaut von dem Gehörten.

Saß und saß, dachte nach. Die Zeit verging

›Uhlenkort ... Harlessen!‹ klang's ein paarmal im Hörer. Ich wollte ihn eben abnehmen. Es betraf mich ja nicht. Da! ›Walter ... Christie ...!‹ Ganz leise klang's im Hörer.

Ich preßte die Muschel fest ans Ohr. Was war das? Christie? ... Und dann klang's wieder ... ›Walter! ... Hier Christie ... Uhlenkort-Harlessen!‹

Ich schloß die Augen, schärfte mein Gehör zum Äußersten. Ein Hilferuf von Christie Harlessen? Nichts anderes konnte es sein.

Ich saß, verschlang die Worte, horchte, was weiter kommen würde. Saß, wartete ... Nichts zu hören, nichts weiter.

Ich sagte mir: Das kann nicht sein. Sie muß ... sie wird weitersprechen. Und dann klang's wieder an mein Ohr. Leise, unendlich leise ... ›Insel‹ ... das einzige, was ich verstand. Doch sie hatte die ersten Worte wiederholt, sie würde auch die wiederholen. Ich horchte weiter. Andere neue Worte drangen zu mir: ›Kanal ... Südwest‹ ...

Dann blieb es unverständlich. Ich riß den Zettel aus meiner Tasche, schrieb mit, wie ich's verstand ... Wartete weiter, vielleicht, daß die Laute deutlicher wurden. Plötzlich war alles verstummt. Das hier«, er deutete auf den Zettel in Uhlenkorts Hand, »ist, was ich hörte ... wie ich es der Reihe nach zusammenstellte:

Walter! ... Hier Christie ... Uhlenkort-Harlessen ... Insel ... Kanal ... West zu Südwest ...«

Das Blatt zitterte in Uhlenkorts Händen.

»Sie lebt! Gott sei Dank! ... Kanal ... West zu Südwest.«

Er wandte die Augen zu dem Jugendfreund. Der stand abgewandt am Tisch. Uhlenkorts Blicke hafteten an dessen Gestalt, als erwarte er, daß der sich umdrehen und ...

Nein ... Der konnte nicht ... Wollte nicht ...

»Vielleicht, daß man in Hamburg oder in anderen deiner Kontore es besser verstanden!« brach Tredrup das Schweigen.

Uhlenkort schaute auf, schlug sich mit der Hand an die Stirn.

»Gewiß! Natürlich! Wie konnte ich das außer acht lassen! Werde sofort anfragen und Befehl geben, daß die Stationen Tag und Nacht besetzt bleiben. Und wenn der Ruf auch dort nicht besser verstanden ... sie wird ihn wiederholen ... morgen ... in den nächsten Tagen. Einmal wird es ... muß es gelingen, ihn unverstümmelt zu hören.«

Er reichte Tredrup die Hand.

»Klaus, ich danke dir.«

»Dank's Tredrups neugieriger Nase!« erwiderte der lachend. »Ja, ja! Tredrups neugierige Nase. Du bist nicht der erste und einzige in der Welt, der diese Eigenschaft konstatierte. Aber ...« Er zuckte die Achseln. »Wieder einmal ist der Beweis erbracht, daß manchmal dabei etwas herauskommt.«

Er schielte leicht zu der Gestalt des Dritten. »... Manchmal freilich auch nicht.« Er schüttelte sich wie ein Hund, der im Wasser war.

»Glück auf, Walter Uhlenkort!«

Er ging mit ihm zur Tür, reichte ihm zum Abschied die Hand.

»Tredrups Nase«, er warf einen scheuen Blick in den Raum zurück, flüsternd kamen die Worte aus seinem Mund, »... Tredrups Nase verspürt guten Wind, Uhlenkort. Mir träumte gestern, es wäre nicht das letzte Mal, daß ich hier oben in Spitzbergen war.«

»Klaus Tredrup, hast du die nächtliche Fahrt ganz vergessen, jene Fahrt nach Süden? ... Sei gewarnt!«

Uhlenkort sagte es, halb Scherz, halb Ernst.

»Und wenn ich hundert Jahre alt würde, ich werde sie nie vergessen. Werde auch immer daran denken, wenn ich mit ihm zu den Antillen fahre ... Uhlenkortwelle, Glück auf!«

»Danke dir, Klaus, auf Wiedersehen. Wäre möglich, daß wir uns bald wiedersehen.«

Tredrup wollte fragen, da schritt Uhlenkort schon die Stufen hinunter.

* * *

Noch brannte die Sonne auf das Atoll. Ein Pfiff gellte über die Lagune, rief die Besatzung zur Mahlzeit. In dem Höhleneingang erschien die Gestalt Christies.

Ihr Notruf, in den ersten Tagen stets um die Mittagszeit gerufen ... erfolglos. Andere Stunden, bei Tag, bei Nacht, soweit es anging, hatte sie benutzt ... erfolglos. Die Sendeenergie zu schwach? Nicht anders konnte sie sich's erklären.

Die vierte Nachmittagsstunde. Ein letzter Versuch. Sie blickte auf die Armbanduhr. Halb vier. Zu früh! Sie wandte sich zu dem schmalen Pfad, der zum Rand der Klippen führte, schritt ihn empor.

Ihr Blick flog über die weite wüste Wasserfläche. Kein Schiff, kein Segel, so weit ihr Auge schaute. Hier, abseits von allem Verkehr ... nur ein Schiff, das der Sturm verschlagen, konnte hier vorüberkommen. Und wenn es käme? Und wenn es glückte, sich ihm durch Winken bemerkbar zu machen? Es bestand keine Möglichkeit, die Insel zu betreten. Nach allen Seiten reckten sich die Korallenriffe steil, unbesteigbar in die Höhe.

Aber die Seeräuber. Wie kamen die an Land, in die Lagune? Mit eigenen Augen hatte sie das U-Boot der Räuber mitten aus der Lagune auftauchen sehen, wieder niedertauchen zu neuer Fahrt. Irgendwo in dem Korallenkranz des Atolls mußte eine unterseeische Durchfahrt sein. Aber wo? Wo war die? Wie oft hatte sie zur Nachtzeit in der Lagune gebadet, war als geübte Taucherin unter Wasser an den Wänden entlanggeglitten. Nie hatte sie den unterirdischen Paß gefunden. Und hätte sie ihn gefunden, was hätte es ihr geholfen? Draußen um den Kranz eine wilde Brandung, dahinter die unermeßliche Öde des Ozeans.

Sie schritt zurück, mutlos, niedergedrückt. Kaum noch ertrugen ihre Nerven dieses qualvolle Warten. Einmal mußte sie hier wegkommen, weggeführt werden von dem, der sie geraubt. Woandershin, wo die Gelegenheit zur Flucht vielleicht günstiger war.

Sie kam zur Hängematte, legte sich hinein, das kleine Mikrophon im Taschentuch. Sprach mutlos, hoffnungslos den ewigen Notruf.

Und dann! Ihr Körper schnellte empor.

»Hier Uhlenkort!« die Antwort. Atemlos sank sie zurück, suchte nach Worten. Eine fremde Stimme gab ihr Antwort. Die Laute klangen verzerrt. Kaum, daß sie den Sinn verstand. »Weitersprechen! Peilen. Gut Freund hier.«

Sie preßte die Hand aufs Herz. Der unverhoffte Erfolg verwirrte, betäubte sie.

»Weitersprechen!« Immer wieder klang die Weisung an ihr Ohr. »Weitersprechen, damit ich peilen kann.« Sie raffte sich zusammen. Alles, was sie in langer Beobachtung festgestellt, sprachen ihre Lippen in das Mikrophon. Sie sprach, sprach weiter, immer wieder ermutigt durch die Antwort von da drüben: »Gut! Gut! Weitersprechen.« Sie merkte nicht, daß ihre Stimme lauter und lauter wurde, daß sie, in der Erregung alles vergessend, die Worte, die sie sprechen wollte, schrie. Merkte nicht, daß der Offizier der Besatzung am anderen Ufer der Lagune aufmerksam wurde durch den Schall, der sich dort an den Wänden brach ... daß er um das Wasser herumschritt ... auf sie zu. Der weiche Sand dämpfte seine Schritte. Die Hand, die Taschentuch und Mikrophon hielt, plötzlich wurde sie ihr vom Mund gerissen.

»Was tun Sie, Miss Harlessen? Ah! Ein Mikrophon? Sie sprechen?! Eine drahtlose Station in Ihrer Hand?!« Zwei Hände umklammerten ihre Arme, rissen sie aus der Matte.

»Zurück zur Höhle! Sofort!«

Mit bebenden Gliedern stand sie vor ihm. Eine Waffe! Hätte sie nur eine Waffe! Der Offizier deutete zur Höhle.

»Gehen Sie sofort nach oben!«

»Ich ... ich ...«

Einen Augenblick stand Christie, schaute ihn an. Seit dem Tag, an dem das U-Boot mit seiner Besatzung abgefahren, hatte er sie verfolgt ... mit Blicken ... mit Worten. Sie hatte darüber gelacht. Jetzt? Sollte sie die Gelegenheit ergreifen? Sich ihm gefügig zeigen, ihn auf ihre Seite bringen?

Sie sah ihn an, wie seine lüsternen Blicke über sie glitten, sah die Wünsche in seinen Augen. Sie wandte sich ab und ging nach oben, blickte vom Eingang der Höhle noch einmal zurück. Sah, wie er am Fuß der Palme suchte, den Kontakt fand, zu ihr hinaufwinkte, drohte. Sie warf sich auf ihr Ruhebett, suchte vergeblich ihre Erregung zu meistern. Ihr Ohr vernahm Schritte auf dem steinigen Pfad zur Höhle.

Der Offizier! Ihr Wächter! Sie sprang auf.

»Fein ausgeklügelt, mein Fräulein. Bewundere Ihren Scharfsinn, Ihre Klugheit. Nehme an, daß es heut nicht zum ersten Mal war. Die Siesta in der Mittagsglut in der Hängematte - schon längst hatte ich Verdacht. Jetzt weiß ich's. Das Spiel trieben Sie schon seit vielen Tagen. Trieben es vergeblich, mein teures Fräulein. Keiner hörte Sie. Kein Retter wird kommen, Sie zu befreien ...«

Seine Augen weideten sich an Christies Bestürzung. Röte und Blässe wechselten auf ihren Zügen.

»Miss Harlessen!« Er trat auf sie zu, nahe ... ganz nahe. Seine Stimme sank zum Flüstern herab. »Nur der eine Weg, Miss Harlessen, der Weg an meiner Seite im Flugzeug führt in die Freiheit. Zum letzten Male heut sag' ich es Ihnen: Seien Sie mein ... folgen Sie mir! In einem unserer Reserveflugzeuge bringe ich Sie fort von hier. Zu einem Ort, wo niemand Sie ... uns findet. Auch er nicht ... der hinter allem steckt ... der Sie hierherbringen ließ. Wollen Sie?« Er war dicht an sie herangetreten. Sein heißer Atem streifte ihr Gesicht. Er hielt ihr die Hand entgegen. »Schlagen Sie ein! Noch heute nacht verlassen wir die Insel!«

Christie stand. Ein Weg? Ein Weg zur Freiheit? Vielleicht, daß sie ihm später entging. Er mochte ihr Zaudern anders ausgelegt haben. Sie fühlte sich plötzlich von seinen Armen umschlungen. Er riß sie an sich.

Jähes Entsetzen befiel sie. Mit voller Gewalt schlug sie die geballten Fäuste in sein Gesicht, daß er zurücktaumelte. Ehe er sich wiedergefunden, war sie an ihm vorbeigeeilt, den steilen Hang zur Klippe empor, hinter sich den keuchenden Atem des Verfolgers.

Auf der äußersten Spitze der Klippe, halb über den Abgrund geneigt: »Keinen Schritt weiter! Oder ...«

Er blieb stehen. Sah sie bereit, sich in die Tiefe hinabzustürzen, die sie zerschmettern mußte. Er taumelte zurück.

Wehe dem, der ihr zu nahe tritt! Die Warnung des Kommandanten vor der Abfahrt. Einen Augenblick stand er stumm. Dann wandte er sich. Christie hörte die Schritte verklingen. Noch zauderte sie. Warum nicht den Sturz in die Tiefe? Die einzige Rettung blieb's. Der Offizier würde Alarm geben. Man würde sie von hier in ein anderes Versteck schleppen, wo alle Rettung unmöglich. Die Rechte, die sich an die Felskante klammerte, ließ los.

Die Sinne drohten ihr zu schwinden.

Da! Eine Stimme rief ihr zu: »Halt, Christie Harlessen! Halt, Rettung ist nahe!«

Sie riß sich empor, starrte um sich. Wo kam sie her, die Stimme? War's Sinnestäuschung? Der Ruf, ganz deutlich war er an ihr Ohr geklungen.

Ihre Hand griff fest um die Felskante. Sie zog sich vom Abgrund zurück, stand wieder auf sicherem Boden.

»Walter Uhlenkort!« Sie schlug die Hände vors Gesicht und sank in die Knie. »Walter Uhlenkort!«

* * *

Guy Rouse trat durch das Vestibül* seines Palastes. Es war gefüllt von Menschen... Menschen, die ihn begrüßen... beglückwünschen wollten, vom Minister bis zum kleinen Abgeordneten. Das Auge Rouses flog über sie hinweg. Er mußte sich beherrschen, um nicht laut herauszulachen. Zu jedem trat er heran, drückte ihm die Hand, dankte ihm, sprach ein paar kurze Worte. Mit Mühe machte er sich frei, ging nach oben. –

»Shake hands, Miller! Auch hier? Ah, Mr. Struck!«

Die beiden Riesenarme Teddingtons streckten sich den Freunden entgegen, schüttelten deren Hände, rissen sie zu sich heran.

»Wo wart ihr? Ich sah euch nicht, kam allerdings erst im letzten Augenblick. Eine Minute, bevor Seine Majestät... äh, wollte sagen, Mr. Rouse eintrat.

War unterwegs, als der Brief - der gleiche, den auch ihr bekamt... aus dem Hauptquartier hier - mich traf. Eben, daß ich noch das Reisegeld zusammenraffte. Wette, daß euch das ebenso schwer wurde.

Er drückte mir die Hand wie euch. Alles vergessen! Gute Freunde wie immer! Unser Weizen blüht.«

---

* Eingangshalle

Miller schaute ihn fragend an, im grämlichen Gesicht einen Zug von Mißtrauen.

»Glauben Sie?« fragte er.

»Glaub's bestimmt!« erwiderte Teddington. »Der Weizen blüht. Bald wird er reif sein.«

Er machte mit seinen Riesenarmen eine ausholende Bewegung, als hielte er eine Sense.

»Wir werden mähen ... ernten!«

Die beiden anderen lachten.

Doch war's ihre Freude, war's leichtes Mißbehagen, was in ihm aufstieg - seine Stirn zog sich in tiefe Falten. Er beugte sich zu ihren Köpfen hinunter, flüsterte:

»Die Ernte unter Dach bringen vor dem Regen!«

Sie sahen ihn eine Zeitlang stumm an. Dann - sie hatten verstanden - bestürmten sie ihn mit Fragen.

»Vor dem Regen...?«

Teddington zuckte die Achseln, legte den Finger auf den Mund.

»Nach Sonnenschein kommt Regen. Mehr weiß ich nicht ...!« -

Die Vertreter der Presse ... der große Raum im Oberstock konnte ihre Zahl kaum fassen. Eifrig, Wort für Wort, schrieben ihre Hände mit, was Rouse sprach. Es war eine große, wohlangelegte Rede. Die Ereignisse bei der Kanalsprengung ... die Schuldlosigkeit aller Beteiligten ... das furchtbare Unglück für den Isthmus ... für Europa ... Die Möglichkeiten, das alles wiedergutzumachen. Die großen Verbesserungen des amerikanischen ... des Weltverkehrs. Daraus sich entwickelnd ungeheure wirtschaftliche Fortschritte. Die glänzende Lage der Vereinigten Staaten gegenüber der ganzen Welt als Schlußwort.

Noch ein paar kurze Worte, die Richtlinien für die Leitartikel gaben. Die Versammelten gingen auseinander ... Offiziere, denen der Generalstabschef die Züge eines großen strategischen Planes entwickelt hatte.

Guy Rouse... die New Canal Company... die Presse aller Richtungen füllte ihre Spalten damit.

An der Börse. Solange Rouse sprach, hatten die Geschäfte fast völlig geruht. Alles verfolgte seine Worte, die hier sofort bekannt wurden.

Aktien der New Canal Company wie alle Rouse-Werte... nicht gehandelt... nein, gestrichen trotz stürmischer Nachfrage, da kein Angebot auf dem Markt.

Nur die ausländischen Börsen gaben ein ungefähres Bild des Riesenbooms in diesen Werten.

* * *

Die Morgensonne hob sich über dem Isthmus. Ein kleines U-Boot schoß in schnellster Überwasserfahrt durch die Fluten auf den Kanal zu. »Azuero!« Der Mann im Ausguck schrie es zur Kommandobrücke. »Runter! Fertig zum Tauchen!« kam der Befehl von der Brücke.

»Azuero in Sicht. Befehl zum Tauchen!« schrie das Telephon in der Kabine des Kommandanten. Der lag ausgestreckt auf seiner Koje. Mit einem Satz sprang er heraus, ging zur Tür. Ein Offizier stand vor ihm.

»Azuero schon in Sicht?«

»Jawohl, Herr Kapitän! Nehme an, daß wir wieder versuchen wollen, ohne Zoll durchzukommen.«

»Selbstverständlich«, knurrte der Kapitän. »Wissen ja, daß es nicht der Zoll allein ist. Der Teufel hole die New Canal Company und ihren Leiter!«

Der Offizier lachte.

»Diesen Ausspruch, Kapitän Tredrup, hörte ich schon öfter von Ihren Lippen.«

Der zog ein schiefes Gesicht.

»Bande, die! Möchte sie alle an Bord haben. Würde sie mit Vergnügen durch die Torpedorohre ausspucken. Die Gesellschaft um den Zoll zu betrügen, das allein wäre mir schon ein Vergnügen. Aber Sie wissen, wir haben außerdem noch Gründe, uns im Kanal nicht allzu häufig sehen zu lassen.«

Der Offizier nickte.

»Gewiß! Aber rätselhaft bleibt mir's. Bei jeder Fahrt von den vielen, die wir durch den Kanal machten, staunte ich. Die Kette der Zollkutter der New Canal Company quer über den Kanal, so gut organisiert, läßt doch sonst nicht die kleinste Barke ohne Abgabe den Kanal passieren. Selbst für U-Boote gilt's sonst als unmöglich, unangehalten durchzukommen. Die paar, die es versuchten, brachten die Wasserbomben schnell zur Räson.«

Tredrup strich sich mit dem Zeigefinger über die Nase. Der Offizier hatte recht... sprach aus, was er im stillen oft gedacht. Wie kam's, daß er mit seinem Boot immer ungesehen durchgeschlüpft? Ja... früher war er mitgefahren... der vom Leuchtturm in Wibehafen. Da hatte ihn das nicht weiter wundergenommen. Aber auch jetzt, wo er allein von Saltadera aus durch den Kanal in den Stillen Ozean fuhr auf der Suche nach Christie Harlessen... auch da! Wieder war er ungesehen, unbemerkt durch den Kanal gekommen.

Er stand... sann. Die Erklärung dafür... Wie hatte er sich vom ersten Male an den Kopf zerbrochen, sie zu finden. Er hatte sie nicht gefunden. Der vom Leuchtturm? Irgendwie mußte es mit dem zusammenhängen. Anders war's nicht möglich.

Das Telephon schrillte: »Kanal erreicht. Bootstiefe hundert Meter.«

»Hundert Meter«, murmelten seine Lippen. Ein plötzlicher Gedanke schoß durch sein Hirn.

»Setzen Sie Kurs genau auf Kanalmitte!«

Der Offizier ging. Tredrup stand, wartete.

»Kurs liegt auf Mitte«, kam die Rückmeldung des Offiziers.

Kanalmitte. Elfhundert Meter tief an dieser Stelle der Seekarte... wenn das Schiffahrtsamt richtig gemessen hatte. Tredrup trat an seinen Tisch. Ein Knopf. Darüber ein kleines Meßinstrument. »Behm-Echolot« war in der Messingplatte eingraviert.

Seine Hand ging zum Knopf, zuckte zurück. Er drehte sich um, als suche sein Auge einen, der die Bewegung gesehen. Sein Blick ging über die Wände der engen Kabine. Wer könnte hier hineinsehen? Nur Gott! Kein Mensch ... kein Sterblicher kann's!

Seine Brust hob sich in tiefem Atemzug. Wieder ging seine Hand zu dem Knopf.

»Keiner kann's sehen! Auch er nicht!«

Da hatten seine Finger den Knopf berührt. Sein Blick flog zum Zeiger.

Achthundertzwanzig Meter!

Als habe sein Auge ein Menetekel geschaut, wich er unwillkürlich von dem Apparat zurück. Achthundertzwanzig? Elfhundert sollten es sein! Seine Lippen bebten. Differenz ... beinahe zweihundert Meter unter Berücksichtigung der Bootstiefe. Ein Irrtum des Schifffahrtsamtes? Unmöglich! Doch vielleicht ein Riff auf der Kanalsohle. Sein Auge ging zum Fahrtmesser. Zweitausend Meter war das Boot inzwischen weitergeglitten.

Er stürzte zum Tisch. Wieder ein Druck auf den Knopf. Der Zeiger des Echolotes spielte ... stand. Achthundertzwanzig Meter Tiefe. Tredrup starrte wie hypnotisiert auf den Zeiger. Kein Irrtum ... das Instrument unbedingt zuverlässig. Die Sohle des Kanalbettes neunhundertzwanzig Meter unter dem Wasserspiegel. Heute, in dieser Minute, wo vor einem halben Monat elfhundert waren ... amtlich gemessen.

Und dann, als ging ein jäher Schreck durch seine Glieder ... Er starrte um sich her, als wäre da einer, der ihn sähe. Mit einem Sprung war er zur Tür, stieß sie auf.

»Wo sind wir?« schrie er den Ersten Offizier an, der ihm entgegentrat. Der sah ihn einen Augenblick erstaunt an. Der Kommandant? Seine eiserne Ruhe? Sprichwörtlich war sie in der kurzen Zeit geworden, seit er den Befehl führte. Was war mit ihm?

»Die erste Kette der Zollboote hinter uns, wollte ich eben melden.«

Tredrup nickte wie geistesabwesend. »Sei gewarnt!« hatte Uhlenkort gesagt, als sie Abschied nahmen.

* * *

Saltadera, eine der kleinsten Antilleninseln, weit nach Westen vorgeschoben, die nächste dem Isthmus. Wie ein einziger ungeheurer Block hob sich ihr Felsmassiv aus den Fluten des Atlantik. Ein paar Fischeransiedlungen an der Ostküste. Nach Westen ein steiler Hang, unpassierbar für Menschen, der zu einem schmalen Streifen sandigen Vorlandes abfiel.

Ein kleines Holzhaus da unten. Der große Raum zu ebener Erde fast ganz ausgefüllt mit Apparaten und Instrumenten, jetzt durch die herabgelassenen Jalousien fast völlig verdunkelt.

Über den Arbeitstisch gebeugt saß der vom Leuchtturm. Die schmalen, feinen Hände sanken von dem Instrument, an dem sie seit Stunden arbeiteten. Wie erschöpft lehnte er sich in den Stuhl zurück. Strich sich mit einer müden Bewegung über das Gesicht, dessen krankhafte Blässe die Strahlen der tropischen Sonne nicht verändert hatten. Die Augen, tief in den Höhlen liegend, hingen an dem leuchtenden Bild vor ihm an der Wand.

Das Bild des Kanals, das der energetische Fernseher dorthin gezaubert. Es war nicht das optische Bild, wie es ja schon längst die Kamera aufnahm und direkt von der Mattscheibe aus drahtlos durch den Äther weitergab. Jeder Besitzer eines Radioapparates hatte wohl auch die Empfangseinrichtung für derartige Bilder.

Hier war es anders. Es war ein energetisch aufgenommenes Bild, welches alle Einzelheiten unabhängig von den optischen Eigenschaften des Bildgegenstandes zeigte. Wo dem Auge, der Optik eine Schranke gesetzt war, griffen die energetischen Strahlen weiter ... schalteten aus, was nicht gesehen werden sollte ... hoben heraus, was man sehen wollte.

Das Kanalbett. Der letzte Abschnitt an der Stätte, wo einst Colon gestanden. Wasserleer schien der fünfzehnhundert Meter tiefe Einschnitt. Eine kurze Bewegung zum Apparat. Das Bild an der Wand wanderte über die leuchtende Fläche nach oben. Immer neue Teile ... immer tiefere Partien der Erdrinde wurden sichtbar. Die Sialscheibe, wie sie sich in einer hundert Kilometer starken Schicht unter der Sedimentärhülle um den Erdball zieht. Feingesprengte Magmamassen darin. Weiter dem Erdinnern zu die Simamassen. Das energetische Bild zauberte die Vorgänge aus nie gesehenen Tiefen an die Wand.

Die Massen der Tiefe waren in Bewegung. Die energetischen Strahlen, von seiner Hand gelenkt, rissen sie aus dem Urzustand. Ungeheure Kräfte, durch die Strahlung dort unten frei werdend, ließen sie beben, zittern, in furchtbaren Gluten brodeln. Die Bewegungen nach oben dringend, Ausweg suchend, die Schollen sich lockernd, die Massen leichter werdend, sich lösend von dem Links und Rechts. Die deckenden Schichten emporgehoben, schon klafften sie in tausend Rissen. Wie lange noch würden sie dem Druck standhalten?

»Einmal noch!« murmelten seine Lippen. Das letzte Stück, das schwerste! Wohl abzuwägen jede Bewegung. Nicht zu viel, nicht zu wenig. Bis die Wunde verharscht, der Leib der Erde geheilt. Weltordnung ...

In der Tür des Raumes erschien Tredrup. Bei dessen Eintritt sah er auf, nickte ihm zu.

»Gute Fahrt gehabt, Tredrup?«

Eine leichte Bewegung seiner Linken zu einem Schalterknopf. Das Bild an der Wand neben der Tür verschwand. Tredrup sah es nicht mehr.

»Ich kam durch den Kanal hin und zurück durch die Kette der Zollboote. Keins sah mich, keins hielt mich an. Fuhr, wie ich mit Ihnen fuhr.«

»Sonst nichts?«

»Nichts! Kein Zeichen von Christie Harlessen. Unsere Empfangsstation ständig besetzt, hörten kein Wort.«

»Sonst nichts?« fragte der andere weiter und hob dabei leicht den Kopf.

»Nichts«, erwiderte Tredrup. »Nichts Besonderes.« Seine Stimme schwankte. Fast stotternd brachte er die Worte hervor. Lauerte etwas hinter dessen Frage? ... Die Lotung? ... Tredrup fühlte, wie sein Herz stärker zu schlagen begann. Hatte er sie gesehen?

»Loteten Sie nicht im Kanal, Tredrup?«

Tredrups Hand umklammerte den Türpfosten. Fast wäre er zurückgetaumelt. Da war die Frage! Er hatte es doch gesehen. Nein! wollten seine Lippen schreien, und dann sprach er leise:

»Wir loteten. Die Messungen des Schiffahrtsamtes vielleicht unzuverlässig. Wir loteten in der Mitte des Kanals.«

»Und fanden die Lotungen des Schiffahrtsamtes nicht bestätigt?«

»Nein! Differenz zweihundert Meter.«

Der andere nickte.

»Zweihundert Meter ... die Differenz ist groß. Walter Uhlenkort in Hamburg würde es interessieren. Vielleicht, daß Sie es ihm mitteilen.«

»Walter Uhlenkort. Jawohl ... gewiß ... Herr Harte.«

Der Sender! Er stürzte auf den kleinen Apparat im Hintergrund zu. »Sofort werde ich es tun.« Stülpte die Hörer über, ergriff das Mikrophon.

»Ah, ich vergaß ... ist ja unsere Welle, muß sie auf Uhlenkortwelle umstellen.« Seine Hand bewegte die Skalenscheiben. Endlich hatten seine Finger die Station bestimmt.

In seinem Innern rang es so heftig, daß er kaum die Worte fand, wie er's sagen wollte. Seine Lippen öffneten sich ... da fuhr er mit jähem Ruck zurück. Seine Augen starrten ins Weite, das Mikrophon entsank seiner Hand. In höchster Anspannung lauschte er dem, was die Uhlenkortwelle ihm aus weiter Ferne ins Ohr rief. Vergessen alles, was er Uhlenkort sagen wollte. Er saß und lauschte. Da war er wieder, der alte Notruf: Hier Christie ... Uhlenkort-Harlessen ...

Mit den Augen winkte er den anderen heran, kritzelte auf ein Stück Papier: Christie Harlessen ...

Der las, nickte ... lächelte. Das Telephon verstummte.

»Hier Uhlenkort!« schrie Tredrup zur Antwort. Wandte sich zu dem neben ihm. »Was soll ich sagen?«

»Sagen Sie, daß sie weitersprechen soll, immer dasselbe.«

Tredrup starrte ihn fragend an. Die Stimme Christies rief wieder.

»Wo? ... Wer ist da? Wo ist Walter Uhlenkort?«

»Sagen Sie ihr, sie soll weitersprechen, damit Sie peilen können.«

Tredrups Augen leuchteten auf. Ah, peilen! Daß der ihm das sagen mußte! Selbstverständlich, peilen!

Tredrup sprach, bis der Sinn seiner Worte dort verstanden wurde. Bis sie weiterrief. Mit fiebriger Hand bewegte er den Peilrahmen. Was sprach sie jetzt noch? Atoll ... Abgelegen ... Südsee ... Von hohen Korallenklippen umgeben ... Etwa fünfzehn Meter hoch ... Zwölf Palmenwipfel über den Rand ragend ... Niedriges, lang gestrecktes Riff an der Ostseite ... Keine Insel in der Nähe mit dem Auge zu erkennen ... Durchmesser der Insel etwa tausend Meter ... Schwache Besatzung ... U-Boot der Seeräuber auf Fahrt ... Unterwassereinfahrt durch das Riff in die Lagune ...

Tredrup hatte die Peilung längst scharf eingestellt. Seine Hand schrieb in rasender Hast die Worte mit.

Da nochmals die Frage: »Wer dort? Wo ist Walter Uhlenkort?«

Schon wollte Tredrup Antwort geben. Da! Im Hörer ein Aufschrei der Stimme. Die gebrochenen Laute einer männlichen Stimme dazwischen. Er saß ... lauschte. Kein Laut mehr. Was war das?

Sein Geist flog zu der Stätte, von der Christies Notruf erklungen. Was bedeutete die Männerstimme? Christie war überrascht worden, hatte in der Erregung über die gelungene Verbindung alle Vorsicht vergessen. Was würde da weiter geschehen? Strafe? ... Mißhandlung?

Sein Blick suchte den anderen, suchte Johannes Harte. Er sah ihn nicht. Die Tür war offen. Er war hinausgegangen.

Zurück zum Funkgerät. Uhlenkortwelle ... Hamburg.

Da war sie ... Die Stimme des Freundes begrüßte ihn.

»Christie Harlessen!« schrie Tredrup. Und dann, seine Worte sammelnd ... jubelnd sprudelte heraus, was sein übervolles Herz hergab. Uhlenkort antwortete, bestürmte ihn mit Fragen, wollte mit den Worten schließen: »Fahre noch heute mit Flugzeug zu euch«, da schrie Tredrup als letztes ins Mikrophon: »Die Sohle des Kanals neunhundertzwanzig Meter tief ...«

Kein Laut von da drüben.

»Hörst du, Walter Uhlenkort? Die Sohle des Kanals neunhundertzwanzig Meter tief. Hörst du?«

»Ich höre, Tredrup ... Hörte es beim ersten Male. Konnte es nicht gleich fassen. Die Messungen lauteten auf elfhundert.«

»Elfhundert waren's!« schrie Tredrup zur Antwort. »Neunhundert sind's jetzt!«

Und vergessend der Worte: Sei gewarnt! rief er: »Die Kanalsohle ist gestiegen! Um zweihundert Meter gestiegen! Ich hab's gemessen. Er hieß mich's dir melden, Walter Uhlenkort.«

Die Worte ... Schreien, Lachen war's.

* * *

Das U-Boot Tredrups hatte den Kanal hinter sich, fuhr mit äußerster Kraft Kurs Süd zu Südwest. Uhlenkort stand neben Tredrup im Kartenhaus. Der wies ihm die Peillinie, die er in Saltadera aufgenommen und in die Karte eingetragen hatte.

»Hier!« Er deutete auf eine kleine Insel, die von der Peillinie geschnitten wurde. »Vielleicht ist dies die Insel. Bin dessen aber nicht sicher, denn so kleine Atolle sind wohl kaum auf dieser Karte verzeichnet. Jedenfalls wird es morgen abend werden, ehe wir in die Gegend kommen, die uns interessiert. Wir haben die schönste Zeit, uns unter das Sonnensegel zu setzen und ein Garn zu spinnen.

Hamburg, das alte Nest. Wie sieht's da jetzt aus?«

»Genau so, wie du es zuletzt sahst«, gab Uhlenkort zur Antwort. »Öde Fabriken, tote Häuserzeilen. Die Menschen stumm, freudlos in der Sorge um Zukunft und Leben. Nicht anders, als ginge der Schwarze Tod in der Stadt um. Der Hafen. Auf den ersten Blick kaum verändert. Schiff an Schiff. Aber doch so ganz anders als früher. Kaum noch, daß tote Fracht ankommt ... abgeht. Menschen ... Menschen ... vollbeladene Schiffe bringen sie ein, vollbeladene Schiffe bringen sie weiter. Die Bilder der Auswanderer ... Entsetzen, Mitleid erregend.

Der Norden Skandinaviens sollte geräumt sein. Geräumt. Aber nein, gerade hier, wo der Tod am nächsten, ergab sich das Sonderbare, daß viele dieser Nordländer sich weigerten, Haus und Hof zurückzulassen. Der ewige Kampf mit Schnee und Eis und Tod hat sie abgestumpft gegen die drohende, viel größere Gefahr. Je weiter nach Süden, desto größer die Angst. Bis nach Mitteldeutschland wirkt die Furcht vor dem kommenden Unheil.

Eine neue Völkerwanderung von Norden her, wie sie die Geschichte schon einmal gekannt, sich herabwälzend zum Süden, mit Gewalt an dessen Tore pochend.«

»Gewalt?« unterbrach ihn Tredrup. Uhlenkort nickte mit finsterer Miene.

»Wie nicht anders zu erwarten, versagte die Organisation an vielen Stellen. Die Fliehenden, gejagt von Not und Elend, verschafften sich eigenmächtig, was sie brauchten. Das südliche Europa, ohnmächtig, allen zu helfen, alle aufzunehmen, wehrt sich. Man wandte sich an das Parlament. Das trat vor ein paar Tagen zusammen. Ein Rumpfparlament: Nur wenige der Deputierten waren gekommen. Man machte Vorschläge, beriet ... ging wieder auseinander. Hoffnungslos alles ... eine Farce die ganze Tagung.

Es waren schwere Stunden für mich, die schwersten, die ich je durchgemacht in meinem Leben. Schlimmer als die nach der Nachricht vom Durchbruch des Golfstroms. Meine Augen sahen alles, meine Ohren hörten alles. Immer wieder wurde auch meine Stimme zu Rate gezogen. Und ich ... konnte ... durfte den Mund nicht öffnen, um den Trost zu geben, der aller Leiden mit einem Schlag beendet hätte. Das Schicksal! Stunden gab's, wo ich an seinem gerechten Walten verzweifelte ... wo sich meine Zunge zu lösen drohte ...

Ich fuhr mit meinem Oheim, dem Staatspräsidenten, nach Hamburg zurück. Da traf mich deine Nachricht. Ich bestieg das Flugschiff, kam nach Saltadera ... sah ihn ... sprach mit ihm, und nun sind wir auf der Fahrt zu ihr.«

* * *

»Der Chefingenieur Grimmaud!« meldete der Flügeladjutant des Kaisers.

Grimmaud? Er kommt von selbst, nachdem er wochenlang Timbuktu und den Hof gemieden?

Grimmaud trat ein. Verwundert sah ihn der Kaiser an. War das der Gebrochene, Kranke? Die Katastrophe am Tschadsee, die den Schacht, sein Lebenswerk, zerstörte, hatte den noch jungen, kräftigen Mann furchtbar getroffen. In der Unglücksnacht war sein volles, schwarzes Haar gebleicht, sein Geist fast zerrüttet, sein Körper hinfällig, siech geworden.

Wohl hatte ihn der Kaiser zu trösten versucht, ihn von aller Verantwortung für das Unglück losgesprochen. Doch der war allen Trostgründen unzugänglich geblieben. Sann nur Tag und Nacht, wie der Schaden gutzumachen, das Unglück zu beheben sei. Vergeblich alle seine Bemühungen. Menschenhand unfähig, heilend einzugreifen.

Jetzt stand er vor dem Kaiser. Die gebeugte Gestalt aufgerichtet, das Auge wie von Zuversicht belebt.

»Grimmaud! Was bringen Sie? Was Gutes muß es sein, ich sehe es Ihnen an.«

»Gut, Majestät? Ja... nein. Vorläufig nichts Gutes... Schlechtes. Aber ich hoffe, daß daraus Gutes entstehen wird für den Schacht.«

Der Kaiser trat einen Schritt näher an ihn heran.

»Grimmaud, was sagen Sie? Ich weiß, daß jedes Wort aus Ihrem Munde wohlbedacht ist. Was können Sie Gutes hoffen, wo die Gelehrten der Welt einstimmig den ewigen Brand des Schachtes prophezeiten?«

Grimmaud schöpfte tief Atem.

»Ich weiß nicht, ob Euer Majestät von den kleinen Explosionen in den letzten Tagen, die in der Schachttiefe stattfanden, Bericht erhielten?«

Der Kaiser schüttelte den Kopf.

»Ich weiß von nichts. Der Schacht, die Erinnerung

daran... an alles, was passiert ist... meine Umgebung vermeidet es, in meiner Gegenwart davon zu sprechen.«

»Es ist, wie ich sagte, Majestät. Kleinere Explosionen fanden in den letzten Tagen statt. Wohl niemand außer mir beachtete sie. Für mich bedeuteten sie das Licht in dem undurchdringlichen Dunkel. Ich hatte sie erwartet, wenn auch noch nicht jetzt... später... viel später.«

»Und diese Explosionen? Wie entstehen sie, was bedeuten sie?«

War's der Widerglanz von Grimmauds Zuversicht, der auf seinem Gesicht sich spiegelte? Auch an dem stahlharten Körper des Kaisers war die Katastrophe nicht spurlos vorübergegangen. Zu stark der Schlag, wirtschaftlich... politisch, der so viele Hoffnungen, Entwürfe zu Fall brachte.

Die Differenzen mit der Südafrikanischen Union waren geregelt... durch das Nachgeben des Kaisers.

»Kommen Sie! Hier das Profil des Schachtes.«

Er zog aus einem Schrank die Schachtkarte.

»Zeigen Sie! Erzählen Sie!«

Grimmauds Finger glitt über die Karte.

»Euer Majestät sehen hier unseren Karbidabbau. Wir hatten, als die Katastrophe kam, bereits drei Sohlen angelegt, die Strecken nach allen Richtungen fast zweitausend Meter vorgetrieben, Querschläge gesetzt. In diese Hohlräume ist das Wasser eingebrochen. Es entwickelte mit dem Karbid zusammen unendliche Mengen Azetylengas, die seit jenem Tag zum Schachtmund herausbrennen. Zurück bleibt dort unten eine gewaltige Kalkmasse, deren Volumen größer ist als das des Karbids, aus dem sie entstand. Die Kalkmassen haben alle Strecken und Querschläge gefüllt, sind, Ausweg suchend, auch in den Schacht getreten, sammelten sich, versperrten dem abströmenden Gas den Weg. Das wurde von ihnen gepreßt, bis seine explosive Natur sich mit Gewalt freie Bahn schuf.

Jene Explosionen, von denen ich Euer Majestät bereits erzählte, waren für mich das sichere Zeichen, daß die Entwicklung dort unten bis zu diesem Punkt gediehen ist.«

Augustus Salvator war dem Vortrag seines Chefingenieurs mit wachsendem Interesse gefolgt.

»Und was weiter?« drängte es von seinen Lippen.

»Diese Explosionen sind, wie ich bestimmt erwarte, die Vorläufer einer großen... ganz großen Bewegung, einer neuen Katastrophe, wenn man so sagen will, aus deren Auswirkungen vielleicht die Heilung entspringt.«

»Heilung? Durch eine neue Katastrophe? Ich verstehe Sie nicht, Grimmaud. Und doch. Jedes Wort von Ihnen ist Trost, Hoffnung.«

Grimmaud hatte mit schneller Hand in die Schachtkarte ein paar Linien eingezeichnet.

»Der Druck der riesigen, sich fortwährend neu bildenden Kalkmassen wird diese nur bis zu einer gewissen Grenze in den Schacht treiben. Ihr Druck wird auch direkt auf das Hangende wirken. Stärker, stärker werdend, bis es ihm weicht. Bis die Schichten darüber, erdbebenartig durcheinander geschüttelt, gehoben werden.«

»Wie kann daraus für den Schacht Rettung entstehen?« fragte der Kaiser. »Wird er bei diesen Erschütterungen nicht zusammenstürzen?«

Grimmaud machte eine zweifelnde Gebärde.

»Die Frage Eurer Majestät ist wohlberechtigt. Der Schacht wird sicherlich darunter leiden. Wahrscheinlich schwer leiden. Aber ich habe die Hoffnung - nichts kann sie trüben -, daß der entstehende Schaden an der Schachtmauerung nicht so groß sein wird, daß er nicht zu reparieren wäre.«

»Aber das Feuer, Grimmaud? Der Riesenbrand? Wird er dadurch ausgelöscht? ... Unmöglich!«

»Nicht direkt, Euer Majestät. Aber das feindliche Element, das Wasser, wird, wie ich hoffe, dabei abgesperrt werden. Die unterirdischen Schichten, in denen es fließt, werden in erster Linie starke Verwerfungen erfahren, so starke, daß dem Wasser der Weg in den Schacht verlegt wird.«

»Grimmaud! Was sagen Sie? Wären Sie gesund, keinen Augenblick würde ich zweifeln. Aber Sie sind krank. Das Unglück hat Ihren Geist verwirrt. Hirngespinste!«

Grimmaud schüttelte den Kopf. Ein leichtes Lächeln lief über sein Gesicht.

»Ich war krank, Majestät. Die Explosionen gaben mir die Kraft wieder. Was ich sage, kein Hirngespinst ist's, ist wohldurchdacht.«

Der Kaiser stand vor ihm. Seine Augen bohrten sich prüfend in das Gesicht des Chefingenieurs.

»Wahrheit? ...«

Und als gäbe die Natur selbst die Antwort... einen Augenblick schien es, als wankten die Mauern des Palastes. Einige Bilder lösten sich von der Wand. Der große Leuchter an der Decke schwankte in wilden Bewegungen.

Die beiden sahen sich an, jeder tief erregt.

»Ein Erdbeben!« flüsterte der Kaiser. Grimmaud sprang auf.

»Der Schacht!« schrie er. »Die Massen regen sich unter dem Druck. Gestatten Euer Majestät, daß ich mich entferne. Ich muß hin, sehen, dabeisein.«

Der Kaiser winkte ab, ging zu einer Schalttafel, sprach ein paar Worte in ein Mikrophon - es war die Verbindung mit der optischen Station in Mineapolis -, drückte dann auf einen Knopf. Der Leuchter erlosch. An der dem Fenster abgewandten Seite des Gemaches erschien das Bild des Schachtes, wie es, von der Kamera der optischen Station aufgenommen, drahtlos auf die Wand geworfen wurde.

Ein wogendes Flammenmeer zum Himmel brodelnd. Das alte Bild... aber jetzt: Die Umgebung, die Reste der vom Brand verschont gebliebenen Gebäude zu wüsten

Trümmerhaufen zusammengestürzt. Menschen, angstvoll auf der Flucht nach allen Seiten.

Der Adjutant trat ein, wollte melden. Der Kaiser winkte ihm zu schweigen, wies auf das Bild an der Wand. Da, ein neuer Erdstoß! Ihre Hände suchten unwillkürlich nach einem Halt. Taumelnd starrten sie auf das Bild. Der neue Stoß hatte den Schachtmund und seine Umgebung gehoben, als drücke ein Riesenpilz die Erdkruste nach oben.

Noch hatten ihre Augen das Bild nicht ganz erfaßt ... ein neuer Stoß!

Der Adjutant mahnte, den Raum zu verlassen, Sicherheit im Freien zu suchen. Der Palast könne einstürzen. Der Kaiser achtete nicht auf die Warnung. Nur fester klammerten sich seine Hände an Grimmaud, der mit gespreizten Beinen dastand, sieghaften Glanz in den Augen.

Das Bild des Schachtes! Der Boden seiner Umgebung hatte sich um ein weiteres Stück gehoben. Das früher gleichmäßig strömende Feuer loderte flackernd, bald kleiner, bald größer werdend. Und dann! War das noch der brennende Schacht? War's der Kratermund eines Vulkans? Durch die wabernde Lohe des brennenden Gases schossen ... zuckten in Eruptionen Massen emporgeschleuderten Kalkes. Noch einmal eine RiesENeruption, die Feuerfontäne schien sengend den Himmel zu fassen. Dann sank sie zusammen, wurde kleiner und kleiner ... zuckte noch ein paarmal kurz auf.

Dann war sie verschwunden ... noch eine Zeitlang ein feuriger Glast über dem Schachtmund, der verblaßte ... langsam verschwand.

»Gerettet!« schrie Grimmaud. Vergaß, daß es die Person des Kaisers war, dessen Hand er ergriff, schüttelte. »Gerettet unser Werk!«

* * *

Die zweite Nacht, in der sie das Atoll umfuhren.

Am Abend des dritten Tages hatten sie es gefunden. Die Beschreibung Christies traf in allen Punkten zu. Die Felsen nach allen Seiten hin unbesteigbar. Der Eingang zur Lagune durch das Felsenriff?... Die Seeräuber hatten ihn einst gefunden, also mußten sie ihn auch finden. Doch alles Suchen vergeblich. Immer wieder hatten sie das Atoll kreisend umfahren, stets bestrebt, sich nicht einem Wächter der Besatzung zu verraten.

Ein Zufall mußte es gewesen sein, der bei irgendeiner starken Ebbe den Piraten den unterseeischen Weg zeigte. Ein starker Sturm vielleicht könnte den Eingang freilegen. Aber die See war ruhig, spiegelglatt.

Uhlenkorts Erregung hatte sich von Tag zu Tag gesteigert. Der Gedanke, Christie hier in unmittelbarer Nähe zu wissen ... Mehrmals hatten sie auf dem Rand der Klippen eine weibliche Gestalt zu sehen geglaubt, die wohl Christie sein konnte.

Immer wieder hatte er sich an Tredrup gewandt, an ihn, den Findigen, Listenreichen. Auch er wußte keinen Ausweg, starrte mit zusammengebissenen Zähnen zu den Klippen hinüber, die wie die Zinnen einer Burg unersteigbar vor ihnen lagen.

Die Welle nach Saltadera! Uhlenkorts Blicke gingen immer wieder zu dem Sender. Den Freund dort zu fragen, zu bitten.

Die Nacht verging. Tredrup gab den Befehl, zu tauchen. Die Fahrt ging unter Wasser weiter. Nur das Periskop, auf die Insel eingestellt, zeigte ihr Bild.

Uhlenkort starrte darauf... Die Mauern der Klippen glitten vorüber, lückenlos. Fast jeder Stein in hellem Sonnenlicht deutlich erkennbar. Er trat zurück.

»Vergeblich, unmöglich, Tredrup. Das schärfste Auge vermag nichts zu sehen. Wir nähern uns jetzt der Korallenbank im Osten, wir müssen ausweichen. Ist's nicht doch möglich, daß eine andere Insel, dieser ähnlich, die gesuchte wäre, wo Christie verborgen?«

Tredrup schüttelte den Kopf. »Meine Nase, und auf die schwöre ich, sagt mir, die ist's und keine andere.« Er trat zum Periskop.

Das Boot hatte seinen Kurs geändert. Er stellte das Periskop neu ein. Dann bohrte sich sein Auge in das Bild der Insel. Uhlenkort war im Begriff, den Raum zu verlassen. Ein Schrei aus Tredrups Mund hielt ihn zurück. Er stürzte zu ihm hin.

»Ich sehe den Eingang ... ich sehe ihn ... da liegt er.« Er wollte weitersprechen, da hatte ihn Uhlenkort weggerissen, schaute selbst hindurch.

»Der Eingang! Da liegt er!« murmelten seine Lippen nach. »Groß und breit das dunkle Tor in dem hellbeleuchteten Gestein!«

Er wandte sich zu Tredrup um.

»Tredrup! Du, was ist das? Die Öffnung! Wohl über einen Meter hoch liegt sie frei da. Wie ist das möglich, daß wir sie nicht früher sahen? Mehr als ein dutzendmal kamen wir schon an dieser Stelle vorbei und sahen nichts.«

Tredrup starrte auf den Boden. Eine leichte Blässe lag auf seinem Gesicht. Dann, als hätte er einen Entschluß gefaßt, ging er zum Periskop. »Stop!« schrie er ins Mikrophon. Das Boot bewegte sich ein kurzes Stück noch, dann stand es.

Tredrup maß die Entfernung zur Küste. An dieser Stelle des Meeres hatten sie am Tage zuvor ebenfalls haltgemacht. Sein Blick ging über die Kronen der Klippen. Die beiden Palmenwipfel, die er gestern noch eben über der Felsenkante gesehen, waren jetzt nicht mehr sichtbar.

»Saltadera!« murmelten seine Lippen. »Wibehafen! ... Der vom Leuchtturm ... Vineta ... Black Island ... eine Kette!« Er wandte sich zu Uhlenkort.

»Du willst wissen, wie das geschehen konnte, daß wir heute sehen, was gestern unsichtbar war? Frage ihn in Saltadera!«

Uhlenkort trat einen Schritt zurück, sah Tredrup an, als verstünde er ihn nicht.

»Was sagst du? Er? ...«

»Er hob in dieser Nacht den Meeresboden hier und die Insel darauf. Sein Werk!«

Uhlenkort legte die Hände über die Augen.

»Sein Werk, Tredrup! Auch das sein Werk. Die Macht in seinen Händen. Mich graust. Zuviel, zuviel für schwache Menschenhand. Zuviel, was das Schicksal einem gab, der von irdischer Mutter geboren. Seine Hand umspannt den Erdball. Menschen, Meer und Land sind ihm untertan.«

Ein knirschender Ton vom Kiel des U-Bootes riß sie aus ihren Gedanken. Im Schaukeln der Flut hatte das Boot leicht ein unterseeisches Riff gestreift.

»Halloh!« schrie Tredrup. »Sanfte Warnung! Gut, daß ich stoppen ließ. Das Boot in Fahrt ... es hätte ein böses Leck geben können.«

Schon stand er am Maschinentelegraphen. »Achtung! Halbe Kraft rückwärts!«

Langsam zog die Schraube das Boot von der Untiefe zurück. Neue Kommandos. Die Ballasttanks füllten sich, das Periskop wurde eingezogen. Das Boot sank, bis es in fünfzig Meter Tiefe ein sicheres Lager auf sandigem Grund fand.

Die Sonne war untergegangen, als das U-Boot wieder auftauchte. Sie hatten lange beraten, ob sie ebenso wie die Piraten mit dem U-Boot durch den Tunnel fahren sollten. Der Plan war zurückgestellt worden. Erst sollte der Versuch gemacht werden, im Boot durch den Durchlaß zu schlüpfen. Die schwache Besatzung auf der Insel rechtfertigte ein solches Unternehmen.

Eine breite ziehende Wolkenbank verbarg die Mondscheibe, als das Beiboot mit Uhlenkort, Tredrup und einem Dutzend bewaffneter Matrosen abstieß. Mit leisen Ruderschlägen näherte es sich den Korallenfelsen. Nach kurzem Suchen fanden sie den Durchlaß.

Es galt äußerste Vorsicht. Konnte man doch nicht wissen, ob die Tunnelhöhe gleichmäßig durch den zweihundert Meter breiten Korallenkranz lief. Vielleicht gar, daß das Wasser im weiteren Verlauf wieder bis an die Tunneldecke herankam.

In dem ersten Teil der Durchfahrt schoben sie das Boot vorwärts, indem sie die Hände gegen die Decke stemmten. Nach etwa hundert Metern wurde der Tunnel niedriger. Fast streiften ihre Köpfe die Felszacken der Decke. Nahm die Höhe so weiter ab, mußte die Ausfahrt zur Lagune versperrt sein.

Da glitzerte es vor ihnen hell auf: Die Strahlen des Mondes, die sich in dem Wasserspiegel der Lagune brachen. Ein paar kurze Stöße noch, und sie waren in der Lagune. Ein Kranz sandigen Strandes darum. An der Ostseite ein Bootssteg.

Darauf zu!

So gute Dienste das Mondlicht ihnen beim Suchen leisten mußte, so groß war die Gefahr jetzt, daß man sie sehen, auf sie schießen könnte.

»Mir nach in den Klippenschatten!« kommandierte Tredrup. »Sind wir im Dunkeln, sind die Waffen gleich.« In wenigen Augenblicken war das Boot leer, alles um Tredrup versammelt.

Wo ist Christie? Wo sind die Seeräuber? Das war die Frage. Rings um sie herum das Gewirr der Korallenklippen. Überall Möglichkeiten zum Unterschlupf, zum Versteck.

»Erst Christie!« flüsterte Uhlenkort Tredrup leise zu. Er sah nicht, wie Tredrup bei diesen Worten sein Gesicht zu einer Grimasse verzog.

Erst Christie! Ja hätte man gewußt, wo sie war!

Tredrup nahm das Nachtglas vor die Augen, suchte damit die Felsen in der Runde ab. Ein heller, schmaler Strich an der nördlichen Felswand, wie ein Pfad kam's ihm vor. Irgendwohin mußte er führen.

Christie oder die Seeräuber – oder alle zusammen?

Darauf los! Die Hälfte der Mannschaft zurücklassend, schritt er, von Uhlenkort und den übrigen gefolgt, der Stelle zu.

»Ein Pfad!« flüsterte er Uhlenkort zu. »Ein Pfad, der nach oben führt. Kein unnützes Geräusch! Alles schußfertig!«

Der Pfad ging mit einer scharfen Biegung rechts ab. Tredrup winkte allen, zurückzubleiben, schlich um den Felsvorsprung und ging allein weiter. Wieder bog der Pfad zur Seite, mündete vor einem dunklen Höhleneingang. Ein paar ausgehauene Stufen. Im Lichte des Mondes sah er, daß hier Menschenhand gearbeitet. Vorsichtig trat er in die Höhle. Völliges Dunkel umgab ihn. Er wagte es nicht, die Handlampe aufleuchten zu lassen. Leise schritt er weiter, Schritt für Schritt über den Boden tastend. Da traf an sein gespanntes Ohr das tiefe Atmen schlafender Männer.

Die Seeräuber! Was tun? Mit derselben Vorsicht, mit der er gekommen, ging er zurück, winkte seinen Leuten, ihm zu folgen. Vor dem breiten Höhleneingang fanden sie Platz, sich aufzustellen.

»Alles fertig?«

»Fertig!« kam die Antwort. Er zog aus seiner Tasche eine starke Leuchtpatrone, zündete sie an und warf sie mit weitem Schwung in die Höhle.

»Drauf!« gellte sein Ruf. »Drauf!« brach sich der Widerhall im Kreis der Felswände.

Ein paar Schüsse knallten... Geschrei Getroffener. Fünf Minuten später lag die Besatzung gut gefesselt am Eingang zur Höhle. Ein Toter. Der Offizier, der Kommandant des Atolls. Er hatte sich bis zum letzten Augenblick gewehrt. Dann, als er sah, daß Widerstand aussichtslos, sich mit seiner eigenen Waffe getötet.

»Wo ist eure Gefangene?« schrie es den Gefesselten von allen Seiten zu. Ein Verwundeter, der nicht gebunden, deutete mit dem Arm zu der anderen Wand der Felsen.

»Da drüben, wo das Licht glänzt.«

Im Nu flogen alle Köpfe herum. Schon stürmte Uhlenkort den Pfad hinunter, kaum, daß ihm Tredrup folgen konnte.

Dann standen sie keuchend am anderen Rand der Lagune, suchten nach dem Aufgang zum Licht, fanden ihn nicht. Ungeduldig lief Uhlenkort an den zackigen Wänden der Felsen entlang.

Da kam das Licht von oben herunter. Verschwand hinter einem Felsvorsprung ... tauchte wieder auf ... verschwand wieder ... war unten am Strand der Lagune.

»Christie Harlessen! ... Christie!« rief Uhlenkort. »Bist du's?«

»Ich bin's, Walter!«

Das Licht fiel zur Erde ... erlosch ...

* * *

Guy Rouse saß in seinem Arbeitszimmer. Er war allein. Eben hatten ihn drei befreundete Abgeordnete verlassen. Sie waren gekommen, wie um einen Freundschaftsbesuch zu machen, wie um ihre unwandelbare Ergebenheit, Anhänglichkeit wieder zu beteuern. Doch Rouse hatte sie durchschaut.

Der eine, der Wortführer Teddington, hatte vergeblich versucht, in die Unterhaltung wie beiläufig Fragen einzuflechten, die mit der Börse, den Kanalaktien im Zusammenhang standen.

Er hatte sie entlassen, hatte durchblicken lassen, daß der hohe Stand der Kanalaktien noch keineswegs der höchste sei. Sie waren gegangen. Miller und Struck den Kopf voller Gedanken, wo Geld hernehmen, wo borgen, um noch mehr Aktien zu kaufen. Teddington ebenso fest entschlossen, noch heute zu verkaufen.

In der letzten Woche hatte der Aktienkurs eine schwindelnde Höhe erreicht. Rouse überflog die Börsenberichte Amerikas, verglich sie mit den Kursen der übrigen Welt. Die amerikanischen hatten immer einen kleinen Vorsprung. Der war heut größer denn je.

»Es ist höchste Zeit«, murmelte er vor sich hin. »Man scheint anderenorts mißtrauisch zu werden. Auch ohne diese überraschende Nachricht meines Agenten, daß die Kanalsohle nach zuverlässigsten Messungen an verschiedenen Stellen sich um beinahe dreihundert Meter gehoben hat. Ein glücklicher Zufall, daß es nicht irgendeinem Kapitän einmal einfiel, die Messungen des Schiffahrtsamtes nachzuprüfen.«

Rouse saß am Tisch und schrieb. Ein chiffriertes Telegramm an seine Börsenvertreter an den Hauptplätzen der Welt. Er schrieb es zwanzigmal in zwanzig verschiedenen Chiffren, übergab die Schriftstücke seinem Sekretär zur Besorgung.

Der Auftrag, den Restbestand seiner Aktien morgen noch bestens zu verkaufen. Es waren viele Aktien, die Guy Rouse besaß, die er durch diese Aufträge auf die Börsenmärkte warf. Der Kurs der Aktien mußte durch diese Transaktion erschüttert werden. Die Aktien mußten daraufhin zweifellos nachgeben. Aber was bedeutete das gegenüber dem Sturz, der kommen mußte, wenn er das Steigen des Kanalbettes der Öffentlichkeit in geschickter Weise bekanntgab! Am Tage nach diesen Pressenotizen mußte an allen Börsen eine Deroute* in Kanalaktien ausbrechen. Dann würden seine Börsenvertreter in der ganzen Welt unter der Hand riesenhafte Rück-

* Kurssturz

käufe machen. Schon am Abend dieser Rückkäufe, die weit über sein Barvermögen hinausgehen sollten, würden neue Pressenotizen, gestützt auf wissenschaftliche Gutachten, die Veränderung der Kanalsohle als unbedenklich, als letzten Beruhigungsvorgang des gequälten Erdbodens hinstellen. Der Kurs würde sich wieder heben, zumal er, der Präsident der Gesellschaft selbst, dann offen - wenn auch nur mit bescheidenen Summen - als Käufer auf den Markt treten würde. Durch weitere Pressemeldungen und Gutachten würde dafür gesorgt werden, daß der Aktienkurs sich wieder vollständig erholte.

Das Steigen der Kanalsohle... im ersten Augenblick hatte die Nachricht wie ein Donnerschlag auf ihn gewirkt. Unablässig hatte er über den rätselhaften Vorgang nachgedacht, nach einer Erklärung gesucht. Hatte dem Agenten Order zugehen lassen, durch fortgesetzte Lotungen die Bewegungen des Kanalbettes zu verfolgen. Die letzte Nachricht von ihm, vor einer Stunde war sie eingegangen: Kein weiteres Steigen.

Ausgleichserscheinungen mußten es gewesen sein, die jetzt zum Stillstand gekommen waren. Gut für seine Pläne. Das Ende der Riesentransaktion... wie so oft schon würde es einen Riesengewinn für ihn bedeuten.

* * *

Die Sterne am Himmel erblaßten. Ein leichter Schimmer im Osten kündete den neuen Tag. Der einsame Mann in Saltadera ließ sich am Arbeitstisch nieder. Das energetische Bild des Kanals erschien an der Wandfläche.

Die in der Sialscholle eingesprengten Magmamassen... größere... kleinere. Ihre glutflüssigen Massen mit Wasser in Berührung: Eruptionen, große, kleine... Tod, Vernichtung bringend! Wie es vermeiden?

Tage und Nächte hatte er gesonnen. Es war nicht möglich. Menschenleben vernichten bei seinem Werk, konnte das Schicksal auch das wollen?

Seine Finger bewegten einen kleinen silbernen Tschokor. Die Blätter der Trommel glitten langsam an seinem Auge vorbei. Er schüttelte den Kopf.

Nichts! Nichts! Das Schicksal geht seinen Weg unbeirrt, rücksichtslos. Menschenleben auf seinem Weg ... das Rad geht darüber hinweg. Ihr Schicksal!

Er prüfte die große Apparatur im Hintergrund des Raumes. Prüfte Teil für Teil ihres komplizierten Baues. Es war alles in Ordnung.

Der kleine Apparat ... klein im Verhältnis zu den Riesenenergien, die er lösen und steuern konnte. Er sein Meister, der ihn gebaut nach dem Geheimnis des Tschokors. Des Tschokors, der ihm von der Mutter überkommen. Schicksalswendung! Er der Erbe des Geheimnisses, das einmal das Schicksal drei Männern anvertraute, als es galt, Millionen von Menschen vor Not und Tod zu bewahren. Drei ... drei Männer ... drei Ringe. Jeder trug einen von gleicher Arbeit. Zwei davon zusammengefügt an seiner Hand. Sein Auge ging zum Finger der Rechten. Wie die Windungen einer Schlange ein doppelter Ring goldener Spiralen. Zu schwer für den schmalen bleichen Finger. Die Hand, als wenn sie das Gewicht der Ringe nach unten zog, war vom Tisch gesunken.

Zu schwer die Last, die das Schicksal, einst auf drei verteilt, auf meine Schultern legte ... Der dritte Ring? ...

Sein Leben, was war's von den Tagen an, bis zu denen die Erinnerung zurückging? Die Mutterarme ... die einzige glückliche Erinnerung ... kurz, zu kurz! Auch sie war von ihm gegangen. An dem Tage, an dem sie starb, war ein Fremder gekommen, ein alter, greiser Mann, hatte ihn mitgenommen, weit fort von der Heimat. Dorthin, wo die ewige Wiege der Menschheit gestanden. Und dort, kaum daß er denken konnte, hatte sein Schicksal begonnen, die Schule des Schicksals, hart ... unerbittlich hart.

Nichts von den Freuden der Jugend, des Lebens. Die Jahre waren verstrichen, bis der Tag kam, an dem der Alte die Bürde auf seine Schultern legte, Schultern, so schwach, so gebrechlich. Er hatte sich gesträubt ... sich gewehrt. Der Alte hatte seine Hand ergriffen, zwei Ringe über den Finger gestülpt. Zu groß ... viel zu groß. Er hatte leise darüber gestrichen, und dann saßen sie fest, fest an seinem Finger, als wären sie angeschmiedet. Festgeschmiedet wie die Ringe an den Füßen der Galeerensträflinge.

Wie hatte er geseufzt und gestöhnt unter ihrem Druck. Das Blut der Jugend bäumte sich auf. Da, als er, verzweifelnd an sich, an seiner Kraft, das Leben von sich werfen wollte, hatte der alte Lehrer ihm erzählt von jenen dreien. Erzählt von dem einen, der sein Vater war, erzählt von dem anderen, der, der Stärkste unter ihnen, doch zu schwach gewesen, die Last zu tragen, dessen Geist der Versuchung erlag, der starb im Kampf ... im Kampf mit dem Schicksal selbst, ein Abtrünniger, Verlorener.

Der Alte hatte ihn eines Tages von sich geschickt, zurück zu den Stätten der Geburt, der Heimat. Er war in das fremde Leben getreten, war darin gewandelt, ein Fremder unter Fremden. Einer - das Schicksal ging seine Wege, unbegreiflich für Menschenherzen - einer hatte ihn, den Träger, den Boten des Schicksals, vom Tode gerettet. Der war sein Freund geworden, war es geblieben. Würde es bleiben bis zur letzten Stunde.

Freundschaftsdienst war's, den er jenem erwies, als er die Schicksalsmacht benutzte, um ihm zu helfen, als der Freund die suchte, nach der sein Herz schrie. Er hob das Atoll. Ein kleines Spiel war's für ihn. Aber hatte er die Macht nicht mißbraucht?

Sein Auge ging zu dem leuchtenden Bild an der Wand.

Das verschwand. Die Fläche des Kanals erschien, wie sie das optische Bild gab. Da fuhr er, der Freund! Mit der Geretteten. Ein glücklicher Mensch, glückselig im Besitz dessen, was sein Herz wünschte. Würde er seiner jetzt noch so gedenken wie früher? Würde er selbst nun ganz allein stehen auf der Erde? Ohne Liebe, ohne Freundschaft? Das Schicksal, wollte es auch das?

Das U-Boot hatte den Kanal hinter sich. Ans Werk! Seine Stimme im Innern rief es ihm zu.

Mein Werk! Er bedeckte beide Augen mit den Händen, saß, sammelte sich zur Tat. Er trat zum Tisch. Vor ihm gleißte der silberne Glanz des Tschokors. Er ergriff ihn, drückte ihn an seine Brust. Dann berührten seine Finger den Apparat. Die Augen glitten von ihm zu dem Bild an der Wand und wieder zurück. Die Tiefen der Erde taten sich vor ihm auf. Ein letzter Hebelgriff am Apparat. Dessen Kräfte, frei werdend, begannen zu spielen. Hunderte Kilometer tief unter der Sohle des Kanals arbeiteten sie. Die trägen Simamassen gerieten in Bewegung. Die pflanzte sich fort nach allen Seiten. Die Massen dehnten sich aus, wurden leichter in der Ausdehnung, strebten, Ausweg suchend, nach oben, hoben die Decke, sprengten sie. Sie barst. Die Sialmassen zerrissen, wichen dem Druck. Die Erdrinde kochte. Die eingesprengten Magmamassen, dem Druck folgend, öffneten ihre Arme dem einströmenden Wasser. Wasser und Feuer sich verbindend zu unheilschwangerer Ehe. Hoch auf flog die dampfende Gischt. Die Erschütterungen der Explosion ... kreisend, zitternd nach allen Seiten, stürzend das, was noch von früher her stand auf den Zungen des Isthmus.

Der Isthmus, mitgetroffen, mitgerissen von den unterirdischen Kräften, strebte zitternd, bebend zur Höhe. Berge taumelten, in sich zusammenstürzend. Das Bild des Isthmus, schon einmal durch die Eruption bei der Kanalsprengung verändert, zerstört ... jetzt erneut ein Chaos.

Menschenleben - das Rad des Schicksals rollte darüber hinweg. Menschenleben. Der, dessen Hand den Strahler lenkte, sah sie untergehen. Sah es, und die schmale Gestalt sank zusammen unter der Last des Unheils, des Schicksals.

Die Hände ließen ab. Er sank auf einen Stuhl, barg sein Gesicht in den Händen. In seiner Seele schrie es: »Zu viel, du Schicksal!«

Und dann war es ihm, als stünde er neben ihm, der Alte. Er legte die Hände über seine Stirn, strich darüber. Dessen Mund flüsterte Worte in sein Ohr. Die Worte von einst ... tausendmal hatte er sie gehört dort drüben.

Er richtete sich auf und starrte um sich. Der Tschokor! Er war in seiner Hand, seine Finger hatten ihn umklammert.

Schicksal! Die Hände glitten wieder zum Strahler, bewegten seine Kräfte.

Der Kanal! Der Isthmus! Hoch ... höher denn je! Die Sohle des Kanals ... wasserlos! Ein steiniger Pfad von Norden nach Süden. Er schreckte zusammen. Die Hände umklammerten den Strahler, die Augen bohrten sich in das energetische Bild.

Zu viel?

Fieberhaft arbeiteten die schmalen Finger. Die Bewegungen in den unterirdischen Massen ließen nach. Der gehobene Isthmus sank, ein Ruck ... er stand.

Das Bett des Kanals, da lag's wieder, ein blaues Band, die Ozeane vereinend. Kleiner, schmaler, so wie es Menschengeist sich erträumt. Verbindungsweg für Osten und Westen, ungehinderter Pfad für die Weltwirtschaft. Die Wunden der Erde, von verbrecherischer Hand geschlagen, geheilt.

Das Bild glitt zurück. Einen Augenblick zitterte seine Hand. Der Freund! ... Der Golfstrom?

Ein wütender Prall an der neuen Schranke. Die Wasser des Stromes tobend, wühlend an der Sperre. Die stillen Fluten der Karibischen See ein aufgewühltes, stürmisches Meer.

Neuer Tod ... Neue Vernichtung für das, was da sich befand.

Der Freund ... in Überwasserfahrt?

Wie im Fieber ging die Hand zum energetischen Fernseher. Die Oberfläche des kochenden, schäumenden Meeres. Darunter die Wogen des Golfstroms bis in ihre tiefsten Tiefen aufgewühlt. Ein Unterseeboot darin. Bald hoch ... bald tief rissen es die Strudel. Mit starren Augen verfolgte er jede Bewegung des Bootes. Jetzt ... fast an der Oberfläche ... jetzt hinabgerissen in Tiefen ... Tiefen, deren Druck die Wände des Bootes unmöglich standhalten konnten.

Seine Hand ging zum Strahler. Dessen Kräfte wirkten in den Tiefen der aufgewühlten See, endigten die Wirbel, zähmten die Strudel.

Kurs Nord zu Nordost hätte er ihnen zuschreien mögen. Da glitt das Boot Nord zu Nordost heraus aus den Strudeln des Stroms, während die, sich in wütendem Schwall an der Barre brechend, nach Norden umbiegend, den alten Weg nahmen ... Weltenwende.

Das Werk vollendet! Der Strom im alten Bett! Das Boot in glücklicher Fahrt auf ihn zu nach Saltadera. Kaum noch, daß seine Finger Strahler und Fernseher zur Ruhe setzen konnten. Mit Mühe schritt er ins Freie. Am Stamme einer Pinie sank er um, fiel zu Boden.

* * *

Das Geschäft war geglückt. Zur Hälfte des Parikurses* hatte Guy Rouse ein nominales Aktienkapital von zwei Milliarden Dollar unter schärfster Anspannung seines Kredites an sich gebracht. Die zweite Pressenotiz, verbun-

* Nennwert eines Wertpapiers

den mit seinem persönlichen Auftreten als Käufer, hatte Wunder gewirkt. Er überflog die Börsenberichte. Der Kurs mehr als sechzig. Schon jetzt ein Gewinn, der, realisiert, zweihundert Millionen Dollar bedeutete. Ein unbestimmtes Gefühl riet ihm zum Verkauf. Er fühlte instinktiv etwas Drohendes, was ihm stärkstes Unbehagen verursachte. Den Stift in seiner Hand führte er immer wieder zu dem Papier, die Verkaufsaktion einzuleiten. Zweihundert Millionen Dollar ... ein schöner Gewinn ... sein Vermögen verdoppelt! Vierhundert Millionen Dollar! Zu wenig! Wie viele gab's in den Staaten, die mehr besaßen!

Heute abend noch eine neue Bearbeitung der Presse. Vielleicht, daß morgen der Kurs schon achtzig stand. Achthundert Millionen Dollar dann sein Vermögen. Achthundert Millionen! Die Zahl tanzte vor seinen Blicken. Er wischte mit der Hand über die Augen, als wollte er sie verscheuchen.

Achthundert Millionen Dollar. Die Zahl lachte ihn an. Sie als Grundstock zu neuer Arbeit. Andere, größere Zahlen tauchten auf, wurden größer, immer größer ... ein wirrer Reigen.

Mit einem energischen Ruck machte er sich frei von dem Phantom, nahm ein paar beruhigende Tabletten. Er trat zum Fenster, riß es auf.

Der Sonnenball brach hinter einer dunklen Wolke hervor. Er nahm's als glückliches Zeichen. »Morgen! Morgen!« murmelte er immer wieder ... »Morgen, morgen beginne ich mit dem Verkauf. Achthundert Millionen Dollar!«

Der nächste Tag. Die Uhr der Trinity Church schlug die erste Mittagsstunde. Beginn der Börse! In schwarzem Schwall stürzten die Börsenbesucher in die weiten Säle.

Die lange, hagere Gestalt des Präsidenten der New Canal Company ragte weit über die anderen hinaus. Er wollte durch Geschäfte hin und her den Markt in Kanalaktien beleben.

Die Minuten vergingen ... Die Märkte für die bevorzugten Aktien bildeten sich ... Die Aktien der New Canal Company zogen sehr gut an ... Achtundsiebzig Prozent ... Achtundsiebzigeinhalb Prozent ... Achtundsiebzigdreiviertel Prozent ...

Guy Rouse buchte jedes Prozent mit dem Betrag von zwanzig Millionen Dollar zu seinen Gunsten. Auf achtzig mußten sie kommen ... auf achtzig! Dann realisieren ... realisieren! Achthundert Millionen Dollar! ...

Da! Ein Schrei, der über das Summen der tausend Stimmen hinweggellte.

Riesenexplosion ... Kanalbett! Stärkste Erdbebenstöße quer über den Isthmus ... Kanalufer türmen sich in die Höhe!

Ein unbeschreiblicher Tumult entstand. Man suchte den, der die Worte gerufen hatte. Es war ein beamteter Telegraphist.

Hunderte drängten sich um die hohe Gestalt von Guy Rouse. Nur mit Mühe bewahrte er das kühle, gleichmäßige Gesicht. Nur mit äußerster Willensanstrengung konnte er die Wirkung der Nachricht, die ihn wie ein Blitzstrahl getroffen, verbergen.

Gestern ... Hätte ich verkauft! Die Stimme im Innern sprach recht. Jetzt! ... Alles verloren ... Ich fühle es.

Und dann sprach er laut: »Tatarennachricht! Börsenmanöver!« Kalt und schneidend klang seine Stimme über die Köpfe der Umstehenden. »Meine Nachrichten von der Kanalverwaltung: Nichts deutete darauf hin ...«

Noch ehe er den Satz vollendet, schrie es aus dem Nebensaal:

»Die Explosionen gehen weiter. Alle Aufnahmestationen für den Fernseher zerstört!«

Einen Augenblick Totenstille.

Die Aufnahmestationen standen auf den Uferhöhen. Das war Gewißheit. Ohne sich noch um Rouse zu kümmern, stürmte man die Maklerbänke. Kanalaktien abgeben! Zu jedem Preis! ... Die Deroute brach los.

Rouse schritt dem Ausgang zu. Er mußte sich den Weg bahnen, wo man ihm früher achtungsvoll, fast ehrfürchtig ausgewichen war. Einige scheue Blicke streiften ihn. Da und dort reckten ein paar Fäuste sich ihm drohend entgegen. Noch ehe er den Ausgang erreicht, hörte er die Maklerstimmen Rousesche Kanalaktien anbieten.

Exekution! Wie ein Peitschenhieb traf ihn die Erkenntnis. Alles verloren! Die Schuldenlast das Vierfache seines Vermögens.

* * *

Das U-Boot im rasenden Golfstrom. Todesfahrt! Das winzige Boot ein Spielball des tobenden Elementes. Da plötzlich, als wenn eine fremde Hand es mit gewaltiger Kraft gepackt, der Steven nach Nordost gezwungen, herausgerissen aus den wirbelnden Strudeln in ruhige See.

Sie waren aufgetaucht. Gerettet! Was keiner von allen noch zu hoffen gewagt, war doch noch geschehen. Sie alle hatten mit dem Leben Schluß gemacht, als das Steuerruder zerbrach. Die furchtbaren Wirbel hatten das Boot zeitweise in gewaltige Tiefen hinabgerissen. Jeden Augenblick hatten sie erwartet, daß der ungeheure Wasserdruck die knisternden Wände des Bootes zerquetschte. Bei den Bemühungen, den todbringenden Wirbeln zu entgehen, war - ein letztes, schlimmstes Unheil - das Steuerruder zerbrochen.

Wieder über den Fluten. In langer, mühseliger Arbeit hatten sie das gebrochene Ruder wieder instand gesetzt, hatten neuen Kurs auf Saltadera genommen.

Vorbei an den Trümmern treibender Wracks, vom kleinsten Fischerboot bis zu den größten Ozeanriesen, zerschmettert im Kampf des Golfstroms gegen die feste Barre.

Während die anderen das Steuer flickten, saß Uhlenkort in der höchsten Mastspitze. Mit dem scharfen Glas spähten seine Augen über das Wasser. Den Isthmus selber konnte er nicht sehen. Er sah nur die vorspringende Spitze von Nicaragua im Nordwesten.

Das Meer zwischen ihr und ihm eine graue, ruhige Fläche. Da! Von Süden her eine niedrige Wand, schneller und immer schneller bewegte sie sich an der Küste entlang, strömte dem Golf von Mexiko entgegen. Blaues Wasser! Das blaue Wasser des Golfstroms. Die blaue Wand weiter nach Norden rollend, weißes, kräuselndes Kielwasser zu ihren Seiten.

Er riß die Mütze vom Kopf, schwenkte sie jubelnd in der Luft.

»Christie! Christie! Tredrup! Schaut hinüber! Der Golfstrom, er fließt wieder im alten Bett!«

Er stieg hinab. »Fertig das Steuer!« rief ihm Tredrup entgegen. Und während das Steuer Nord zu Nordost gelegt und das Boot in Fahrt gebracht wurde, saß Uhlenkort an Christies Seite auf dem Sonnendeck. Mit überströmendem Herzen sprach er zu ihr. Sie lehnte sich an seine Brust, und ihr Ohr trank sich satt an dem Schönen, Guten, was er ihr zu erzählen wußte nach all dem Leid der letzten Wochen.

Zu viel war das gewesen, nicht so leicht zu vergessen. Zuletzt noch das U-Boot im Sturm. Sie zitternd um das Leben des Geliebten. Er merkte nicht, wie ihr Körper schwerer und schwerer wurde, sich an seine Brust drängte. Er beugte sich über sie. Mit blassem Gesicht lag sie ohnmächtig in seinen Armen.

Sie trugen sie unter das Sonnensegel, betteten sie im Kühlen. Saßen an ihrer Seite, bis sie aus der Ohnmacht erwachte ... dann in tiefen Schlummer sank.

An der Boje von Saltadera machten sie fest, setzten im Boot zur Hütte über. Tredrup ging vor ihnen her, stieß die Tür zum Laboratorium auf. Einen Augenblick standen sie, die Augen noch vom Sonnenlicht geblendet, konnten im Dunkel des Gemaches nichts erkennen. Dann, als die Augen sich gewöhnt ... er schien nicht darin zu sein.

Tredrup drehte das Licht an. Der Raum war leer. Schon wollte Uhlenkort nach oben eilen, wo sich die Wohnräume befanden, da hielt ihn ein erstaunter Ruf Tredrups zurück.

»Der Apparat, der hier stand ... er ist weg! Auch der kleine hier von dem Tisch ist fort. Er hat die Apparate mitgenommen!«

Uhlenkort stand stumm. Er kannte die Einrichtung des kleinen Laboratoriums. Die Apparate waren verschwunden zusammen mit ihrem Herrn. Verschwunden? Warum gerade jetzt, da das Werk, das große Werk gelungen? Wohin? Sollte er nach Spitzbergen zurückgegangen sein? Und wie ... wie? Hatte er sich von einem vorüberfahrenden Schiff mitnehmen lassen?

Da kam Tredrup hereingestürzt. »Dein Flugschiff ist fort, die Halle ist leer!«

Sie standen sich gegenüber, sahen sich fragend an. Keiner wußte Antwort, was hier geschehen, weshalb er fort war!

Kein zurückgelassenes Zeichen, keine Spur ...

* * *

Die Exekution an der Börse. Einen Augenblick nur, daß die hohe Gestalt schwankte, sich beugte unter dem Schlag. Rouse war durch die Tür des Börsensaales ins Freie geschritten. Das Treiben und Brausen der Weltstadt hatte ihn umfangen. Eine Baustelle zu seiner Seite, ein hoher Wolkenkratzer ... abgerissen, Platz zu machen einem neuen, größeren, schöneren.

Er stand in der Vollkraft seiner Jahre. Warum verzweifeln? Seine Arbeitskraft, seine Energie ungebrochen durch den Schlag, den menschliche Erkenntnis nicht voraussehen konnte. Schon fing sein Geist an, von frischem zu arbeiten, neue Pläne, neue Ideen zu schmieden zum Wiederaufbau eines neuen Hauses an Stelle des gestürzten.

Er war in sein Haus gekommen. Der Weg in der frischen Luft hatte ihm die volle Spannkraft wiedergegeben. Neue Pläne, eben aufgetaucht, schon in der Entwicklung. Guy Rouse – der Name sollte nicht verschwinden mit dem Kanal, den der Teufel geholt!

Die beiden Sekretäre konnten kaum dem folgen, was sein Geist, übersprudelnd von neuen Plänen, neuen Ideen, ihnen entwickelte. Mit jedem Wort wuchs seine Zuversicht. Die sollten sich irren, die da glaubten, ihn begraben zu wissen. Ein kleines rotes Lämpchen an seinem Schreibtisch war aufgeglüht. Er ging darauf zu. Der Ticker schrieb. Es war die Chiffre, die nur er allein kannte. Er hob den schmalen Papierstreifen zum Gesicht, las. Und als wenn seine Hände eine Stromleitung gefaßt hätten, klebten sie an dem Streifen:

Christie Harlessen durch U-Boot unbekannter Herkunft befreit. Besatzung des Atolls gefangen weggeführt.

Seine geballten Fäuste hoben sich über seinen Kopf, als wollten sie den zerschmettern, der das getan ... fielen dann in furchtbarem Schlag auf den kleinen Tickerapparat, der klirrend in Trümmer ging.

Christie Harlessen! Er schrie es wie einer, der zu Tode verwundet. Und dann war's ihm gewesen, wie dem Riesen, dem das Schwert eines Schwachen die Sehnen durchgeschlagen. Er war zusammengebrochen. Vergessen die Pläne zur Rettung, zum neuen Aufstieg. Er übergab alles einem Sachwalter, hinterließ Vollmacht für alles. Aus den Staaten fuhr er im Flugschiff nach Europa, zur Riviera, wo der letzte Anker lag, der ihn noch an die Erde band ... Juanita.

* * *

Der Wipfel der Pinie, an deren Stamm er hingesunken war, bog sich unter den wütenden Stößen des Sturms, der vom Isthmus her über die See brauste. Grelle Blitze, die aus der dunklen Wolkenwand im Westen aufzuckten, kündeten den nahen Orkan. Schwere Regentropfen fielen, trafen auch den, der dort unter dem Baume lag.

Er rührte sich nicht. Wie ein Toter lag er da.

Da war's wie schwerer Flügelschlag durch den brausenden Sturm.

Ein Schwingenflieger? Ein großer Vogel? Kein lebendiges Wesen, das sich in diesem Sturm in der Luft halten, ihm entgegen den Weg finden könnte.

Über die Hütte hinweg glitt es zu Boden neben den, der da am Boden lag. Sekundenlang traf das Mondlicht durch die jagenden Wolken hindurch die Erde.

Ein riesiger Vogel? ... Ein Adler? ... Die Schwingen, weit ausgereckt, bedeckten den Niedergesunkenen. Ein gewaltiger Geier, der auf den letzten Atemzug einer Beute wartete? ...

Der Liegende schien von Minute zu Minute schwächer zu atmen. Kaum, daß sich die Brust noch hob. Das Dunkle, Graue an seiner Seite, wie wartend auf den letzten Atemzug. Das durchbrechende Mondlicht traf sekundenlang das bleiche Gesicht eines Toten ... Kein Atemzug. Die Lippen weit geöffnet, der letzte Hauch ihnen entströmt.

Das Dunkle, Graue senkte sich tiefer über den Leblosen hinab, schien ihn ganz zu umgeben.

Ein schwerer Blitz, ein Flammenmeer die ganze Atmosphäre. Ein rasender Donner, rollend zu den Kontinenten ... über die Erde. Dann plötzliche Ruhe, als hätte eine übermächtige Gewalt in das Rasen der Elemente eingegriffen. Die jagenden Wolken, fast still standen sie am Firmament. Der Sturm ... wie durch Zaubermacht gebändigt ... ein leises Wehen.

Ein heller Schimmer am Osthimmel, den Anbruch des

neuen Tages kündend. Der Kampf der Gestirne ... Die der Nacht wichen. In grauem Zwielicht Luft ... Meer ... Erde. Der Schatten am Boden ... klein, wie in sich zusammengekrochen ... kleiner werdend ... ein Schimmer nur noch ... verschwindend im Morgendämmer.

Wende! Neugeburt!

Der am Boden ... Ein Zittern ging durch die Gestalt. Die Lippen bebten, sogen die Morgenluft ein. Wie aus Todesschlaf erwachend, hob sich seine Brust. Die Hände griffen nach hinten, streckten sich zum Boden, der Körper, dem Druck folgend, hob sich.

Er stand auf, schaute um sich.

Da brach er über die Kimm der See, der rote Feuerball der Sonne, die finsteren Gewalten der dunklen Nacht vor sich her in die Flucht treibend.

Die Arme weit ausgebreitet, stand er, als wolle er die Siegerin empfangen. So blieb er, bis sie dastand in strahlender Größe, die Sonne, Licht des Tages, das Licht der Tat. Und sich beugend vor der Majestät, schlug er die Hände vor die Augen, neigte sich vor ihr.

Die Tat! Vom Schicksal geboten. Er, der Diener. Die neue, noch größere Tat.

Seine Schultern, wie hatten sie gebebt unter der Bürde der letzten ... kleineren. Jetzt! Die Gestalt stand hoch aufgerichtet, wie gewachsen im Sonnenlicht. Das große, das ganz große Werk vor ihm. Er, der Vollbringer des Größten. Seine Arme strafften sich. Ein streifendes Blitzen in seinen Augen. Er schaute auf seine rechte Hand.

Drei Ringe ... wo gestern zwei!

Als könnte er's nicht fassen ... Sein Auge starrte nach allen Seiten. Wo kam der dritte Ring her, aus dem die neue Kraft zu dem neuen, größeren Werk erwuchs?

A t l a n t i s ! Da war's, das Wort, das der Alte in Pangkong Tzo zu ihm gesprochen. Das letzte große Ziel seines Lebens, bevor er einging ins letzte Paradies.

A t l a n t i s ! Einst die Königin, die Herrscherin der

Welt. Untergegangen durch Schicksalsspruch. Neu erstanden, erweckt zu neuem Leben für die Menschheit durch dich!

»Atlantis!« Seine Lippen murmelten die Worte vor sich hin. »Schlafend im Dunkel des Meeresgrundes, gehoben durch dich zum Licht des Tages, neue Stätten der Menschheit bereitend!«

Er schritt zur Hütte. War's der, der gestern noch schwächetaumelnd aus der Hütte gewankt? Ein anderer! Ein größerer, ein stärkerer ... ein neuer Mensch! Die Inkarnation eines Starken!

Werkzeug des Schicksals? ... Fast Meister des Schicksals jetzt.

Das Flugschiff aus der Halle! Die Apparate hinein! Die Last der Instrumente - die starken Schultern spürten sie kaum.

Von Süden her in schneller Fahrt ein Boot. Die Freunde!

Das Flugschiff sprang an, gehoben von der energetischen Gewalt des Strahlers. In sausendem Flug stieg es auf, die Bahn der Sonne überholend, verschwand in Mittagshöhe.

* * *

Kurs Nordost steuerte das U-Boot durch den Atlantik der Heimat, Europa, Hamburg zu. Seit dem Tag ihrer Abfahrt von Saltadera hatten sie kaum Schlaf gefunden. Was die Wellen des Äthers ihnen aus der Welt, aus Europa zutrugen, war zuviel des Guten, Schönen für Auge und Ohr. Sie kamen nicht los von den Bildern, die der optische Fernseher an die Wand warf.

Wie durch Zauber das Los der Millionen von Nordeuropa geändert. Schiffe auf der See, beladen mit Flüchtlingen ... Auf das große Geschehnis hin hatten sie gewendet, Kurs zur Heimat genommen. In den Hafenstädten der südlichen Teile Europas: Die Geflohenen drängend zu jeder Fahrgelegenheit, zurückzukommen zur verlassenen Heimat. In den Hafenstädten der Nordküste ein einziger Freudentaumel.

Menschen weinend, lachend, sich umarmend. Der Golfstrom im alten Bett bewegte sich nach Norden ... Wärmespender ... Lebensspender!

Die Riesenorganisation, mit einem Ruck zum Stocken gebracht, versagte dem plötzlichen Ereignis gegenüber. Jetzt: Keiner der Flüchtlinge schien es erwarten zu können, daß er wieder dorthin zurückkehrte, wo das leere Haus ... die verlassene Arbeitsstätte war. Mit Gewalt suchte man sich jeder Fahrgelegenheit zu bemächtigen. Mit Gewalt mußte wieder eingeschritten werden, um ein Chaos zu verhindern.

Die großen Tageszeitungen der Welt hatten Reporterschiffe ausgerüstet, die dem Golfstrom zur Seite folgten. Die blaue Wellenwand, wie sie sich langsam nach Norden zu bewegte, zeigten die kinematographischen Bilder in den Zeitungspalästen. Andere Zeitungen hatten ihre Reporter in schnellen Flugschiffen nach Norden gesandt. Die zeigten im optischen Bild, wie die Bewohner eines Dorfes zurückkehrten, sich freudig in das alte Nest drängten, zeigten, wie neues Leben überall sich zu regen begann, wie auch in den Landschaften, die noch nicht geräumt, aber zur Räumung verurteilt, wie mit Zauberschlag Jammer, Trauer gewichen, wie Aufatmen durch alles ging; die Hände sich mit doppeltem Fleiß zu rühren begannen in gewohnter Arbeit an alter Stätte.

Freude und Jubel überall. Das sterbende Europa war zu neuem Leben aufgewacht, erweckt durch die große Tat ... Tat?

Wer wußte von der Tat? Wer kümmerte sich um den, der das Werk getan? Die Natur hatte sich selbst für das gerächt, was Frevlerhand ihr angetan. Keine andere Meinung in Europa, in der Welt. Dann langsam wurden andere Stimmen laut. Man achtete ihrer kaum. Sie sagten:

Unmöglich, daß die Natur aus sich selbst heraus das gestörte Gleichgewicht der Kräfte hergestellt. Die Sialscholle, einmal zerrissen, abgedrängt von den aufstrebenden Simamassen, konnte niemals wieder dahin zurückkehren, wo sie gelagert hatte. Gewiß, daß ihre Masse, wuchtend auf den im Erdboden begrabenen Sedimentärschichten und anderen Sialmassen, diese nach unten drückte, bis sie, unter die benachbarten Massen gedrängt, Ausgleich suchend, sie hoben.

Nicht die Natur selbst, eine andere Macht mußte hier am Werk gewesen sein. Die gleiche Macht, die auch die anderen Wunder vollbracht, Vineta ... Black Island gehoben. Menschenmacht? An der Frage scheiterte jeder.

Telenergetische Konzentration? Das Wort, in der Mitte des letzten Jahrhunderts aufgetaucht, beschäftigte unablässig alle führenden Geister der physikalischen Wissenschaft. Theoretisch längst erkannt! Doch nie war es gelungen, die Nullpunktenergie auszulösen. Die Wissenschaft, so weit vorgeschritten, stand doch erfolglos vor diesem letzten Hindernis. Schon war die Mehrzahl der Gelehrten der Meinung, daß dieses Welträtsel dem menschlichen Geist ewig verschlossen bleiben würde ... müßte. Denn diese Erkenntnis, weitergeführt bis zur Konstruktion des technischen Mittels ... des wirkenden Instruments, müßte, der Allgemeinheit in die Hände gegeben, zur Katastrophe, zum Chaos führen.

Jeder einzelne der Beherrscher der übrigen. Kein Diener mehr, nur Herren. Die im Kampf um die alleinige Macht. Erdteile ... Staaten ... Einzelmenschen. Tod, Vernichtung für alles Lebende. Umwälzung der Natur. Keine Grenzen mehr für menschlichen Geist, für menschliche Kraft ... für menschliche Schwäche. Das Ende der Menschheit.

Nie konnte Schicksalsmacht solche Waffe in schwache Menschenhand legen. Das Schicksal ... Gott, der Lenker aller Dinge – sein Werk? Die einzige Erklärung.

Da brachten Zeitungen vom Osten eine neue Wendung. Reisende, die durch die Gebiete gekommen, wo einst die Wiege der Menschheit gestanden, hatten dort mit den Weisen, Alten, den Bewahrern Jahrtausende alter Kultur und Wissenschaft gesprochen, bei ihnen Erkenntnis, Lösung des Rätsels gesucht.

Da war die Antwort gekommen: »Warum sucht ihr nicht bei dem, das euch am nächsten liegen müßte?«

Und wieder ging's durch die Welt, wie damals, als die Prophezeiung des Unglücks bekannt wurde, angeknüpft an die mysteriösen Buchstaben J. H. Sein Werk? Menschenwerk? Gab's noch Wesen, die zwischen Gott und den Menschen standen, er müßte es sein.

Wo war er? Wer kannte ihn? ...

Auf ihrer Fahrt durch den Atlantik vernahm Uhlenkort alles, hörte alles. Wo war der Freund jetzt? Seine Gedanken wanderten zurück bis zu dem Tag, an dem sie sich als Jünglinge zum ersten Mal gesehen. Eine Fahrt auf dem Rhein. Hilferufe vom Ufer. Ein Ertrinkender. Er war in den reißenden Strom gesprungen, hatte ihn unter Aufbietung aller Kräfte gerettet. Das Band zwischen ihnen, durch die Tat geknüpft, war fester geworden von Jahr zu Jahr. J. H. sein Freund seit diesem Tage.

Schicksal, rätselhaft! Ließ den, der zum Höchsten bestimmt, in Todesnot geraten, damit er ihn rettete, sein Freund würde. Der hatte ihm das, was er getan, tausendfach vergolten. Christie! Seine Hand hatte sie ihm wiedergegeben.

Er war in Saltadera auf den Strand gesprungen, um ihn zu umarmen, ihm zu danken. Der Freund war fort. Wie ein Schlag hatte ihn die Erkenntnis getroffen. Er war fort. Mit dem Flugzeug entflogen.

Wohin? Zu neuer Tat, zu der das Schicksal ihn rief? Nicht anders konnte es sein!

In der Nacht zum heutigen Tage hatte Uhlenkort auf dem Deck gestanden, das Nachtglas vor den Augen.

Hatte nach Westen hinübergeschaut, wo die blaue Welle des Golfstroms sich den Weg nach Norden bahnte. War dann in leichten Schlaf versunken. Die Geschehnisse der letzten Tage, Wochen ... zu stark hatte alles an seinen Nerven gezerrt. Der Schlaf, der ihn so lange geflohen, kam wieder. Leichte wohlige Träume hatten ihn umfangen. Hamburg ... Christie.

Da plötzlich war er aufgewacht. Ein sausender kühler Luftstrom war über seinen Kopf hinweggestrichen. Er war aufgesprungen, hatte um sich geschaut. Die See war ruhig. Nur leise kräuselten sich die Wellen des Ozeans vor dem Rumpf des Schiffes. Da im Süden hinter ihnen ... etwas Dunkles ... ein Vogel ... ein Flieger. Der Freund, der ihn begrüßte? Jetzt, schon längst hatte die Sonne den höchsten Stand überschritten. Sein Glas zum Himmel gerichtet. Er konnte sein Auge nicht losmachen. Ein kleiner dunkler Punkt kreiste in unendlicher Höhe dort oben.

Ein Flieger? Der Freund? Was tat er da? War's neue Tat? Was konnte das sein?

Das Heck des Bootes hob sich plötzlich stark zur Höhe. Das Schiff geriet in wildes Schwanken.

»Halloh!« Die Stimme Tredrups traf sein Ohr. »Halloh! Sie wollen mit, die warmen Wasser der Drift, Diener des Stromes, des Lebensspenders für die Alte Welt.

Du, Uhlenkort, suchst wohl noch immer den Freund da oben?« Er lachte. »Sinnestäuschung, Uhlenkort! Meine Augen, schärfer als deine, sehen den dunklen Punkt nicht, der da oben kreist, wie du vermeinst.«

Uhlenkort schaute ihn an. Was war mit ihm geschehen? Das Geheimnis des Freundes! Kein Sterblicher außer ihm, der dem näher gekommen als Tredrup seit jenem Tag, an dem sie in Saltadera gelandet. Wie weggewischt alles, was dessen scharfer, kluger Geist gedacht, geahnt.

Verstellung? Uhlenkort hatte es zuerst gedacht, hatte

dann die Meinung geändert. Tredrup verstellte sich nicht. Harmlos, wie ohne Ahnung von alledem, was vorher geschehen. Ein Teil seines Gedächtnisses schien ausgelöscht von Schicksals Hand. Nicht anders konnte er sich's erklären ... Kein Wissender außer ihm selbst.

Tredrup setzte sich zu ihm. Sein Auge, schärfer als das des Liebenden, hatte den Zustand Christies tiefer durchschaut.

»Zuviel, Uhlenkort, für ein junges Mädchen! Hamburg, die Verwandten, das Wiedersehen in der Heimat. Zuviel Freude auf einmal! Sie muß das Überstandene langsam überwinden. Auch zu große Freude kann schaden.

Wir fahren an den Säulen des Herkules* vorbei zur Riviera, lassen sie dort, oder bleiben bei ihr. Kehren nach Hamburg in die Heimat zurück, wenn sie erst wieder ist, was sie war!«

* * *

Die weiten Gesellschaftsräume des Casinos in Monte Carlo in blendender Lichtfülle. Der große Maskenball als glänzender Abschluß der Saison. Von allen Teilen der Riviera traf man sich zum letzten Mal in zwanglosester Freiheit, bevor die Gesellschaft sich in alle Winde zerstreute.

In einer Loge Christie, Uhlenkort und Tredrup. Mit blitzendem Auge verfolgte Christie das frohe Leben und Treiben unten im Saal.

»Du hattest recht, Klaus«, wandte sich Uhlenkort zu Tredrup. »Dein Vorschlag, an der Riviera Station zu machen, war gut. Christie bedarf mehr der Zerstreuung als der Ruhe. Ihre Erlebnisse in den letzten Wochen waren zu viel für ein schwaches Frauenherz. Tante Harlessen wird morgen kommen, bei ihr bleiben, bis sie sich erholt

---

* Bezeichnung für die Meerenge von Gibraltar

hat, bis sie zurückkommen kann in das Vaterhaus nach Hamburg.«

Er wandte sich wieder zu Christie.

»Ermüdet es dich nicht, Christie, dem bunten Treiben da unten so lange zuzusehen?«

»Nein, Walter, nicht im geringsten. Ich fühle mich so wohl, so wohl wie selten. Immer Neues, immer Interessanteres bietet das frohe Bild da unten. Sieh da! Eine Mexikanerin tritt durch die Tür.« Sie klatschte leicht in die Hände. »Wie schön das Bild, das so viele Erinnerungen in mir lebendig macht. Dein Glas, Walter!«

Sie sah eine Weile hindurch, gab es an ihn zurück.

»Sieh, Walter, das wunderbare Kostüm. Es ist echt bis in die kleinste Einzelheit. Ich verstehe mich nur zu gut darauf, trug ich es doch in meiner Jugend so häufig in Tejada.«

Uhlenkort nickte hinter dem Glas: »Bin zwar nicht ganz Sachverständiger, aber abgesehen von dem Kostüm, sagt mir die Gestalt seiner Trägerin, sagen mir ihre Bewegungen, daß in dem echten Kostüm eine echte Mexikanerin stecken muß. Was meinst du, Klaus? Warst doch lange genug da unten. Hab' ich nicht recht?«

Tredrup gab keine Antwort. Als das Wort »Mexikanerin« von Christies Lippen kam, hatte er das Glas vor die Augen genommen, hinuntergeschaut, sie verfolgt, den Blick nicht zur Seite gewandt, als wäre nur die eine dort unten, die Mexikanerin.

»Ah! Jetzt tanzt sie!« rief Christie dazwischen. »Sieh nur, Walter, wie eine Feder schwebt sie im Arm ihres Partners. Und das feurige Temperament, das aus jeder Bewegung spricht! Du hast recht, sie ist eine Mexikanerin. So kann nur eine tanzen, die in Mexiko geboren ist.«

Beide beugten sich über den Logenrand. Das tanzende Paar hielt an, stand zu ihren Füßen.

»Wer mag sie sein?« fragte Christie. »Ein junges Mädchen, wie es scheint!«

Uhlenkort zuckte die Achseln. »Riviera ... Monte Carlo ... aus den entlegensten Teilen der Welt trifft hier die Menschheit zusammen ...«

Er wollte weitersprechen, da nahm ihm Christie mit hastiger Bewegung das Glas aus der Hand, richtete es auf die Tänzerin, starrte sie an, als könnten sich ihre Augen nicht losreißen. Ihre Rechte fuhr zum Halsausschnitt, riß die kleine mexikanische Goldmünze, die am dünnen Kettchen hing, aus dem Busen.

Tredrups Hand mit dem Glas war herabgesunken, er starrte zu Christie hinüber wie einer, der Unheil erwartet.

Die Tänzerin da unten im Saal trat von neuem zum Tanze an, drehte sich langsam um den Partner.

»Elf!« schrie Christie. »Elf Hidalgos, die goldene Kette an ihrem Hals!«

Das Glas aus Tredrups Hand fiel polternd zu Boden. Uhlenkort wandte sich nach links und rechts: »Was? ... Was ist mit euch? Was heißt das: Elf?«

Tredrup war aufgesprungen und stand mit bebenden Lippen.

»Elf Hidalgos!« rief Christie. »Zwölf waren es! Der zwölfte, hier!«

In höchster Erregung beugte sich Uhlenkort über Christie, ergriff ihre Hände, drückte sie an sein Herz.

»Christie! Was ist mit dir? Was hast du? Was willst du sagen? Elf Hidalgos?«

Die Logentür fiel hinter Tredrup ins Schloß. Uhlenkort merkte es nicht. Christie war schwer atmend in den Sessel zurückgesunken.

»Laß uns gehen, Christie! Ich weiß nicht, was dich so erregte. Doch wo ist Tredrup? Was habt ihr gesehen? Die Tänzerin, kennt ihr sie?«

Christie schüttelte den Kopf. »Ich kenne sie nicht, kenne nur den Schmuck, den sie trägt. Den Schmuck, den der stahl, der meinen Vater ermordete. Elf Hidalgos!

Der zwölfte blieb in des Vaters Hand. Als Amulett trug ich ihn seit jenem Tag bis heute.«

Mit müder Bewegung erhob sie sich, legte ihren Arm in den Uhlenkorts. »Laß uns gehen!«

Im selben Augenblick, als sie aus der Loge traten, fiel auch auf der anderen Seite eine Logehtür ins Schloß. Eine hochgewachsene Männergestalt, eine leichte Seidenhalbmaske vor dem Gesicht, trat aus der Loge in den Umgang, ging die Treppe hinab zum Saal. Mit Mühe bahnte er sich einen Weg durch das Gedränge in den Raum, wo die Paare sich bewegten. Sein Auge suchte die Mexikanerin. Da tanzte sie am anderen Ende des Saales eben im Arme eines neuen Partners, eines einfachen Dominos. Er drängte sich in die vordersten Reihen, wo das Paar an ihm vorbeikommen mußte. Da sah er die Tänzerin zusammenzucken, das Paar stehenbleiben, im Gewühl der Zuschauer verschwinden. Rücksichtslos bahnte er sich ungeachtet der empörten Zurufe links und rechts einen Weg durch die Menge. Das Paar schien verschwunden zu sein. Er stürzte durch eine der Pforten, die in die Nebensäle führten. Da sah er das Paar am anderen Ende zum Ausgang verschwinden. Jagend, fast stürzend eilte er hinter ihm her. Immer wieder sperrten ihm die Massen den Weg. Die Tür zum Park, der letzte Ausgang des Raums. Er stürzte hinaus. Vor ihm schritt das Paar, der Domino, die Mexikanerin. Mit ein paar Sprüngen war er neben ihnen.

»Juanita!«

Die beiden standen still, wandten sich um. Der Domino riß die Maske vom Gesicht. »Wer ruft?«

Da erkannte er in der hohen, schlanken Gestalt seinen Feind. Sein furchtbarer Faustschlag traf ihn ins Gesicht. Der Getroffene taumelte zurück, seine Maske flog herunter.

Die Mexikanerin schrie laut auf: »Klaus, was tust du?«

Der stand mit geballten Fäusten wie in Erwartung,

daß der andere sich zur Wehr setzte. »Schuft, du! Guy Rouse, komm her!« Er schüttelte den Frauenarm von sich ab. »Heute gibt's Abrechnung zwischen uns beiden! Schuft, du! Schurke!«

Die hagere Gestalt vor ihm drehte sich leicht zur Seite. Die Hand fuhr zur Tasche.

»Guy!« Juanita wollte sich zwischen die beiden stürzen. »Erst mich! Dann ihn!«

Da klang die schneidende Stimme Tredrups:

»Wo ist der zwölfte Hidalgo, du Mörder?«

Rouse taumelte zurück. Es klirrte etwas am Boden, seine Hand fuhr zum Gesicht. Einen Augenblick stand er, die lange, hagere Gestalt zusammengekrümmt, das Gesicht abgewendet, als quäle ihn eine Vision.

Dann plötzlich waren sie allein, Tredrup und Juanita.

»Juanita! Er ist fort, geflohen, der Feigling. Du!« Er riß sie an sich. Sein starker Arm preßte sich um die schlanken Schultern, als wollte er sie zerbrechen.

»Du bist frei von ihm! ...«

* * *

War's ein Wahnsinniger, der, Verfolger hinter sich, durch die menschenleeren, dunklen Wege des Parks um das Casino stürzte? Eine lange, hagere Gestalt in vollständiger Abendtoilette, wie ein gehetztes Wild durch die Anlagen stürmend. Stundenlang die sinnlose Jagd. Die Mondscheibe durch die dunkle Wolkenbank brechend, das Dunkel verscheuchend. Fast tageshell plötzlich der Park. Mit jähem Ruck hielt er an. Stand im breitflutenden Licht des Nachtgestirns, schaute wirr um sich.

Die Brust keuchte unter rasenden Atemstößen. Eine Bank tauchte vor ihm auf. Er sank erschöpft darauf nieder. Seine Hand entnahm der Brusttasche ein Schächtelchen beruhigender Pulver. Zwei Tabletten höchstens, hatte ihm der Arzt gesagt. Er nahm die doppelte Anzahl.

Die Arme griffen nach hinten zu der Rückenlehne, umklammerten sie. Den Kopf weit zurückgebeugt, sog er die kühle Abendluft ein. Seine Züge entspannten sich allmählich, ein fast ruhiger Glanz trat in die Augen. Die klare Vernunft schien zurückzukehren. Eine leichte Falte bildete sich zwischen den Augen. Er zwang sich zu logischem Denken.

Monte Carlo ... Wie kam er hierher? Von Santa Barbara ... Juanita. Zu ihr war er gestern gekommen. Froh hatte sie ihn begrüßt. Kaum noch Spuren der Krankheit. Er hatte sie in die Arme geschlossen, sie an sich gedrückt. Den letzten Anker. Vergessen wollte er an ihrer Seite alles, was er hinter sich gelassen.

Sie waren spazierengegangen. Das frohe, lustige Geplauder Juanitas, noch klang's in seinem Ohr.

»Morgen abend ist Maskenball im Casino. Willst du nicht mit mir dorthin gehen?«

Schmeichelnd hatte sie ihn gefragt. Er wollte die Bitte nicht abschlagen. Die erwachte Lebenslust Juanitas – ein günstiges Zeichen schien's.

Kostümieren! Tanzen! Juanita hatte weiter gebeten, er hatte gern zugestimmt.

Als es Zeit zum Aufbruch, war er in Juanitas Zimmer getreten. Im mexikanischen Kostüm stand sie vor ihm. Die lachende, frohe Gestalt, sich wiegend in den verführerischen Schritten des Fandangos. Wie ein bunter Schmetterling hatte sie sich, leise die Melodien des Tanzes summend, vor ihm gewiegt. Seine Augen, berauscht, hatten das Bild verschlungen. In plötzlicher Eingebung war er aufgesprungen, in sein Zimmer geeilt, war wiedergekommen und hatte um Juanitas Nacken ein goldenes Halsband geschlungen.

Sie war vor den Spiegel getreten, hatte in die Hände geklatscht.

»So bin ich schön! Ein Halsband, es fehlte mir!«

Sie waren in den Wagen gestiegen, waren zum Casino

hinübergefahren. Von seiner Loge aus hatte er der Tanzenden zugeschaut. Seine Augen konnten sich nicht losreißen von ihrer Gestalt, weideten sich an dem Aufsehen, das die schöne, junge Mexikanerin im ganzen Saal erregte.

Vergessen alles, was er an Bord des Flugschiffes gedacht. Juanita, du mein einziger, mein bester, mein letzter Besitz. Du an meiner Seite, noch einmal will ich's wagen, das Spiel um Reichtum und Macht!

Und dann? Seine Gedanken stockten. Was war dann geschehen? Er drückte die Hand vor die Augen, fand nicht den Faden, der weiterführte bis hierher. Wieder ein paar Tabletten! Er hielt das Schächtelchen vor die Augen. Das Wort Gift darauf. Er lachte. Und wenn's den Tod gälte, ich muß wissen, was dann geschah!

Wieder lehnte er sich zurück. Das beruhigende Gift tat seine Wirkung. Jetzt hatte er den Faden wieder. Ein Domino an Juanitas Seite. Die beiden gingen hinaus in den Park. Er war ihnen gefolgt, hatte sie erreicht.

»Juanita!« hatte sein Mund geschrien. Da, er griff sich mit der Hand ans Herz, als könne er das rasende Pochen unterdrücken. Ein Schlag ins Gesicht von dem an Juanitas Seite. Die Hand! Nicht das erste Mal war's, daß sie es wagte, in sein Leben einzugreifen. Er fuhr mit dem Taschentuch über die schweißbedeckte Stirn. Die Hand! Ins Gesicht hatte sie ihn geschlagen vor den Augen Juanitas. Und er, er hatte den Schlag hingenommen. Hatte ihn ungesühnt gelassen. Wie war das möglich?

Er ein Schwächling? Ein Feigling? Er, Guy Rouse? Nein! Er war es nicht, war es nie gewesen. Die Pistole schon in seiner Hand, ihn niederzuschießen, da hatte der geschrien:

»Wo ist der zwölfte Hidalgo, du Mörder?«

Die Worte – das tiefste Geheimnis seines Lebens berührten sie. Er war zusammengezuckt, hatte hinübergestarrt. Da: Er war zurückgetaumelt, ein anderer stand an dessen Stelle! Ein alter Mann mit dem bleichen Antlitz eines Toten, eine tiefe, blutige Wunde an der Schläfe.

Von Entsetzen gepackt, war er davongestürmt ...

Er zog die Uhr. Mitternacht. Stundenlang mußte er im Park umhergeirrt sein. Er stand auf. Die Knie zitterten unter ihm, fast wäre er zur Bank zurückgetaumelt.

Vorbei! Vorbei! Der letzte Anker gerissen. Ziellos, steuerlos sein Schiff auf dem Weg, der vor ihm. Der Weg ... kein anderer als der, den hier schon so mancher gegangen, dem im Spielsaal das Portefeuille ausgeraubt.

Seine Hand fuhr unwillkürlich zur Brieftasche. Sie barg große Summen, gewaltige Werte. Alles, was er an Barem hatte zusammenraffen können. Er zog sie heraus, überflog die Summen. Mitnehmen auf den Weg? Nein! Er brauchte sie nicht. Zur Henkersmahlzeit sollten sie dienen.

Er lachte laut auf. Henkersmahlzeit am Spieltisch. Gold die Speise. Hier, wo Millionen rollten, wollte sein Auge sich noch einmal satt sehen an dem gleißenden Glanz des Goldes.

* * *

Der Spielsaal von Monte Carlo. Um die großen Roulettetische drängten sich die Spieler. Da war einer, der mit unerhörten Einsätzen pointierte. Das Spiel des Mannes, va banque in jedem Zug!

Rouge et noir! Bald türmten sich Banknoten und Goldmünzen vor seinem Platz. Bald war der Turm verschwunden. Der Griff ins Portefeuille. Die Dollarnoten flatterten über den Tisch.

Faites votre jeu!

Das Spiel ging weiter. Von den Nebentischen her kamen die Spieler. Man drängte sich um den einen.

Die Tasche des Portefeuilles, schmaler und schmaler war sie geworden. Der Spieler am Ende! Mit grausamem Behagen warteten alle darauf.

Da! Eine neue Serie. Schlag auf Schlag. Das Glück ihm günstig. Die Scheine vor ihm häuften sich wieder zu Bergen.

»Va banque!« Der Spieler schob den Turm dem Croupier zu. »Zählt sie!«

»Faites votre jeu!« Der stereotype Ruf.

Die Kugel rollte im Roulette. Jetzt stand sie.

Gewonnen! Die Bank gesprengt!

Eine neue Bank. Dasselbe unerhörte Pointieren des Spielers ... Die Bank wieder gesprengt ... und wieder ... wieder, bis der Spielsaal geschlossen werden sollte.

Da standen sie alle, stierten auf den, der die Riesensumme ruhig entgegengenommen. Der Glückliche, der König der Spieler! Seit Menschengedenken war solcher Gewinn eines Spielers gegen die allmächtige Bank in deren Geschichte nicht vorgekommen. Millionen, viele Millionen! Alle Augen hingen an dem Sieger.

Milliardär?

Der erhob sich, ein kühles Lächeln auf dem blassen Gesicht, eine leichte Handbewegung wie dankend für den Beifall der Zuschauer. Er stand auf, drehte sich zum Gehen.

Eine Riesengestalt vertrat ihm den Weg. Eine Faust klammerte sich an seine Brust.

»Wo ist Juanita?«

Der Schrei gellte durch den Raum. Der Spieler stand wie erstarrt. Seine Augen bohrten sich in das Gesicht des Gegners.

»Juanita? Was geht sie dich an?« Ein heiseres Lachen begleitete die Worte. »Such sie bei dem anderen!«

Der verstand nicht.

»Wo ist Juanita? Gib sie raus, du Schuft! Mein ist sie, der Preis, um den ich alles tat.«

Die Gesellschaft stand stumm, schaute auf die Szene. Ein paar Saaldiener eilten herbei, wollten sich dazwischenwerfen.

Da, ein kurzer Knall! Der Spieler sank um, die lange, hagere Gestalt schlug zu Boden. Die Kugel von James Smith hatte dem Leben von Guy Rouse ein Ende gesetzt.

* * *

Die Presse der Welt. Unerschöpflich der Stoff, den die Geschehnisse des einen Sommers gegeben. Der Erdball aus seinen Fugen gerissen. Seine Bewohner Spielzeug für die geheimnisvolle Macht. Die Macht bestand. Nur wenige Zweifler in der gelehrten Welt. Nachdem der erste, wirre Meinungsaustausch erfolgt, waren die angesehensten Fachgelehrten auf den Plan getreten.

Telenergetische Konzentration! Theoretisch bis zu den letzten Auswirkungen längst erkannt. Die Übertragung in die Praxis der Menschheit noch immer nicht gelungen, gescheitert am Widerstand der letzten Hindernisse.

Allerorts in den Hörsälen, in der Presse gaben sie ihre Meinung kund. Das letzte Geheimnis, von weiser Natur den Menschen für immer verschleiert ... dem einen offenbart! In streng logischen Deduktionen bewiesen sie, daß hier durch höhere Fügung einem Menschen gegeben worden war, was aller Fleiß, aller Scharfsinn der Gelehrten der Welt nicht zu erzwingen vermochte. Ihre Worte mit der Schnelle der Ätherwellen über alle Weltteile hin verbreitet. Millionen, die bange Angst ergriff. Die Taten der Macht, Menschenleben waren dabei zugrunde gegangen.

Er, schritt er zu neuer Tat? Wurden wiederum Tausende sein Opfer? Das ganze Erdenrund sein Feld? Wo würde er zur neuen Tat schreiten? Wo würde das Schlachtfeld sein? Jeder Erdbebenstoß wurde mit Angst und Sorge empfunden. War das sein Werk? ...

Die Bilder aus Europa, die eitel Jubel und Freude brachten, wurden kaum noch beachtet. Wohl gab es da und dort Stimmen, daß nur Gutes für die Menschheit aus den Taten der Macht entsprungen. Die Furcht blieb, die Furcht vor der Macht.

Es war der letzte Septembertag des Jahres, als die Nachricht um die Welt ging: *Erdbebenstöße auf den Azoren-Inseln. Die Bewohner flüchtend auf die hohe See.*

Beklommen, atemlos erwartete man weitere Nachrichten. War das wirklich nur ein einfaches Erdbeben, eine natürliche Bewegung der Erde, durch die unterirdischen Kräfte hervorgebracht, oder ...?

Da kam um die Mittagsstunde desselben Tages neue Nachricht: *Neue Erdbewegungen im Gebiet der Azoren. Die Inseln Flores und São Miguel um acht Meter gehoben. Letzte Flucht. Ozeandampfer durch Funkruf dorthin dirigiert, die Fliehenden aufzunehmen.*

Ein Schauer ging durch die Welt. Die Macht am neuen Werk ... welchem Ziele galt's? Da war's die Stimme eines deutschen Gelehrten, die in den Streit um die Lösung des Rätsels das Wort warf: Atlantis!

Das Wort zündete, wurde gierig aufgegriffen. Nichts anderes wußten die Zeitungen zu berichten als: Atlantis! Die Sage, wie sie Plato berichtet, der erste Hinweis auf das alte, dort versunkene Land der Glückseligen. Ältester Mythos aus grauester Vorzeit. Sage schon, als die Weltgeschichte anhub.

Wie hatte es ausgesehen, das versunkene Land? Wer hatte es bewohnt? Tausende Fragen. Antworten, eine phantastischer als die andere, sich überschlagend. Wie würde es aussehen, wenn ... wenn? ... Ja! Was wollte da die geheimnisvolle Macht? Wollte sie das Versunkene heben, bis es dastand, wie es einst gewesen? Und wie würde es aussehen, was dort auftauchte aus vieltausendjähriger Versunkenheit? Ein neues Pompeji ... oder nur ein neues Vineta, wo nur noch wenige Reste, dem Schlick des Meeresgrundes entrissen, davon zeugten, daß die Stätte, an der man es vermutet hatte, die richtige war?

Die andere Frage: Wie war es versunken? Wie war es geschehen, daß eine Insel, ein Kontinent - wie andere behaupteten, die Brücke zwischen der Alten und Neuen Welt - vom Meere verschlungen wurde? Ein neuer Streit der Meinungen.

Das eine war sicher. Als vor etwa zwei Millionen Jahren die große Kontinentalscholle auseinanderriß und die mächtige Sialscholle des losgerissenen Amerikas auf der plastisch zähen Simamasse unter dem steten Flutdruck ihre Wanderung nach Westen antrat, da blieben abgerissene Schollenfetzen, Grönland im Norden, Atlantis im Süden, als selbständige Inseln ... Kontinente ... zurück.

Grönland noch heute auf der Wanderung nach Westen. Atlantis verschwunden. Vielleicht, daß die Azoren einst ragende Berggipfel von Atlantis waren, jetzt noch die Stätte des versunkenen Landes bezeichneten. Vielleicht, daß die Delphinbank seine Umrisse wiedergab.

Welches die Ursache der Katastrophe, die nach alter Überlieferung vor zwölftausend Jahren jäh über das glückliche Land hereingebrochen sein mußte? Schroff standen sich die Meinungen gegenüber wie schon vor hundert Jahren.

Die kippende Kraft der hier im tropischen Gebiet übermächtigen Flutwelle die Ursache der Katastrophe nach der Meinung der einen. Der plastische Simauntergrund vom wegtreibenden Amerikakontinent gezerrt, die Atlantisscholle einsaugend, in gigantischem Erdbeben verschlingend, so die Meinung der anderen. Eine dritte Meinung noch, an die Apokalypse in der Bibel anknüpfend, daß ein Mondgestirn der Erde niederstürzend Atlantis begrub, oder ein neu eingefangener Mond, die Erdachse aus ihrer Lage drängend, die Katastrophe durch stürzende Meeresfluten bedingte.

Keine Lösung, die befriedigen, sichere Antwort geben konnte auf das, was jetzt zu erwarten stand.

Ein Heer von Reportern in Flugschiffen kreisend über den Azoren ... über der Stätte des alten Atlantis. Die optische Kamera in unaufhörlicher Tätigkeit, gab die Bilder von dort in alle Welt.

Stieg es weiter? Ein Fiebertaumel hatte die ganze Welt ergriffen. Unaufhörlich Depeschen und Bilder der Berichterstatter von den Azoren. Ihre Flugschiffe kreisten in immer größer werdendem Schwarm über dem Atlantik. Sie hielten sich niedrig, die Kamera so nahe wie möglich auf das Objekt gerichtet.

Sahen nicht das einsame Flugschiff, das hoch, weit über ihnen, an des Äthers Grenze, still in Riesenkreisen dahinzog.

* * *

Den dritten Tag schon flog es da oben.

Das Flugschiff zog, automatisch gesteuert, seine Bahn Tag und Nacht. Der Einsame saß darin an seinen Apparaten. Kein Schlaf, keine Speise, kein Trank. Das Werk mußte in einer Tat vollendet sein.

Er ging zum Fernseher, bewegte den Mechanismus. Dessen Strahlen trafen den Meeresgrund, drangen in ihn ein. Unter Schlick und Sand lagen die Ruinen und Reste von Atlantia, der Hauptstadt des Landes, die Ruinen der Paläste und Tempel.

Sein Geist flog rückwärts durch die Jahrtausende:

Die Hauptstadt Atlantia. Das Gewirr der Häuser, von unzähligen Straßen durchzogen. Buntes Leben und Treiben darin. Die geöffneten Basare, Magazine, Lagerhäuser. Alle Waren der Welt boten ihre Auslagen den Käufern, die das Land, die Welt sandte.

Die Menschen aller Rassen, aller Farben. Im Hafen lagen Tausende von Schiffen, die aus Osten und Westen, aus Norden und Süden hier gelandet, um Handel zu treiben.

Vom Osten her nahend eine große Flotte. Die Menge

am Hafen sie begrüßend, Tücher schwenkend, jubelnd. Die Königin Kleito erwartend, die vom siegreichen Kriege zurückkehrte. Die phönizische Macht gebrochen, ihre Besitzungen im westlichen Europa und Afrika in der Hand von Atlantis.

Die Tore der siebenfachen Mauer um die Stadt durchbrochen, erweitert für den Einzug der siegreichen Königin.

Bei Marsilia die große Schlacht. Ungeheure Beute brachten die Schiffe mit. Der Triumphzug der Sieger zum Sonnentempel ... zum siebentorigen Haus der Welt.

In der Mitte des Zuges die Königin, getragen von den Fürsten der Besiegten. Die Stadt, das ganze Land ein Jubel ... ein Siegestaumel. Der letzte, der schlimmste Aufstand bezwungen. Ost und West zu Füßen des siegreichen Atlantis. Von Norden und von Süden ankommend die Boten der Mächtigen, die freiwillig Tribut boten.

Atlantis, die Siegerin, die Herrscherin der Welt. Kein Feind, der ihr widerstand. Ein einziges, mächtiges Reich von Peru bis Ägypten. Der Sonnentempel, nie sah er so viel Blut zu Ehren der Gottheit fließen wie an diesem Tag.

Im Festesglanz der tausend Fackeln der Palast der Königin. Auf dem goldenen Thron die Herrscherin, geschmückt mit Perlen und Edelsteinen. Das kühne, stolze Antlitz hoch aufgereckt, die Augen in der Runde zu den Helden, die vor ihr knieten.

Wer der Würdigste, von der Königin gekürt zu werden als Gemahl? Heute die letzte Frist. Die Gottheit ... die Priesterschaft wollte es. Und sie wußten es, die Helden zu ihren Füßen.

Der Sieg über den mächtigen, den letzten Feind, ihr Werk! Jeder im Kampf das Ziel vor Augen, der Würdigste zu sein, gekürt zu werden. Herrscher von Atlantis, Herrscher der Welt!

Die Herrscherin stand, starrte. Die Rechte hob leicht

den dichten Schleier, der ihr Gesicht deckte. Kein Sterblicher, der ihr Antlitz sehen durfte, als der, der würdig war, ihres Leibes Schönheit zu besitzen ... der mit ihr den zeugen sollte, der einst der neue Herrscher der Welt.

Die zu ihren Füßen ... sie kannte sie alle, die da knieten, harrten.

»Amiras! Ich sehe dich nicht! Wo bist du?«

Die Häupter vor ihr hatten sich noch tiefer gebeugt. Im Hintergrund der Vorhang zurückgeschlagen. Von Kriegern getragen, ein wunder Mann. Das junge, bleiche Gesicht zum Thron gewandt.

»Hier ist Amiras, Königin!«

Die hatte den Schleier heruntergelassen, die Röte zu verbergen .

»Amiras! Mein Gemahl! Die Götter beschützen ihn!«

Und als wenn Zauberhand die Wunden geschlossen, geheilt ... war er aufgesprungen, zu ihr hinaufgeeilt zum Thron, war niedergekniet.

»Königin! Du Königin von Atlantis ... du Königin deines Sklaven!« -

Neun Monde vergangen, der Erbe geboren. Im Jubel Stadt und Land Atlantis. Aufhorchend die Welt ... der neue Herrscher geboren.

Im Saal des Palastes König und Königin. Die Abgesandten der Welt zu ihren Füßen. An der Schwelle des Saales drei Männer, fremd von Gesicht, fremd von Gewand. Aus fernem Osten, wo der Sonne Lauf beginnt. Ihre Hand Gaben bringend, die niemand in Atlantis kannte ...

Da ... Weltuntergang! Weltenwende! Die Meeresfluten vom Hafen, von allen Seiten her stürzend über Atlantia, die Stadt, über Atlantis, das Land ... begrabend alles in wildem Stürmen und Tosen ...

Weltuntergang? ... Eine Wiege in goldenem Glanz, schaukelnd im Toben der Elemente ...

Ein riesenhafter Vogel, von Osten kommend, sich zu ihr niedersenkend, sie deckend mit dunklem Schatten.

Stürzende Wellen ... verschwunden die Wiege, der Erbe von Atlantis ... Inkarnation ...

Über das Toben der Elemente hinaus der schwingende Flug eines Adlers. Der Erbe der versunkenen Welt ... der versunkenen Macht ... aufsteigend in steilem Flug der Sonne zu, der Spenderin neuen Lebens, neuer Macht ... weiter lebend in neuer Inkarnation.

Er da oben im Flugschiff die letzte Inkarnation, der Vollstrecker des Schicksals.

Weltenwende sein Ziel. Dann ... Nirwana ... letztes Paradies ... Ruhe ... die Schultern befreit von der schweren Last.

Zurück zu denen, die ihm die Kraft gegeben. Zu denen, die einst die drei Ringe trugen. Die Macht zurückgeben dem Schicksal, dem allmächtigen, bis das sie wieder in die Hände Sterblicher legte ... in andere. Er frei! Sein Werk vollendet!

Sein Auge ging in die Tiefe. Da lag's, was Schicksals Macht durch seine Hand geschaffen. Wo seit Menschengedenken die Fluten des Meeres die Kontinente trennten, neues Festland. Ein sechster Kontinent. Atlantis, das uralte, neugeboren, wiedererstanden, die Brücke zwischen Alter und Neuer Welt.

Die taumelnden Schiffe in taumelnder Flut des Atlantik, er sah sie nicht. Sah nicht die strudelnden Wogen, die das auftauchende Land nach allen Richtungen im Kreise der Windrose von sich warf, sah nur das vollendete Werk.

Und zwischen dem neuen Atlantis und der Neuen Welt das breite, blaue Wasser des Golfstroms ...

Die Welt, wie sie einst war, als älteste Sage begann ...

Das Steuer des Flugschiffes, der Einsame dort oben riß es aus seiner Lage. Nach Osten der Kurs, der Sonne zu der Flug. Das Schiff in windschneller Fahrt nach Morgen gerichtet ... in blauer Ferne verschwindend auf Pangkong Tzo hin, das Ziel des Müden.

* * *

Der große Saal faßte kaum die Schar der Gäste, die zusammengekommen, das Fest der neuen Vereinigung der Häuser Uhlenkort und Harlessen zu feiern. Glückwunschtelegramme aus allen Teilen der Welt. Das europäische Parlament, die europäische Regierung vertreten durch ihre bedeutendsten Führer.

Die Gratulationscour beendet. Die Neuvermählten an der Spitze des Zuges zur Tafel.

»Kein Glückwunsch, Walter, von deinem Freund?«

Einen Augenblick wich der freudige Glanz aus Uhlenkorts Augen. Seine Gedanken wanderten dorthin, wo er den Freund wußte.

Und dann: Fast gleichzeitig verhielten sie unwillkürlich den Schritt, blickten sich um, als stünde einer hinter ihnen, der ihnen glückliches Leben, glückliches Gedeihen ihres Geschlechtes wünschte, prophezeite. Ein Schauer durchrieselte sie. Die fremde Stimme, gleichzeitig hatte ihr Ohr sie vernommen, dieselben Worte. Die Worte, die einer dort drüben im alten Kloster zu dem hundertjährigen Greise sprach, der an seiner Seite saß, ihm, dessen Hände zu schwach, das Bild des Festes vors Auge zauberte. Der sah den Freund, die Geliebte mit ihm vereint, beide im höchsten Glück.

Glück! Er hatte es nie gekannt, menschliches Glück ... Diener des Schicksals von Geburt an bis jetzt, da die Seele im Begriff stand, die sterbliche Hülle zu verlassen, dorthin zu wandern, wo ewige Ruhe. Die bleichen, schmalen Hände legten sich über der Brust zusammen. Die drei Ringe am Finger ... verschwunden, genommen das Symbol der Macht, jetzt, da das Werk getan war.

Weiter ging das frohe Hochzeitsfest in Hamburg. Das Fest der beiden alten Handelshäuser, das Fest gleichzeitig des wiedererstehenden Hamburgs.

Ein neues Jahrtausend seiner Geschichte, neuer Blüte.

Die letzte Völkerwanderung, die seine Mauern gesehen, kaum verebbt. Eine neue angebrochen. Atlantis das

Ziel derer, denen der heimische Boden zu eng, fremd geworden.

Atlantis! Der Schrei ging durch die ganze Welt. Neues Land! Neues Leben! Hin zu ihm! Kaum konnten die Schiffe die Massen fassen, die herandrängten zu dem Land, das der Menschheit neu geboren. Neuland für Millionen.

Neue Stätten für die Menschheit!

Wer als erster kam, war ihr Besitzer. Herrenloses Land, das da lag, keiner Weltmacht untertänig. Frei ... Beute der ersten, die da kamen, die Hand darauf legten, die Flagge hißten.

Die Parlamente der Welt ... noch schüttelten sie die weisen Köpfe beratend. Der Hamburger Kaufmann, er faßte die Gelegenheit beim Schopf. Das Haus Uhlenkort - mit einem Sprung in der Organisation Europas für die flutenden Massen. Die Organisation ... in der Hand der Staaten ein schwerfälliges Ding ... in seiner Hand ein Werkzeug höchster Leistung.

Noch ehe die Welt sich besonnen, waren sie da, die Wikingerschiffe aus dem Norden, sprang die Mannschaft an den Strand des neuen Landes, ergriff Besitz davon. Kein Boden mehr für andere, wo Warägerfuß getreten. Die Schiffe des Kaisers Augustus Salvator, zu spät ihre Ankunft. Der sechste Erdteil in weißer Hand, fest in weißer Hand.

Neu-Hamburg die Stätte, wo das Schiff Klaus Tredrups gelandet, das alte Atlantia unter seinen Füßen. Der war vom hohen Bord des Schiffes an Land gesprungen, hatte, sich niederneigend, die Hand aufs neue Land gelegt.

Neu-Hamburg sollst du heißen! Eine Stätte für alle, die in der Alten Welt vergeblich neuen Boden suchen.

Aus den Quadern der Paläste, die die wogenden Fluten aus dem Schlick gespült, errichtete er sein Haus. Der alte Hafen des versunkenen Königssitzes wiedererstanden zu seinen Füßen. Schiffe, von allen Teilen der Welt kommend, legten an. Neues Land, neues Leben!

Wann würde sie kommen, die er erweckt zu neuem Leben, jetzt frei von der Hand des Feindes ...? Juanita, die Neugeborene. Frei von der Kette, vergessen die dunkle Zeit. Ein freier Mensch an seiner Seite!

Sie war in Hamburg, stand an der Wiege des jüngsten Uhlenkort. Ihr Blick glitt über den schiffberstenden Hafen, ihre Gedanken gingen zu dem neuen Land.

Die Kette von ihr abgefallen. Ein neuer Mensch, den es drängte zu neuem Leben, zu neuer Liebe ... zu ihm. Vom alten Land zum neuen. Atlantis!

ANHANG

S. 82, Z. 14 ff. Der aus der Sicht des Jahres 2002 *schon sehr sagenhaft gewordene* Völkerbund wurde 1920 gegründet und war eine Art Vorläufer der United Nations. Die Formulierung *als zwei Große sich in die Haare gerieten* spielt auf den Krieg Großbritannien–Vereinigte Staaten von Amerika in ›Die Macht der Drei‹ an.

S. 143 ff. In Tredrups Traumvision läßt Dominik die Vineta-Saga erstehen: Tredrup sieht die Wikingerfeste Jomsburg, der Sage nach um das Jahr 1000 n. Chr. erbaut, und die dahinterliegende, wesentlich ältere Slawenstadt Jumna/Jumneta/Vineta – das ›Atlantis des Nordens‹ –, die der Sage nach vom Meer verschlungen, den Überlieferungen nach im 12. Jahrhundert zerstört wurden.

S. 160, Z. 24 ff. *Patrouillenboote, Passagierschiffe, Privatschiffe.* Als Dominik diesen Roman 1924/25 schrieb, entwickelte man parallel zu Flug**zeugen** für den Überlandverkehr auch Flug**boote** und Flug**schiffe** (das erste war die ›Do X‹ von 1929) für den transozeanischen Flugverkehr, da immer mit einer Notwasserung gerechnet werden mußte. Eine Zukunftsvision war die Ausstattung mit wegklappbaren Hubschraubern für Start und Landung zusätzlich zu den Propellern. Die hier literarisch entworfenen Maschinen haben wohl diese Kombination, da sonst das In-der-Luft-Stehen der zahlreichen Flugschiffe über dem Panamakanal undenkbar wäre. (Vgl. auch Anmerkungen und Bildtafeln in ›Die Macht der Drei‹ sowie den in diesem Band abgebildeten Schutzumschlag der Nachkriegsausgabe.)

S. 348 ff. Dominiks Satz *Schroff standen sich die Meinungen gegenüber wie schon vor hundert Jahren* - 1925 geschrieben, datiert für 2002 - trifft den Kern. Bis heute sind die Aussagen über Atlantis nicht verläßlicher geworden, noch immer existieren die von Dominik wiedergegebenen Meinungen nebeneinander. Bei seiner Schilderung des Lebens auf Atlantis vermengt er Platos (427-347 v. Chr.) Beschreibungen in den Werken ›Timaios‹ und ›Kritias‹ mit eigenen Fiktionen, denn Platos Atlantisbericht bricht ab, nachdem Zeus den Untergang des sechsten Erdteils beschlossen hat. So läßt Dominik die letzte Königin von Atlantis den Namen der Urahne Kleito tragen, mit der Poseidon das Herrschergeschlecht der Atlanter zeugte, und beschwört aus eigener schriftstellerischer Kraft den mythischen Untergang, den Plato mit ›vor 9000 Jahren‹ datiert und den der Wiener Wissenschaftler Otto Muck in seinem Buch ›Alles über Atlantis‹ von 1978 aufgrund astronomischer Inschriften eines Maya-Sonnentempels mit ›5. Juni 8498 v. Chr. um 13 Uhr‹ (!!??) angibt.

Doch noch einmal zurück in das Jahr 1923. Das Radioempfangsgerät mußte verbessert werden, und fieberhaft arbeiteten wir im Laboratorium daran. Vor allen Dingen wollten wir die unbequemen Kopfhörer loswerden und einen brauchbaren Lautsprecher entwickeln, über den Amerika und England schon längst verfügten ...

Im Frühjahr 1924 konnten wir einen Superhet[1] mit einem tadellos funktionierenden Lautsprecher herausbringen. Der Vorsprung, den namentlich die Vereinigten Staaten vor uns hatten, war damit einigermaßen eingeholt, und die Fabrikation von Empfangsgeräten erwies sich für den Vox-Konzern als recht gewinnbringend.

Leider aber trafen die mit der nun einsetzenden Deflation verbundenen Erscheinungen die Stauch-Gesellschaften an anderen Stellen sehr empfindlich. Die englischen Pfunde, die August Stauch seinen deutschen Unternehmungen immer noch ständig zuführte, waren jetzt nicht mehr Milliarden Papiermark, sondern nur noch zwanzig Rentenmark wert. Während der Inflation war für die glücklichen Besitzer fremder Valuten in Deutschland alles spottbillig gewesen; jetzt waren die Preise hier ebenso hoch wie im Ausland. Schon das traf viele Werke des Vox-Konzerns schwer. Dazu kamen dann aber weiter noch Steuern und Aufwertungen von einer oft untragbaren Höhe. ... Die deutschen Stauch-Betriebe, die während der Inflation buchmäßig recht gut verdient hatten, wiesen plötzlich Unterbilanz auf.

In dieser Situation hielt August Stauch eine reinliche Scheidung zwischen seinen afrikanischen und deutschen Unternehmungen für notwendig. Er stoppte den Zufluß von englischen Geldern ab und erklärte den Direktoren seiner deutschen Werke: »Ihr müßt jetzt auf eigenen Füßen stehen.« Das war aber leichter gesagt als getan. Die Tatsache, daß die meisten Werke des Konzerns notleidend geworden waren, ließ sich nicht aus der Welt schaffen, und die bittere Notwendigkeit zwang dazu, eins nach dem anderen abzustoßen. ... Eine Katzenjammerstimmung begann unter den Angestellten des Konzerns ... um sich zu greifen.

August Stauch hatte zwar mit mir einen fünfjährigen Vertrag gemacht, der noch bis zum Oktober des Jahres 1927 lief, doch unter den obwaltenden Umständen begann ich, einen Stellungswechsel ins Auge zu fassen. Vorher aber wollte ich endlich einmal einen richtigen Urlaub erleben, bei dem man seinen Kasten im Büro zuschloß und vier Wochen hindurch an keine Geschäfte zu denken brauchte. Es war nachgerade auch Zeit dafür geworden, denn seit 24 Jahren hatte ich keinen Urlaub mehr gehabt. Wohl hatte ich verschiedentlich Reisen gemacht, aber es waren stets Geschäftsreisen gewesen, und eine Entspannung war dabei nicht herausgekommen. Nun nahm ich für einen Monat Urlaub und fuhr mit Frau und Kind nach Heringsdorf ...

Ende August kehrte ich nach Berlin zurück und fand die Stimmung im Vox-Haus noch um einige Nuancen trüber als vor meiner Reise. Für jeden Einsichtigen mußte es klar sein, daß der Konzern seiner Auflösung entgegenging. Ich wartete nur noch die Rückkehr von August Stauch ab, der wieder mal in Südafrika war. Dann haben wir im beiderseitigen Einvernehmen unseren Vertrag gelöst. Am 1. Oktober 1924 war ich wieder ein freier Mann.

Zum dritten Mal in meinem Leben stand ich nun vor der gleichen Aufgabe, zum dritten Male galt es, sich nach Aufgabe der festen Stellung eine selbständige Existenz aufzubauen. Sollte es erneut nach dem alten Schema gehen: »'raus aus der Industrie, 'rein in die Journalistik!«? Das war die Frage, die ich mir schon am Heringsdorfer Strand reiflich überlegt hatte. Zwischen Sand und See hatte ich dort in Gedanken Inventur gemacht und war zu einem befriedigenden Ergebnis gekommen. Die Inflation hatte alle meine alten journalistischen Bindungen, auch die mit dem Scherl-Verlag und mit ›Licht und Lampe‹, zerstört, aber die früher geleistete Romanarbeit begann, sich nach der Stabilisierung unserer Währung ganz erfreulich bezahlt zu machen. Meine beiden Zukunftsromane ›Die Macht der Drei‹ und ›Die Spur des Dschingis-Khan‹ warfen Monat für Monat Tantiemen in Form guter Rentenmark ab, und der Scherl-Verlag zeigte Interesse für einen dritten Roman.

Sollte ich den Weg einschlagen, der sich hier bot? Wirtschaftlich schien er recht aussichtsreich zu sein, aber ich war mir auch klar darüber, daß ich dann Arbeit leisten mußte, die meine Kräfte bis an die Grenze des Möglichen beanspruchen würde. In einem Nachruf auf Wilhelm von Siemens heißt es: »So lebte er in fortgesetzter geistiger Überanstrengung.« Ich glaube, daß ich das gleiche auch von mir für die nun folgenden Jahre behaupten darf.

Fast spielend hatte ich bisher meine journalistische Arbeit bewältigt; mühelos waren mir Feuilletons und technische Aufsätze aus der Feder geflossen. Jetzt aber hieß es, große Romane zu konzipieren, Figuren, die zuerst wie Schemen vor dem geistigen Auge standen, zu lebensvollen Menschen zu verdichten und alle Register der Phantasie spielen zu lassen. Es war, wie ich es ähnlich schon an einer früheren Stelle dieser Erinnerungen ausführte, eine geistige Zeugungsarbeit, die an Herz und Nieren ging. Rückblickend kann ich heute sagen, daß ich sie geleistet habe und daß sie, wie der buchhändlerische Erfolg zeigt, auch nicht schlecht ausgefallen ist. Aber ich merkte auch, wie sie meine Kräfte in Anspruch nahm. Als Journalist und Ingenieur hatte ich 24 Jahre ohne Urlaub durchgehalten, jetzt hingegen hatte ich jedes Mal, wenn ein Roman geschafft war, eine Erholung und Ausspannung nötig und bin wenigstens einmal in jedem Jahr auf mehrere Wochen an die See oder ins Gebirge gefahren.

Am 1.Oktober 1924 setzte ich mich in Zehlendorf wieder an meinen Schreibtisch und entwarf meinen dritten technischen Zukunftsroman ›Atlantis‹. In gewissem Sinn war er eine Fortsetzung der ›Macht der Drei‹. Der Erbe der ›Macht‹, der in dem ersten Roman noch ein ungeborenes Kind ist, tritt in ›Atlantis‹ als Mann auf, und auch der Inder Soma Atma, der letzte Überlebende der ›Drei‹, erscheint noch einmal. Die Romanhandlung selbst aber ist völlig unabhängig von derjenigen des ersten Romans.

Wie bereits gesagt, fiel mir die Arbeit nicht leicht. Ich hatte schwer mit dem Stoff zu ringen und wurde zu allem Überfluß noch von dem Scherl-Verlag zur Eile gedrängt. Vom Morgen bis in die sinkende Nacht konzipierte ich, baute Szenen, um sie wieder zu verwerfen und durch andere zu ersetzen; schaffte auf diese Weise ein nur für mich leserliches Manuskript und diktierte schließlich das, was mir gut zu sein schien, auf den Draht der Vox-Maschine; sank dann übermüdet ins Bett und lag doch noch Stunden hindurch wach, weil das Gehirn nicht zur Ruhe kommen wollte. Es waren anstrengende Wochen und Monate, aber schon im März 1925 konnte ich das fertige Manuskript dem Verlag übergeben. In der letzten Märzwoche begann der Roman in der ›Woche‹ zu laufen, und als im Herbst die Buchausgabe angekündigt wurde, liefen sofort Vorbestellungen in überraschend großer Zahl ein, bevor noch ein Exemplar des Werkes auf dem Markt war. Dieser Wurf war also geglückt.

(aus ›Vom Schraubstock zum Schreibtisch‹, S. 241-247)

1 Kurzform von Superheterodynempfänger (Rundfunkgerät mit großer Trennschärfe)

Werkgeschichte und Editorischer Bericht

In einer im Nachlaß befindlichen Aufstellung seiner Buchveröffentlichungen zwischen 1921 und 1935 vermerkte Dominik: *Atlantis, begonnen 1. 10. 24, beendet 28. 2. 25.* Das deckt sich mit seinen Ausführungen in der Autobiographie (nachzulesen in diesem Band unter ›Zeitzeugnisse zu Leben und Werk‹).

Zu Lebzeiten des Autors kam es zu fünf mehr oder weniger voneinander abweichenden Druckfassungen. Das Originaltyposkript (T) ist heute verschollen.

1. Der Zeitschriftenvorabdruck (Z) erschien mit dem Untertitel ›Die Geschichte des sechsten Erdteils‹ in der Zeitschrift ›Die Woche‹, Scherl-Verlag, Berlin, in 22 Teilen von Nr. 6 (7. 2. 1925) bis Nr. 27 (4. 7. 1925) des 27. Jahrgangs auf insgesamt 92 Seiten, dreispaltig, Über-DIN-A4-Format, mit 33 (z. T. zweiseitigen, z. T. mehrteiligen) Illustrationen von Felix Schwormstädt.
2. Die Bucherstausgabe (E) erschien bei Ernst Keils Nachfolger (August Scherl) G.m.b.H., Leipzig 1925; 317 Seiten.
   Identischer Buchblock vom 1.–100. Tausend, 1925–1940.
3. Eine Lizenzausgabe (L) erschien bei der Deutschen Buch-Gemeinschaft G.m.b.H., Berlin 1937; 301 Seiten.
4. Das 101.-110. Tausend erschien als Neusatz (N) im Scherl-Verlag, Berlin 1941; 343 Seiten.
5. Das 111.–120. Tausend erschien, wiederum neu gesetzt (N II), im Scherl-Verlag, Berlin 1943; 339 Seiten.

Über die unter ›Zeitzeugnisse‹ abgedruckten Texte in diesem Band und im 1. Band dieser Edition hinausgehend, ist derzeitig nichts bekannt, was den Entstehungsprozeß des Romans ›Atlantis‹ näher beleuchtet. In einem Punkt können Dominiks Angaben nicht stimmen, denn ›Atlantis‹ erschien bereits ab dem 7. Februar als illustrierter (das erfordert Vorlaufzeiten!) Vorabdruck, so daß der Romantext nicht erst im März dem Verlag übergeben worden sein kann. Aufgrund der Arbeitsweise des Autors, an fertigen Textteilen nicht mehr zu feilen, neigt der Herausgeber zu der Ansicht, daß mit dem Vorabdruck schon begonnen wurde, während der Schluß des Romans noch geschrieben werden mußte – eine für Zeitschriftenromane nicht ungewöhnliche Praxis.

Die im Editorischen Bericht zu ›Die Macht der Drei‹ aufgestellte Hypothese zur Textentstehung (s. dort) kann nach Durcharbeitung dieses zweiten Bandes – leicht modifiziert – bestätigt werden.

Während Dominik Textteile der ›Macht der Drei‹ immer wieder dem hochinteressierten Generaldirektor des Scherl-Konzerns, Ludwig Klitzsch, vorgelesen hatte, war der Autor bei ›Atlantis‹ offensichtlich einem viel größeren Zeitdruck ausgesetzt. Ob nun der gesamte Roman tatsächlich Stück für Stück auf der Diktiermaschine entstand oder ob Teile auch in altgewohnter Weise aufgrund mündlichen Diktats zustande kamen, bleibt dahingestellt – auf jeden Fall war es eine mündliche Endfassung, und Dominik hat das Typoskript höchstens flüchtig eingesehen. Sein Augenmerk galt der *geistigen Zeugungsarbeit*, die ihm mit diesem Roman – allem äußeren Druck zum Trotz – hervorragend gelungen ist. Er hat auch bei keiner der Druckfassungen Korrektur gelesen oder die Revisionen veranlaßt bzw. betreut.

Daß die getippte Erscheinungsform dieses ›mündlichen Textes‹ wohl nur sehr bedingt auf ihn zurückzuführen ist und im allgemeinen das Werk seiner Sekretärin darstellt (welche Anweisungen sie bekam, welche Qualität das Diktiergerät in der Wiedergabe hatte, ist unbekannt), führte in den Druckfassungen zu zahllosen Abweichungen in Rechtschreibung und Zeichensetzung.

Z ist diesmal nicht, wie bei der ›Macht der Drei‹, eine kleine Fundgrube für verlorengegangene Originalpassagen, sondern eine von fremder Hand sorgfältig durchgearbeitete Textfassung, die neben vielen kleinen sachlichen Richtigstellungen und einer im allgemeinen guten Revision von T – was Orthographie und Interpunktion anbelangt – auch stilistische Eingriffe aufweist wie z. B. das Wandeln der ruhelos wirkenden, verblosen Ellipsen in vollständige Sätze (seltsamerweise nur auf der letzten Textseite). Z ist durchgängig um ca. 10–15 % gekürzt, was manchmal schmerzliche Lücken hinterließ.

E wurde ebenfalls aufgrund von T (oder einem Durchschlagsexemplar) erstellt und bietet den vollständigsten Romantext, der in seinem äußeren Erscheinungsbild dem Typoskript am nächsten kommt, nur selten Eingriffe von fremder Hand aufweist, damit aber auch viele der Übertragungsfraglichkeiten von der mündlichen in die schriftliche Fassung beibehält. Ein Charakteristikum von E: 2-7 Auslassungspunkte.

Ein stichprobenartiger Vergleich zeigt, daß L - unter Korrektur vieler der Übertragungsfehler sowie der Vereinheitlichung der Auslassungspunkte auf 3 - mit E identisch ist.

N folgt in sanfter - vom Verlag vorgenommener - Revision der Fassung von E, hat wie L die 2-7 Auslassungspunkte auf 3 vereinheitlicht. Selten wurde stilistisch geglättet, selten wurden Fremdwörter getilgt (wobei *Deroute*, S. 197, durch *völlige Zerstörung* zu ersetzen, schon sehr bedenklich ist), ab und zu kam es zu kleinen, oft un n ö t i g e n, manchmal un s i n n i g e n Textkürzungen.

Für N II hat der Verlag den Text von N sehr sorgfältig durchgesehen, wobei viele immer noch vorhandene Übertragungsfehler richtiggestellt wurden. Leider blieben auch die Textkürzungen, da weder T noch E hinzugezogen wurden, ja, vereinzelt fielen wiederum Passagen weg. Hier und da kam es zu nicht immer glücklichen (Wort-)Hinzufügungen. Eine der gelungenen ist die Erklärung zu Minneapolis/Mineapolis/Minenstadt auf S. 58, die möglicherweise auf Dominik zurückgeht und in die vorliegende Ausgabe übernommen wurde. (In E heißt es lediglich *Die neue gewaltige Minenstadt, die ... nach der amerikanischen Geburtsstadt des Kaisers Minneapolis getauft worden war* - mit einem häufigen Wechsel der Schreibweisen M i n n e apolis und M i n e apolis während des gesamten Romans.)

Nach dem 2. Weltkrieg und Dominiks Tod (am 9. 12. 1945) erschien ›Atlantis‹ erst wieder 1950, jetzt im Gebr.-Weiß-Verlag. Diese erste Nachkriegsausgabe (315 S.) ist ein unveränderter Neusatz von N II (verglichen wurde stichprobenartig). Eine zweite, spätere Ausgabe im selben Verlag (320 S.) ist eine leicht bearbeitete Fassung, die wohl Dr. Alexander Jansen, der Schwiegersohn des Autors, und Volkhard Scherl, der Enkel des Scherl-Verlag-Gründers August Scherl, erstellten. Der Text folgt weitgehend N II, gelegentlich wurde stilistisch geglättet, viele der ca.

3000 Auslassungspunktgruppen entfielen, die Kürzungen blieben. Die vorgenommene technische Modernisierung ersetzte nicht nur ›Flugschiffe‹ durch ›Flugzeuge‹, sondern ließ den Panamakanal jetzt auch mit atomarem Sprengstoff detonieren (anstelle der Dominikschen Fiktion ›Neobrisit‹). Diese Textfassung übernahmen der Tosa-Verlag (identischer Buchblock) sowie als Neusätze der Bertelsmann-Club, der Heyne Verlag u. a.

Erwähnt seien noch zwei Nachkriegsausgaben, die der Herausgeber nicht einsehen konnte. Zum einen erschien der Roman im Verlag Welsermühl, Wels (nähere Angaben unbekannt), zum anderen - als Lizenzausgabe dieses Verlages - unter dem Titel ›Minute X‹ bei der Deutschen Buch-Gemeinschaft, Wien 1955, 304 Seiten.

Für die vorliegende Ausgabe wurde E zugrunde gelegt. Aufgrund der obigen Ausführungen war eine Textrevision unerläßlich. Soweit die Vorlage nicht unmittelbar überzeugend war, hat der Herausgeber versucht, sich die akustische Vorlage des Diktiergerätes vorzustellen, um dann Interpunktion sowie Rechtschreibung neu zu wählen.

Zwei Beispiele mögen das verdeutlichen.

E hat auf S. 209: »*Kein irdischer Richter ist für sie geboren. Gott ... das Schicksal nannten sie es, wird richten ...*« Daraus wurde für diese Ausgabe: »*Kein irdischer Richter ist für Sie geboren. Gott - das Schicksal nannten Sie es - wird richten ...*«

E hat auf S. 353: *Zurück zu denen, die ihm die Kraft gegeben. Zu denen, die einst die drei Ringe trugen. Die Macht zurückgegeben dem Schicksal, dem Allmächtigen, bis daß sie wieder in die Hände Sterblicher legte ... in andere.* Daraus wurde: ... *Die Macht zurückgeben dem Schicksal, dem allmächtigen, bis das sie wieder in die Hände Sterblicher legte ... in andere.*

Bei dieser Arbeit war die Wort-für-Wort-Vergleichslesung von E und Z sowie die ständige Hinzuziehung von N, N II und der zweiten Nachkriegsausgabe des Weiß-Verlags eine wertvolle Entscheidungshilfe.

Darüber hinausgehend erfolgte - den Prinzipien dieser Edition entsprechend - eine behutsame Anpassung an den heutigen Sprachgebrauch und eine Korrektur sachlicher Unrichtigkeiten. Aufgrund des hohen Zeitdrucks bei der Romanausarbeitung unterliefen Dominik eine Reihe kleiner Fehler, die in dieser Ausgabe z. T. erstmalig korrigiert worden sind.

So heißt es z. B. einmal, Black Island liege 50 km von Spitzbergen entfernt - später 50 Knoten. Die Zeit der Kanalsprengung muß in Washington (in E 11 Uhr) und Panama (in E 12 Uhr) gleich sein; etc.

Dominiks (eindeutschende?) Schreibweise *Halfcast* (korrekt wäre ›half-caste‹), die auch in anderen seiner Romane vorkommt, wurde beibehalten (in E und Z allerdings - einer der Übertragungsfehler: *Halfkast*; ab N: ›Mischlinge‹ [!]), ebenso seine Schreibweisen *hallo* bzw. *halloh* (der jeweiligen Betonung entsprechend); die seltsam anmutende Abkürzung *Cy.* (für ›Company‹) in *New Canal Cy.* wurde stets ausgeschrieben.

Die oft recht unglücklich wirkende, häufig vorkommende Verwendung der Demonstrativpronomina ›der‹/›die‹ (*Tredrup stand, starrte den an.* S. 218; *Uhlenkort ... starrte auf die Wand, die Tafel, auf die ihn der gewiesen.* S. 174) wich z. T. anderen Formulierungen (*starrte ihn an*; ... *auf die ihn der Freund gewiesen.*) - die Nachkriegsausgabe ging hier wesentlich weiter.

Diese Beispiele mögen genügen. Alle Abweichungen von Belang werden in Band 21 dieser Edition dokumentiert; einige weitere Informationen findet man im ausführlicheren Editorischen Bericht von Band 1 - dort auch Näheres zu *Tschokor* (Z bis N II haben *Tokschor*) und *Pangkong Tzo* (Z bis N II haben *Pankong Tzo*).

Sämtliche Kursivsetzungen im Roman stammen vom Herausgeber, ebenso die Fußnoten und Anmerkungen.

Eine Textstelle gab sämtlichen Redaktionen Rätsel auf (S. 353). So haben Z, E, N und die Nachkriegsausgabe z. T. nicht unbedeutende Abweichungen. Im Sinne einer Leseausgabe war es auch für die vorliegende Dominik-Edition notwendig, diese Passage zu entwirren. Möglicherweise befindet sich im Originaltext jedoch eine gewollte, sehr eigenwillige Inkarnationsdarstellung des Autors. Deswegen sei im folgenden der Text von E wiedergegeben; die Abweichungen von Z und N schließen sich an.

Über das Toben der Elemente hinaus der schwingende Flug eines Adlers ... Erbe der versunkenen Welt ... der versunkenen Macht ...

aufsteigend in steilem Flug der Sonne zu, der Spenderin neuen Lebens, neuer Macht ... Weiter zeugend in neuer Inkarnation.

Er weiter gezeugt ... er da oben im Flugschiff in letzter Inkarnation, der Vollstrecker des Schicksals.

Weltenwende sein Ziel. Ende in neuer letzter Inkarnation ... Nirwana ... letztes Paradies ... Ruhe ... die Schultern befreit von der schweren Last.

Z hat (die drei dieser Stelle vorangehenden Absätze sind gestrichen): ... *Flug des Adlers*; vor *Er weiter gezeugt* steht: *Er frei!*; Komma nach Flugschiff; statt *die Schultern befreit von der schweren Last* steht: *Stille ...*

N hat: *der versunkenen Nacht* (Druckfehler!); *Er weitergezeugt*; gestrichen: *der Vollstrecker* bis *Inkarnation.*

Wenn die Textergänzungen auch nicht so spektakulär wie im Band ›Die Macht der Drei‹ sind, so enthält die **vorliegende Ausgabe** von ›Atlantis‹ – der Roman war lange Jahre vergriffen – dennoch ebenfalls **erstmalig den integralen Text**.

Die Seitenangaben der Textzitate beziehen sich auf diese Ausgabe.

In seinem Roman ›Atlantis‹ hat sich Hans Dominik mehreren Themen seiner Zeit gestellt: technischen (Erschließung neuer Energiequellen), gesellschaftlichen (Macht des amerikanischen Großkapitals, Auswanderung aus dem übervölkerten Europa, Suche nach neuen Lebensräumen) und weltanschaulichen (aktuelles Interesse an fernöstlichen Lehren, Gleichberechtigung der Rassen).

Aus allem schuf er ein eigenwilliges, kühnes, oft faszinierendes, manchmal pathetisches Zukunftsgemälde, ein Erfolgsbuch wie seine beiden Vorgänger (›Die Macht der Drei‹, ›Die Spur des Dschingis-Khan‹). An der Oberfläche dem Zeitgeschmack entsprechend, ließ der Autor Unterströmungen einfließen, die die scheinbar tendenziösen Textstellen (Darstellung des schwarzen Publikums im Zirkus Webster; Tredrup nach der Schachtsprengung als Nationalheld gefeiert; das wiedererstandene Atlantis fest in weißer Hand) entlarven.

Dominik ist kein offener Moralist, kein wertender Kommentator, der dem Publikum seine Weltanschauung vermitteln, es plakativ erziehen will. Er bildet ab, nimmt die Menschen, wie sie sind, stellt sie in ihrer Größe und mit ihren Fehlern dar; Schwarzweißmalerei wird man bei ihm kaum finden. Seine Schurken zeichnet er selten ohne die Bewunderung ihrer Fähigkeiten, und die Romanhelden sind weder makellos noch unbedingt vorbildlich; es gehört ihnen nur die überwiegende Sympathie des Lesers, nicht die vollständige.

Dominiks Kunststück ist es, so packende Romane geschrieben zu haben (seine Spezialität in der Schaffensphase 1921–32 ist die Verzahnung von Einzelschicksalen mit gewaltigen Weltbedrohungen), ohne dem Leser klassische Identifikationsfiguren zu bieten. Sicherlich gibt es Ausnahmen wie Soma Atma (›Die Macht der Drei‹) oder Malte von Iversen (›Der Brand der Cheopspyramide‹), aber im eigentlichen sind sie nicht die Haupthelden. Eher gehört die volle Sympathie des Lesers dieses Romans Nebenfiguren wie Augustus Salvator oder dem Chefingenieur Grimmaud.

So erleben wir in ›Atlantis‹ Johannes Harte, der mit seinen spirituellen Fähigkeiten und der Beherrschung der telenergetischen Konzentration der mächtigste Mann im Roman ist, als fast Namenlosen, als ›J. H.‹; er ist *der vom Leuchtturm, der Geheimnisvolle, der Rätselhafte, der Einsame, der andere* oder vielfach nur *er*[1].

Wie hätte man das Sujet von einem Deutschen als jüngster Inkarnation des letzten Königssohns von Atlantis ausschlachten können: mit seinem Strahler erschafft er Atlantis neu, setzt sich selbst als König des sechsten Erdteils ein, erlangt mit seiner unendlichen Macht die Herrschaft über die ganze Welt, an die Glorie der mythischen Atlantis-Dynastie anknüpfend.

Doch gänzlich anderes macht Dominik aus den Motiven.

Vaterlos schon vor der Geburt, die Mutter als Kind verlierend, wird Johannes Harte von dem stark gealterten Soma Atma nach Pangkong Tzo geholt und erzogen, *Diener des Schicksals* zu werden: mit dem Erbe des leiblichen Vaters, dem Strahler, der Welt Atlantis zurückzugeben aufgrund der Autorität, letzte Inkarnation des einst vor dem Untergang geretteten Königssohns von Atlantis zu sein.

Freudlose Kindheit und Jugend. Gegen seinen Willen wird er in die Pflicht genommen, sein Schicksal zu erfüllen, gebunden durch zwei der drei magischen Ringe (*... dann saßen sie fest ... Festgeschmiedet wie die Ringe an den Füßen der Galeerensträflinge.* S. 321).

In die westliche Welt zurückgebracht – Fremder unter Fremden –, wird ihm nur ein Freund zuteil, Walter Uhlenkort, der ihn vor dem Ertrinken rettet. Die nächsten Jahrzehnte bleiben im Dunkeln. Zur Handlungszeit des Romans hat er ein Laboratorium auf Spitzbergen und beginnt mit den Vorübungen für die letzte, große Tat. Durch Verschiebungen der Sial- und Simamassen im Erdinneren hebt er mit Hilfe des telenergetischen Strahlers in mehreren Schüben Black Island um 200 m aus dem Ozean heraus. Bei einem Panikausbruch der Minenarbeiter Spitzbergens zeigt er seine suggestiven Kräfte, wie wir sie von Atma aus der ›Macht der Drei‹ kennen.

In nächtlicher, überirdischer, unerklärbarer Fahrt (oder fand sie nie statt?) wird Vineta – das ›Atlantis des Nordens‹ – den Fluten der Ostsee entrissen.

Die vom *Vertreter des Kapitalismus in Reinkultur*, Guy Rouse, trotz der fundierten Warnungen des anonym bleibenden ›J. H.‹ heraufbeschworene Weltkatastrophe lassen ihn ins Weltgeschehen eingreifen, weiterhin aus dem Verborgenen heraus. Ohne die Welt in Kenntnis zu setzen, stellt er die alte Ordnung wieder her, schließt den Isthmus, schafft den Panamakanal, wie er geplant war.

Schon die ›Vorübungen‹ hatten Verwirrung und Entsetzen hervorgebracht; die neue Tat fordert Menschenleben, läßt ihn fast die Freunde verlieren. Die Menschheit bekommt Angst vor dem Unbekannten und seiner Macht, Angst vor der nächsten Tat. Er selbst ist unter der Last des Unheils (*»Zu viel, du Schicksal!«* S. 323) zusammengebrochen, sieht entkräftet dem Tod entgegen. Da erscheint ein riesiger Vogel (der Adler, der den Königssohn aus Atlantis forttrug? - oder der Adler, der mit dem letzten Königssohn eins wurde??? - oder Soma Atma, der mit dem Rapid Flyer kam, um ihm den dritten Ring zu bringen?). Johannes Harte stirbt und erwacht, neugeboren, drei Ringe an seiner Hand, von neuer Kraft erfüllt. Das Schicksal fordert die letzte Tat von seinem Diener: Atlantis heben aus den Fluten des Ozeans, Wiederherstellung der *Welt, wie sie einst war, als älteste Sage begann* (S. 353).

Dann erst darf *der Müde* heimkehren nach Pangkong Tzo zum 100jährigen Atma, darf dem Schicksal die Macht zurückgeben (die festgeschmiedeten Ringe sind vom Finger verschwunden), den Tod erwarten und eingehen ins *Nirwana*, in die *ewige Ruhe*.

Betrachten wir, bevor wir uns den beiden anderen *Dienern des Schicksals* zuwenden, ihren afrikanischen Gegenpart, Seine Majestät Augustus Salvator. In seinem Zentralafrikanischen Kaiserreich hat er Erstaunliches geleistet: Aus dem tropischen Entwicklungsland ist in zehn Jahren dank Umsicht, brillanter Organisation und Ausnutzung technischer Möglichkeiten ein wirtschaftlich erstarktes Reich geworden, mit hervorragendem Arztwesen und - am Kilimandscharo - dem wohl besten und vielseitigsten Kurzentrum der Welt. Die Erschließung unendlicher Karbidvorkommen gibt ihm zu Beginn des Romans seine energiewirtschaftliche Unabhängigkeit.

In seinem Lande hat der ›Kaiser Augustus‹ die Gleichberechtigung der Rassen längst umgesetzt - kein Ausschlagen des Pendels nach der anderen Seite: Tredrup und Grimmaud wurden genauso eingestellt wie Schwarze und Halfcasts. Sein letztes, größtes Ziel ist: *gleichberechtigt in der ganzen Welt sollen die Schwarzen mit den Weißen sein* (S. 47). Das veranlaßt zunächst einen Konflikt mit der Südafrikanischen Union, dem *letzten Außenposten der weißen Rasse auf afrikanischem Boden* (S. 82). Der Kaiser sucht den friedlichen Weg durch diplomatische Verhandlungen (*»Die Weißen aus Südafrika vertreiben? ... Es meinem Reich angliedern? ... Ich denke nicht daran. Aber die Gleichberechtigung will ich ...«*, S. 47), betrachtet den Krieg als allerletztes Mittel. Doch die Ängste der Weißen dieser Welt sind groß. Europäische Seeblockaden legen die afrikanischen Häfen lahm, man fühlt sich durch des Kaisers Forderung nach Gleichberechtigung der Rassen bedroht, sieht sie als *erste Stufe eines Abstiegs, der ... zum Unterliegen führen muß* (S. 216).

Und während Augustus Salvator nach der Panamakatastrophe sofort eine Hilfsaktion für das sterbende Europa veranlaßt und die Gunst der Stunde nicht nutzt, um sein Ziel mit kriegerischen Mitteln durchzusetzen (*»Aasgeier würden sie mich nennen ... mit Recht.«* S. 206), sind die weißen Protagonisten weniger zimperlich. Um die Gleichstellung der Rassen auch weiterhin zu verhindern, ist ihnen jedes Mittel recht. Uhlenkort weiß den politisch unbedarften Tredrup zu überreden, den Tschadseeschacht zu sprengen. Beseelt von der Idee, *der Einzige*, auserwählt vom Schicksal zu sein - zwar voller Skrupel v o r der Tat und mit großen Gewissensbissen d a n a c h, aber dennoch mit eiserner Zielstrebigkeit -, geht Tredrup zu Werk, wird vom Vereinigten Europa als Nationalheld gefeiert und von Uhlenkort und Harte in den Dreibund der *Diener des Schicksals* aufgenommen.

Spätestens an dieser pathetischsten Stelle des Romans drängt sich dem Leser das Groteske der Situation auf. Denn im Gegensatz zu Johannes Harte sind Uhlenkort und Tredrup keine vom Schicksal Berufenen, sind weltzugewandte, ›normale‹ Menschen, die durch Tredrups Tat nicht dem Schicksal d i e n e n, sondern Schicksal m a c h e n. Johannes Hartes Kommentar *»Das Schicksal wollte es!«* (S. 280) zeigt nur, daß auch er kein Weiser ist, sondern freudloser Schicksalsknecht, der aus seinen Denkschemata nicht herauskann.

Und die Beweiskette dieser unterschwelligen Gegenströmungen schließt sich, wenn wir den Atlantismythos betrachten. Der paradiesische Zustand der Weltherrscherin Atlantis vor ca. 12 000 Jahren war gekennzeichnet durch Handel und Wandel der *Menschen aller Rassen, aller Farben* (S. 350) im friedlichen Miteinander. Und wie wird das heutige Atlantis bevölkert sein?

Noch ehe die Welt sich besonnen, waren sie da, die Wikingerschiffe aus dem Norden, sprang die Mannschaft an den Strand des neuen Landes, ergriff Besitz davon. Kein Boden mehr für andere, wo Warägerfuß getreten. Die Schiffe des Kaisers Augustus Salvator, zu spät ihre Ankunft. Der sechste Erdteil in weißer Hand, fest in weißer Hand. (S. 355)

Nicht von ungefähr fallen Worte wie *Wikinger* und *Waräger*: wie die Barbaren besetzen die Europäer das neue Land. Das wahrhaft Paradiesische des alten Atlantis, das friedliche Zusammenleben *aller Rassen, aller Farben*, haben die weißen Schicksalsmacher nicht begriffen.

Wie treffend Dominik seine Zeitgenossen zeichnete im ›So-würdet-Ihr-Euch-verhalten-wenn-Euch-die-Macht-gegeben-wäre‹, sollte sich schon wenige Jahre nach Erscheinen des Romans zeigen: Zwölf Jahre lang regierten reale Schicksalsmacher in Deutschland, die im Namen der Vorsehung handelten und deren Zielstrebigkeit und Entschlossenheit, eine neue Weltordnung herzustellen, die Romanhandlung erheblich überbot.

1 Bernd Arlinghaus, einer der Mitarbeiter an dieser Edition (s. Danksagung), schrieb dem Herausgeber zum Kürzel ›J. H.‹ aus religionswissenschaftlicher Sicht:

In der letzten Bezeichnung - an einigen Stellen der Originalausgaben *Er* geschrieben - klingt unüberhörbar religiöse Sprechweise an (so spricht man von Gott, von Jesus Christus). Dieser fast blasphemische Unterton findet sich auch in der Namensabkürzung J. H. wieder. In der christlichen Volksfrömmigkeit wurde das Monogramm JHS - eigentlich die ersten drei griechischen Buchstaben des Namens JESUS - als ›Jesus hominum salvator [!]; Jesus Heiland Seligmacher; o. ä.‹ verstanden. Das fehlende S (Soter - Salvator - Seligmacher) billigt Dominik aber nicht dieser problematischen Persönlichkeit zu, sondern dem, der wirklich menschliches, ›heilendes‹ Verhalten zeigt: Augustus Salvator. So wirkt dessen Name schon fast übertrieben symbolisch: Augustus (der römische Friedenskaiser) und Salvator (der ›Heiland‹).

I ERZÄHLERISCHE WERKE

Beim derzeitigen Stand der Dominik-Forschung kann nur ein vorläufiges Werkverzeichnis erstellt werden, das sich auf die Bücher und größeren Erzählungen beschränkt. Es ist davon auszugehen, daß Dominik mehrere Tausend Sachartikel bzw. kürzere Erzählungen für Zeitungen, Zeitschriften und Bücher verfaßt hat, von denen bisher nur ein kleiner Prozentsatz wiedergefunden worden ist.

Die Jahreszahlen kennzeichnen die Entstehung der Texte, soweit sich das noch feststellen ließ. Ansonsten ist das Jahr der Veröffentlichung genannt. Für die Duncker-Romane gilt: im angegebenen Jahr oder früher (gesichert ist das Entstehen aller zwölf Romane zwischen 1910 und 1916). Die Seitenzahlen geben den Umfang der (bzw. - bei den Erzählungen - in den) Bucherstausgaben an.

Sämtliche aufgeführten Erzählungen erschienen in dem Periodikum ›Das Neue Universum‹.

Die Daten von I 7 sowie II 1-8, 10-15, 18, 21 wurden z.T. aus anderen Bibliographien übernommen.

Die in manchen Aufstellungen zu findenden Werke ›Kamerun. Sechs Kriegs- und Friedensjahre in deutschen Tropen‹ (1901) und ›Vom Atlantik zum Tschadsee. Kriegs- und Forschungsfahrten in Kamerun‹ (1908) stammen von einem namensgleichen Vetter des Autors.

1	1902/03	**Technische Märchen**. Steinitz-Verlag, 156 S.
2	1907	**Die Nahrung der Zukunft**. Zukunftserzählung. Union-Verlag, 22 S.
3	1908	**Die Reise zum Mars**. Zukunftserzählung. Union-Verlag, 17 S.
4	1909	**Eine Reise im Jahre 1970**. Zukunftserzählung. Union-Verlag, 18 S. (anonym veröffentlicht)
5	1909	**John Workmann, der Zeitungsboy**. Eine Er-

		zählung aus der amerikanischen Großindustrie. Bd. 1: **Im Reiche des Zeitungsriesen.** Jugendroman. Steinitz-Verlag, 190 S. (Co-Autor: Kurt Matull)
6	1910	**Ein neues Paradies.** Zukunftserzählung. Union-Verlag, 17 S.
7	1910	**Unter Tage verschüttet.** Verlagshaus für Volksliteratur und Kunst, 48 S.
8	1911	**Hundert Jahre Elektrotechnik.** Erzählung. Union-Verlag, 34 S.
9	1911	**Glück auf!** Roman. Carl-Duncker-Verlag, 308 S.
10	1911	**Hochströme.** Roman aus der Elektrizitätsindustrie. Carl-Duncker-Verlag, 322 S. Alternativtitel: **Zu spät!**
11	1912	**Die Madonna mit den Perlen.** Roman. Carl-Duncker-Verlag, 296 S.
12	1912	**Heilige Wasser.** Roman aus dem modernen Ägypten. Carl-Duncker-Verlag, 350 S.
13	1913	**Ein Experiment.** Zukunftserzählung. Union-Verlag, 27 S. (anonym veröffentlicht)
14	1913	**Der eiserne Weg.** Roman. Carl-Duncker-Verlag, 312 S.
15	1913	**Der Sieger.** Automobilroman. Carl-Duncker-Verlag, 278 S.
16	1913	**Der Kreiselkompaß.** Der Roman einer technischen Sensation. Carl-Duncker-Verlag, 280 S. Alternativtitel: **Mister Grey (aus New York)**
17	1913/14	**Zauber des Südens.** Roman. Carl-Duncker-Verlag, 309 S. Alternativtitel: **Alpenglühen**
18	1914	**Versunkenes Land.** Roman. Carl-Duncker-Verlag, 301 S.
19	1915	**Klar zum Gefecht.** Roman. Carl-Duncker-Verlag, 353 S.
20	1915	**Das Eiserne Kreuz.** Kriegsroman. Carl-Duncker-Verlag, 269 S.
21	1916	**Der ›Eiserne Halbmond‹.** Kriegsmarineroman. Carl-Duncker-Verlag, 336 S.

22	1917	**Neuland**. Zukunftserzählung. Union-Verlag, 20 S.
23	1918	**Eine Expedition in den Weltraum**. Zukunftserzählung. Union-Verlag, 26 S.
24	1919	**Schätze der Tiefe**. Zukunftserzählung. Union-Verlag, 14 S.
25	1921	**Zukunftsmusik**. Zukunftserzählung. Union-Verlag, 18 S.
26	1921	**John Workmann, der Zeitungsboy**. Eine Erzählung aus der amerikanischen Großindustrie. Bd. 2: **Wanderjahre im Westen**. Steinitz-Verlag, 144 S.
27	1921	**John Workmann, der Zeitungsboy**. Eine Erzählung aus der amerikanischen Großindustrie. Bd. 3: **Neue Wunder der Großindustrie**. Steinitz-Verlag, 156 S.
28	1921	**Die Macht der Drei**. Ein Roman aus dem Jahre 1955. Scherl-Verlag, 359 S.
29	1922/23	**Die Spur des Dschingis-Khan**. Ein Roman aus dem 21. Jahrhundert. Scherl-Verlag, 313 S.
30	1924/25	**Atlantis**. Roman. Scherl-Verlag, 317 S. Untertitel des Zeitschriftenvorabdrucks: Die Geschichte des sechsten Erdteils.
31	1925	**John Workmann, der Zeitungsboy**. Eine Erzählung aus der amerikanischen Großindustrie. Erste vollständige Ausgabe. Jugendroman. Verlag Koehler & Amelang, 392 S. (Neu der 4. Teil: **Lehr- und Meisterjahre im Süden** [S. 296-392])
32	1925/26	**Der Brand der Cheopspyramide**. Roman. Scherl-Verlag, 295 S.
33	1926/27	**Das Erbe der Uraniden**. Roman. Scherl-Verlag, 321 S.
34	1928	**Klaus im Glück**. Vom Hirtenjungen zum Diamantenkönig. Jugendroman. Verlag Koehler & Amelang, 231 S.
35	1928	**König Laurins Mantel**. Roman. Scherl-Verlag, 304 S. Nachkriegstitel: **Unsichtbare Kräfte**

36	1929/30	**Kautschuk**. Ein Roman aus der Industrie. Scherl-Verlag, 284 S.
37	1929/30	**Moderne Piraten**. Jugendroman. Union-Verlag, 263 S.
38	1930	**Dreißig Jahre später**. Zukunftserzählung. Union-Verlag, 15 S.
39	1930	**Bei der verlorenen Mannschaft**. Erzählung. Union-Verlag, 11 S.
40	1932/33	**Befehl aus dem Dunkel**. Roman. Scherl-Verlag, 377 S.
41	1932/33	**Der Wettflug der Nationen**. Roman. Verlag Koehler & Amelang, 281 S./392 S. (Professor-Eggerth-Serie, Bd. 1)
42	1933	**Professor Belians Tagebuch**. Zukunftserzählung. Union-Verlag, 41 S.
43	1933	**Ein Stern fiel vom Himmel**. Roman. Verlag Koehler & Amelang, 248 S./340 S. (Professor-Eggerth-Serie, Bd. 2)
44	1934	**Ein Freiflug im Jahre 2222**. Zukunftserzählung. Union-Verlag, 24 S.
45	1934	**Das stählerne Geheimnis**. Roman. Scherl-Verlag, 326 S.
46	1934/35	**Atomgewicht 500**. Roman. Scherl-Verlag, 318 S.
47	1937	**Himmelskraft**. Roman. Scherl-Verlag, 306 S.
48	1938	**Lebensstrahlen**. Roman. Scherl-Verlag, 331 S.
49	1939	**Land aus Feuer und Wasser**. Roman. Verlag v. Hase & Koehler, 336 S. (Professor-Eggerth-Serie, Bd. 3)
50	1939/40	**Treibstoff SR**. Roman. Scherl-Verlag, 310 S. (Nachkriegstitel: **Fahrt in den Weltraum/Flug in den Weltraum**)
51	1941	**Geballte Kraft**. Werner von Siemens' Dynamomaschine leitet ein neues Zeitalter ein. Historischer Roman. Limpert-Verlag, 157 S.
52	1938–41	**Vom Schraubstock zum Schreibtisch**. Lebenserinnerungen. Scherl-Verlag, 293 S.
53	1942	**Das ewige Herz**. Meister Peter Henleins Nürnberger Oerlein. Historischer Roman. Limpert-Verlag, 152 S.

54 1943/44 **Wunder des Schmelztiegels.** Johann Friedrich Böttger erfindet das europäische Porzellan. Historischer Roman. Wigankow-Verlag, 143 S.

II SACHLITERATUR

1 1902 **Was muß man von der Dampfmaschine wissen?** Steinitz-Verlag, 127 S.

2 1902-05 **Wissenschaftliche Plaudereien.** Entdeckungen und Erfindungen, Fortschritte der Wissenschaft und Industrie. Steinitz-Verlag, 190 S.

3 1903 **Was muß man von der Dynamomaschine wissen?** Steinitz-Verlag, 111 S.

4 1903 **Was muß man von der Naturlehre wissen?** Steinitz-Verlag, 64 S.

5 1904 **Was muß man von der Organischen Chemie wissen?** Steinitz-Verlag, 80 S.

6 1905 **Kalender für Ingenieure des Maschinenbaus.** 6. Jg., Loewenthal-Verlag, 396 S. (nur Herausgeber)

7 1905 **Kalender für Maschinenbautechniker.** 6. Jg., Loewenthal-Verlag, 396 S. (nur Herausgeber)

8 1905/06 **Das Wernerwerk von Siemens & Halske A.-G., Berlin-Nonnendamm.** Springer-Verlag, 202 S.

9 1908 **Amüsante Wissenschaft.** Belehrende und unterhaltende Experimente für jung und alt. Union-Verlag, 288 S.

10 1908/09 **Ein neues Schnellbahnsystem.** Scherl-Verlag, 116 S. (anonym veröffentlicht)

11 1914 **Das Zeitalter der Elektrizität.** Bd. 1: **Die Kräfte der Natur, ihre Hebung und Verwertung.** Volckmann-Nachfolger-G.m.b.H., 80 S.

12 1915 **Unsere Luftflotte und Flieger.** Arnd-Verlag, 48 S.

13 1921/22 **Im Wunderland der Technik: Meisterstücke und neue Errungenschaften, die unsere Ju-**

		gend kennen sollte. Richard-Bong-Verlag, 365 S., spätere Auflage 388 S.
14	1925	**Das Buch der Chemie: Errungenschaften der Naturerkenntnis**. Richard-Bong-Verlag, 370 S.
15	1925	**Das Buch der Physik: Errungenschaften der Naturerkenntnis**. Richard-Bong-Verlag, 369 S.
16	1925	**Welten, Werke, Wunder**. Ein Buch des Wissens für das deutsche Haus. Universitas Deutsche Verlags-Aktiengesellschaft, 638 S. (nur Herausgeber)
17	1927/28	**Triumphe der Technik**. Richard-Bong-Verlag, 389 S.
18	1928/29	**Das Schaltwerk der Siemens-Schuckertwerke AG, Berlin-Siemensstadt**. Organisation Verlagsgesellschaft m.b.H., 86 S.
19	1929	**Über und unter der Erde**. Technische Rekorde. Richard-Bong-Verlag, 347 S.
20	1929	**Der Werkzeugmaschinenbau. Fritz Werner, Aktiengesellschaft, Berlin**. Organisation Verlagsgesellschaft m.b.H., 80 S.
21	1931	**Ein Besuch im Kabelwerk**. Deutsches Kupfer-Institut e.V.
22	1935/36	**Vistra, das weiße Gold Deutschlands**. Die Geschichte einer weltbewegenden Erfindung. Verlag Koehler & Amelang, 254 S.
23	1938	**Werkzeugmaschinenbau. Fritz Werner, Aktiengesellschaft, Berlin**. Arnd-Verlag, 118 S. (Zweite, erweiterte Auflage von II 20)

Die Dominik-Jubiläums-Edition

1 Die Macht der Drei
2 Atlantis
3 Die Spur des Dschingis-Khan
4 Der Brand der Cheopspyramide
5 Das Erbe der Uraniden
6 König Laurins Mantel
(Nachkriegstitel: Unsichtbare Kräfte)
7 Kautschuk
8 Befehl aus dem Dunkel
9 Der Wettflug der Nationen
10 Ein Stern fiel vom Himmel
11 Land aus Feuer und Wasser
12 Das stählerne Geheimnis
13 Atomgewicht 500
14 Himmelskraft
15 Lebensstrahlen
16 Treibstoff SR
(Nachkriegstitel: Flug in den Weltraum)
17 Moderne Piraten
18 Hochströme
19 Zukunftserzählungen
20 Technische Märchen. Erzählungen II
21 Materialienband zur Dominik-Edition